GERD WEYER

HAKATA

ROTER WEISSER MANN

Roman

Indian Summer Edition

3. Auflage 2018
©Indian Summer Edition
Neubrandenburg
Autor: Gerd Weyer
Cover & Design: Wolfsto
ISBN: 978-3-947488-29-2
https://www.indiansummer-edition.de/
kontakt@indiansummer-edition.de

MONTANA UND SEINEN MENSCHEN

CAVALRY BOY

Jackson County; Kentucky
September 1862

Vielleicht wäre mein Leben ganz anders verlaufen? Aber aus einer plötzlichen Laune heraus verließ ich die Fahrspur, die dem Fluss folgte. Immer weiter drang ich mit meinem Pferd vor. Überrascht stand ich vor einer Felswand. Das Tal war zu Ende.
Das aber brachte die Dinge ins Rollen. Der Gang der Ereignisse beschleunigte sich und in der Rückschau erscheinen sie schicksalhaft und unausweichlich.
Ich führte das Pferd unter einen Walnussbaum und sattelte es ab. Unschlüssig sah Lissy mich aus ihren sanften Augen an. Mit einem aufmunternden Klaps entließ ich sie. Begeistert rollte sie sich im Gras.
Ich lehnte mich bequem gegen meinen Sattel, kaute Brot und getrocknetes Fleisch. Die Taschen hatte ich voller Äpfel und die Walnüsse lagen zu meinen Füßen. Lissy stand knietief im Gras, knabberte und zupfte, schlug mit dem Schweif und war im Pferdehimmel.
Die hoch stehende Sonne verscheuchte das drohende Vorgefühl, das mich befallen hatte. Seit zwei Monaten war ich unterwegs. Ich musste mir langsam Gedanken über eine faustdicke Ausrede machen. Wieder holte ich das Dokument hervor, mit dem mir der alte Colonel in seiner energischen Handschrift eine Besitzurkunde über Lissy ausgestellt hatte. Ich schlug mir mit der Hand gegen die Stirn. So konnte es gehen. Ich hatte das Schreiben auseinandergefaltet. Der Kniff! Es war wie eine Fügung.
Ein Krachen riss mich aus meinen Gedanken. Äste flogen. Mit schnellen Flügelschlägen brach ein Truthahn durch das Gehölz. Der rostbraune Vogel erschrak, schwenkte weg und ging zu Boden. Mit aufgeregtem Kollern rannte er vor mir in Deckung. In seiner Panik überschlug er sich und verfing sich in den Beerenranken. Federn wirbelten hoch. Schon lag ich auf dem flatternden Vogel. Ein rascher Messerstich in den Halswirbel tötete ihn. Gerupft und dick in Lehm gepackt, versenkte ich den zukünftigen Braten in die Glut einer Feuergrube. Als die Lehmschicht hart war, stapelte ich über den Grubenrand hinaus an zwei schräg in den Boden geschlagenen Pflöcken Holz auf. Das Brennmaterial rutschte nach und ich konnte frei umherstreifen.

Neugierig kam Lissy angetänzelt und stieß mich an. Ich kraulte sie hinter den Ohren. Sie war ein lebhafter und freundlicher Kamerad. Ich tastete ihre Fesseln ab und sah die Hufe nach. Ihr Deckhaar war tiefschwarz und glänzte wie Seide. Während ich sie bürstete, hielten wir unseren „Pferdeschwatz". Sie antwortete mit Schnauben und leisem Wiehern und dem Spiel ihrer Ohren.
Ich war über den Bach gehüpft. Verwundert blickte sie mir nach. Am Rand eines Windbruchs ging es steil bergan. Dann gelangte ich in einen Sattel. Uralter Bergwald nahm mich auf. Seine feierliche Dämmerung wurde nur unterbrochen, wenn ein Windstoß die Baumkronen aufwühlte und Lichtkringel über das Laub tanzten. Der Boden war sumpfig. Große, abgestorbene Äste lagen umher. Als ich weiterging, geriet ich in ein Felslabyrinth, dem ich bis zum Gipfel folgte. Die Luft war von leisen Schreien erfüllt. Schwärme grün schillernder Schwalben jagten einander über den Wipfeln. Ich hatte mich auf einen Ast gesetzt. Die schräg stehende Nachmittagssonne ließ Pfeiler und Felsrippen aufleuchten; zeichnete hier in die Eintönigkeit der Waldberge eine Kalksteinschlucht, markierte dort dem Auge eine ferne Rodung.
Ich erkannte den kleinen Fluss wieder und die Straße, von der ich am Morgen abgezweigt war. Gelbes Rohr füllte den Talgrund im Norden aus. Der Sumpf hatte den Karrenweg bis dicht unter die Steilhänge auf der Gegenseite gedrängt. Blaugraswiesen schlossen sich an. Auf meiner Höhe kreuzte der Weg den Wasserlauf über eine schlichte Steinbrücke. Danach schien er die Talseite wechseln zu wollen, machte aber einen scharfen Knick zurück zur Mitte und verschwand über eine freie Anhöhe. Ich stieg in das Tal ab.
Auf der Brücke saß eine Wiesenlerche und wiederholte schier endlos ihr eintöniges Lied. Als sie verstummte und aufflog, hörte ich von Norden her Peitschengeknall und das Rollen von Rädern. Meine Überraschung wuchs noch, als ein einspänniger Buggy unmittelbar vor der Brücke abbremste. Das Verdeck wurde zurückgestreift und die Peitsche eingehängt. Ich sah die schwarz gekleidete Gestalt und musste grinsen. Es war ein Himmelslotse. So nannten wir wenig respektvoll die Wanderprediger und Satteltaschenpriester; wortgewaltige Verkünder des Herrn, die sogar dem Teufel die Hölle heiß machten. Er wickelte die Zügel um den Peitschengriff.
Ich war einem Schwatz nicht abgeneigt und wollte schon aus dem Wald treten, da machte mich etwas am Verhalten des Mannes stutzig. Er war im

Wagen aufgestanden und als er sich umsah, da lag in seinem Blick etwas so Bohrendes und Spähendes, dass ich unwillkürlich zurück hinter einen Baum trat.

Irgendwie erwartete ich von einem Priester ein würdigeres Verhalten. Dieser nun sprang behände vom Wagen und verschwand unter der Brücke. Es dauerte ungewöhnlich lange, ehe die hoch gewachsene Gestalt des Reverend wieder auftauchte. Ich war nahe daran, ihn nach dem Weg zu fragen. Als er aber beim Aufsteigen auf den Buggy erneut lange und prüfend um sich blickte, da ließ ich es sein. Der Goldring im linken Ohr, die feuerroten Koteletten im bärtigen Gesicht waren nur flüchtige Eindrücke, da rollte der Mann des Glaubens bereits wieder davon.

Nur wenig später stand ich unter der Brücke und schaute mich suchend um. Die Spuren im Flusssand zeigten an, dass der Reverend sich längere Zeit an einer Stelle aufgehalten haben musste; bei seiner Körpergröße ein sehr unbequemer Stand. Ich stieß mit dem Kopf gegen die Bogenwölbung. Da sah ich die hellen Kratzspuren. Ich klopfte die Stelle mit dem Messergriff ab. Es klang hohl. Mit den Fingerspitzen und von der Messerklinge unterstützt, gelang es mir, den Bruchstein herauszuziehen. Beim Hineingreifen fühlte ich kaltes Metall. Als ich den Messingkassiber aufschob, enthielt er ein Stück Papier. Mit Herzklopfen kroch ich ans Tageslicht und faltete den Zettel auseinander. Die rätselhafte Botschaft war hastig niedergeschrieben worden. Der Bogen wies noch Spuren von Löschsand auf.

Alpha
Route 2
5/20 Kav./50 Inf.
Treffpunkt
500 Dollar zusätzlich
in Silber
Antwort sofort
André

Mit zittrigen Händen las ich die Botschaft ein zweites Mal, ich konnte die Gefahr richtig schmecken. Das war kein Spiel mehr! Ich war auf einen toten

Briefkasten gestoßen. Etwas bahnte sich an. Auf Wegstunden war nach beiden Richtungen keine Ansiedlung zu finden. Mir waren auch nie Soldaten begegnet. Ich hatte nicht die geringste Ahnung, welche der Kriegsparteien die Nachricht hinterlegt hatte.

Kentucky wollte sich aus dem Konflikt heraushalten. So wenigstens hatte es mir der alte Colonel erklärt. Die letzten Blauröcke hatte ich gesehen, bevor ich den Ohio überquerte. Unionssoldaten führten lange Reihen von Gefangenen. Ich staunte, wie jung viele der Rebellen waren. Eigentlich sahen sie wie ein Haufen Farmer aus, denen man militärische Abzeichen an die Ärmel genäht hatte. Ich war richtig enttäuscht gewesen.

Kentucky hatte sich mir bisher nur von seiner freundlichen Seite gezeigt. Um ein Nachtlager, eine Mahlzeit für mich und etwas Hafer für Lissy half ich den gastfreundlichen Farmern bei der Stallarbeit oder beim Maisschälen. Man nahm mir die Geschichte ab, dass ich unterwegs zu Onkel Hank war. Onkel Hank war steinalt. Und dass ich allein war und so jung? Die Männer standen im Krieg und der lag weit im Süden oder im Osten. Shiloh oder Bull Run waren bloße Namen für mich.

Klar, je weiter ich nach Süden kam, desto weiter musste auch Onkel Hanks Ranch – jetzt war sie bereits eine Ranch geworden – nach Süden rutschen. Die Farmer beneideten Onkel Hank um diese Hilfe, und ich ertappte mich dabei, wie ich begann, meine Absicht aus den Augen zu verlieren. Aber mit diesem gefährlichen Stück Papier in Händen wusste ich, der Krieg hatte mich eingeholt.

Da war es wieder, dieses unbestimmte Gefühl der Bedrückung. Bei meiner Herbergssuche am Vortag hatte ich zum ersten Mal Misstrauen, ja offene Ablehnung erfahren. Ich war weiter geritten. Die Nacht hatte ich in der Nähe der Straße verbracht.

Sorgfältig stopfte ich den Kassiber zurück und setzte den Stein wieder ein. Danach verwischte ich alle Spuren und hetzte zurück in den Schutz der Wälder. Im Laufschritt nahm ich den Berg, bemüht, jedes Geräusch zu vermeiden. Ich rannte durch den Pass und hielt erst an, als ich mein Pferd sehen konnte. Sofort sattelte ich Lissy und verpackte meine Habseligkeiten.

Angenehmer Bratenduft strömte mir entgegen. Vor mir im Gras lag rauchend der unförmige Erdbatzen, den ich aufschlug, um mir das rötlichweiße Fleisch zu sichern.

Es wurde Abend. Tiefe Unruhe hatte mich erfasst. Ich erstickte die Glut der Feuergrube mit Sand, dann führte ich Lissy durch die Hangwälder auf den Berg. Das Lager schlug ich in Gipfelnähe auf. Mit großem Appetit machte ich mich über den Truthahn her. Lissy rollte ich ab und zu einen Apfel hin. Für die Nacht hatte ich sie an ein langes Seil gebunden.
Auf Ablenkung bedacht, sah ich den Inhalt meiner Satteltaschen durch. Da war etwas Wäsche. Ich steckte in derben Wollhosen und festen Stiefeln. Mein ausgeblichenes Hemd war einmal dunkelrot gewesen. Aber ich besaß fünf Silberdollar. Da war ferner die alte Taschenuhr mit dem Schnappdeckel, der blinde Metallspiegel, den ich durch ausdauerndes Reiben wieder einigermaßen brauchbar gemacht hatte. Das Kostbarste aber blieb die Medaille aus purem Silber mit dem eingeprägten Bildnis von George Washington auf der Vorderseite. Sie hing an einem schwarzen Stoffband. Auch das Papier, das mich, Frank Luther Kelly, als Besitzer von Lissy auswies, war mir wichtig. All das hatte mir der alte Colonel beim Abschied zugesteckt.

Vom alten Randelbroke hieß es, er wäre nicht mehr ganz richtig im Kopf. Er lebte sehr zurückgezogen, nur für seinen Garten, seine beiden Hunde und sein Pferd. Für mich aber hatte er eine besondere Schwäche. Meine Eltern, Nachfahren irischer Pioniere, waren über den Eriekanal nach Michigan eingewandert, wo sie am Shiawassee eine Farm bewirtschafteten. Nach dem frühen Tod meines Vaters wurde der Colonel so etwas wie ein Ersatzvater für mich. Im Dorf galt er trotz seines zurückgezogenen Lebens als unbestechlicher Schiedsrichter und als Autorität in Rechtsfragen, aber auch bei Viehkrankheiten suchten die Farmer seinen Rat.
Eines Tages kam ich dazu, wie er ein struppiges, schwarzes Fohlen, das noch recht wacklig auf den Beinen stand, mit der Milchflasche fütterte. Es war das Geschenk eines dankbaren Klienten und für die Leute im Dorf nur ein weiterer Beweis seiner Verschrobenheit, dass er zu seinem altersschwachen Gaul auch noch ein Fohlen durchfütterte. Denn noch nie hatte man den Colonel reiten oder sein Pferd arbeiten sehen. Ich hatte das Fohlen sofort in mein Herz geschlossen und durfte es Lissy nennen. Gemeinsam zogen wir es auf. Im Sommer musste ich ihm seinen Lehnstuhl unter den großen Apfelbaum

tragen. Dort traf ich den alten Mann dann lesend an. Das schlohweiße Haar trug er zu einem altertümlichen Zopf gebunden. Die Hunde lagen bei ihm und die Pferde standen in seiner Nähe. Oft fütterte er das Fohlen mit kleinen Leckerbissen, während es ihm über die Schulter in das aufgeschlagene Buch sah. Als Lissy ausgewachsen war, fanden sich Sattel und Zaumzeug und unter seiner fachkundigen Anleitung lernte ich reiten.

So wild und ungestüm ich auch bei meinen Spielen war, wenn „Old Hickory" zu erzählen begann, wurde ich still und vergaß die Welt um mich herum. Mit großen Augen und heißen Wangen hörte ich ihm zu. Das gefiel ihm und begründete unsere Freundschaft.

Wenn er von George Washington sprach, wurde seine Stimme weich. Er hatte noch gegen die Rotröcke und ihre indianischen Verbündeten gekämpft. Ehrfürchtig sah ich zu, wenn er gelegentlich seinen dunkelblauen Captainsrock aus dieser fernen Zeit anzog. Über dem Kamin hing eine „Braune Bess", eine erbeutete Muskete mit einem langen, glatten Lauf. Als Colonel einer Freiwilligeneinheit hatte er später am Black Hawk-Krieg teilgenommen und war mit einem steifen Bein zurückgekehrt.

Er war es, der das Feuer an die Lunte gelegt hatte, die schließlich meine Fantasie entzünden sollte.

Brausten draußen die Herbststürme los, dann war die Zeit der gemütlichen Kaminabende gekommen. Ich berichtete ihm den jüngsten Dorfklatsch. Er hatte ein gutes Glas Whisky vor sich stehen, rauchte seine lange Tonpfeife und entführte mich in eine ganz andere Welt.

Es war für mich wie der Blick durch ein buntes Glasfenster, wenn er aus seiner Jugend erzählte; von den Kämpfen gegen die mörderischen Mohawk, von Colonel Roger und seinen Streifen in Feindesland, dem Pfadfinder Christopher Gist und von den „Schwarzen Kutten", den Jesuitenpatres aus Oberkanada. Ich legte Holz nach und warf dürre Zapfen in die Flammen und während er von Pontiac, Tecumseh, Schwarzfalke und ihrem tragischen Kampf und Untergang berichtete, starrte ich versonnen in die knisternde Glut.

Niemals würde ich ein Farmer werden, das stand für mich fest.

In mir schien der alte Colonel noch einmal seine eigene Jugend mitzuerleben. Früher als meine Altersgefährten lernte ich bei ihm Lesen und Schrei-

ben. Das öffnete mir die Welt der Bücher seiner stattlichen Bibliothek. Er hatte Freude an meinem wachen Geist.
Er war es auch, durch den ich zum ersten Mal von dem drohenden Bruderkrieg hörte, den Schüssen auf Fort Sumter und von den ersten Kämpfen. Wir beide standen fest auf der Seite der Union und des Nordens.
War der alte Mann wirklich etwas verrückt oder war es einfach die Altersweisheit? Jedenfalls ahnte er, welche Sehnsüchte er in mir geweckt hatte.
Aus heiterem Himmel überraschte er mich eines Tages damit, dass er mir Lissy schenkte und dies auch gleich schriftlich besiegelte, sodass keiner auf die Idee kommen könnte, ich sei ein Pferdedieb.
„Du hast Kavallerieblut in dir, Kid! Aber sag mir Bescheid, bevor du gehst."
Michigan war mir zu eng geworden. Ich hatte Angst, etwas zu versäumen und wollte an die Front. Er hatte mich durchschaut, aber ich wusste, der Colonel hielt dicht. Wie beiläufig gab er mir Ratschläge und wir taten beide so, als redeten wir von einer unbekannten dritten Person.
An einem grauen Morgen stand der alte Mann in der Tür seines Blockhauses und sah mir zu, wie ich Lissy von der Weide holte. Ein dicker Kloß steckte mir im Hals, als ich die Deckenrolle hinter den Sattel band. Er hielt ein kleines, verschnürtes Päckchen in der Hand.
„Vergiss den alten Hickory nicht!", sagte er und stopfte das Päckchen in die Satteltasche. „Reite zuerst nach Westen, einen Tag lang. Die Leute sollen dich ruhig sehen. Dann wechsle in einem langen Nachtritt die Richtung nach Süden."
Ich reichte ihm vom Sattel herab noch einmal stumm die Hand.
„Pass auf dich auf, Kell!"

Der Bergkamm warf lange Schatten in das Tal unter mir. Mit den ersten Sternen kroch Nebel aus dem Sumpf und hing über den Wiesen. Der aufkommende Nachtwind trug das Rauschen des Flusses herauf. Fröstelnd war ich aufgestanden und streifte mir die Jacke über.
Da stockte mir der Atem.
Eine Gestalt bewegte sich im Tal. Durch die niedrigen Nebelschleier bekam ihr Gang etwas Gleitendes und Unbestimmtes. Zielstrebig jedoch hielt sie auf die Brücke zu. Für einen Augenblick kam von dort ein Lichtschein, da

trat der Fremde unter dem Brückenbogen hervor. Er überquerte die Wiese. Bestürzt sah ich ihn auf meine Talseite wechseln. Er betrat den Wald unter mir.
Leise schlich ich bergab. Immer wieder blieb ich stehen und lauschte. Der Wald unter mir schien gefährlich lebendig zu werden. Ich kroch noch bis an den Rand einer Felskluft.
Das Geräusch der Pferdehufe verstärkte sich. Metallgeklirr wurde hörbar. Plötzlich waren die konföderierten Reiter überall und fluteten in den Sattel. Leise Flüche und gedämpfte Kommandos waren zu hören. Ich drückte mich flach ins Laub.
Zwei Männer waren unter meinem Hochsitzplatz abgesessen und berieten offensichtlich. Sie saßen um eine Sturmlaterne, deren rötlicher Schein wie ein gefährliches Auge glühte. Einer von ihnen trug einen grauen Uniformrock mit gelben Aufschlägen und Rangabzeichen. Sein Filzhut war mit wallenden Federn geschmückt. Sein Gegenüber, ein Zivilist, redete ihn mit Colonel an. Ungläubig starrte ich auf die Gestalt, die sich dazusetzte. Es war ein Blaurock! Ein Yankee-Offizier!
Die Felswand verstärkte die Worte der Männer. Ich vergaß alle Furcht und hörte wie gebannt zu. Das meiste konnte ich verstehen, das übrige reimte ich mir zusammen. Was der Zivilist äußerte, ließ mich noch kleiner werden.
„Die Männer haben ein altes Feuer gerochen!"
„Teufel noch mal, ist das wahr?", der Colonel schien richtig aufgebracht, doch der Yankee-Offizier beschwichtigte:
„Ich habe nichts gerochen, Sir. Hier war niemand. Weit und breit keine Yanks."
Einige Männer traten hinzu. Ich kam aus dem Staunen und meiner Verwirrung nicht mehr heraus. Es waren alles Blauröcke.
„Die Sache steigt morgen früh. Hier ist die Bestätigung!"
Als der Colonel das Papier hochhielt, wusste ich sofort, dieser Zivilist war das Phantom aus dem Tal.
„Keine Maskerade!" Sein Befehl kam kurz und scharf. „Die Theatergruppe kann sich abschminken. Die Yankees schießen auf alles und sofort!"
„Sie halten das für keine Falle, Sir?", fragte einer der Blauröcke.
„Dazu ist unser Mann zu gierig. Er ist zwar eine Ratte, liefert aber erstklas-

sige Informationen."
Der Aufmarsch vollzog sich weiter. Leise und in kleinen Gruppen nahmen die etwa dreihundert Reiter den Weg über den Sattel und sickerten in das Haupttal ein. Vorsichtig trat ich den Rückzug an. Von Rebellen eingekreist, lag ich in meiner Decke und konnte nicht einschlafen. Ich steckte tief in ihren Angelegenheiten. Jedenfalls hatte ich höllisch viel zu erklären, sofern sie mich erwischten.

Als ich erwachte, stand die Sonne bereits über dem Horizont. Lissy schnaubte zur Begrüßung. Ich stand auf und kaute an einem Apfel.
Da hörte ich Gespanne, die sich von Norden her näherten. Das wilde Rasseln der Räder brach ab. Ein Trupp Reiter tauchte auf. Einer der Reiter spähte durch ein Fernrohr und gab der Kolonne ein Zeichen. Die Räder rollten wieder an. Nach und nach rückten fünf Planwagen in mein Gesichtsfeld, jeder mit einem Sechsergespann Maultieren. Dazwischen marschierten blau uniformierte Soldaten mit langen Gewehren. Dahinter trabte die Nachhut.
Vor Aufregung warf ich den Apfel weg. Die Rebellen passten einen Unionstransport ab und ich saß da und konnte nichts tun.
Eine Salve peitschte durchs Tal. Maultiere brachen zusammen. Auf der Straße lagen drei Männer wie leblose Bündel. Die überraschte Vorhut feuerte wild zurück und setzte sich zu den Wagen ab. Soldaten warfen sich zu Boden und nahmen Brücke und Wald unter Beschuss.
Der Vormarsch der Kolonne war ins Stocken geraten, aber ungeachtet des heftigen Gewehrfeuers schienen die Wagenführer ein Manöver auszuführen. Sie schnitten die toten Tiere aus den Geschirren. Unter großen Mühen wurde der mittlere Wagen von der Straße dicht an den Hang bugsiert. Die Wagen davor und dahinter schlossen auf und deckten ihn vollständig ab. Die Außenwagen schwenkten nach innen. Ihre Deichseln zeigten zum Berg, die Maultiere wurden unter stetem Feuer in Deckung gebracht.
Danach schien sich die Anzahl der Gewehre, die aus der Wagenburg zurückfeuerten, auf wundersame Weise zu vermehren. Den Rebellen schlug bald ein rasendes Abwehrfeuer entgegen. Der Talkessel füllte sich zusehends mit blauem Rauch.
Ein grelles Hornsignal zerriss den Kampflärm. Aus dem Wald unter mir brach

auf breiter Front die Kavallerieattacke der Konföderierten los. Rot flatterte die Rebellenfahne mit dem blauen Schrägkreuz voran.
Die Säbel gezogen, schreiend und schießend raste die Kavalkade auf die Wagen zu. Die ersten Reiter setzten durch den Fluss. Hoch spritzte das Wasser auf.
Zwei Lichtblitze zuckten. Die beiden äußeren Wagen schienen zu explodieren. Donnernd brach das Echo und wanderte grollend weiter. Das todbringende Schwirren von Kartätschen lag in der Luft. Ein Hagel von Blei mähte die angreifenden Soldaten und ihre Pferde nieder.
Trompetenstöße riefen die Rebellen zur erneuten Attacke unter ihre Fahne. Auch aus der Wagenburg erklangen Hornsignale, die gleich zweifach, von Norden und von Süden her, aufgenommen wurden.
Im Süden tauchten immer mehr Reiter auf. Kaum hatten sie den Talausgang besetzt, trabten sie in breiter Front heran und nahmen die an der Brücke verschanzten Rebellen unter Beschuss.
Auch von Norden sprengte eine starke Kavallerieabteilung heran. Sie bog von der Straße ab und zog sich zu einem Fächer auseinander. Die Kanonen verstummten. Säbel klirrten. Die ersten Kavalleristen gerieten aneinander.
Eine Gruppe von rund hundert Konföderierten scharte sich um ihre Fahne und einen hoch gewachsenen Offizier. Sie unternahmen einen Ausfall. Wuchtig durchbrachen sie die Einkreisung und flüchteten auf die Sümpfe im Norden zu. Weitere Kartätschensalven hielten sie nicht auf.
Ein berittener Kurier versuchte das Kampfgebiet zu durchqueren. Versprengte Rebellen schnitten ihm den Weg ab. Er floh in den Wald unter mir. Ich hörte noch vereinzelte Schüsse, dann brach das Gefecht ab.
Schon während der Schlacht war mir ein Reiter aufgefallen, der auf einem Palominopferd saß und das Kampfgeschehen durch ein Fernglas beobachtete. Goldene Schulterstücke glänzten an seiner Feldbluse. Die Krempe seines Filzhutes war verwegen nach oben gekrümmt. In einem Lederhalfter steckte zu seiner Rechten ein kurzläufiger Reiterkarabiner, links hing der Säbel herab. Ihm zur Seite ritten ein Standartenträger und ein anderer Offizier. Mit ruhigen, bestimmten Gesten schien er das Geschehen vor sich zu lenken. Kuriere jagten von ihm weg zum Wagentreck. Er war abgestiegen. Aufgeregte Trompetensignale riefen zum Sammeln.

Ich sah das reiterlose Pferd aus dem Wald rennen. Der Sattel schleifte am Boden mit. Das Tier schien die besondere Aufmerksamkeit des Offiziers zu erregen. Während die Umstehenden für einen Moment in Deckung gegangen waren, schien er das feindliche Feuer zu ignorieren, rauchte unerschütterlich weiter an seiner Zigarre und prüfte und betastete das Pferd. Die Befehle, die er dann gab, ließen mich sofort in den Schutz meines Gipfellagers flüchten. Suchtrupps durchkämmten die unteren Berghänge und vertrieben die letzten Rebellen.

Sie bargen Tote und Verwundete. Verletzte Pferde wurden erschossen. Vorauskommandos brachen auf. Die Soldaten trugen die Gefallenen in eine natürliche Bodensenke und schaufelten das Grab mit Erde zu, die sie mit Steinen beschwerten, um die Kojoten fernzuhalten. Um die Mittagszeit setzte sich der Wagenzug mit der Hauptmacht wieder in Bewegung. Die Nachhut folgte eine Stunde später nach. Ich war wieder allein.

An einem Bergbach füllte ich meine Wasserflasche. Als ich der Rinne entlangsah, ragte unbeweglich aus dem dichten Rhododendrongebüsch eine Hand.

Der Mann war seit einigen Stunden tot. Die Leichenstarre hatte bereits eingesetzt. Die Trommel seines Colts war leer. Die Schusswunde am Bein hatte er sich noch selbst abgebunden, dann musste ihm ein zweites Geschoss die Schulter durchschlagen haben. Im Rücken fand ich die dritte und wohl tödliche Wunde. Seine Feldbluse war so staubverkrustet, dass ich ihn zuerst für einen Rebellen hielt. Neben ihm lag eine Tasche aus Segeltuch. Als ich sie aufhob, entdeckte ich das Signalhorn aus Messing, mit Zierquaste und der blauen, geflochtenen Kordel. Erst da sah ich die goldenen Ärmelabzeichen. In seiner Brusttasche fand sich ein Ausweisdokument.

Kenneth Reed. Haupttrompeter. Wheeling; Virginia.
4. Virginia-Kavallerie. Carr. Colonel
Mountain-Department of West-Virginia.

Etwas wie ein Plan begann sich vage in meinem Kopf abzuzeichnen. Ich nahm die Tasche und die Papiere des Toten an mich. Den Colt samt Halfter stopfte ich dazu. Die Trompete wickelte ich in meine Deckenrolle.

Ich war froh, wieder die Straße unter mir zu haben, und ritt weiter und weiter, bis die Nacht hereinbrach. Vor einem Waldstück bog ich ab und folgte der dunklen Wegspur im Gras.

„Halt! Parole!"

Das Kommando traf mich wie ein Peitschenhieb. Ich reagierte reflexartig, riss mein Pferd herum, brach seitlich an dem verblüfften Wachposten vorbei und raste krachend durch das Unterholz in den Wald. Erregte Kommandorufe drangen an mein Ohr. Ein Geschoß strich durch das Blattwerk. Aus der Postenkette zuckten zwei weitere Mündungsflammen.

Tief in den Sattel geduckt, stürmte ich weiter. Dann drosselte ich das Tempo und lauschte gespannt. Hufschlag und Geschrei kam mir entgegen. Ich wechselte die Richtung, blieb dann stehen und hielt Lissy die Nüstern zu. Ein Hornsignal ertönte. Das Trommeln der Pferdehufe entfernte sich. Im Schritt ritt ich vorwärts.

Da hielt ich staunend an. Vor mir lag ein weit auseinandergezogenes Militärlager. Dunkle Punkte waren über die Hänge des Talkessels verstreut, die Pferdeherde. Der Geruch nach Speck und Kaffee hing in der Luft. An einem Bachlauf zog sich eine Reihe exakt ausgerichteter Zelte hin.

Niemand schien überrascht oder nahm auch nur Notiz von mir. Ich ritt durch ein Spalier aus Gewehrpyramiden zielstrebig auf das spitzkeglige Zelt zu, das etwas abgesetzt von den übrigen stand. Vor seinem Eingang steckte die Regimentsstandarte im Boden. Im Hintergrund stand das Palominopferd. Ich war aus dem Sattel gestiegen, als die Zeltklappe aufflog. Ein Soldat trat mit einem leeren Tablett heraus. Er stutzte und ging kopfschüttelnd weg. Unschlüssig stand ich da. Es war pure Verlegenheit, dass ich Lissy am Stander festmachte.

Das hätte ich besser nicht tun sollen!

Stiefel trampelten durchs Gras.

„Bei allen Teufeln der Hölle! Das glaub ich einfach nicht!", polterte eine Bassstimme. Drohend stand ein Hüne vor mir. Sein Schnauzbart zitterte gefährlich. Eine ganze Reihe goldener Winkel zierte seine Ärmel. „Das ist doch die größte Frechheit, die mir bei diesem Haufen Höllensöhnen je untergekommen ist!" Er kam immer mehr in Fahrt und tobte so laut, dass an den Feuern die Gespräche verstummten.

Mitten in dieses Donnerwetter hinein ging die Zeltklappe ein zweites Mal auf. Ein großer, sehniger Offizier trat unter das Vordach. Die Feldbluse hatte er sich nur übergehängt. Die schweren Schulterstücke zeigten einen US-Adler. Das dunkelrote Halstuch trug er zu einer Krawatte geschlungen. Sein breiter Mund war zusammengepresst. In seinen Augen lag Energie. Er und dieser Hüne hatten die Fünfzig wohl schon überschritten, denn in Haar und Bart überwogen die Silbersträhnen.
Er sah mich prüfend an, blieb aber ruhig und fragte kühl:
„Was bedeutet das, Sergeant-Major?"
Aufgeregt kamen Wachsoldaten auf uns zugelaufen. Zu allem Überfluss jagte eine berittene Streife heran. Ein Posten zeigte mit dem Karabiner auf mich. Zwei Soldaten wollten mich schon in ihre Mitte nehmen, da trat ich die Flucht nach vorne an. Mit bebender, aber laut vernehmbarer Stimme hörte ich mich zu dem Offizier sagen:
„Sir, ich möchte mich freiwillig zur Kavallerie melden!"
Es wurde still. Der Hüne zuckte zusammen, als hätte man ihm einen Nackenhieb versetzt. Seine eben noch geballten Fäuste sanken herab. Auch der Offizier schien überrascht. In die Pause, die eingetreten war, setzte ich noch eins drauf.
„Mein Name ist Kelly. Ich bin sechzehn und Waise."
Interesse trat in die Augen des Offiziers. Stockend berichteten die Wachen.
„Offizier der Wache, Lieutenant Murray, Colonel-Sir!"
Die Soldaten machten einem jungen Offizier Platz, der verlegen salutierte. Der Colonel deutete auf mich und mein Pferd, hob die Zügel von Lissy an und ließ sie wieder fallen.
„Lieutenant!", sagte er scharf zu dem über und über rot werdenden Mann, „wir haben unangemeldet Besuch bekommen."
Der Leutnant wollte sich entschuldigen, aber der Colonel schnitt ihm das Wort ab.
„Ziehen Sie die Postenkette dichter ans Lager. Sie können wegtreten."
Der Colonel klopfte Lissy den Hals.
„Ein schönes Tier. Weißt du, dass du fast das Zelt des Kommandeurs gestürmt hast?"
Mutig geworden, begann ich:

„Sie heißt Lissy. Ich habe sie selbst aufgezogen."

„Reiten kannst du ...", er schien in Gedanken versunken.
„Sir, ich habe den Kampf gesehen und Ihren toten Trompeter gefunden."
„Du hast Kenny gefunden?"
„Ja, Kenneth Reed war sein Name. Ich habe seine Sachen dabei."
„Er hat Kenny gefunden!" Wie ein Lauffeuer ging die Nachricht durch das Lager.
„Junge, wie kommst du dazu?" Der Colonel starrte mich ungläubig an. Er befahl einem Offizier: „Holen Sie den Dienstältesten, Major Warren. Sagen Sie ihm, in meinem Zelt finde eine Untersuchung statt."
Ich band Lissy nun an einer Zeltnadel fest. Der Colonel hielt die Zeltklappe auf, während ich mein Gepäck hineintrug. Unter den Argusaugen des Sergeant-Majors nahm ich Lissy den Sattel ab und rieb ihr den Rücken trocken. Er wollte mich zur Eile antreiben, aber der Colonel sah mir wohlwollend zu und sagte kein Wort.
Ich hatte mein Gepäck auf einem freien Fleck im Gras abgesetzt. Vor dem Zelt wurden Stimmen laut. Der Colonel ließ die erstaunten Offiziere eintreten. Sie nahmen auf Feldstühlen Platz, die einen Tisch umstanden, der aus Munitionskisten improvisiert war. Bajonette hielten als Kerzenhalter her.
„Ich habe heute Abend überraschenden Besuch von diesem jungen Mann bekommen. Er hat uns eine Menge zu erzählen. Fang an, Kelly!"
Ich kniete mich hin und öffnete die Satteltaschen und meine Deckenrolle. Alles staunte, als ich nacheinander die Tasche, die Trompete und den Revolver des Kuriers auf den Tisch stellte. Das Ausweispapier legte ich darüber. Der Colonel ließ die Trommel des Colts klicken und sah die Kammern durch.
„Sie waren alle leer, Sir. Sein Gurt war aber noch halbvoll. Es trafen ihn drei Kugeln."
„Kenny, alter Freund", sagte der Colonel leise, und zu mir: „Du bist tatsächlich unbewaffnet. Woher kommst du?"
„Aus Michigan. Ich bin seit zwei Monaten unterwegs."
Ungläubiges Staunen. Ich zeigte ihnen die Besitzurkunde über Lissy.
„Wer ist dieser Colonel Randelbroke?"
„Er ist ein alter Mann ..." Ich erzählte ihnen von Old Hickory. Seine militä-

rische Laufbahn schien sie zu beeindrucken. Dann herrschte nur noch atemlose Stille, als ich von dem toten Briefkasten berichtete, dem Aufmarsch der Rebellen, ihrer Lagebesprechung und dass ich Zeuge des Kampfes geworden war. Das Misstrauen schwand. Sie glaubten mir.

„Sir, ich dachte schon, ich bin im falschen Krieg!" Die Bemerkung über die Maskerade der Rebellen wurde mit trockenem Gelächter quittiert.

„Das waren Morgans Leute." meinte ein Offizier, „Das ist die Handschrift von Old Hutch."

Ich war mitten in den Partisanenkrieg geraten, der in Kentucky tobte. General Morgan, einer der Partisanenführer des Südens, hatte Colonel Hutcheson, seinen fähigsten Mann, auf den Wagenzug angesetzt. Seit Cincinnati versuchte man sich gegenseitig durch Ablenkungsmanöver zu täuschen. Die Vierte Virginia-Kavallerie hatte verdeckt die Sicherung des Spezialtransports übernommen. Der Treck war mit der Kriegskasse für General Buell unterwegs, der von Nashville, Tennessee, mit über 50.000 Mann in Kentucky einmarschiert war und auf Louisville vorrückte.

Vor aller Augen fertigte ich eine genaue Abschrift der Geheimbotschaft an. Der Deckname des Spions, „André", löste Betroffenheit aus.

„Der Verräter hat nicht mit unseren Sondermaßnahmen gerechnet", drückte der Colonel seine grimmige Genugtuung aus.

Major Warren nahm meine Aussage zu Protokoll. Ein besonderes Augenmerk richteten sie auf alles, was den Reverend anging. Seine straffe, fast militärische Haltung, die roten Koteletten, obwohl sein Haar sonst dunkel war, alles schien wichtig. Es war weit nach Mitternacht, als der Colonel die Untersuchung beendete.

„Warren, ich möchte, dass Sie morgen einen Spähtrupp zurück zu dieser Brücke schicken. Die Leute sollen Kenny begraben. Ich dachte an Lieutenant Murray für diese Aufgabe."

Ich hatte mich anerboten die Männer zu führen. Von Sergeant-Major Roachs Blicken argwöhnisch verfolgt, trug ich mein Gepäck zu einem Feuer. Lissy band ich mit einem Seil an meinem Sattel fest. Dann streckte ich mich in meiner Decke aus.

Am anderen Morgen scheuchte mich der Sergeant-Major hoch. Er furchte

zwar noch immer seine Stirn, aber das war ihm wohl angeboren.
„Hör zu, Sonny." Es fiel seiner kommandogewohnten Stimme sichtlich schwer, einen nichtmilitärischen Ton zu treffen. „Da drüben ist das Messezelt. Schnapp dir was zu Essen und lass dir Proviant für zwei Tage mitgeben. Sag, dass ich dich schicke."
Ein Trooper brachte mich zu einer Gruppe Kavalleristen unter dem Befehl von Lieutenant Murray.
Wir begruben Kenneth Reed, den Trompeter des Colonel. Ich zeigte ihnen den „Briefkasten" der Rebellen, mein Gipfellager und sogar die Feuerstelle im Nachbartal. Meine Angaben wurden überprüft und bestätigt. Der junge Leutnant war sehr nett zu mir, obwohl ich ihm bei meiner Ankunft so viel Ärger bereitet hatte. Er ahnte, was mich bedrückte.
„Du hast Kenny gefunden", beruhigte er mich, „das zählt!"
Von ihm erfuhr ich mehr über das Regiment. Die Vierte Virginia-Kavallerie war aus Freiwilligen aufgestellt worden. Die meisten Männer stammten aus dem westlichen Teil des Staates, der sich nach wie vor zur Union bekannte. Sie waren General Grant, dem Oberbefehlshaber von West-Tennessee, direkt unterstellt. Nachdem die Konföderierten den Krieg nach Kentucky hineingetragen hatten, nahmen auf der Seite der Union Freiwilligenverbände den Kampf auf. Die Lage war unübersichtlich geworden. Gelang es den Rebellen, ihre Kräfte zu vereinen, waren selbst große Städte wie Cincinnati und Louisville nicht mehr sicher.
Wir holten die Marschkolonne bei einer Rast in einem Waldstück wieder ein. Colonel Carr saß mit seinem Stab bei einer Beratung. Ruhig hörte er sich den Bericht an. Er schien sehr zufrieden. Dann sagte der Leutnant etwas, deutete in meine Richtung und alles lachte schallend. Der Colonel winkte mich heran. Ich hatte Blei in den Beinen, als ich vor ihm stand.
„Der Lieutenant sagte gerade sehr drastisch, du habest einen harten Arsch beim Reiten und du seiest auch sonst zäh!" Prüfend, aber freundlich sah er mich an. „Holen Sie Roach!", rief er einem Korporal zu.
Der Sergeant-Major kam eilfertig herbei, aber bei meinem Anblick nahm sein Gesicht einen leidenden Ausdruck an.
„Wir übernehmen diesen Mann. Wenn er nicht bei dir Dienst macht, dann versieht er ihn in Ihrer Kompanie, Murray."

Die Überraschung kam aber noch. Er übergab mir die Waffe des Trompeters und seine Tasche. Nachdenklich hielt er die Trompete in der Hand.
„Deine Feuertaufe hast du ja schon hinter dir. Du bist ein genauer Beobachter. Ich brauche einen Trompeter. Traust du dir das zu?"
„Ja, Sir!", brüllte ich vor Begeisterung und alles lachte.
Mit einer Handbewegung wies er auf Roach.
„Du hast es gehört! Schau, ob er dazu taugt. Trooper Kelly tritt ab sofort in unser Regiment ein."
„Danke, Sir!" Ich strahlte.
Sergeant-Major Roach schickte einen verzweifelten Blick zum Himmel, aber dann fügte er sich ins Unvermeidliche.
Wir waren ein sehr ungleiches Paar, dieser tapsige Riese und ich. Als wir zusammen weggingen, meinte er:
„Trooper Kelly, du bist verdammt jung und verdammt klein."
„Ich bin sechzehn, Sir!"
„Hör zu, Trooper, ab jetzt redest du nur, wenn du gefragt wirst. Ist das klar?"
„Jawohl, Sir."
„Schon besser!" knurrte er halb versöhnt. „Und jetzt, Kelly, mal schau´n, ob Uncle Sam nicht ein gutes Paar blauer Hosen für dich hat."
Als mich der Regimentsschreiber in die Stammrolle eintragen wollte, hielten er und Roach die Besitzurkunde über Lissy gegen das Licht. Aber da war nichts zu machen. Ausgerechnet quer durch die letzten Ziffern meines Geburtsdatums verlief ein breiter Falz und machte sie unleserlich. Der Schreiber trug die Jahreszahl 1846 ein und überbrückte damit das Missgeschick.
Noch am selben Abend nahm ich an meinem ersten Appell teil. Nur noch die Stiefel waren mir geblieben, alle anderen Kleidungsstücke waren von Uncle Sam. Ich steckte in Feldbluse und hellblauer Hose und trug die McClellan-Mütze. Am Gürtel hingen der Colt und ein langes Messer. Bereits jetzt glaubte ich, einem wandelnden Arsenal zu gleichen. Überall kreuzten Riemen meinen Körper. Ich konnte mich nur noch unter lautem Geklapper und Geklirre bewegen. Doch diese Ausrüstung sollte in einigen Tagen noch durch den Kavalleriesäbel und den kurzen Reiterkarabiner ergänzt werden. Es glich einem Wunder, sich mit all der Last allein oder zu Pferd zu bewegen. Später lehrte mich die Erfahrung, wie viel tatsächlich notwendig war,

und das Wunder eher darin lag, mit wie geringer Ausrüstung ich überlebt hatte. Doch für mich viel wichtiger als Deckenrolle, Tornister, Feldflasche, Brotbeutel und Blechtasse war das Signalhorn des alten Kenny. Es hing unter der Achsel meines rechten Arms und erinnerte mich daran, dass ich vielleicht schon bald seinen verwaisten Platz einnehmen würde.

In den folgenden Monaten stellte sich heraus, dass die Aufgabe wie für mich geschaffen war. So bissig und knurrig der alte Roach auch tat, er mochte mich und brachte mir das Handwerk bei. Auch die Hornisten des Regiments wurden meine Lehrmeister.

Ich ritt für Colonel Carr, dessen Befehle und Depeschen ich beförderte. Da ich der Aufgabe auch unter Feuer gewachsen war, kam es so weit, dass ich fast ausschließlich zum Dienst beim Colonel abkommandiert war und mehr und mehr dem Stab zugerechnet wurde. Ich war Ordonnanz, Trompeter und Pferdepfleger. Später wurde ich auch als Patrouillengänger eingesetzt. Meine Berichte galten als genau und zuverlässig. Trotzdem fand ich immer noch genügend Zeit, meine Umgebung durch Streiche in Atem zu halten.

Ich besaß eine Sonderstellung, die in keinem Paragraphen des Dienstreglements unserer Armee geregelt war. Als Trompeter des Colonels war ich immer nah am Geschehen. Ich mochte meinen Job und lernte schon bald wie ein alter Trooper mit einem Auge zu schlafen, mit einem Auge zu wachen und immer ein Auge auf den Boss zu haben.

Die Vierten Virginischen Reiter besaßen Korpsgeist und ich, Kelly, lag da genau richtig. Immer für einen Spaß zu haben, manchmal störrisch wie ein Armeemuli, aber nie bösartig. Unsichtbar, wenn nötig, aber verdammt gegenwärtig, wenn es darauf ankam. Colonel Carr war sehr großzügig mir gegenüber. Mit Rührung denke ich daran, wie sehr diese Männer um den Jüngsten in ihren Reihen besorgt waren. Sie schützten ihn auf ihre eigene umständliche Weise und in seinem Leichtsinn bemerkte er es nicht einmal. Ich gehörte einfach dazu.

Am 8. Oktober 1862 prallten bei Perryville, Kentucky, Unionstruppen unter den Generälen Carlos Buell und Sheridan auf starke Kräfte der Konföderierten unter General Braxton Bragg und Kirby Smith. Es kam zu einer blutigen und verlustreichen Schlacht. Am anderen Morgen verweigerten die Rebellen den erneuten Kampf und zogen sich durch das Cumberland Gap nach Tennessee zurück. Die Südstaatenarmee gab Kentucky endgültig verloren.

Talbot County; Georgia
August - September 1864

Als die Truppen von General Sherman gegen die Hauptstadt von Georgia vorrückten, stieß eine Brigade der Nordstaaten-Kavallerie an Atlanta vorbei nach Süden. Ihre Bataillone operierten in lockerem Verband und hatten den Auftrag, durch überfallartige Raids, durch Sabotage der Versorgungslinien im feindlichen Hinterland Unruhe und Verwirrung zu stiften, um die Widerstandskraft des Südens zu brechen.

Was da schwerfällig und unter wildem Schwanken heranrollte, glich nur auf den ersten Blick einem Ambulanzwagen unserer Armee. Das unwillige Kreischen, mit dem sich das seltsame Gefährt mal aufbäumte, dann wieder gefährlich stark zur Seite neigte, wurde von höllischem Klappern und Klirren begleitet.
Colonel Carr trat aus seinem Zelt und nahm stirnrunzelnd die Meldung des Wachoffiziers entgegen.
Der aufgeschossene, junge Mann hatte die vier Maultiere zum Stehen gebracht. Er trug die grobe Kleidung eines Farmers. Bedächtig stieg er vom Kutschbock und wie zufällig spuckte er dabei Kautabak vor die Stiefelspitzen des Sergeant-Majors. Roach lief rot an und knurrte mühsam beherrscht etwas, das bei wohlwollender Auslegung wie „Zivilisten" geklungen haben mag.
Der andere Mann war klein und spitzbäuchig. Er plumpste förmlich auf die Bergwiese. Der schwere Revolver, der von seinem Gürtel baumelte, bot einen seltsam kriegerischen Kontrast zu dem freundlichen und neugierigen Blick, mit dem er seine Umgebung musterte. Sein Gesicht war sehr blass und bis auf einen Spitzbart glatt rasiert. Er riss ein giftgelbes Tuch aus seinem Anzug, putzte die angelaufenen Brillengläser und fuhr sich dann ächzend über Gesicht und Hals.
„Tom", rief er über die Schulter, „Tom Moodie, unsere Aufwartung für diese Gentlemen!"
Der kleine, aber imposante Mann hatte den Daumen der einen Hand in die Westentasche gehakt. Mit einer leichten Verbeugung schwenkte er seinen

Hut. Diese dramatische Geste schloss nicht nur die Umstehenden ein, sie umfasste den ganzen Berg Sentinel Ridge.

„General! Mein Name ist Horatius Avarell Butterfield aus Boston. Operateur an der fotografischen Kamera. Portraiteur. Kriegsfotograf der Regierung. Mitarbeiter der Studios des ehrenwerten Mathew Brady!"

Der Kommandeur sah hilflos zum Adjutanten.

„Carr, Colonel", kam es militärisch knapp zurück. Er blätterte in den Dokumenten, sah die Unterschrift von General Sherman auf dem Passierschein und meinte dann mit einem zweifelnden Blick auf die schwere Ausrüstung: „Wir sind eine kleine, aber sehr bewegliche Einheit, Mr. Butterfield."

Der Fotograf zeigte sich unbeeindruckt und wippte auf den Zehenspitzen.

„Colonel, wir haben an Impressionen aus dem Alltag in ihrem Stützpunkt gedacht. Porträts. Auch die Vorposten. Wir würden aber auch einem guten Kampf nicht ausweichen!"

„Nun gut, Sir. Willkommen bei der Vierten Kavallerie. Roach, weisen Sie den Leuten einen Platz an."

Aus dem rollenden Atelier wurde für die nächsten Wochen „Butterfields Studio".

Tom und ich schlugen ein Steilwandzelt auf. Butterfield nahm noch einen kräftigen Schluck aus einem Krug und verschwand dann über eine Treppe ins Innere des Wagens. Für lange Zeit hörten wir das Schieben und Rücken von Kisten und das Schlagen von Schubladen. Seine kostbare und zerbrechliche Fracht war nach einem ausgeklügelten System auf Schränke und Regale verteilt. Er roch an Chemikalien und hängte Kolben und Reagenzgläser in Gestelle ein. Mit Bürsten und einer Luftpumpe reinigte er die kastenförmige Kamera. Dann setzte er sie vorsichtig auf das dreibeinige Stativ.

Tom und ich mussten das große Wasserfass füllen. Ich war fasziniert von den schweren Plattenkästen und Instrumenten, die wir alle in das Zelt schleppten, sodass kaum Platz für zwei Schlafstellen blieb. Mr. Butterfield selbst stellte ein kleines, schwarzes Spitzzelt auf und übernahm die Ausstattung der Dunkelkammer.

Ich hatte mich sehr schnell mit den Fotografen angefreundet. Dass ich schon bald voll in ihren Arbeitsablauf eingebunden war, schien dem Colonel die beste Methode, sie unauffällig im Auge zu behalten.

Butterfield war ein amüsanter und gebildeter Mann. Oft fand ich ihn, von chemischen Dämpfen eingehüllt, über seinen Mixturen stehen. Mit seinem von Säurelöchern übersäten Kittel hatte er dann etwas von einem Hexenmeister für mich. Seine Liebe zu einem guten Schluck Whisky erklärte sich auch mit der Suche nach einem wirksamen Gegengift. Sonst trank er allenfalls starken Kaffee.

Umso mehr war ich über eine Batterie Himbeersaftflaschen erstaunt.

„Ein echtes Berufsgeheimnis, Kelly!" gab er mir augenzwinkernd zu verstehen.

Ich fühlte mich auf den Arm genommen, denn auch sein schwerer Colt, so hatte er mir versichert, sei ausschließlich zur Einschüchterung widerspenstiger Kundschaft da, um sie „stillzuhalten".

Tom klärte mich auf.

„Ein Schuss davon ins Kollodium zähmt die Schießbaumwolle und das Ganze verläuft besser."

Eine Kunst, die auch ich bald beherrschte. Das Kollodium wurde mit einem Schwung auf die Fotoplatte gegossen und durch Schwenken gleichmäßig und blasenfrei verteilt.

Über Mangel an zahlender Kundschaft brauchten sich die beiden nicht zu beklagen. Ganz anders lag die Sache, wenn sie auf Motivsuche im Stützpunkt unterwegs waren. Das eine war Routine, das andere Leidenschaft. Hatten sie ihr Opfer auserwählt, tauchte einer von ihnen die Fotoplatte für Minuten in ein Silbernitratbad, während ich vor die Kamera eilte. Wie ein Geier behielt ich unser Motiv im Auge. Es galt Windböen und Regenschauer zu berücksichtigen. Das Stativ musste dann mit Seilen festgezurrt, die Kamera mit einem Metallbarren beschwert und ein Schirm drübergespannt werden. Meine Aufgabe war es, die Opfer, meistens, meine Kameraden, über die langwierige Vorbereitungsphase hinweg bei Laune zu halten und an ihre Nachsicht gegenüber uns, von der Fotografie Besessenen, zu appellieren.

War alles in Positur, dann trug ich die vorbereitete Platte in einem Holzrahmen zur Kamera und schob sie dort ein. Unter dem schwarzen Abdecktuch wählte der Fotograf den Ausschnitt, stellte das Bild scharf und öffnete den Verschluss. Tom oder ich spurteten mit der belichteten Fotoplatte zum Dunkelzelt. Tauchte Mr. Butterfield dann vor seinem Labor auf, dann freute ich mich mit über die gelungene Ausbeute oder teilte die Zerknirschung bei einem Misserfolg.

Eines Nachmittags bog ich auf Lissy in die Lagergasse ein. Ich führte Pacer, das Palomino des Kommandeurs, am Zügel mit. Da riss ich die Augen auf. Ein Wunder!

Colonel Carr saß starr auf einem Feldstuhl vor seinem Zelt. Einen Arm hatte er auf den Säbel abgestützt. Den anderen hielt er steif abgewinkelt vor sich. Das hagere Gesicht unter dem Feldhut blickte angestrengt und verzerrt geradeaus. Tom Moodie hatte es fertiggebracht, unseren Colonel vor die Linse zu bekommen. Nun stand er aufgeregt hinter der Kamera, kostete seinen Sieg aus und rief mit heller Stimme:

„Etwas mehr lächeln, Sir, und nicht mehr bewegen!"

Düster starrte Carr durch die dunklen Moskitowolken. Ich verfolgte das Geschehen schadenfroh aus sicherer Entfernung.

Tom hatte seinen Arm unter dem Abdecktuch hervorgerissen und hielt eine flache Metallschale mit Griff steil in die Höhe. Ein feiner Draht führte von seinem Haltegriff straff nach vorne zum Verschluss der Kamera.

Ich hörte das Einschnappen. Es gab einen Knall und einen blendendweißen Blitz. Funken tanzten vor meinen Augen. Ehe ich mich versah, lag ich vor einem umgeworfenen Zelt. Die Pferde keilten nach allen Seiten aus. Überall hing Rauch in der Luft. Ich befreite mich mühsam. Unterdrücktes Husten kam von der Stelle, wo der Colonel immer noch saß. Ein feiner Aschenregen ging auf ihn nieder.

Tom hatte das Blitzpulver ausprobiert.

Auch ich durchlief damals, sehr zum Leidwesen meiner Umgebung, meine Erfinderphase. Der Magnesiumblitz hatte mich auf eine wahrhaft zündende Idee gebracht. Tom überließ mir eine ausreichende Menge kleiner Kapseln und Beutelchen und ich begann zu experimentieren. Um den gewünschten Effekt zu steigern, mischte ich Pulver bei und brannte die Mixtur ab. Nicht zufrieden mit der Wirkung, streckte ich sie immer weiter mit Pulver.

Eine Woche nach der Ankunft der Fotografen stieß ein weiterer Zivilist zu uns. Der geheimnisvolle Mann kam und ging, wann er wollte, und er schien seine Streifzüge auch auf das Niemandsland vor unseren Linien auszudehnen. Der Colonel war die einzige Person, mit der der Unbekannte in Kon-

takt stand. Mr. Butterfield musste ihn von einem anderen Kriegsschauplatz kennen, zeigte sich aber sehr wortkarg und murmelte nur das Wort „Politik".
Ich war durch die Arbeit mit den beiden Fotografen und mit meinen eigenen Experimenten so abgelenkt, dass ich nicht weiter über den Fremden nachdachte.
Dann trat etwas ein, das meine Fantasie weit mehr beflügelte. Delaware-Scouts machten für eine Nacht bei uns Rast. Die exotische Gruppe wurde von einer nicht minder verwegenen Gestalt angeführt, einem weißen Leutnant.
Feldblau mischte sich da mit dem Braun von Hirschleder. Alte Dragonerjacken und reich betresste Feldmäntel, die schon im Mexikanischen Krieg ihren Dienst getan haben mochten, standen in Kontrast zu bunten Decken, Leggins und Mokassins. An den Hardee-Hüten der Scouts steckten büschelweise Federn. Auch der Leutnant trug einen Filzhut, von dessen Schlangenhautband eine Adlerfeder wippte.
Längst hatten mich die beiden Fotografen mit ihrer Besessenheit angesteckt. Unser Jagdfieber war voll entbrannt. Umso niederschmetternder war die Abfuhr, die Mr. Butterfield erhielt, als er die ganze Gruppe ablichten wollte. Er hatte ihnen eine Kollektion seiner Arbeiten gezeigt, darunter auch das Bild vom „berühmten Soldatenhäuptling Carr", doch seine Mühe war umsonst. „Schattenfänger haben sie mich genannt!", schnaufte der Fotograf. Der Künstler in ihm war tief verletzt. „So hat es mir ihr Leutnant übersetzt und nur mit den Schultern gezuckt. Du bist meine letzte Hoffnung, Kelly! Ich muss sie für meine Sammlung haben."
Um die Mittagszeit wurde der Frieden des weit vorgeschobenen Stützpunktes durch eine Explosion erschüttert. Der Knall war immerhin so eindrucksvoll, dass die Vorposten anfragten, ob der Feind durchgebrochen sei. Zwei Zelte der B-Kompanie brachen über ihren Bewohnern zusammen.
Als mich Roach, pulverrauchgeschwärzt, neben dem kleinen Krater vorfand, über dem sich die letzten Rauchwölkchen verzogen, lagen auch in seinem Blick Blitz und Donner. Augenschein, Gerichtsverhandlung und Ratifizierung des Urteils waren die Angelegenheit eines Wimpernschlags.
Kurze Zeit später, in der größten Mittagshitze, sah man Trooper Kelly in voller Gefechtsausrüstung durchs Gelände hetzen.

Ich zählte lautstark.

„Kid, ich höre nichts! Lauter!"

Mein Atem rasselte. Die Arme brachen mir beinahe ab. Mein Kopf war rot wie eine Tomate. Aber ungerührt saß Corporal Lantry auf einer Munitionskiste, zog an seiner Pfeife und sah mir zu, wie ich die Stunde Strafdrill absolvierte. Das Programm zur Hebung meiner Kampfmoral war vom Sergeant-Major persönlich entworfen worden. Wir waren mittlerweile bei den Liegestützen angekommen. Ich hatte den Karabiner über den Tornister abgelegt, aber über der linken Schulter trug ich noch immer die Deckenrolle.

Lantry war neu bei uns, also fühlte ich ihm auf den Zahn.

„Wie geht das, Sir? Könnten sie mir das vormachen?"

Es lag schon beinahe Hochachtung in seinem Blick und neidlose Anerkennung, als ich ihm dieses Ansinnen rundheraus ins Gesicht sagte. Aber einen alten Hasen konnte ich nicht an der Nase herumführen ... Er klopfte die Asche aus seiner Pfeife. Ganz ohne Groll sagte er:

„Wetten, du kannst es!"

Ich konnte es. Es hätte die längste Stunde meines Lebens werden können, wären da nicht zwei Trooper vorbeigekommen.

„Kellyboy, du machst das wirklich gut", tönten sie mit gutmütigem Spott.

„Lantry, alter Sklaventreiber, unser Knallfrosch soll sofort zum Alten!"

Nur wenig später stand ich keuchend vor dem Zelt des Kommandeurs. Voller Missbilligung sah mich Roach an.

„Leg dein Zeug ab!", er deutete auf ein Wasserfass und eine Spiegelscherbe und gab mir sogar einen Kamm.

Nachdem ich mir die Haare getrimmt hatte und auch sonst die größten Schäden behoben waren, wollte ich schon eintreten, da ging die Zeltklappe auf und heraus trat der Leutnant der Delaware-Scouts. Er nickte mir bedeutsam zu und entfernte sich.

„Trooper Kelly, wie befohlen, Colonel- Sir!"

Der Colonel erwiderte meinen Gruß und sah mich nachdenklich an.

„Major, das ist Kelly, von dem ich sprach."

Ich war immer noch außer Atem, merkte aber schnell, dass es gar nicht um die Explosion am Mittag ging und war heilfroh deswegen. Meine Augen hatten sich an das Dämmerlicht gewöhnt. Wo vorher nur der Tabak im Pfei-

fenkopf rot aufglühte, sah ich jetzt einen schmächtigen Mann in einem Feldstuhl sitzen. Sein Blick musterte mich aus den tiefen Augenhöhlen, er verzog jedoch keine Miene. Sah man von dem grell abstechenden, weißen Kragen und der Halsbinde ab, so machte der Fremde einen ziemlich abgerissenen Eindruck. Seinen zerbeulten Derby-Hut hatte er im Gras abgelegt.
Eine Kerosinlampe verstreute ihr spärliches Licht. Der Colonel hatte die Hände auf dem Rücken verschränkt und ging auf und ab. Vor einer ausgebreiteten Karte blieb er stehen und stieß mit seinem Finger immer wieder auf einen bestimmten Punkt. Dann fasste er mich scharf ins Auge.
„Ich weiß, dass man sich auf deine Verschwiegenheit verlassen kann. Deine Art Befehle auszuführen, deine eigenwillige Selbständigkeit gaben den Ausschlag, dass ich dich holen ließ. Es geht um einen Auftrag. Deswegen ist dieser Gentleman hier."
Der Fremde beschäftigte sich eingehend mit seiner Pfeife und hielt sich weiterhin außerhalb des Lichtkegels der Lampe.
„Lieutenant Hill bist du eben begegnet. Auch er hat in gewisser Weise damit zu tun."
Ich durfte mich setzen und erfuhr so zum ersten Mal von einem Zwischenfall, über den im ganzen Stützpunkt nur vage Gerüchte kursierten.
Vor zwei Tagen war zwanzig Meilen von unserer Stellung entfernt ein starker Spähtrupp aus unserer Brigade in einen Hinterhalt geraten und aufgerieben worden. Der überraschende Einsatz von Artillerie im Niemandsland, in einem Gebiet, in dem sich beide Seiten bisher auf gelegentliche Spähtrupps beschränkt hatten, deutete auf eine vorbereitete Aktion hin.
Hill kam mit seinen Indianern von einem Sondereinsatz und war auf dem Weg zu General Shermans Hauptquartier. Der Zufall führte ihn vorbei, aber es war bereits zu spät. Starke Kavallerieverbände der Konföderierten kontrollierten das ganze Gebiet. Die Gruppe wartete einen halben Tag in Deckung ab, konnte aber keine Überlebenden mehr aufgreifen.
Kurz zuvor hatte sich ein gewisser Leutnant Otis zu diesem verhängnisvollen Unternehmen gemeldet.
Otis gehörte nicht nur Shermans Stab an, er war eine große Nummer bei den Geheimdienstleuten. Man ging davon aus, dass er hochbrisantes Geheimmaterial mit sich führte, das dem Süden unter keinen Umständen in die Hände

fallen durfte.

Ein eigener Aufklärungstrupp konnte unsere vorgeschobene Stellung gefährden. Nach eingehender Beratung mit dem Fremden hatte sich Carr zu einer ungewöhnlichen Einzelaktion entschlossen.

„Es steht dir frei zu entscheiden, ob du diesen Auftrag annimmst. Du hast das Recht abzulehnen. Nimmst du an, kannst du in große Gefahr kommen!", schloss der Colonel mit eindringlichen Worten.

Ich nahm an. 48 Stunden waren für die Aktion vorgesehen. Mein Auftrag lautete, etwas über das Schicksal von Otis und den Verbleib der Geheimpapiere herauszufinden und diese, wenn irgend möglich, zu bergen. Meine Vorbereitungen sollte ich sofort treffen und bis zum Abend damit fertig sein. Am anderen Morgen wollte mich der Colonel vor meinem Aufbruch noch kurz sprechen.

Major Allan, der Fremde, blieb weiter stumm im Halbdunkel, aber er hatte die Pfeife aus dem Mund genommen und schob Carr eine Fotografie hin. Sie zeigte einen jungen Offizier in Felduniform – Otis. Das hagere Gesicht hatte einen Zug ins Arrogante. Der Bart war dunkel und an den Seiten ungewöhnlich buschig.

„Und, Kelly, kein Wort zu Roach, denn wenn du weg bist, kriegt der ohnehin Mutterängste!" Dann, beim Hinausgehen, raunte er mir zu: „Freundchen, die Sache mit dem Feuerwerk ist nur aufgeschoben!"

Ich salutierte schnell und trat durch die Zeltklappe ins Freie. Dann machte ich mich für den Rest des Tages an meine Vorbereitungen. Roach strich zwar dicht um mich herum, aber ich ließ nichts verlauten. Schließlich zog er beleidigt ab.

Als ich am Abend zu den Delaware-Scouts ging, ruhte die Hoffnung der beiden Fotografen auf mir. Cookie hatte mir frisches Brot und einen Zuckerhut mitgegeben. Ich packte die Sachen in eine große Fixierschale und trat zu der malerischen Gruppe ans Feuer.

Es waren hoch gewachsene, ernste Männer, doch voller Freundlichkeit. Höflich wechselten sie ein paar Worte auf Englisch mit mir. Sie zeigten mir ihre Waffen: Sharps- und Spencerkarabiner, Armeecolts und Nahkampfmesser, zu meiner Überraschung aber auch Langbogen und Köcher.

Als ich die Fixierschale mit Wasser gefüllt auf einem Baumstumpf abstellte,

verstummten ihre Gespräche. Leutnant Hill hatte sich zu uns gesetzt. Ich deutete auf mein Gesicht, beugte mich über die Schale und zeigte auf mein Spiegelbild. Dann zog ich aus meiner Feldbluse eine Fotografie von mir und ließ sie herumgehen. Demonstrativ hielt ich die Fotografie ins Feuer. Die Asche fiel ins Gras, wo ich sie zertrat. Ich schüttete das Wasser aus, aber nur um die Schale erneut aufzufüllen. Und wieder deutete ich auf mein Gesicht und auf mein Spiegelbild im Wasser. Hill nickte anerkennend.
Es gab einen kurzen, erregten Wortwechsel, dann klopfte mir ein alter Delaware lachend gegen die Brust. Hill übersetzte. Morgen vor ihrem Aufbruch wären sie bereit, sich vor den Kasten des Schattenfängers zu setzen.
Sie rauchten und boten auch mir die Pfeife an. Einer von ihnen holte eine Rassel hervor. Sie war aus einem Schildkrötenpanzer gefertigt. Zu ihrem scharrenden Klang zog der alte Indianer mit seiner Hand merkwürdige Linien auf meinen Kopf und Oberkörper.
„Sie wissen von deinem Einsatz morgen", erklärte mir Hill.
Zum Abschied schenkten sie mir eine Feder. Stolz steckte ich sie an meine Mütze.

Am nächsten Morgen war berittener Appell. Alles wartete bereits auf Colonel Carr und seinen Stab. In letzter Sekunde reihte ich mich mit Lissy neben dem Standartenträger ein. Roach ritt vor dem Bataillon auf und ab und sah bereits nach der Uhr. Der Sergeant-Major kniff die Augen zusammen und ließ seinen legendären scharfen Routineblick durch die Reihen wandern. Gnade Gott dem nachlässigen Sünder, mochte er ein junger Leutnant oder einfacher Trooper sein.
Kaum hatte er mich im Blick, da schnellte sein Oberkörper vor und auf seinem Gesicht breitete sich ein Ausdruck tiefster Seelenpein aus.
„Verdammt! Trompeter Kelly vor das Bataillon!"
Ich trabte mit meiner guten Lissy vor.
„Zum Bataillon wenden!"
Lissy und ich drehten die Nasen langsam zum Bataillon.
Roach ritt um mich herum. Steil und herausfordernd ragte die Feder von meiner Mütze in die Morgenluft.
„Aha", schnaufte er, „eine Rothaut! Kelly, du musst Lincolns Geheimwaffe

gegen die Rebellen sein. Quartermaster, ich brauche Farbe. Viel Farbe!" donnerte er. Mit funkelnden Augen schlug er dabei ungeduldig mit den Ellbogen wie mit Flügeln.

„Corporal, wir brauchen Farbe!" pflanzte sich der Ruf fort.

„Trooper, Farbe", echote es, „und wo kein Schnee liegt, da kannst du schneller laufen!"

Ich erstarrte. Die Männer schlugen sich auf die Schenkel. Ein Trooper kam mit zwei Farbtöpfen und einem Pinsel angerannt und setzte sie ab.

Voller Besorgnis sah ich zum Kommandeurszelt. Nur von dort konnte noch Rettung kommen. Umsonst! Roach zog mir über die linke Gesichtshälfte, nur vom Auge unterbrochen, einen dicken, schwarzen Strich. Rechts malte er mit roter Farbe zwei kräftige Zickzacklinien. Er klopfte sich die Hände ab und betrachtete sein Werk voller Genugtuung. Ich war wütend und ließ Lissy tänzeln und einen Kreis reiten. Roach war baff. Aber noch ehe er an eine Reaktion denken konnte, legte ich die Finger an meine Mütze und rief: „Kelly im Einsatz!", ich raste in voller Kriegsbemalung davon, das Johlen meiner Kameraden in den Ohren.

In großer Erregung hatte ich die Wachlinie durchbrochen. Noch ehe die Vorposten reagieren konnten, war ich den Hang hinabgestürmt. Schon schlugen die Büsche hinter mir zusammen. Wieder ruhiger geworden, ließ ich mein Pferd in eine langsame Gangart fallen. Ich wollte Lissy so weit wie möglich mit nach vorne nehmen.

Der Colonel hatte mich gewarnt:

„Johnny Reb hört das Gras wachsen und sticht giftig wie eine Hornisse zu." Daher vermied ich alles, was auch nur entfernt an eine Wegspur erinnerte. Weiträumig umritt ich zerfallende Gehöfte und Feldscheunen, immer auf der Hut vor Heckenschützen. Der Urwald eroberte sich das Farmland rasch zurück.

Der Morgen war in den Vormittag übergegangen. Auf einer kleinen Lichtung streifte ich mir die fadenscheinige Uniform eines Gefreiten der Rebellen über. Ich besaß keine Mütze, dafür zeigte das Koppelschloss in seinem Oval die Buchstaben: C. S. A., Konföderierte Staaten von Amerika.

Ich überprüfte meinen Colt und sah die Zünder der drei Dynamitpatronen durch, die ich in der Kuriertasche hatte. Dann aß ich die Pfannkuchen, die mir der Cookie mitgegeben hatte. Als ich an einem Bach die Feldflasche auffüllte, versuchte ich mir die Farbe aus dem Gesicht zu waschen. Aber ich verschmierte sie nur noch mehr. Resigniert gab ich auf. Lange prüfte ich aus der Deckung heraus das Umland. Meine Uniform lag versteckt in einer Baumhöhle. Lissy war gesattelt und locker an den Vorderbeinen gefesselt. Wie ein Schatten huschte ich über Lichtungen, kroch auf Händen und Füßen, um erneut blitzschnell loszurennen.

Am frühen Nachmittag saß ich in einem schützenden Feldgehölz neben einem Karrenweg und trank die Feldflasche leer. Es war schwül und windstill, wie vor einem Gewitter. Bevor ich weiter zog, rieb ich alle Metallteile an meiner Ausrüstung mit Staub ein.

Ich muss noch heute darüber lachen, aber in dieser Situation schlug ich die Richtung ein, die mir eine abfliegende Amsel gab. Das war lange, bevor die Indianer meine wahren Lehrmeister beim Lesen einer Fährte werden sollten. Ich besaß die Fähigkeit, Wegzeichen zu deuten. Mein Unterbewusstsein hatte die Störungswellen, die sich ausbreiteten, registriert und entschieden. Ich folgte einem Vogel.

Schließlich brauchte ich nur noch meiner Nase nachzugehen. Der aufkommende Wind trug den Geruch von Tod und Verwesung über das Tal. Verkohlte Baumstümpfe ragten in den Himmel. Graue Gestalten bargen Gefallene und trugen sie zu einem allein stehenden Baum. Sie suchten etwas, denn ihre eigenen Toten hatten sie längst begraben. Vorsichtig kam ich näher. Als zwei Suchtrupps etwa gleich weit von meinem Versteck entfernt waren, holte ich tief Luft und trat aus der Deckung. Gebückt spähte ich um mich, stets bemüht, zwischen den Gruppen zu bleiben.

Es muss mein Schicksal sein. Ich kauerte am Boden, da fiel ein Schatten auf mich. Ein First Sergeant der Konföderierten, was sonst! Ich laufe immer allen Sergeants dieser Welt in die Arme.

„Beim Heiligen Patrick! Bist du ein Gespenst oder gehört dieses dreckigste aller Gesichter einem Gefreiten unserer glorreichen Südarmee?"

Ich schoss hoch und salutierte:

„Gefreiter O'Neill!"

Der Mann litt stark unter der Hitze. Die offene Feldjacke gab den Blick auf das verschwitzte Unterhemd frei und die Hosenträger, die die hellblauen

Hosen über seinen beachtlichen Bauch zwangen. Er hob seine Mütze und wischte sich mit dem Zipfel seines Halstuchs übers Gesicht. Der rote Mützendeckel wies ihn als Artilleristen aus.

„Du bist also'n Ire, O'Neill", kam es sehr bedächtig zurück.

Ich frohlockte, er war umgänglich. Das Enfieldgewehr, an dem er unschlüssig herumgezerrt hatte, blieb auf der Schulter.

„Sag mal, du bist nicht etwa verwundet?"

„Nein, Sir! Farbe, Sir! Hatte eine Auseinandersetzung mit einem Kameraden."

„Was hast du da für eine hübsche Yankeekanone?"

„Die, Sir", ich riss das Halfter auf und hielt ihm meinen 44er schussbereit unter die Nase, „die hab ich bei einer Wette gewonnen."

„O'Neill", schnaufte er vorwurfsvoll, „Raufhändel und Spielteufel, das klingt aber gar nicht gottesfürchtig."

Er war beeindruckt von meiner Schnelligkeit und sichtlich froh, als ich den Colt wegsteckte. Dabei sah er mich nachdenklich an. „Sammelst du hier Pilze? Denn dass du spazieren gehst, das sehe ich."

„Sir, ich habe meine Einheit verloren. Fünfte Alabama Mounted Rifles."

Er überflog meine falschen Papiere. Es erschien ihm plausibel.

„Mensch, O'Neill, du bist ja tatsächlich ziemlich fertig."

Ich hatte zwei gut getarnte Wachposten entdeckt. Ahnungslos war ich zwischen ihnen durchmarschiert. Ich musste mich setzen, so sehr zitterten mir jetzt die Knie.

„Du lässt dir was zu essen geben, danach kannst du in meinem Auftrag spazieren gehen. Sergeant O'Connor schickt dich, kannst du dem Feldzeugmeister sagen. Es kommen ein paar hohe Tiere, die führen so eine Art Untersuchung durch. Wenn du'n toten Yankee findest, markierst du die Stelle."

Ich war schweißgebadet, doch für den Moment in Sicherheit.

„Und heute Abend, Söhnchen", wollte mich der Sergeant beruhigen, „bringen wir dich zu deinen Leuten zurück. Sollen sich die mit dir herumärgern. Denen erzählst du dann, wo dein Gaul und dein Gewehr geblieben sind."

„Ich komme von Sergeant O'Connor!", kaum ausgesprochen, bekam ich schon meine Ration Tee, Brot und Maisbrei. Ich aß unter der Kriegsflagge der Rebellen. So ein Sergeant ist wie ein Geheimschlüssel, du darfst nur nicht auf seiner Abschussliste stehen. Der Posten wollte schon böse werden, als ich die Plane anhob, die die gefallenen Unionssoldaten abdeckte.

„Sergeant O'Connor hat gesagt ...", und schon blieb ich unbelästigt. Ich hatte einen toten Captain gesehen, aber keinen Leutnant.

Es blieb wenig Zeit. Fast im Laufschritt stolperte ich über die verbrannte Erde. Einmal gehorchte ich der traurigen Pflicht und markierte die Stelle, an der ein verschütteter Soldat lag. Schon sehr bald bewegte ich mich weg vom Zentrum des Kampfgebietes an seinen Rand. Es erschien mir klüger, an Rückzug und Flucht zu denken. Doch vorher wollte ich einige Granattrichter untersuchen, die abseits lagen.

Ich blieb an einem Stück Holz hängen. Mit bloßen Händen grub ich eine zersplitterte Wimpelstange aus. Dann stieß ich auf den Schwalbenschwanz-Wimpel. Kreisförmig suchte ich das Gebiet ab. Die aufgeworfene Erde rutschte an einer Stelle nach und gab ein Bein frei. Es war ein Corporal. Ich grub einen Arm bis zu der mit schwerer Goldlitze eingefassten Schulterklappe aus. Mein Herz hämmerte. Der einzelne Streifen zeigte mir, die Suche war zu Ende. Der Kopf des Verschütteten war zerschmettert. Unter großen Mühen legte ich den Körper frei und zog ihn tiefer in Deckung. Aufmerksam beobachtete ich dabei die Posten, aber alles blieb ruhig. Die Hände flatterten mir, als ich die Uniformjacke des Toten öffnete. Militärpapiere bestätigten, ich hatte First Lieutenant Otis gefunden.

Ich schnitt das Jackenfutter auf und fand Briefe und Dokumente. Ein Geldgürtel, ein Brustbeutel, eine goldene Uhr, alles wanderte in meine Kuriertasche. Ein Stiefelabsatz war halb abgerissen. Ich bog ihn ganz ab und fand eine Metallhülse. Auch der andere Absatz war hohl und zeigte das gleiche Ergebnis.

Bei flüchtiger Durchsicht gab es da Skizzen von Stellungen, Gesprächsprotokolle, Aufstellungen über Truppenstärken, Abschriften von Befehlen und chiffrierte Texte. Bei der Abfassung bestimmter Schriftstücke hatte Otis seine Handschrift verstellt.

Dann starrte ich den Toten an. André! Der Name André stand auf einer Anweisung über einen hohen Geldbetrag. Der tote Otis trug einen Goldring im Ohr. Sein Bart war an der Seite feuerrot. Wie der Reverend, sagte mir meine

Erinnerung. Der Mann arbeitet doch für uns, schüttelte ich diesen Gedanken ab.
Beschwingt und leichtfüßig machte ich mich auf den Rückweg. Sergeant O'Connor würde schon bald an mich denken.
Es war Abend geworden. Keuchend hatte ich mich den Hang hinaufgequält. Ich warf mich sofort zu Boden. Unter mir, am Grund eines Steinbruchs, stand eine Batterie Napoleon 12-Pfünder-Kanonen, an die Protzen gehängt, und zusätzliche Munitionswagen. Der Steinbruch öffnete sich auf ein sauber ausgerichtetes Feldlager – Südstaaten-Kavallerie in halber Regimentsstärke. Nur am Eingang waren Wachen postiert. Die Pferde standen an langen Picketseilen oder in Seilcorrals. Von dieser geheimen Basis aus musste das Verhängnis für unseren Spähtrupp seinen Lauf genommen haben. Ich würde den Rebellen meine Visitenkarte zurücklassen.
Es war schon dunkel, da kroch ich an die Abbruchkante des Steinbruchs. Ich ließ die Lunten halb abbrennen, dann schleuderte ich die Dynamitpatronen hinab.
Es wurde taghell und der Berg erdröhnte von drei schweren Schlägen. Holz und Gesteinsbrocken wirbelten durch die Luft. Granaten krepierten. Munition sprühte in den Nachthimmel. Teile des Waldes standen in Flammen, Staubwolken brodelten vor dieser Kulisse. War auch die meiste Zerstörungskraft im Steinbruch verpufft, im Lager herrschte Chaos. Patrouillen schwärmten aus. Längst war ich aufgesprungen und raste im Zickzack durch die Nacht, die immer wieder gefährlich hell erleuchtet wurde. Meine Jacke qualmte. Wirkungslos peitschten mir einige Schüsse nach.
Mit gezogenem Colt hetzte ich weiter. Schwer atmend blieb ich auf einer Wiese stehen. Eine dunkle Masse bewegte sich auf mich zu. Ein Schnauben erklang und Lissy rieb ihre Nase an mir. Ohne die Uniform zu wechseln, ritt ich los. Noch war ich relativ sicher. Auch kannten die Rebellen nicht die Stärke ihres Gegners. Aber vor unseren Linien würden sie mir auflauern.
Es gelang mir, die konföderierten Suchtrupps bis Sonnenaufgang hinzuhalten. Mehrfach wurde ich angerufen. Als ich nicht darauf reagierte, sondern mein Pferd nur noch tiefer zwischen die Bäume trieb, da schützte mich auch die Uniform nicht länger. Der wilde Rebellenschrei hallte durch den Wald. In halsbrecherischem Tempo stürmte ich auf eine Lichtung. Vor mir erhob sich

der sanft gewellte Sattel des Sentinel Ridge. Ich riskierte einen Blick über die Schulter. Die grauen Reiter kamen näher.

Plötzlich war die Luft von einem Schwarm heulender Geschosse erfüllt. Erdfontänen spritzten auf, aber die Detonationen blieben hinter mir zurück. Unsere Batterie hatte das Feuer eröffnet. Der Ansturm der Verfolger geriet ins Stocken. Männer und Pferde gingen zu Boden. Von der Seite knatterte Gewehrfeuer. Zwar lag es momentan noch schlecht platziert, doch musste ich ohne Deckung unsere Vorposten erreichen.

Die Wut der Verfolger schien sich noch gesteigert zu haben, als für sie feststand, sie verfolgten nur einen einzigen Mann zu den Unionslinien. Mit unverminderter Härte setzten sie nach und versuchten mir den Weg abzuschneiden. Ein einzelner Reiter brauste auf mich zu. Weit vorgebeugt, wies die Spitze seines Säbels auf mich. Ich feuerte einen hastigen Schuss auf ihn und schwenkte ab.

Da nahm ich die Bewegung wahr. Aus einem Einschnitt über mir stürmten Blauröcke.

„Kelly!", krächzte ich und schrie und winkte. Sie erkannten mich. Flach über dem Pferdehals durchbrach ich unsere vorderste Linie. Nur haarscharf entkam ich einem herabsausenden Gewehrkolben. Ein heißer Blitz zuckte mir ins Gesicht. Ich bremste ab. Da wuchs ein baumlanger Soldat aus dem Gras. Es krachte und ich segelte vom Pferd.

Ich fand mich prustend am Boden wieder. Man hatte Wasser über meinem Kopf geschüttet. Ganz in der Nähe tobte der Colonel.

„Ich bringe Sie vor ein Kriegsgericht! Um ein Haar hätten Sie meinen Kundschafter abgeschossen!"

Der Regimentsarzt beugte sich über mich. Ich bestand nur noch aus Schmerzen.

Ich erwachte im Sanitätszelt. Es war früh am Morgen. Die Zeltklappe stand weit offen, angenehm kühl strömte die Luft herein. Mühsam richtete ich mich auf. Ich trug einen Stirnverband. Stöhnend betastete ich mein Kinn. So fand mich der Sergeant-Major.

„Der Doc kommt gleich!" Vergnügt rieb er sich die Hände. „Junge, Junge." Er schüttelte den Kopf, dann platzte er heraus: „Du sahst aus wie der Leibhaftige. Halbnackt, in diesen verbrannten Uniformfetzen. Und dann die

Kriegsbemalung! Wir schrien: Feuer einstellen, aber Bucky, dieser Idiot, hat abgedrückt. Es tut ihm mächtig leid! Keine Ahnung, wo du hinreiten wolltest. Anson hat dich dann vom Pferd geholt."
Er sah, wie ich mir das Kinn hielt und meinte entschuldigend:
„Als du wie ein Waldteufel über ihm warst, da hielt er dich zuerst für einen unserer Mohikaner. Immerhin, du trugst doch Rebellenmode! Er stoppte dich mit einem linken Haken."
Ich flüsterte und er trat näher. Als er das Wort „Kanonen" hörte, da ging ein Strahlen über sein Gesicht.
„Unser Colonel! Zuerst wollte er dich in der Luft zerreißen! Als dann der Feuerzauber hinter der Front losging, da hat er mir gebeichtet, warum du draußen warst. Jetzt gab es für ihn kein Halten mehr. Die Batterie war in Feuerbereitschaft. Er schickte den Beobachter in den Ausguck. Gestern früh, kaum warst du in Reichweite, ließ er reinhauen, was das Zeug hielt, damit du wieder Luft bekamst."
Ich hatte eine leichte Gehirnerschütterung. Die nächsten Tage verbrachte ich im Sanitätszelt. Der Colonel war gutgelaunt. Er erkundigte sich nach meinem Befinden, verdonnerte mich aber erneut zu absolutem Stillschweigen.
Eines Morgens zogen vor meinem Zelt Wachsoldaten auf. Roach verscheuchte einige neugierige Kameraden. Colonel Carr erschien an der Spitze mehrerer unbekannter Offiziere, darunter war auch Major Allan. In seiner Anwesenheit wurde ich von den Abwehroffizieren verhört. Er pfiff anerkennend durch die Zähne, als ich erzählte, wie ich Otis durchsucht hatte. Sie machten eine Menge Aufhebens davon. Ich hatte an Ort und Stelle nur einen kurzen Blick auf die Beute werfen können. Der entscheidende Rest meines Auftrags war es, die eigenen Linien zu erreichen.
„Wollen Sie nicht zu uns kommen, junger Mann?", schlug Major Allan beim Abschied lachend vor.
Ich schüttelte nur den Kopf.

Es kam der Tag, an dem ich wieder regulären Dienst tat. Colonel Carr selbst leitete die Flaggenparade. Während das Sternenbanner aufstieg, gab ich die vertrauten Signale. Nach der kurzen Zeremonie saß der Colonel lässig in den Sattel gelehnt und musterte das Regiment mit einem nahezu belustigten

Blick. Als er, entgegen jeder militärischen Etikette, ein Bein über den Sattelknauf legte, da glich er mehr dem Boss eines Trails, der wohlgefällig seine Herde musterte, als einem korrekten Offizier der US-Kavallerie. Er wusste, dass er einen Haufen erfahrener Veteranen vor sich hatte. Ohne sich umzudrehen, schnippte er mit den Fingern.

„Thornburg, mein Büro!"

Eilfertig ritt der Adjutant, ein frischgebackener West Pointer, heran und überreichte ihm eine Mappe. Ein Wust von Papieren quoll aus ihr hervor. Angewidert wühlte er darin herum, überflog einige Blätter und heftete dann erneut seinen Blick auf uns.

„Beschwerden!" rief er aus. „Was ist bei euch da vorne los? Vorpostengeplänkel. Aber wenn ich mich nicht irre, ist Uncle Sam jetzt hübsch zufrieden mit uns!"

„Dann ist da mein alter, erfahrener Sergeant-Major."

Ich schielte zu Roach hin. Der hüstelte und schaute konzentriert weg.

„Anstatt einem gewissen Heißsporn die Federn zu stutzen, da streicht er ihn mit Uncle Sams kostbarer Farbe an. Gott sei Dank, der Betreffende hat sie ja fast vollständig wieder zurückgebracht."

Gelächter kam auf. Meine neue McClellan-Mütze war mir mit einem Mal viel zu eng.

„Anstatt ihn zu bremsen, gehen einem gewissen Trompeter sämtliche Pferde durch und wir glaubten schon, er ginge zum Feind über!" Wahrhaftig, so hatte ich die ganze Sache noch nie betrachtet!

„Trompeter vor das Bataillon!" Die Stimme des Kommandeurs war schneidend geworden. Kaum hatte ich mein Pferd herangeführt und salutiert, brach das Donnerwetter los.

„Und hier mein Trompeter. Unerlaubtes Entfernen von der Truppe. Zum Appell nicht erschienen. Termin beim Kommandeur – nicht erschienen. Waghalsiges Durchbrechen der Wachlinie. Parolen sind gänzlich unbekannt für ihn. Trompeter, ich sage dir, das reicht fürs Kriegsgericht!" Der Kommandeur breitete mein erstaunliches Sündenregister aus. „Beschwerden auch von der B-Kompanie. Dort mussten einige Zelte neu aufgebaut werden. Schluss mit den Experimenten! Du wirst sonst zum Fußsoldaten degradiert!"

Im Geiste sah ich mich Berge von Kartoffeln schälen und ganze Halden an

Sätteln und Zaumzeug warteten nur darauf, von mir geflickt zu werden. Ich malte mir aus, wie die schönen Jahre meiner Jugend mit dieser Tätigkeit verstreichen würden und hatte bereits Mitleid mit mir bekommen, da schloss der Colonel:

„Auf die eine oder andere Weise bekommst du es fertig, gegen fast alle Vorschriften zu verstoßen – und trotzdem", er konnte sich das Grinsen kaum verbeißen, „gibt es eine Vorschrift, die von der harten Erfahrung im Feld verfasst wird. Und die werde ich heute anwenden. Generalamnestie, Kelly! Aber achte darauf, dass dein Konto nicht so bald wieder überzogen ist!"

Ich grüßte stramm und wollte mich schon verdrücken.

„Trompeter, Signal Saber!", kam überraschend das Kommando.

Ich schwang mich auf mein Pferd und riss das Horn an die Lippen.

Thornburg händigte ihm ein Kuvert aus. Er brach das Siegel auf. Das ganze Kommando hatte die Säbel gezogen und salutierte.

„Ich habe die Ehre, folgendes bekannt zu geben: Atlanta ist gefallen! General Sherman und das Oberkommando halten seit gestern die Stadt besetzt."

Der Jubel war ohrenbetäubend. Als sich der Lärm gelegt hatte, riss der Colonel einen zweiten Umschlag auf.

„Trompeter, wenden Sie sich zum Bataillon!"

Ich stand grüßend zum Bataillon.

Der Colonel verlas:

„Oberbefehlshaber an Kommandeur. Geheimhaltung aufgehoben.
Für hervorragende Tapferkeit unter Feuer, für die erfolgreiche Durchführung eines Auftrags, der entscheidend dazu beigetragen hat, dass großer Schaden von den Truppen der Union abgehalten werden konnte, verleihen wir Frank Luther Kelly, Trompeter beim Stab der 4. Virginia-Kavallerie, die ‚Medal of Honor'.
William Tecumseh Sherman, Oberbefehlshaber."

Unter dem Johlen der Kameraden lenkte der Colonel sein Pferd an meine Seite und heftete mir die Auszeichnung an. Verlegen sah ich an mir herab. Am kurzen Ordensband in den Farben der Republik hing unter einem Adler mit ausgebreiteten Schwingen der Medaillenstern. Er salutierte vor mir und

schüttelte dann herzlich meine Hand.
„Wir sind stolz auf dich!"
In einer kurzen Rede gab er bekannt, dass ich nicht nur Geheimpapiere sichergestellt hatte.
Gleichzeitig hatte ich damit den Nachweis erbracht, dass Otis der lang gesuchte Doppelagent war. Unter seinem Decknamen André war man ihm bereits hart auf den Fersen gewesen. Die Rebellen hatten seine Gefangennahme inszeniert, waren aber in ihrem Realismus auf tödliche Weise zu weit gegangen.
„Obwohl ich dein Verhalten über weite Strecken nur missbilligen kann, habe ich mich nicht widersetzt, als man dich für diese Auszeichnung vorschlug und eine Stellungnahme von mir verlangte!"
Der Colonel winkte Thornburg heran. Dieser gab ihm ein Fernglas, das er mir weiterreichte.
„Du wirst es in Zukunft brauchen, Kundschafter!"
Ich dankte dem Geschützoffizier. Roach war der Nächste, der mir gratulierte.
„Gut gemacht, Kleiner!"
Mühsam befreite ich mich aus dem Schraubstock, den er für einen Händedruck hielt.
„Danke für die Schutzfarbe, Sir!"
Er grinste breit.
„Cavalry Boy, ich habe nur für Uncle Sam Regierungseigentum markiert."
Noch am gleichen Nachmittag erhielt Mr. Butterfield den Auftrag, ein Konterfei von mir anzufertigen. Wie immer stritten sich die beiden Fotografen um die Belichtungszeit.
„Wir haben Südwind Tom, und damit gelten drei Sekunden!"
„Aber, Sir, er kommt mehr aus Westen, Sie selbst haben immer gesagt, fünf Sekunden sind dann das Maß."
Ich starrte angestrengt in die Linse und litt. Colonel Carr war die ganze Zeit mit dabei. Ganz gegen seine Art mischte er sich ständig ein, verbesserte meine Haltung und gab Anweisungen, sodass schließlich selbst Mr. Butterfield überrascht unter dem Abdecktuch hervorsah. Endlich war er ruhig und ich atmete auf. Aber bevor mich die Moskitos erneut umschwärmten, glaubte ich ein schadenfrohes Leuchten auf Carrs Gesicht gesehen zu haben.

Einige Wochen später überreichte mir der Colonel eine vertrauliche Mitteilung.

„Achtung, Kelly, die Rebellen sind auf dich aufmerksam geworden! 500 Dollar Kopfgeld sind auf dich ausgesetzt."

Die Nachricht war mit „Allan" unterzeichnet.

„Major Allan?", fragte ich überrascht.

Der Colonel nickte.

Bei Kriegsende hatte sich die Summe auf 700 Dollar erhöht. Der Süden hat sie aber nie ausbezahlen müssen.

„Major Allan" war der Deckname von E. J. Pinkerton, dem Leiter des Geheimdienstes und der Spionageabwehr. Er tauchte stets in vorderster Linie auf.

Savannah fiel am 21. Dezember 1864. Weit draußen auf dem Atlantik sahen wir die riesige Blockadeflotte unter Admiral Farragut schaukeln. Zu Beginn des neuen Jahres drangen wir in die Carolinas vor. Irgendwo im Norden wollten wir uns mit General Grant vereinigen.

**City Point; Virginia
März - April 1865**

Seit einer halben Stunde ritten wir durch den tief gestaffelten Belagerungsgürtel. Über Knüppeldämme und auf abenteuerlichen Pionierbrücken durchquerten wir ein Sumpfgebiet. Sperrverhaue wurden vor uns weggeräumt und sofort wieder geschlossen.
Über 100.000 Mann der Potomac-Armee lagen in einem weiten Bogen um Richmond und Petersburg in Stellung. Sie hausten in Erdlöchern, Zelten und Unterständen und warteten auf die blutigste Schlacht des ganzen Krieges.
Im Westen der Front tobte ein Artillerieduell. Die Detonationen nahmen an Heftigkeit zu. Schwere Geschützsalven schlugen in die Stellungen der eingeschlossenen Süd-Armee.
Der Wind fing sich knatternd in Mantel und Feldbluse, aber es war mild und trocken, die Regenumhänge konnten aufgerollt hinter dem Sattel bleiben. Posten salutierten. Ich deutete auf ein Blockhaus, neben dem sich ein Telegrafenwagen befand. Der General nickte. Soldaten des Signal Corps richteten Masten auf und zogen Drähte für eine zusätzliche Leitung.
Vor dem Eingang standen Doppelposten. Links wehte die Fahne der Union, rechts steckte ein Strauß Divisionsstandarten der Potomac-Armee.
„Melden Sie General Carr, Colonel."
Grants Adjutant ging zurück ins Haus. Wir stiegen ab. Ich führte die Pferde beiseite.
Der Generalleutnant lehnte lässig gegen die Tür des Hauptquartiers. Er zog an der unvermeidlichen Zigarre. Offensichtlich wollte er ausreiten, winkte aber ab, als die Stallwache seinen Rappen vorführte. Die Knöpfe an der groben Uniformjacke waren offen. Nur die drei Sterne auf der Schulter kennzeichneten seinen Rang. Unglaublich konzentrierte Augen funkelten aus dem bärtigen Gesicht.
„Vierte Virginia-Kavallerie wie befohlen, Sir!" General Carr salutierte.
Grant nahm die Zigarre aus dem Mund und dankte.
„James, alter Freund. Fein, dass du da bist. Willkommen auf den Wällen von Petersburg!" Freundschaftlich fasste er Carr an der Schulter und führte ihn zu einer Holzbank unter einem Ahorn.

Ich stellte mich hinter Carr auf.

„Was macht Bill Sherman?"

„Er hält Hood und Johnston ziemlich kurz. Reine Abnutzungskämpfe, Sir. Keine Chance, auf Lee vorzustoßen. Bill hält den Deckel drauf. Gott sei Dank hat der Regen aufgehört!"

Grant knurrte beifällig.

Die lange Regenperiode des Spätwinters hatte uns auf dem Vormarsch durch Nord-Carolina schwer zu schaffen gemacht. Seit wir uns bei Goldsboro von Shermans Hauptmacht getrennt hatten, herrschte mildes, trockenes Wetter. Auf den Saatfeldern lag das erste Grün. Der Krieg, nun in die Endphase getreten, war wieder in den Osten, zu seinem Ausgangspunkt, zurückgekehrt.

„James, das Netz zieht sich zu." Der Generalleutnant kaute auf seiner Zigarre. „Wir müssen es schaffen. Das Schlimmste für das Land wäre ein jahrelanger Guerillakrieg. Wann, sagst du, kommt Bill nach?"

„Er sagte am Montag, das wäre der 27. März."

„Gut! Übrigens, ich bekomme morgen Besuch vom Präsidenten. Ich habe ihm gesagt, dass ich ihn gerne sehen möchte. Es wird ihm gut tun, einmal weg von Washington und den Intrigen zu sein. Er war einige Tage krank. Alter Freund, du musst mir helfen! Halte dich bereit, er ist begierig, aus erster Hand von Sherman, unserem ‚verschollenen General', zu hören. Wir besuchen die Truppe, er will Lazarette sehen und am Kriegsrat teilnehmen."

Grant kam zum Schluss. „Du willst dich jetzt sicher um deine Leute kümmern? Trotzdem, ich erwarte dich morgen Abend auf der ‚River Queen' zum Dinner mit dem Präsidenten."

Carr wehrte ab, aber der Oberbefehlshaber sagte lachend:

„Du tust mir wirklich einen Gefallen, James!"

Er war sichtlich erleichtert, jemanden zu haben, auf den das Feuerwerk der Fragen niedergehen würde.

„Wo stehen deine Leute?"

„Zwei Meilen von hier. Hopewell heißt der Flecken. Sie trocknen ihr Gefieder."

Grant lachte.

„Ich verstehe. Haltet euch, bis Bill kommt, zu meiner Verfügung. Sollte Lee durchbrechen, brauche ich dich als Verbindung zu Phil Sheridan." Er rief

seinen Adjutanten. „Porter, setzen Sie eine schriftliche Anweisung für den Generalquartiermeister auf. Besorg dir Ausrüstung und Proviant."
Carr nickte dankbar. Colonel Porter brachte die ausgefertigten Befehle. General Carr drehte sich zu mir um.
„Das ist für Roach. Ein Arbeitskommando geht zum Arsenal. Der Lieutenant-Colonel soll eine Stellung beziehen lassen."
Ich verstaute die Papiere in meiner Feldbluse.
Grant deutete mit der Zigarre auf mich.
„Einer deiner Teufelskerle?"
„Sie haben den Nagel auf den Kopf getroffen, Sir!"
„Was machen Sie nach dem Krieg, junger Mann?", wollte Grant von mir wissen.
„Eigentlich will er nach Westen", antwortete Carr für mich, „aber er hat den Umweg über diesen großen Krieg gewählt!"
„Danke, Trooper!"
Ich war aufgesessen, salutierte und ritt zurück zum Regiment.

Ich stand, frisch gewaschen und nach langer Zeit das erste Mal wieder in sauberer und vollständiger Uniform, vor dem Zelt des Kommandeurs und hielt die Pferde. Der General trat in voller Gala heraus und rückte sich den schwarzen Filzhut in die Stirn. Er gab dem Adjutanten noch einige Anweisungen, dann schwangen wir uns in den Sattel und ritten aus dem Feldlager; der General voraus, dahinter der Standartenträger und ich, der Stabstrompeter.
Es dämmerte bereits, als wir von einer Anhöhe auf City Point herabsahen, der Nachschubbasis von Grants Armee. Es herrschte lärmende Geschäftigkeit. Die große Zelt- und Barackenstadt lag in Licht getaucht und schien auch nachts keine Ruhe zu finden.
Der James River war an dieser Stelle zwei Meilen breit. Dicht gedrängt lagen an den langen Kaianlagen Schleppkähne neben hochseetüchtigen Klippern und Dampfschiffen, ein Meer aus Segeln und Schornsteinen.
Wir ritten die breite Fahrspur hinab und erreichten den Landungssteg. An seinem Ende hatte ein großer Schaufelraddampfer festgemacht. Auf seinem Radkasten prangte verschnörkelt der Name „River Queen". Neben dem

Dampfer lag die „Bat", ein kleines Panzerschiff.
Ein Mann von der Stallabteilung brachte unsere Pferde in einem Armeedepot unter. Der General sah, wie Ansons Blick der Reihe der Schnapsbuden folgte.
„Sie sind im Dienst, Corporal. Um 10 Uhr sind Sie mit den Pferden hier."
Anson hob – wie zum Schwur – drei Finger an seine Mütze und verschwand in der Budenstadt.
Die „River Queen" war festlich mit Girlanden und Kokarden geschmückt. Fackeln brannten. Überall standen schwer bewaffnete Marinesoldaten. Kaum waren wir an Deck, als General Grant die Schiffstreppe herabgepoltert kam. Auch er glänzte heute in Paradeuniform. Unter dem Koppel trug er eine breite goldene Schärpe.
Die Doppeltüre zum Festsaal öffnete sich und eine hoch gewachsene Erscheinung trat an Grant heran.
„James, das ist Mr. Nicolay, der Vertraute von Präsident Lincoln."
General Carr wollte mir noch etwas sagen, aber da hatte ihn Grant bereits vertraulich untergehakt und komplimentierte ihn durch die Flügeltür.
„Mr. President, das ist die Vorhut von Bill Sherman. Ich darf Ihnen General Carr vorstellen."
Die Türen schlossen sich. Eine Ordonnanz brachte mich zur Messe. Das festliche Dinner stand kurz bevor. Ich ergatterte mir ein dickes Sandwichpaket und eine Tasse Kaffee. Im Schutz der Dunkelheit verdrückte ich mich nach dem Vorschiff und saß kauend auf einer Taurolle.
Die Nacht war mild. Ein feiner Dunst lag über dem Wasser, aber der Himmel darüber blieb sternenklar. Musik drang nach draußen. Applaus kam auf, dann wurde die Hymne der Republik gespielt.
Ich hatte mir inzwischen die zweite Tasse Kaffee geholt. Das hektische Treiben an Land ließ nach. Leise konnte man die Möwen über dem Strom schreien hören.
Auch Mrs. Lincoln war an Bord. Das Präsidentenehepaar hatte am Morgen an einer Truppenparade teilgenommen. Im Anschluss daran war der Präsident an die Front geführt worden und sah, wie seine Truppen feindliche Vorposten stürmten.
Aus dem Hinterland stiegen Leuchtraketen auf, aber die Front blieb ruhig.

Von meinem Platz aus hatte ich nach achtern das ganze Deck auf der Flussseite im Blick. Ein langer Lichtstrahl fiel über die Planken und eine große, hagere Gestalt trat auf den Gang hinaus. Es war der Präsident.
Er lehnte sich an das Geländer und beugte sich weit vor. Ein Patrouillenboot glitt vorbei. Der einsame Mann mit dem Kinnbart stand versunken da und schien in die Nacht zu lauschen. Ich wollte mich schon tiefer ins Dunkel absetzen, als Mr. Lincoln das Deck entlang auf mich zukam. Er atmete tief durch. Der Wind brachte den Geruch des offenen Meeres mit. Er stand mit dem Rücken gegen die Reling und zog eine Uhr aus der Westentasche. Resigniert schüttelte er den Kopf. Dann holte er eine Brille aus seiner Rocktasche und hielt sie vor das Zifferblatt.
Ich war aufgesprungen.
„Darf ich helfen?", schon hatte ich ein Zündholz angestrichen und hielt es dicht über die goldene Taschenuhr. „Es ist zehn Minuten vor elf, Mr. President!"
Zwei übermüdete Augen sahen mich überrascht und belustigt an. Der Uhrdeckel schnappte wieder zu. Ich machte eine heftige Bewegung. Das abgebrannte Zündholz flog über Bord und ich rieb mir die Finger. Das tiefgefurchte Gesicht mit den hohen Wangenknochen lag wieder im Dunkel, aber ich ahnte das Lächeln, als er fragte:
„Mit wem habe ich das Vergnügen?"
„Trompeter Kelly, Sir, Vierte Virginia-Kavallerie."
„Ich nehme an, Sie warten auf den General. Na, in einer halben Stunde werden meine Gäste wohl aufbrechen. Danke, Soldat!" Seine Gestalt straffte sich, als er das Deck zurückging und noch einmal vernahm ich leise sein „Danke, Soldat", als er an einem Posten vorbeikam.
Anson war pünktlich mit den Pferden zur Stelle. Ich erzählte von meiner Begegnung mit dem Präsidenten. Aufgeräumt und in bester Stimmung erreichten wir unsere Stellung. Sicher im Schutz der großen Armee, deren Frontlinie sich über vierzig Meilen erstreckte, genossen wir nach Wochen des Vormarsches die Ruhe der Etappe.

General Sherman landete am späten Nachmittag des 27. März mit einem Schnellschiff in City Point. Es fand ein erstes Treffen der beiden Kommandeure mit dem Präsidenten statt. Sie hatten ein Netz über Lee geworfen und am nächsten Tag würde man auf dem James River bei einer zweiten Konferenz weiter daran knüpfen. Zerriss es, gelang es Lee, sich nach Westen zu den Armeen Hoods und Johnstons durchzuschlagen, konnte der Krieg noch Jahre andauern.

„Grant hält den Bären am Genick, während Sherman ihm das Fell abzieht", hatte der Präsident treffend im Herbst bemerkt.

Nach dem Wecken Front auf und Front ab mit Trommelwirbel, Querpfeife und Trompete begleitete ich General Carr nach City Point. Die „Bat" und die „Malvern" warteten bereits in Strommitte. Die „River Queen" legte sofort ab und nahm ihren Platz zwischen den beiden Kriegsschiffen ein. Heute würde in einem großen Kriegsrat die Schlacht besprochen werden. Es sollte die letzte des Krieges werden.

Bis Mittag herrschte beim Regiment Routine. Ich erledigte Botengänge für den Sergeant-Major und den Lieutenant-Colonel und kam auch nach City Point; das Schiff war aber noch nicht da. Mit Zeitungen, Tabak und Süßigkeiten für meine Kameraden beladen, kehrte ich zurück. Soldaten hatten ein großes Zelt errichtet. Für den Abend war eine Offiziersbesprechung angesagt worden. Beim Zelteingang standen die Wachen neben den Feldzeichen des Regiments.

Es war gegen vier Uhr nachmittags an diesem 28. März. Sergeant-Major Roach verteilte die Feldpost. Überglücklich hielt ein Teil der Leute einen lang entbehrten Brief in den Händen. Die anderen, wie ich, erwarteten keine Post oder versuchten durch betont zur Schau gestellte Gleichgültigkeit ihre Enttäuschung zu verbergen. Einen einzigen Brief hielt Roach noch unschlüssig zurück. Er kratzte sich am Kopf, dann riss er den Umschlag auf.

Da ging es auf einmal wie eine Bewegung durch die Stellungen. Aus dem allgemeinen Lärm drangen in Wellen Hochrufe. Wir sahen uns fragend an, da eilte schon die Nachricht durch die Linien:

„Abe Lincoln. Der Präsident ist im Anmarsch, Uncle Abe kommt!"

Die Begeisterungsschreie wurden lauter und lauter. Vergeblich versuchten die Offiziere, militärische Ordnung in die herbeiströmende Schar der Soldaten zu bringen. Mit General Grant und Carr an der Spitze, erreichte der Präsident den Appellplatz. Die Soldaten bereiteten ihnen einen begeisterten

Empfang.
Die in einen schwarzen Überrock gekleidete Gestalt des Präsidenten überragte alle. Den hohen Zylinder hatte er abgenommen und mit strahlendem Lächeln schwenkte er ihn grüßend nach allen Seiten. Carr war wegen des ganzen Durcheinanders sehr verlegen, aber Lincoln klopfte ihm beruhigend auf die Schulter. Er war gerührt über die Freude, die sein Kommen auslöste. Das scharfkantige Gesicht des Präsidenten hatte eine gesunde Bräune angenommen. Mit langen, schnellen Schritten, leicht vorgebeugt, kam er auf uns zu. In seinem Gefolge sah ich viele hohe Offiziere. Immer wieder wurde er von der Menge aufgehalten. Das schwarze Haar war zerzaust. Über dem berühmten Kinnbart der Mund, der leise und voller Mitgefühl zu den Menschen sprach:
„Ich danke Ihnen für den warmherzigen Empfang! Ich bin stolz auf Sie! Geben Sie mir Ihre Bittschrift! Sie wird gelesen! Ich werde mich darum kümmern!"
Während sich Carr sichtlich unwohl in all dem Überschwang fühlte, kannte Grant das Spektakel schon und ruhig griff er nach den Händen, die sich ihm entgegenstreckten.
War es das Atemholen der begeisterten Menge, ehe sie ihrem Präsidenten von neuem zujubelte? Oder war es die alles durchdringende Stimme von Sergeant-Major Roach?
Stille breitete sich aus. Aber nicht nur Stille.
Altvater Moses selbst hätte die Gasse, die sich auftat, nicht sauberer durchs Rote Meer schlagen können als Roach, der rot vor Zorn einen Brief hochhielt. Wutschnaubend sah er in meine Richtung und drohend wies der Umschlag auf mich. Ich hatte auf einmal sehr viel Platz.
„Das ist ungeheuerlich! So eine Unverschämtheit! Der Kerl hat uns alle an der Nase herumgeführt! Er hatte die bodenlose Frechheit, sich als Waise auszugeben. Sir, er war zwölf Jahre alt! Zwölf!" Er stockte. Hilflos suchte er den Blick von General Carr.
Mich rührte fast der Schlag. Jetzt war alles aus – General Carr riss Roach den Brief aus der Hand und überflog ihn. Ich bekam einen so grimmigen Blick ab, dass ich vor Scham hätte in den Boden versinken mögen. Mit dem Brief in der Hand ging er zu Lincoln und wollte sich für diesen Vorfall entschuldigen.

„Warten Sie, General." Präsident Lincoln sah mich frei und forschend an. „Wer ist der Mann? Ich glaube, wir kennen uns. Offensichtlich handelt es sich nicht um einen meiner Fersengeldfälle!"
Uns war bekannt, dass Lincoln meist Begnadigungen aussprach, selbst bei Fahnenflucht. Grant und Carr sprachen leise mit ihm. Er nickte. Dann winkte er mich heran. Ich salutierte. Was dann geschah, werde ich mein ganzes Leben nicht mehr vergessen.
Mr. Lincoln selbst nahm den Brief. In aller Ruhe las er ihn. Er hatte dazu eine Stahlbrille mit dunklen Gläsern hervorgeholt. Danach schaute er wie abwesend in die Ferne. Sein Blick wanderte zurück, dann sagte er:
„Meine Freunde! Ich hoffe und ich bete zu Gott, dass dieser lange und schreckliche Krieg in wenigen Wochen zu Ende geht. Seit vier Jahren ringen wir darum, dass dieses geteilte Haus wieder ein Haus wird.
Meine Herren Offiziere! In wenigen Tagen werden Sie gegen General Lee, den Oberbefehlshaber der Konföderierten Armee, kämpfen. Seien Sie sich immer bewusst, auch General Lee ist Amerikaner!"
Ich sah die tiefe Bewegung in den Gesichtern der Männer um Lincoln.
„Beenden wir diesen Krieg und beginnen wir sofort das große Werk der Versöhnung." Und weiter sagte der Präsident, und dabei sah er mich an. „Dieser Krieg hat ungeheure Opfer gefordert. Wir brauchen junge Männer, die diese Union zusammenhalten und wieder aufbauen. Trompeter Kelly, ich sollte Sie eigentlich heim zu Ihrer Mutter schicken. Aber in Anbetracht Ihrer treuen Dienste verfüge ich folgendes …",
Der anwesende Militärstenograf schrieb mit. Der Schweiß stand mir auf der Stirn.
„… Trompeter Kelly, ich befehle Ihnen! Sie verlassen das Feldlager mit einer Depesche von mir. Sie überbringen diese Depesche dem Hauptquartier in Washington. Dort halten Sie sich zur weiteren Verfügung bereit. Weiter befehle ich, Sie schreiben einen langen, erklärenden Brief an Ihre Mutter! Und, Kelly, ich wünsche Ihnen Glück!" Präsident Lincoln reichte mir seine Hand, dabei zeichnete sich auf seinem Gesicht ein lausbubenhaftes Lächeln ab, als wollte er mir zu verstehen geben: Der Krieg ist zwar wichtig, aber haben wir dieser verfahrenen Sache nicht eine überraschende Wendung gegeben?
Verlegen trat ich in die Reihe zurück. Mit diesen freundlichen Worten hatte

er die Spannung gelöst. Es gab Ovationen für ihn.
Offen gestanden, ich befürchtete Schlimmes von Roach zu hören, als wir beide allein vor dem Beratungszelt standen. Drinnen nahm der Präsident am Kriegsrat teil. Aber der alte Soldat schlug mir auf die Schulter und sagte nur: „Du Teufelskerl!" Dann schnäuzte er sich heftig und ging rasch weg.

Entlang der gesamten Front wurde Tattoo geblasen. Grant und die anderen Kommandeure verabschiedeten sich vom Präsidenten. Mr. Lincoln hatte auf einem Klappstuhl am Feuer Platz genommen, das vor dem Zelt brannte. General Carr saß neben ihm. Ein Sergeant brachte dem Präsidenten einen Offiziersmantel. Er hängte ihn sich um und schlug den Kragen hoch. Den hohen Zylinder hatte er neben sich gelegt. Die Beine waren zum Feuer ausgestreckt. Lange saß er so da. Funken wirbelten in den Nachthimmel und manchmal verhüllte ein Rauchschleier für kurze Zeit sein Gesicht, aber er schien es nicht zu bemerken.
General Carr achtete das Schweigen und rauchte still. Es waren dies die wenigen Momente, die der Präsident genoss, fernab von Intrigen und Kanzleistaub. Lincoln schien sich zu Carr hingezogen zu fühlen. Der alte Colonel, nun Bürgerkriegsgeneral, hatte keine Karriere mehr vor sich. Er diente einfach, so wie sich auch Lincoln verstand, als ein Werkzeug des Volkes.
Cookie hatte gezaubert, aus Armeebeständen wurde dem Präsidenten und Carr an kleinen Tischen ein spätes Dinner serviert. Das ganze wurde mit Kaffee heruntergespült. Staunend sah ich auch zwei langstielige Gläser und eine Flasche Rotwein aus der Konterbande auf dem Feldtisch stehen.
Es gelang mir, mich nach einigen Verrenkungen so nahe an Mr. Lincoln heranzudrängeln, dass ich einen Blick in das Innere von Amerikas berühmtestem Zylinder werfen konnte. Seine geheimnisvollen Tiefen bildeten, wie Shermans alter Kampfhut, ein unerschöpfliches Thema an den Wachfeuern und auf Vorposten. Grinsend stellte ich fest, dass im Innenband ein Wust aus Zeitungsausschnitten, Briefen und Telegrafenstreifen steckte.
Der Klang einer Mundharmonika drang aus den vordersten Linien bis zu uns. Wehmütig schien sich der unbekannte Musikant nach dem Shenandoah-Tal zu sehnen. Er versuchte sich am kämpferischen „Garry Owen", brach aber ab.

Alle horchten wir auf, auch der Präsident hielt den Kopf schräg, denn schwermütig, mitreißend und jubelnd zugleich erklang der „Dixie", die Nationalhymne von Johnny Reb.
Lincolns Gesicht, das eben noch von tiefer Melancholie gezeichnet war, strahlte. Als die Melodie verklungen war, meinte er vergnügt:
„Ich halte den Dixie für eine der besten Melodien, die ich kenne. Bald ist er wieder Bundeseigentum, da bin ich mir sicher."
Wir lachten alle. Der Präsident bedankte sich für die Gastfreundschaft. Mit starker Eskorte brach er in einer Kutsche auf.

Von einer letzten Lagebesprechung bei Grant brachte Carr den Einsatzbefehl mit. Marschziel war Five Forks, südwestlich von Petersburg. Nach monatelangem Stellungskrieg war die Front in Bewegung geraten. Bei der erwarteten Absetzbewegung von General Lee sollte das Regiment zwischen Sheridan und der Hauptmacht eingesetzt werden.
Für mich hatte der Kommandeur einen schweren, versiegelten Umschlag. Das Begleitschreiben wies mich als Kurier des Präsidenten aus.
Das Bataillon stand abmarschbereit. Die Schwadronen hatten ihre Marschordnung eingenommen. Eine halbe Meile voraus wartete die Vorhut. Die Flankenreiter waren ausgeschwenkt und standen in Position. General Carr warf noch einen letzten prüfenden Blick über die lange Kolonne, als ich mein Pferd heranführte.
Er reichte mir die Hand und erkundigte sich in seiner väterlichen Art, erteilte Ratschläge und gab mir gute Wünsche mit auf den Weg.
„Unsere Wege trennen sich, Kelly."
„Darf ich etwas sagen, Sir?"
„Nur zu, Trompeter!"
„Sie waren immer mehr für mich, als nur ein Vorgesetzter. Danke, Sir!"
„Ich danke dir!" Der General salutierte.
Verwirrt erwiderte ich seinen Gruß so zackig wie niemals zuvor. Er wollte schon sein Pferd wenden, da rief ich ihm zu:
„Auf den Frieden, Sir!"
Sein von langem Dienst geprägtes Gesicht verlor die Strenge, als er meine Worte aufnahm.

„Ja, Kelly, auf einen guten Frieden!" Und es lag die Zuversicht darin, die Last der Verantwortung schon bald aus den Händen legen zu dürfen. Auf sein knappes Handzeichen setzte sich das Bataillon in Bewegung.
Ein letztes Mal ritt ich an meinem Regiment entlang. Ich musste viele Hände schütteln. Man steckte mir Briefe zu. Roach stauchte die Begleitmannschaft der wenigen Trosswagen zusammen. Er unterbrach sein Donnerwetter, als ich an seine Seite ritt.
„Danke für alles, Sir!"
„Schon gut, Kelly. Überlebe und lass von dir hören!", kam es knurrend von seinen Lippen, er zerquetschte mir fast vor Rührung die Hand.
„Wollt ihr wohl dahinten besser aufschließen!"
Ich hatte die Nachhut erreicht, da waren seine Kommandos noch immer durch all den Lärm und Staub zu hören. Wehmütig sah ich meinen Kameraden nach. Meine Tage als ‚Cavalry Boy' waren vorbei.

Ich ritt den Fluss entlang. Als ich die beiden Schiffe sah, trabte ich an und ging schließlich in gestrecktem Galopp über. Es waren die „Bat" und die „River Queen". Auf dem Oberdeck stand die hohe Gestalt von Präsident Lincoln. Ich schrie und winkte. Ein Offizier gab Lincoln ein Fernrohr. Er musste mich erkannt haben, denn er deutete auf Aiken's Landing.
Die Fahrt der „Bat" verlangsamte sich, die „River Queen" scherte aus und steuerte den weit in den Strom ragenden Landungssteg an, auf den ich zu jagte.
Die Schiffsglocke ertönte. Aus den Schornsteinen quollen tiefschwarze Rauchsäulen. Die Räder stoppten und liefen rückwärts, bis das Wasser aufschäumte.
Strahlend wie ein Schuljunge, dem ein guter Streich gelungen war, sah der Präsident von Deck herab, als Marinesoldaten das Fallreep herabließen und ich Lissy an Bord bugsierte.
„Guten Morgen, Mr. President!"
Er begrüßte mich wie einen alten Bekannten. Aber weil Admiral Porter anwesend war, salutierte ich.
„Trompeter Kelly meldet sich als Ihr Kurier nach Washington, Sir!" Ich zog die Depesche hervor.

„Und der wichtige Brief?" Er meinte es tatsächlich so.
Ich zeigte ihm zwei Feldpostumschläge. Einen wollte ich in Fredericksburg aufgeben, den anderen in Washingon, beide an meine Mutter. Er fand die Idee gut.
Der Admiral verließ uns. Eine Ordonnanz kam und bot mir Kaffee an. Währenddessen hatte sich Mr. Lincoln in einen Deckstuhl gesetzt und sah durch das Fernrohr. Die ganze Front war ein einziges Donnern. Wie eine Wand stand der Pulverdampf. Die Schlacht hatte begonnen.
„Was machen Sie, wenn der Krieg aus ist, Kelly?", fragte er unvermittelt.
„Ich will als Kundschafter nach Westen gehen, Sir, und ich will Kalifornien sehen."
Sein Blick bekam etwas Träumerisches, als er sagte:
„Ja, Kalifornien, das Land der Zukunft. Die pazifische Küste sehen. In vier Jahren vielleicht. Aber wir sind da! Viel Glück, Kelly, und vergessen Sie Kalifornien nicht!"
Der Dampfer hatte am Nordufer angelegt. Kaum war ich wieder im Sattel, glitt er rauschend an mir vorbei. Ich stürmte die Uferböschung hoch und winkte. Und bis das Schiff um eine Biegung des Flusses verschwunden war, winkte eine große Gestalt vom oberen Deck aus zurück.

Ich ritt nach Norden. In Fredericksburg erreichte mich die Nachricht, dass die Konföderierten bei Five Forks vernichtend geschlagen worden waren. Richmond und Petersburg ergaben sich. Grant war dem Rest von Lees Nord-Virginia-Armee nachgesetzt. Sheridans Kavallerie hatte Lee umgangen und ihm den Weg verstellt.
Am Nachmittag des dritten Tages stand ich auf den Höhen von Arlington, südwestlich von Washington. Die schräg stehende Sonne ließ die Kuppel des Kapitols aufleuchten.
Im Kriegsministerium am Potomac zeigte man sich sehr erstaunt über Präsident Lincolns persönlichen Kurier, aber das Begleitschreiben ließ keinen Zweifel aufkommen. Es stellte sich heraus, dass ich der topographischen Einheit im Vermessungsdienst der Armee überstellt worden war.

Am 9. April 1865 kapitulierte General Lee in Appomattox Court House vor

General Grant. Groß war die Freude über den wieder gewonnenen Frieden.

Am 14. April geschah das Unfassbare: Präsident Lincoln war tot, ermordet von einem Attentäter. Die Stimme der Mäßigung und der Versöhnung war verstummt.

HAKATA

**Red Water River; Montana Territorium
August 1868**

Die dunkle, unförmige Masse vor mir erwachte zu gespenstischem Leben. Ein Dutzend schwarzer Geier stoben auf. Unschlüssig kreisten sie, ehe sie sich in der Krone eines abgestorbenen Baumes sammelten. Vorsichtig tastete ich mich im Schutz meiner beiden Pferde vor, aber alles blieb ruhig. Es roch nach Tod. Ich trat über frisch geschnittenes Gras. Als die Pferde scheuten, band ich Lissy an einem Salbeistrauch fest.
Erschüttert stand ich vor den ausgebrannten Überresten eines Frachtwagens. Die eisernen Radreifen waren von der Hitze verbogen, die Planken verkohlt. Die zwei Männer hatten Heu aufgeladen. Im Inneren der verbrannten Ballen stocherte ich noch Glut auf. Ich zog mir das Halstuch vors Gesicht. Dunkle Schwaden von Aasfliegen bedeckten die beiden Toten, die nackt und skalpiert vor mir lagen. Die Indianer hatten sie totgeschlagen, schrecklich verstümmelt und in jeden von ihnen über zwanzig Pfeile getrieben. Ich schüttelte das Grauen ab und begann mechanisch, meine Umgebung zu registrieren. Der Angriff war von einer tiefen, kaum 40 Yard entfernten Senke erfolgt. Die Abdrücke vieler unbeschlagener Pferde und Zugtiere wiesen nach Norden. Kopfschüttelnd ging ich zurück und suchte weiter. Ich fand keine einzige Patronenhülse, kein einziges Geschoß.
Schatten fielen über mich. Ich war alarmiert. Die Geier hatten sich erhoben und schraubten sich in schaukelndem Flug immer höher. Ich hielt den Henry bereit.
Wie aus dem Boden gewachsen, stand im Westen ein Reiter frei gegen den Himmel. Vorder- und Hinterkrempe an seinem Hut waren hochgeschlagen und erinnerten an einen Zweispitz. Doch an der Stelle der Kokarde steckte eine Adlerfeder. Die langen Zöpfe ließen keinen Zweifel, Blue Horn führte eine Armeepatrouille. Er winkte mit der Muskete, dann trieb er sein Pony mit der Reitgerte an. Ein breites Grinsen lag über seinem dunklen Gesicht, als er aus dem Sattel glitt.
„Yes, mich mächtig froh sein zu sehen dich!"
Der Assiniboine-Scout kauerte sich zu mir auf den Boden und ließ die kleinen, stechenden Augen flink über das grausige Geschehen wandern. Er

schien von all dem wenig überrascht.

„Du nix Whisky für Charly? Hey?", er rückte vertraulich näher.

Sein Spitzname im Fort war Charly Bad Gun. Ich bot ihm stattdessen Tabak an. Er biss ab und dankte mit einem wohlwollenden Grunzen. Den Rest versenkte er in der blauen Armeejacke, die er auf dem nackten Oberkörper trug. Mit einem verächtlichen Blick gegen die heranrückenden Soldaten, meinte er nur:

„Nix geben Acht! Damned Injuns kommen. Sacre, mich rennen weg wie Hölle! Yes!"

Staub hüllte die kleine Kolonne ein. Das Kommando zum Absitzen kam. Picketnadeln wurden in den Boden gespießt und Pferde und Maultiere daran festgebunden. Stumm vor Entsetzen traten die Männer näher. Ein Soldat erbrach sich. Der junge Leutnant herrschte ihn an. Er schien erleichtert, mich hier anzutreffen. Er und seine Leute hatten den Auftrag, nach der abgängigen Mannschaft des Heutransports zu suchen. Man hatte das Schlimmste befürchtet. Aber das? Er war schockiert von der brutalen Endgültigkeit.

Blue Horn fuhr sich mit der Handkante über den Hals.

„Cut Heads – Sioux", war sein knapper Kommentar.

Er zeigte mir die Einstiche im Boden. Pfeileinschüsse. Aus einer Planke grub er mit seinem Messer eine Pfeilspitze. Das flache Eisen hatte lange Widerhaken. Das Schaftende war nur schwach gekerbt. Zwischen der Befiederung aus Bussardfedern waren drei rote Linien gezogen. Sorgsam betastete er die Asche und zerrieb sie zwischen den Fingern. Er untersuchte die Hufspuren und den Pferdemist.

Schließlich wandte er sich an den Leutnant und mich. Er machte das Zeichen für zehn und sieben Pferde. Ogalala. Hunkpapa. Gestern. Sie seien unterwegs zum Mouse Creek an der ‚Medicine Road'. Dort gäbe es ein großes Dorf.

Seit die Armee das strategisch wichtige Mündungsgebiet des Yellowstone in den Missouri unter ihre Kontrolle gebracht hatte, bauten die Soldaten Fort Buford aus. Mit Ausnahme des Hauptquartiers waren die Mauern der niedrigen Gebäude und Schuppen aus Adobeziegeln gebaut. In der Garnison lagen fünf Kompanien Infanterie, und seit der Gründung des Forts im Sommer des Jahres 1866 lebte die kleine Besatzung unter ständiger Bedrohung durch die Sioux.

Wir erreichten das Fort am späten Nachmittag. Die Nachricht vom Schicksal der Vermissten schlug wie eine Bombe ein. Ich übergab die Militärpost an Colonel Bowman. Die scharfen Falten in seinem Gesicht vertieften sich, als er dem Bericht des Leutnants folgte. Dann schlug er mit der Faust auf den Tisch.

„Seit November war hier Ruhe! Aber ohne Waffen loszugehen, was für ein tödlicher Leichtsinn!"

„Kavallerie müsste her! Die paar Pferde reichen kaum für den notwendigsten Patrouillendienst. Und jetzt sitzt auch noch der Nachschub auf dem Fluss fest. Als ob wir nicht so schon auf einem Pulverfass säßen!"

Die „Lafayette", ein Heckraddampfer der Northwest Company, lag unterhalb von Fort Berthold auf einer Sandbank im Missouri fest. Das Hauptquartier in Fort Berthold hatte mich bestürmt, die Nachricht von der Verspätung des Schiffes und Eilpost nach Fort Buford zu bringen. Für den nicht ungefährlichen Ritt wurde eine stolze Sonderprämie geboten.

Die Aufgaben der kleinen Garnison schienen unlösbar. Da waren die Sicherung der Überlandwege nach Fort Benton, die Kontrolle der Schifffahrt auf dem Missouri und die Verteilung der Jahreslieferungen, die den Indianern aus Friedensverträgen zustanden. Daneben galt es Polizeiaufgaben zu erfüllen, wie etwa den Kampf gegen illegalen Whisky- und Waffenhandel.

„Sie reiten morgen weiter nach Fort Peck, Mr. Kelly?"

„Sie wissen ja, Sir, die Post muss durch!"

„Ja, wir sind ein zäher Haufen", meinte er sarkastisch. „Kehren Sie gesund wieder. Wie Sie sehen, erweitern wir."

Soldaten waren dabei, die Palisaden niederzureißen, um stärkere Befestigungen aufbauen zu können. Überall lagen Stapel von zwanzig Fuß langen, behauenen Baumstämmen.

Fort Peck lag am steilen Nordufer, gegenüber der Einmündung des Big Dry. Die wenigen Blockhäuser duckten sich hinter starken Palisaden. Kein Sternenbanner flatterte in der Brise. Dies wäre einer gefährlichen Provokation gleichgekommen.

Das Tor stand offen, der Tauschhandel lief noch, als der Ausguck meine Ankunft meldete. Eben wurden Tabak und Kaffee an einige Yankton-Jäger und ihre Squaws verteilt. Die Kinder hielten Zuckerstangen in den Händen. Scheu, ein kleines Spielzeug an sich gepresst, sahen sie aus weit aufgerissenen Augen zu, wie ihre Väter stolz und würdevoll die erbeuteten Büffelfelle und Pelze ausbreiteten. Mr. Durfee und der Dolmetscher führten die Verhandlungen. Der schottische Angestellte prüfte und begutachtete die Qualität und maß dann die Ware aus. Von einem nahen Schuppen drang das Quietschen der Ballenpresse herüber. War der Handel perfekt, gingen Käufer und Verkäufer in den Store, wo in Regalen und auf langen Tischen die begehrten Waren des Weißen Mannes ausgebreitet lagen oder von Wänden und Dachbalken herabhingen.

Bunte Decken und Tuchballen leuchteten aus dem Halbdunkel. Da gab es Perlenschnüre und Silberschmuck, Bleibarren, Bandeisen für die Fertigung von Pfeilspitzen, Messer und Äxte, Schießpulver, Munition, Kupfer- und Messingwaren. Dann waren da die Konsumartikel des Weißen Mannes: Kaffee, der süße braune Zucker und Mehl.

Über all diese Dinge herrschten die Herren Durfee und Peck. Die Stämme, die an diesem einsamen Außenposten der Zivilisation ihren Handel abwickelten, hielten Waffenstillstand. Neutralität und Nichteinmischung galten als oberste Maxime der Händler. Dabei machten sie aus ihrer Abneigung gegen das Militär keinen Hehl.

Nachdem das Tagesgeschäft abgewickelt war, wurde das Tor mit Querbalken gesichert. Mr. Durfee hatte mich für den Abend an seine Tafel geladen. Ich saß auf dem Ehrenplatz zwischen ihm und seinem Buchhalter. Er bedankte sich ausdrücklich für die Post und die Zeitungen aus dem Osten.

„Sir, ich möchte das alte Packpferd bezahlen, das ich Ihnen schulde." Er schenkte mir ein Glas Rotwein ein und wies auf die Post.

„Mr. Kelly, das ist bereits abgetan. Seit der Pony-Express im Frühjahr Bankrott ging, bin ich heilfroh, dass Sie bei uns vorbeischauen. Wir sind für jeden Klatsch und jede Neuigkeit dankbar. Übrigens funktioniert unser Mokassin-Telegraf vorzüglich. Seit vorgestern weiß ich, dass Sie kommen. Und das mit den Toten vom Muddy Creek, eine böse Geschichte, wusste ich noch früher."

Er nannte auch den Namen des Mannes, der im Nordwesten immer wichtiger werden sollte: Sitting Bull, Tatanka Yotanka.

„Voriges Jahr hätte mir Old Sit beinahe die Bude über dem Kopf angesteckt!"

Es war eine erstaunliche Geschichte. Sitting Bull war herrisch vor das Tor des Forts geritten und hatte den Handel scharf kontrolliert. Dabei machte er unmissverständlich klar, dass er alle amerikanischen Händler für Betrüger halte.
„Die Situation war schließlich so gespannt, dass ich das Ende aller Geschäfte befürchtete. Ich wollte schon die Lunte an ein Pulverfass legen. Aber eine harsche Handbewegung von ihm, dann war der ganze Spuk in den Hügeln verschwunden. Nur das Stapelholz am Fluss ging in Flammen auf. Seither leben wir mit grimmiger Duldung seinerseits. Sein Stamm, die Hunkpapa, und die anderen Lakota verehren ihn als Seher und großen Redner." Der sonst so nüchterne Händler geriet beinahe ins Schwärmen. „Voriges Jahr ist er zum Anführer aller Sioux gewählt worden. Seine Botschaft ist einfach. Keine Gebietsabtretungen mehr. Keine Weißen im Büffelland!" Er sah mich nachdenklich an. „Warum arbeiten Sie nicht für uns? Sie haben Geschick im Umgang mit den Indianern. Die zwei Jahre, die Sie jetzt bei uns an der Grenze sind, haben Sie nicht nur überlebt, Sie haben die Dinge gelernt, die man hier braucht. Ihr Lakota ist bemerkenswert gut. Das spricht für Sie. Was verlangen Sie?"
„Ihr Angebot ehrt mich, Sir", wehrte ich ab. „Vielleicht ein andermal. Ich habe mir nun mal in den Kopf gesetzt herauszufinden, was hinter dem Horizont liegt. Aber nicht wie ein Dieb! Die Indianer sollen wissen, wer auf ihrem Land herumstreift. Sie kennen meine Einstellung. Sagen wir, die Sioux und ich, wir befinden uns noch in der Gewöhnungsphase."
Mr. Durfee lachte hell auf und trank mir zu.
„Kelly, Sie sind anders als die Männer, die ich sonst den großen Fluss heraufkommen sehe. Sie mögen dieses Land. Das unterscheidet Sie von all den Glücksrittern. Ich wünsche Ihnen Glück. Haben Sie die Nuss erst geknackt, können Sie allen eine Nase drehen.
Übrigens erfuhr ich von einem indianischen Läufer, dass mehrere Banden Hunkpapa und Ogalala vom Musselshell auf dem Weg hierher sind. Von Norden kommen die Piegan, die Santee und die Red River Mixed Blood. Wenn ich Ihnen einen guten Rat geben darf, Kelly. Lassen Sie die Büffel in Ruhe! Jede Störung bringt Sie in Teufels Küche.
Der Fluss steigt wieder. In spätestens vier Tagen rechne ich mit dem Damp-

fer. Wenn Sie also morgen unbedingt ihre Nase nach Westen stecken wollen, bringt Sie Jacques mit dem Flachboot über die Fahrrinne. Ihr Pferd führen Sie nach."

Der Händler versah mich noch großzügig mit Vorräten. Am anderen Morgen, kurz nach Sonnenaufgang, winkte ich meinem Fährmann nach, der entsetzt und kopfschüttelnd das Boot über den Fluss zurückstakte.

Hitzewellen tanzten über der Prärie. In ihrem Flimmern stand bewegungslos ein Falke. Als ich das Fernglas absetzte, sackte er in das wogende Gras zurück. Nach Westen zu ragte aus der staubgrauen Ebene eine allein stehende Kuppe auf. Über ihre schroffen Abhänge liefen tiefe Furchen.

Ein dumpfes Rumpeln drang an mein Ohr. Was ich sehr verschwommen für dunkles Gebüsch angesehen hatte, schmolz als ferne Büffelherde dahin. An ihren Rändern wirbelten aufgeregte weiße Punkte: Antilopen, die scharfäugigen Wächter und Warner.

Ich setzte das Glas erneut an. Aber weder Schüsse, noch die aufjauchzenden Schreie indianischer Jäger drangen an mein Ohr.

Ich lud Lissy Gepäck und Sattel ab und nahm einen Schluck aus der Wasserflasche. Mit dem Rest wusch ich ihr die Nüstern. Erschöpft hockte ich mich ins Gras und sah ihr beim Fressen zu.

Nie zuvor war ich auf einem Streifzug soweit nach Westen vorgestoßen. Ich hatte eine unsichtbare Grenze überschritten. Achtsam lud ich den Henry nach und schob Patrone für Patrone in den Füllschlitz des Magazins.

Was war denn schon ungewöhnlich daran, dass eine Indianerin in den Ruinen von Old Fort Union herumwühlte? Eine Glasscherbe oder ein Stück Porzellan konnten immer noch gut als Schneide oder Fellschaber dienen. Als eine Patrouille die alte Squaw eine Woche später halb verhungert an derselben Stelle auflas, wurde sie kurzerhand mit nach Buford genommen. Die Scouts fanden heraus, dass sie eine Hunkpapa war. Da niemand nach ihr schickte und sie sich beharrlich ausschwieg, war die Erleichterung groß, als ich mich anbot, sie nach Fort Peck mitzunehmen. Ich war sicher, der Händler dort würde Rat wissen. Ohnehin wollte ich ihm ein Lastpferd zurückbringen. Es fand sich ein Frauensattel und so machten wir uns auf den Weg.

Hier bot sich die Gelegenheit, mit den Sioux in friedlichen Kontakt zu treten. So hatte ich es mir ausgemalt.

„Untschi, Großmutter, ich bringe dich heim."

Sie schien meine einfachen Gesten zu verstehen. Gebeugt vom Alter und lebenslanger Arbeit, in Lumpen aus billigem Handelsstoff gehüllt, ritt sie ergeben hinter mir her. Nach der Art alter Leute führte sie Selbstgespräche, war aber dankbar für die Aufmerksamkeit, die ich ihr entgegenbrachte. Am Abend hob sie das runzlige Gesicht und richtete einen wahren Wortschwall an mich. Soviel verstand ich, sie wollte damals in Old Fort Union sterben. Da sie kein Messer hatte, suchte sie in den Trümmern nach einer scharfkantigen Scherbe.

Doch nun hatte Red Feather Woman es sich anders überlegt. Ihre Lebensgeister schienen mit jeder Meile zu wachsen. Jetzt gab sie die Richtung vor. Ich ließ sie gewähren.

Dann hielt ich für einen Moment den Atem an, als sie einen allein stehenden Cottonwoodbaum ansteuerte. In seinem Schatten standen zwei Reiter. Ihre Absicht stand ihnen mit schwarzer Farbe ins Gesicht geschrieben, ich sah die Eulenfedern im Haar. Die Schweife ihrer Kriegsponys waren hochgebunden. Grelle Punkte, rote und gelbe Blitze züngelten von den Tierleibern.

Ich verwünschte die Alte, die mit unvermindertem Tempo auf die beiden zuhielt. „Sitting Bull's Boys" nannte man verharmlosend, was sich da als ausgemachte Kopfjäger und Halsabschneider präsentierte. Längst hielt ich den Henry vor mir im Sattel. Es half nichts! Ehe mir mein Faustpfand entschwand, griff ich Red Feather Woman in die Zügel. Sie stoppte sofort und rief die beiden Hunkpapa an.

Mit gellenden Schreien jagten sie heran. Sie begannen uns zu umkreisen, dabei schwangen sie die Lanzen und ließen ihre Keulen wirbeln. Immer enger wurden ihre Kreise. Ich staunte über die Alte. Sie schrie und schlug mit der Pferdepeitsche auf die beiden ein. Ein rohes Lachen war die Antwort.

Den Finger am Abzug, sah ich starr vor mich hin. Die beiden rempelten mich an und versuchten es mit Beleidigungen.

Red Feather Woman drängte die beiden schließlich ab. Sie schienen unschlüssig. Immer noch wiesen ihre Lanzen drohend auf mich. Da nahm ich der Indianerin die Zügel ab, hielt sie hoch und legte sie demonstrativ in ihre

Hände zurück. Dann trieb ich ihr Pferd mit Hieben auf die beiden Sioux zu. Die alte Frau sah zurück. Ich winkte mit beiden Händen. Sie verstand. Die Krieger nahmen sie in ihre Mitte und zusammen ritten sie davon, wobei sie sich immer wieder nach mir umdrehten.
Schweißgebadet wendete ich mein Pferd. Ich erreichte Fort Buford ohne Zwischenfall. Blue Horn, Left Hand und die anderen Scouts kreischten auf vor Schadenfreude und gluksten wie Truthähne, als sie hörten, wie ich mein Pferd losgeworden war.
„Schenkt wie ein Häuptling!", spotteten sie.
Ich steckte das getrost weg. Die Geschichte machte ihre Runde im Buffalo Range und selbst der Tatanka hörte davon.

Die Bergkette im Westen lag noch in rauchiges Dunkel getaucht. Überall kreuzten sich frische Wildspuren, die dem Wasser zustrebten. Ich ritt bergan. Im Schatten eines Schieferfelsens kaute ich Jerkie. Unterhalb meines Standorts war eine Büffelherde langsam in mein Gesichtsfeld gezogen. Die zottigen Kolosse nahmen ihr Staubbad mitten in einer Präriehundkolonie und lösten damit den schrillen Protest der kleinen, drolligen Bewohner aus.
Ich war verzaubert von der wilden Schönheit dieses Landes. Es frei nach allen Richtungen zu durchstreifen, das war schon bald mein sehnlichster Wunsch. Schnell hatte ich erkannt, dass gegen die wahren Herren der Prärie, die Sioux, nichts ging, aber ich war zuversichtlich. Die Kriegsjahre hatten mich gelehrt, den Frieden zu schätzen.
Nur mit einem Rucksack und meinem Pferd war ich in Fort Stevenson am oberen Missouri aufgetaucht. Dem kommandierenden Offizier übergab ich das Empfehlungsschreiben wohlmeinender Stellen aus Washington. Ich wurde Kurierreiter, blieb aber Zivilist.
Die langen, einsamen Ritte zwischen den Missouriforts waren nicht immer frei von Zwischenfällen geblieben. Sioux hatten mich verfolgt. Schüsse waren auf mich abgefeuert worden. Nie hatte ich das Feuer erwidert. Meine Verfolger hatten stets den Kürzeren gezogen. Wenn die Situation es erlaubte, machte ich demonstrativ Friedenszeichen und winkte. Ja, einmal war ich abgestiegen und hatte kleine Gaben an Tabak, Kaffee und Zucker im Gras abgelegt. Ein andermal führte ich die Feuerkraft meines Henry vor. Das Re-

petiergewehr in der Armbeuge, ließ ich den Unterhebel nur so fliegen und peitschte die Hälfte meines Magazins durch. Soviel geballte Handartillerie machte selbst Heißsporne nachdenklich und zeigte Wirkung.
Die abziehende Büffelherde verschwamm bereits wieder zu einem dunklen Fleck. In der flirrenden Mittagshitze überschritt ich die kleine Wasserscheide und führte Lissy einen sandigen Abhang hinunter. Die Höhen des Sheep Mountain waren nahe herangerückt. Nadelwald bedeckte die windgeschützten Schluchten. Über langen Grashängen erhoben sich Kalksteinriffe. Rudel von Wildschafen und Wapitis zogen über die steilen Bergflanken. Am Ufer des Red Water entdeckte ich alte Travoisschleifspuren.
Ich sah die Bighornschafe in den Felsenbändern am Gegenufer. Nach kurzem Anvisieren brachte ich einen Halsschuss an. Der stämmige Jungwidder bäumte sich auf, fiel aus der Wand und kollerte bis ans Ufer. Der Rest des Rudels flüchtete um die Biegung. Noch an Ort und Stelle entfachte ich ein Feuer und briet mir Fleischstücke an langen Weidenruten. Dann watete ich flussaufwärts. Auf einer Lichtung schlug ich mein Lager auf. Den Bock hängte ich in einen Baum. Ich pflockte das Pferd an und legte das Gewehr griffbereit.
Mitten in der Nacht schreckte mich ein gewaltiger Donnerschlag auf. Es wurde taghell. Ein schweres Gewitter tobte. Lange Zeit lag ich wach.
Die Sonne stand bereits hoch am Himmel, da kroch ich unter der Canvasplane hervor. Überrascht stellte ich fest, dass um mich herum zwar alles trocken war, der Fluss jedoch Hochwasser führte. Gurgelnd rissen seine rostroten Fluten Teile der Uferböschung ein.
Ich wollte den Fuß in den Steigbügel setzen, da sah ich die Büffelschädel im Gras. Sie lagen alle in einer Reihe und wiesen nach Osten. Die beiden äußeren Schädel waren bemalt. Zinnoberrot der eine, mit einem schwarzen Längsstrich in der Mitte; der andere Schädel war je zur Hälfte mit roten und blauen Punkten übersät. Augenhöhlen und Nasenöffnungen waren mit Salbei ausgestopft. Ich drehte einen Schädel um. Der Salbei war trocken, aber er brach nicht. Ich hatte Farbe an den Fingern. Zweifelnd sah ich mich um. Dann erhob ich mich rasch und hielt die Hand ans Ohr. Etwas war in der Luft, nicht sehr laut, aber deutlich über dem Rauschen des Flusses.
Der Schall der Trommel lag über dem Tal.

Schon seit gestern musste ich im Bereich ihrer dumpfen, gleich bleibenden Schwingungen gewesen sein. So sehr ich auch den Fluss nach beiden Richtungen abspähte, zu tief schnitt sich sein Lauf in das Bergland, zu unbestimmt blieb der Klang der Trommel. Große Unruhe hatte mich erfasst. Ich zog den Sattelgurt an und lockerte das Messer. Sollte es Ärger geben, wollte ich mich schnellstens meiner Jagdbeute entledigen. Ich folgte dem Hochufer nach Süden, dann musste ich eine bewaldete Schlucht umgehen.

Es war, als hätte man ein Tor aufgestoßen.
Trommeln dröhnten. Inmitten einer weiten Schleife des Red Water lag ein großes Zeltdorf. Die Tipis standen in einem vollkommenen Kreis, der sich nach Osten zum Fluss hin öffnete. Das Zentrum des Zeltkreises beherrschte ein runder Laubengang. Auch er war nach Osten offen.
Zu Hunderten tummelten sich Pferde aller Farben und Schattierungen. Wächter trieben sie zum Wasser. Zwischen den Zelten hängten Frauen Fleischstreifen in die Trockengestelle. In das Schreien spielender Kinder und das Bellen der Lagerhunde mischte sich feierlich getragener Gesang.
Ich war abgestiegen und schlang die Zügel um das Sattelhorn. Der Frieden, der von diesem Ort ausging, ließ in mir kein Gefühl der Bedrohung aufkommen. Ich setzte mich hin und zog die Stiefel aus. Das eintönige Rascheln der Pappeln und das Schwirren der Zikaden machten mich schläfrig.
Hell knallten Schüsse aus dem Lager. Überrascht setzte ich mich auf. Vor einer großen Zuschauermenge jagten Reiter um den grünen Kreis und feuerten ihre Gewehre ab. Beim verlangsamten Schlag der Trommel richtete eine Gruppe Männer in seinem Zentrum einen hohen, schlanken Baum auf. In der gegabelten Krone hingen farbige Stoffstreifen, die nun flatternd im Wind spielten.
Von einer sandigen Stelle ertönte laut das Zirpen einer Grille. Ich kniete mich hin und kitzelte sie aus ihrer Höhle heraus. Aufgeregt zappelte sie in meiner Hand und bewegte dabei unablässig tastend ihre langen Fühler. Das leise Schnauben von Lissy warnte mich. Ich fuhr herum.
Sie waren einfach da und schauten her.
Ein alter Mann und eine junge Frau standen neben meinem Pferd. Unbewaffnet. Mein Schreck legte sich. Ich staunte. Lissy schüttelte nur leicht den Hals

und spielte mit den Ohren. Die junge Frau sprach leise zu dem Pferd. Der alte Mann sah mich unverwandt an. Ich hielt seinem Blick stand.
Die hohe Gestalt strahlte Ruhe und Gelassenheit aus. Ein Gefühl von Wohlsein überkam mich. Bis auf einen kleinen Zopf an der Seite, trug er das lange weiße Haar offen. Es war ein gutes Gesicht. Die Zeit hatte ihre Linien darin eingegraben. Ich las darin Stolz, aber auch Trauer. Die blitzenden Augen waren jung geblieben.
Das kostbare Wildlederhemd war reich mit Skalphaar besetzt. Breite Zierstreifen aus bunter Quillwork verliefen über Brust und Ärmel. Um den Hals trug er an einem Lederband Adlerkrallen. Der dreieckige Brustlatz zeigte in einem roten Feld ein Sonnenrad. Im unteren Drittel war das Hemd mit roten und blauen Punkten bemalt. Die gefransten Leggins hatten braune Querstreifen und waren mit Perlenstickereien verziert. In der linken Hand hielt er einen prächtigen Pfeifenbehälter.
Er musste ein bedeutender Mann sein. Auf seiner rechten Schulter war leuchtend rot ein „X" aufgemalt. Graziös stand die junge Indianerin neben dem Greis. Ihre Mandelaugen musterten mich aufmerksam. Ihre Leggins und die Bluse waren aus fein gemustertem Stoff. Um die Hüften hatte sie ein rotes Tuch geschlungen, das von einem kostbaren mit Concho verzierten Gürtel gehalten wurde. Das blauschwarze Haar zierte ein Kranz aus Salbei.
Die leuchtenden Augen in dem fein geschnittenen Gesicht lagen unter langen, schwarzen Wimpern, die mich an Schmetterlingsflügel erinnerten. Die Ohren schmückten Gehänge aus Perlen und Stachelschweinborsten. An einem Schulterband hing eine Rohhauttasche, die mit Salbei und geflochtenen Zöpfen aus Süßgras vollgestopft war.
Ich schnalzte und stand auf. Im Nu war Lissy an meiner Seite. Griffbereit ragte das Gewehr aus dem Halfter. Leiser Spott umspielte den Mund des alten Mannes, als er meinen raschen Seitenblick sah. Von der jungen Frau kam ein fröhliches Lachen.
Ich hob die Hand zum Friedensgruß.
„Kola!", sagte ich rau und „Kelly", ich deutete dabei auf mich.
Er tippte kurz mit der flachen Hand gegen die linke Brust und erwiderte meinen Gruß. Nie werde ich seine ersten Worte vergessen, die er mit dunkler und klangvoller Stimme an mich richtete:

„Junge Beine hören den Herzschlag der Erdmutter!" Er wies auf meine nackten Füße und schien sehr amüsiert. Aufmerksam betrachtete er das tote Bergschaf. Er zerrieb einige der dunklen Blätter des falschen Indigostrauchs, die daran hingen, roch daran und machte eine Bemerkung darüber. Die Zweige vertrieben Ungeziefer und Fliegen vom Wildbret.
Die gefangene Grille begann zu zirpen. Überrascht traten beide auf mich zu. Ich öffnete die Faust. Unschlüssig drehte sich das Insekt auf meiner Hand, putzte sich die Fühler und hüpfte mit einem weiten Satz davon. Sie sprachen erregt, aber viel zu schnell für mich.
Ich deutete auf das Lager.
„Uiwanyak Uatschipi", erklärte er mir, „der Tanz, bei dem man in die Sonne schaut." Mit einer einladenden Geste wies er ins Tal. „Komm und sei Gast in meinem Zelt."
Die Grille setzte wieder mit ihrer schrillen Strophe ein. Beide sahen sich vielsagend an. Ich streifte mir die Stiefel über und nahm Lissy am Zügel.
Da erklang aus nächster Nähe Wolfsheulen. Zwei Reiter brachen die Böschung hoch. Ihre Gesichter waren rot gefärbt. Lanzenspitzen funkelten.
„Seid wachsam, Sotka Yuha!" rief Mr. X den beiden Männern der Lagerpolizei zu, „ihr jungen Männer, seid wachsam. Dieser Uasitschu hier ist unser Gast."
Sie grüßten kurz und drehten ab.
Wir hatten die ersten Zelte erreicht. Ich nahm den Patronengurt ab und hängte ihn zusammen mit Colt und Jagdmesser über den Sattelknauf.
„Lila washdei – sehr gut", kam es anerkennend von meinem Gastgeber. „Dieser Boden ist heilig."
Aus der Meute der Lagerhunde schoss mit freudigem Gebell ein großer schwarzer Rüde auf uns zu und wollte sich gar nicht mehr von der jungen Frau lösen. Verspielt wie ein Welpe umtollte er sie und jaulte herzerweichend. Er biss die anderen Hunde weg und folgte uns.
Elegant ragten die spitzen und leicht schräg gestellten Lederzelte auf. Der Lärm und alle Geschäftigkeit waren verklungen. Selbst der Tanzplatz lag verwaist da. Die meisten Zeltbahnen waren hoch gerollt. Die Bewohner hatten sich in den Schatten und den kühlenden Luftstrom zurückgezogen.
Wir überquerten die offene Seite des Lagers und steuerten auf seine südöst-

liche Hälfte zu. Hier und am Nordostende lagen die größten und schönsten Tipis. Vor einem stattlichen Zelt hielt mein Gastgeber an. Über dem Eingang prangte das rote X. Auch der herrliche Apaloussarenner, der daneben angepflockt war, trug das Zeichen seines Herrn.

Eine Frau um die Vierzig erhob sich von einem Kochfeuer und stellte sich erwartungsvoll neben dem Eingang auf. Das scharlachrote Kleid war dicht mit Hirschzähnen besetzt. Ihr schönes reifes Gesicht wurde von straff geflochtenen Zöpfen eingerahmt. Sie trug mexikanischen Silberschmuck und stolz zierte eine weiße Flaumfeder ihr Haar.

High Eagle machte mich mit seiner Frau Red Shawl bekannt. Mit Witz und sichtlichem Vergnügen schilderte er unser Zusammentreffen. Der Name seiner schönen Tochter war Pretty Walker. Ich machte Red Shawl das Bergschaf zum Geschenk.

„Pila mayaya, Kelly." Ein Strahlen ging über ihr Gesicht.

Pretty Walker baute im Schatten eines Laubdaches zwei Backrests auf. Mein Gepäck wurde in das geräumige Zelt getragen. Tschaske, ein Verwandter, kam vorbei. High Eagle schärfte ihm ein, unsere Pferde zu tränken und sie danach nicht aus den Augen zu lassen. Der kleine Junge griff in die Mähne des Apaloussa und zog sich auf seinen Rücken. Ich übergab ihm die Zügel von Lissy und stolz lenkte er die Pferde zum Fluss.

Wir hatten uns in die Backrests gelehnt. High Eagle aß nur wenig von der Fleischbrühe, die uns Red Shawl in Holzschalen anbot. Danach gab es geröstete Büffelrippe, mit Salbei gewürzt. Ich merkte auf einmal, wie ausgehungert ich war, und sprach auch den handtellergroßen Stücken vom Hirsch ordentlich zu. Dazu trank ich Wojapi, Wasser mit zerstoßenen Kirschen. Red Shawl freute sich über meinen Appetit. Während unserer Unterhaltung versuchte sie immer wieder scherzhaft, meine Schale nachzufüllen, die ich längst zum Zeichen der Sättigung umgestülpt hatte.

Ich war im Lager von Chief Lone Horn, einer Sioux-Bande vom Stamm der Itazipco.

Das Zelt des Häuptlings lag nur ein Tipi weiter. Pferdeschwänze und Skalplocken hingen im Gewirr seiner Zeltstangen. Im nordöstlichen Horn stand das Tipi von Spotted Eagle, dem Anführer einer anderen Itazipco-Bande. Dann waren da noch einige Familien Nord-Cheyenne und Hunkpapa zu Besuch. Vor der großen Sommerjagd hatte man sich hier zum Sonnentanz vereinigt, dessen letzter Tag morgen anbrach.

Ich erzählte von meiner Familie.

„E-i-i-i", kam es bedauernd von Red Shawl, als sie hörte, dass mein Vater bereits tot sei.

Lachend meinte High Eagle, ihre Feinde, die Cornindianer, hätten mein Lakota verdorben. Aber ich wusste, er freute sich über mein Bemühen, unser Gespräch mit Lakota, Zeichensprache und den Worten des Weißen Mannes in Fluss zu halten.

Er versank in nachdenkliches Schweigen.

Dann öffnete er den Pfeifenbeutel. Sorgfältig stopfte er den roten Steinkopf. Ehe er die Pfeife zusammensteckte, band er mit rotem Bast ein Büschel Salbei an den Stiel. Mit einem Stück Glut, das Pretty Walker brachte, entzündete er sie.

Er bot sie dem Himmel an, der Erde und den vier Richtungen der Welt. Dann nahm er selbst einen Zug und reichte sie an mich weiter. Sorgsam achtete ich darauf, es ihm gleichzutun. Schweigend rauchten wir.

Als ich vom Bad im Fluss zurückkehrte, stand bei High Eagle der Ausrufer des Dorfes, Old Lodgepole. Schon kurz darauf sang er in alle Richtungen aus, dass dieses Lager einen unerwarteten Gast bekommen hatte. Dass High Eagle, der Entscheider und Pfeifenträger, einen jungen Uasitschu in sein Zelt eingeladen hatte.

Man machte mich mit den Hunkpapaverwandten bekannt. Red Shawls ältere Schwester, White Tipi Woman, war mit ihrer Familie zu Besuch. Sie lebte mit Thunderhawk, ihrem Mann, im Lager von Sitting Bull. Während eine stolze Anzahl kleiner Neffen und Nichten alles auf den Kopf stellte, standen beide Frauen an einem Kessel, der über einem Dreibein hing und in dem große Teile des Bighornschafes schmorten.

Ich war High Eagle auf die Anhöhe gefolgt. Eine erwartungsvolle Menge hatte sich um den Altar geschart. Es näherte sich ein feierlicher Zug. Alle streckten ihre Zeremonialpfeifen einem Mann entgegen, der trotz seines hohen Alters kraftvoll ein großes Fellbündel vor sich her trug.

„Das Heilige Pfeifenbündel!" flüsterte mir High Eagle zu.

Hinter dem Bewahrer der Heiligen Pfeife schlugen vier Medizinmänner die Handtrommel und sangen. Es folgten die Männer und Frauen, die morgen durch den Sonnentanz gehen würden. Auch High Eagle reihte sich ein. Viermal umschritten sie den Altar, dann legte der Bewahrer das Heilige Bündel auf ein Salbeibett. Singend löste er die erste Verschnürung. Auf der gegerbten Haut der zweiten Umhüllung sahen wir eine weiße Frau und einen weißen Büffel. In roter, verblichener Quillarbeit stand daneben das Sonnenrad mit Strahlen aus Adlerfedern. Unter heiligen Gesängen trat jeder der Tänzer an den Altar und betete still. Dabei legte er seine Hand auf das Bündel. Später brachte man es zu einem besonderen Tipi.

„Das Heilige Bündel ist der kostbarste Besitz meines Volkes", erklärte mir High Eagle. „Vor langer Zeit kam die Tochter von Sonne und Mond, die Heilige Büffelfrau, zu den Lakota und gab Häuptling Buffalo Who Walks Standing Upright die erste Heilige Pfeife. Sie lehrte uns den richtigen Gebrauch. Nur der Hüter und Bewahrer kennt den Inhalt des Heiligen Bündels."

Das Zentrum des Lagers war das „Schattenzelt". So nannten die Lakota das von starken Pappelästen gestützte, kreisförmige Laubdach um den Heiligen Kreis. In seiner Mitte ragte der Heilige Baum auf. Im Westen hatten die Tänzer ihren Bereich. Im Norden saßen die Häuptlinge, die Entscheider und Ältesten, dahinter ihre Frauen. Auf der Südseite lagerten die Trommler und Sänger.

High Eagle hatte mit mir neben der großen Trommel Platz genommen. Links und rechts davon ließen sich die Handtrommler am Rand des Kreises nieder. Die Menge wurde still. Ein leiser Trommelwirbel rollte heran. Ein dumpfer Schlag. Die Handtrommeln wurden wie rasend geschlagen. Voller Ausdruckskraft begannen die Sänger. Fiel die Melodie ab, jagte ein Vorsänger, aufgepeitscht vom Stakkato der Trommeln, seine Stimme hoch. Der Gesang wurde wieder leiser. Er erstarb.

Da brach Gewehrfeuer los. Krieger stürmten durch das Osttor. Sie wurden von begeistertem Trillern empfangen. Sie verschossen Pfeile, um das „Nest des Donnervogels" in der Gabel des Heiligen Baumes zu verteidigen. Er galt als der Beschützer der Heiligen Pfeife.

Der gellende Gesang, das Rasen der Trommel endeten so überraschend, wie es begonnen hatte. Der Platz lag wieder verlassen da.

Feierlich und getragen setzte die große Trommel ein. Der Gesang der Tänzer erklang. Als die Trommel verstummt war, gab der Fürsprecher der Tänzer High Eagle ein Zeichen. Ich stand neben ihm, als er zu der Versammlung sprach.

„Als die heilige Büffelfrau die Pfeife brachte, sagte sie zu einem der Jäger: Geh und sag dem Häuptling, er soll mir einen Platz bereiten, denn ich bringe dem Volk etwas mit. Ich will, dass mein Volk lebt!

Heute sind wir wieder um den Heiligen Baum versammelt. Sie, die Heiligste, ist morgen in diesem Geisttipi anwesend. Seien wir uns der göttlichen Anwesenheit bewusst.

Am Fundament sind die Tipistangen getrennt. So wie sie im Zentrum zusammenstreben, so lasst Wakan Tanka unser Mittelpunkt sein, in dem Getrenntes wieder eins wird. Er schenkt uns alles. Nur etwas Fleisch können wir in Dankbarkeit opfern und unseren Weg reinigen.

Dieser junge Mann hier ist einer, der nicht schießt, sondern Friedenszeichen macht. Nun sagen einige, warum töten wir ihn nicht und nehmen sein Pferd? Aber sein Pferd ist schnell und trägt ihn wie der Wind davon. Das wissen einige von euch auch. Junges Blut ist oft vorschnell und der Rat der Alten hinkt hinterher. Weiß doch auch der Große Vater in Washington nicht alles, was seine jungen Männer tun. Ist es nicht so?

Solange der Wind weht, solange Gras wächst und Wasser fließt soll Frieden sein. Wie Kinder haben wir dem Großen Vater vertraut. Noch während unsere Häuptlinge die Feder berührten, kamen Soldaten und vertrieben unser Wild und töteten Lakota. Hat der Wind aufgehört zu wehen? Führt der Elk River kein Wasser mehr? Ist die Erde kahl und bloß vom wogenden Büffelgras? Ich frage euch?

Und da ist dieser junge Mann. Aber er ist ein Uasitschu und lebt mit den Cornindianern, sagen einige. Das ist wahr. Aber sollen wir ihn deswegen töten? Er ist so herrlich verrückt!"

Lachen kam auf.

„Was kann er wollen? Er sitzt im Gras und schaut den Wolken nach. Wie ein Indianer liebt er es, das Land zu berühren. Und er geht einfach in ein Lakotadorf!"

Offene Heiterkeit brach nach allen Seiten aus.

„Aber er kommt nicht wie ein Dieb. Nein, offen setzt er sich hin und freut sich, dass die Lakota so gut leben! Er wartet höflich, dass die jungen Männer ihn einladen. Er wartet lange ..."

Alles lachte über diese Spitze auf die Akicita. High Eagle hatte die Versammlung auf seine Seite gezogen.

„Aber hat er nicht eine alte Frau zu den Hunkpapa zurückgebracht? Hat man nicht rohe Späße mit ihm getrieben? Hat er nicht ein Pferd geschenkt? Er ist großzügig. Hören wir an, was er will, dieser junge Mann, der einfach in das Lager von Kriegern reitet."

Zustimmende Rufe erklangen. Auch in der Reihe der Häuptlinge nickten die Adlerfedern und zitterten die Hirschhaarkronen.

„Er kam", fuhr High Eagle fort, „weil er wusste, dass wir Lakota großzügig sind und weil kein Blut zwischen uns steht. Er kam, weil er uns vertraute. Sein Name ist Kelly. Er ist Gast in meinem Zelt. Zeigen wir ihm, dass wir Lakota sind. Morgen werde ich für alle Bewohner meines Zeltes tanzen. Ich, High Eagle, habe es gesagt."

Beifall kam auf. Ich war einen Schritt vorgetreten und verneigte mich. Die Trommler und viele der Umstehenden gaben mir die Hand und klopften mir freundlich auf den Rücken.

Überrascht sah ich Pretty Walker hinter uns stehen. Ein scheuer Blick traf mich, als sie ihrem Vater ein aufgerolltes Rohhautseil übergab, in das einige Adlerfedern geknüpft waren. Die Tänzer befestigten die Schnüre am geweihten Pfahl, der bis in Mannshöhe rot bemalt war. Helfer gingen den Kreis entlang und trieben in gleichmäßigen Abständen Löcher in den Boden, gefolgt von anderen, die rote Stäbe mit Tabaksgaben steckten. Medizinleute weihten diese Absperrung mit dem Rauch von Süßgras. Die Menge löste sich auf. Die Wicasa Wakan, die heiligen Männer, bereiteten in der Stille den Platz vor.

Wir saßen vor dem Zelt. Die Tipibespannung war für die Nacht herabgelassen worden. Ich lauschte dem vertrauten Gespräch der Familie. Eine leichte Berührung weckte mich. Ich war im Backrest eingenickt. Leises Lachen kam aus dem Dunkel der rechten Tipiseite. Die Frauen hatten mir ein Bett links vom Eingang bereitet. Als ich wenig später auf einem Büffelfell lag und die Sterne durch das Rauchloch blinken sah, musste ich daran denken, dass ich für die Lakota schon lange nicht mehr irgendein Weißer war. Der Mokassin-Telegraf hatte mein Auftauchen auf den Plains und mein Verhalten weit im Buffalo Range verbreitet.

Sie waren gefürchtete Kämpfer, aber sie waren immer wieder bereit, mit einem einzelnen Mann Frieden zu schließen.

„Sonnentänzer, haltet euch bereit!" Laut schallte die Stimme von Old Lodgepole durch das Lager.

Red Shawl war aufgestanden und fachte mit einem Federfächer die Glut in der Feuerstelle an. Dann ging sie um das Tipi und rollte die Zeltwand einen breiten Spalt hoch. Grau lag der Morgen über dem Dorf. Die Luft war frisch. Kochfeuer glimmten auf. Träge kräuselte sich der erste Rauch empor. Die Hunde schlugen an. Auch Pretty Walkers Wolfshund begrüßte überglücklich seine Herrin. Diese zog fröstelnd die Decke um sich, nahm ein Kleiderbündel auf und den Wassersack und ging zum Fluss.

High Eagle war bereits aufgestanden und unterzog sich dem Schwitzbad. Red Shawl stellte das Dreibein mit der Lanze auf und hängte das blaue Schild mit dem Donnervogel ein. Ich ritt die Tipipferde in den Fluss und nahm ein Morgenbad. Vor dem Zelt der Wächter traf ich Tschaske an. Er zeigte mir die kleine Herde von High Eagle.

Am Osttor erwarteten die Tänzer den Hüter der Heiligen Pfeife. Er trug den Balg eines Adlers im Haar. Die geöffneten Schwingen bedeckten seine Schultern.

Von einem nahen Hügel begrüßten zwei Sänger die Sonne, die ihre ersten Lichtpfeile in den neuen Tag schickte.

Sie betraten den Heiligen Kreis durch das Osttor und stellten sich in mehreren Reihen auf. Die Männer waren bis auf ein langes rotes Lendentuch nackt. Die Frauen trugen schlichte Lederkleider.

Als der Sonnenball rot aufstieg, hob der Bewahrer der Pfeife das Heilige Bündel hoch. Die Wicasa Wakan hatten links und rechts von ihm Aufstellung genommen und hielten ihre Fächer aus Adlerschwingen zum Gruß empor. Laut riefen sie uralte Gebetsworte. Tränen rannen ihnen dabei über die Wangen. Dahinter standen die Tänzer und boten demütig ihre mit Salbei geschmückten Pfeifen dem Osten als dem Ursprung des Lichts und der Weis-

heit, der Geburt und des Neuanfangs dar.
Langsam und verhalten begann die Trommel zu schlagen. Mit einem wilden, kehligen Schrei, den die Wicasa Wakan aufnahmen, stimmte der Vorsänger den Gesang der Tänzer an. Die anderen Sänger fielen ein. Im Rhythmus der Trommel begannen die Tänzer ihre Adlerknochenpfeifen zu blasen.
Sie begrüßten den Süden, dann den Westen, woher die Donnerwesen kommen, und den Norden, wo der Winterriese zu Hause ist. Wieder im Osten, wandten sie sich dem Heiligen Baum zu. Der Bewahrer setzte das Heiligste auf einem Salbeialtar ab und nahm unter dem Laubdach Platz. Der Gesang brach ab. Die Tänzer gingen am Pfahl vorbei, umarmten ihn, und setzten sich dann hinter ihren Führern und Entscheidern.
Die Tänzer hatten sich in einem weiten Kreis um den Heiligen Pfahl aufgestellt. Mit ernstem, entspanntem Gesicht schritt die hohe Gestalt High Eagles vorbei. Auch er trug das rote Lendentuch. Um die Stirn, um Handgelenke und Knöchel waren Kränze aus Salbei gewunden. Seitlich am Kopf steckten zwei Adlerfedern. In jeder Hand hielt er einen blauen Weidenreif. Rhythmisch blies er die Adlerpfeife. Ihr Ende zierte eine Flaumfeder. Bei ihm, wie auch bei den anderen Tänzern, waren Gesicht, Hände und Füße rot gefärbt. Die Gelenke zeigten schwarze Querlinien. Auf der Brust hatte er zwei blaue Markierungen. Das Besondere an seiner Bemalung waren die vielen roten und blauen Punkte am ganzen Körper.
Sie tanzten den ganzen Vormittag. Die Wicasa Wakan leiteten, dem Lauf der Sonne folgend, die Tänzer um den Pfahl.
Es war am frühen Nachmittag. Die Tänzer hatten sich unter die Laube zurückgezogen. Ungläubig sah ich, wie mein Pferd durch das Osttor trabte. Tschaske verharrte händeringend am Rand der Arena. Der Bewahrer der Pfeife deutete stumm auf das Tier. Die Wicasa Wakan erhoben sich. Lissy stand ruhig am Pfahl. Die Heiligen Männer umschritten sie singend und segneten sie mit dem Rauch von Süßgras. Dann banden sie ihr vier farbige Stoffstreifen in die Mähne. Widerstandslos ließ sie sich zum Osttor führen, wo sie Tschaske entgegennahm. Die Lakota ließen die Kreatur auf ihre eigene Weise teilhaben.
Die gleiche Zuwendung erfuhren die Kinder, die achtlos über den Platz tollten. Die ehrwürdigen Wicasa Wakan wurden zu zärtlichen Großvätern, die

die Babys auf dem Arm zu ihren besorgten Müttern zurücktrugen oder die herumtollenden Kleinen sanft mit dem Federfächer wegscheuchten.

Die schrillen Adlerpfeifen, das Scharren der Rasseln, Tänzer, die sich verzückt auf den Pfahl zu bewegten. Immer schneller wirbelten Federn und glühten Farbfetzen aus dem Staub. Etwas in mir begann sich zu verändern. Das Licht pulsierte vor meinen Augen. Der Schall der Trommel hallte in mir nach. High Eagles Gesicht schien mich ständig anzublicken, obwohl ich ihn im bunten Wirbel aus dem Blickfeld verloren hatte.

Wind war aufgekommen, der schnell an Heftigkeit zunahm. Die bunten Tücher am Pfahl flatterten wie Fahnen. Im ganzen Lager hörte man Warnrufe. Rauchklappen wurden verschlossen, Zeltnadeln gesetzt und Tipistangen fest mit dem Ankerpflock verbunden. Der Sturm trieb Schwalben vor sich her, die durch das Geist-Tipi flogen. Der Heilige Baum bog sich ächzend.

Der Bewahrer der Pfeife, der bisher stumm im Schatten gesessen hatte, war aufgestanden und betete mit erhobenen Händen. Während im Umkreis des Lagers die Regenschleier bis zur Erde reichten, rissen über uns die Wolken auf. Der Himmel öffnete sich zu einem blauen Fenster, in dem zwei Adler schreiend ihre Kreise zogen. Alles hatte sich erhoben. Das Lied von Uanbli Gleska, dem gefleckten Boten Wakan Tankas, erklang. Kein Tropfen Regen fiel auf das Lager.

Ich erwachte wie aus einem Traum. Freundschaftlich bot man mir die Pfeife an. Sie war mit getrocknetem Salbei gefüllt. Alles lachte, als ich wegen des ungewohnten Krautes hustete.

„Ja, der Rauch, der zu Wakan Tanka aufsteigt, ist stark und voller Macht."

Beim langsamen Schlag der Trommel ergriff der erste Tänzer die Salbeibüschel, die ihm zwei Medizinleute entgegenhielten, und ließ sich zum Pfahl führen. Dort streckte er sich auf ein Büffelfell aus. Ein Medizinmann beugte sich über ihn und durchbohrte mit einer scharfen Ahle die Brusthaut auf beiden Seiten. Zwei Helfer steckten durch die Einschnitte kleine, spitze Holzpflöcke. Das Rohhautseil des Tänzers war abgerollt worden. Die geschlitzten Hirschhautschnüre an seinem Ende wurden nun fest über die Pflöcke gezogen. Man richtete ihn auf und segnete ihn mit der Adlerschwinge. Er ging an den Rand der Arena und lehnte sich in sein Seil, bis sich die Brusthaut weit spannte. Dann ordnete er sein Seil und die eingeknüpften Federn und setzte sich ins Gras.

Einige Tänzer bekamen Einschnitte über den Schulterblättern, in die an langen Rohhautriemen Büffelschädel eingehängt wurden. Die Tänzerinnen traten auf ein Salbeibett. Helfer streiften ihnen die Ärmel zurück und setzten an beiden Oberarmen kleine Durchbohrungen, durch die sie Schlaufen zogen und Adlerfedern einknüpften.

Die Durchbohrungen waren vollzogen. Die Tänzer waren durch ihre Seile wie durch Strahlen mit dem Heiligen Baum verbunden. Zusammen mit dem Volk waren sie in diesem Augenblick das sichtbare Tipi und das unsichtbare Geist-Tipi.

Red Shawl und Pretty Walker winkten mir zu. Beide waren in Festkleidung, als sie sich den Weg zu mir bahnten. Wir standen dicht hinter High Eagle und feuerten ihn an. Stampfend tanzte er zum Baum und dann wieder weg von ihm. Er legte sich weit nach hinten ins Seil. Schrill tönten die Knochenpfeifen. An den gespannten Schnüren wirbelten die Adlerfedern. Frauen hatten sich bei den Sängern und Trommlern aufgestellt und fielen mit ihren hohen Stimmen ein. Durchdringend gellte das Heya-Heya. Die Trommel putschte die Tänzer auf und trieb sie zu immer größeren Anstrengungen. Die ersten brachen aus. Der Pfahl erbebte unter der Wucht, mit der sie sich losrissen. Wir fingen High Eagle auf, als er mit einer letzten Kraftanstrengung nach hinten prallte. Freudenschreie und Triller stiegen hoch. Die Frauen umarmten ihn, bevor er wieder ins Zentrum zurücktanzte.

Kinder saßen auf den Büffelschädeln, die einige Tänzer hinter sich herschleiften, um die Befreiung zu beschleunigen. Zum Schlag der Trommel rissen Helfer den Sonnentänzerinnen die eingeknüpften Adlerfedern aus dem Oberarm.

Die Tänzer hatten sich losgezerrt. Ihr Geist hatte sich vom Körper und seinen Täuschungen befreit.

Gemeinsam rauchten sie die große Pfeife. Nun umschritten die Sonnentänzer ein letztes Mal den Heiligen Kreis. Dann geleiteten sie den Bewahrer des Pfeifenbündels zum Ostausgang. Die Verwandten hatten sich außen um das Schattenzelt aufgestellt. Die Tänzer verließen in einer langen Reihe die Arena und gaben den Wartenden die Hand und segneten sie. Der Tanz war zu Ende.

Bereits am frühen Morgen war der Stamm von Chief Spotted Eagle nach Süden zum Yellowstone aufgebrochen, mit ihnen der Bewahrer der Heiligen Pfeife.
Unbeschwert jagten wir den ganzen Vormittag über in den westlichen Hügeln nach Antilopen. High Eagle führte mich zu den zertrampelten Stellen, an denen sie gerne lagerten. Er warf eine Handvoll Staub in die Luft und sie brachen in Fluchten davon: orange-weiß-rote Flecken, die eine niedrige Staubfahne hinter sich her wirbelten.
Wir schlugen einen Bogen. High Eagle schwenkte einen langen Stock, an den er zuvor einen roten Stofffetzen gebunden hatte. Scharfes Schnauben erklang. Die erregten Tiere stellten die langen Mähnenhaare auf und stampften nervös mit ihren Hufen. Sie tänzelten scheinbar ziellos umher, kamen aber näher. Ich stach mit dem Jagdmesser ein Loch in den Boden und High Eagle rammte den Lockstab hinein.
Der Wind spielte mit der roten Fahne. Ich machte meine Waffe fertig. Er hatte seinen Jagdbogen vor sich hin gezogen und einen Pfeil aufgelegt. Auf fünfzig Yard schoss er eine junge Geiß. Eben kauerten wir noch wie erstarrt am Boden, da lag sie auch schon verendet im Gras. Vor Überraschung vergaß ich fast zu schießen. Ich schickte der fliehenden Herde eine Kugel nach und erwischte einen jungen Bock. Wir brachen beide Tiere sofort auf.
Wir kamen an den im Gras ausgelegten Büffelschädeln vorbei.
„Ich kenne nicht viele Weiße. Mein Volk hält sich fern von ihnen. Aber so viel weiß ich, nur ein verrückter Weißer wäre danach noch weitergegangen." Lachend stieß er mich in die Seite. „Wir haben dich beobachtet. Anders als die Friedensmänner, anders als die Weißen, die das gelbe Metall verrückt macht, liebst du dieses Land so, wie nur ein Indianer es liebt."
Ich war abgestiegen und zeigte auf den Schädel mit den roten und blauen Punkten und fragte nach ihrer Bedeutung. Er war ernst geworden und stieg ebenfalls vom Pferd. Wir setzten uns ins Gras. Er nestelte eine kurze Pfeife hervor. Längere Zeit schwieg er und stopfte bedächtig die Pfeife.
„Was weißt du?"
Seine Frage kam so unvermittelt, dass sie mich ganz aus der Fassung brachte. Ich überlegte, kam aber nicht zurecht. Zögernd bewegte ich meine leicht gespreizte Hand hin und her und signalisierte ihm so in Zeichensprache ein

großes Fragezeichen.
„Was weißt du?", beharrte er.
Ich verstand die Worte, aber nicht ihre Bedeutung. Resigniert schüttelte ich den Kopf und in meiner Hilflosigkeit sagte ich:
„Vater, ich weiß nichts!"
„Gut! Sehr gut. Dann sind wir in der gleichen Situation", war die verblüffende Antwort. Er lachte ausgelassen wie ein junger Mann und schlug sich auf die Schenkel. Wieder ernst geworden, steckte er sich die Haare locker hinter die Ohren und sah mich mit gutmütigem Spott an.
Wir rauchten.
„Zuerst sage ich, es hat Wakan Tanka gefallen, dass du an dieser Stelle vorbeigekommen bist. Es ist ein mächtiges Zeichen. Mein Sohn, Unwissende sind wir, gefesselt durch unser Nichtwissen. Der Büffelschädel mahnt uns an die ständige göttliche Anwesenheit in allen Dingen. Rot steht für alles, was heilig ist. Blau symbolisiert den Himmel, den Sitz des Großen Geistes. Er steht aber auch für die Suche des Menschen nach Erleuchtung. Erlangt ein Mensch Erleuchtung, dann stirbt sein altes Ich. Das ist der Tod der Unwissenheit. Für all das ist der Schädel ein Sinnbild, verstehst du?"
„Ja, Vater, ich danke dir für die guten Worte."
Er klopfte die Pfeife aus.
„Hoch, hoch, mein Sohn. Die Frauen warten voll Freude auf zwei müde Jäger!"
Die Frauen nahmen uns die Jagdbeute ab. Ich ritt die Pferde zum Fluss und wusch das Blut von ihren Flanken. Erfrischt vom Bad schlenderte ich am Wasser entlang. Da flogen mir Pflaumen an den Kopf.
„Waren die Jäger erfolgreich?"
Lachend und mit ungebändigtem rabenschwarzem Haar stand Pretty Walker vor mir. Fröhlich leuchteten die Zierbänder an ihrer Bluse. Sie bot mir von den Pflaumen an. Als ich zugreifen wollte, warf sie wieder nach mir. Ich warf zurück. Woktah, der schwarze Wolfshund zu ihren Füßen, bellte kurz und gähnte gelangweilt.
Ich hatte einen Grashüpfer gefangen und hielt ihn ihr hin. Sie strich sich durchs Haar.
„Du musst wissen, dass du meinen Vater an Whistler erinnerst. Er trauert im-

mer noch um seinen Sohn. Vor zehn Wintern ging Whistler auf seinen ersten Kriegszug gegen die Schoschoni. Er starb im Kampf, nachdem er Coup genommen hatte. Als mein Bruder ein Baby war, sagen sie, da spielte er eines Tages mit einer schwarzen Grille. Er nahm sie in den Mund. Er fürchtete sich aber nicht, wie das kleine Kinder sonst tun, sondern saß still da, bis die Grille in seinem Mund rief. Vater hörte das und war sehr erstaunt. Seither nannten ihn alle Whistler. Als mein Vater die Grille in deiner Hand hörte, musste er wieder an Whistler denken. Manchmal zeigen uns diese Tiere auch, wo Büffel sind."

Ein Hagelschauer ging über das Land nieder. Gemeinsam liefen wir zurück. Begeistert sammelte Jung und Alt die Eiskörner auf und aß sie wie Konfekt. Als ich später am Nachmittag mit den Pferden und einem großen Stapel Brennholz zum Tipi kam, meinte High Eagle belustigt zu Red Shawl:

„Sieh nur, jemand will, dass wir hier das Winterlager aufschlagen. Unsere Kundschafter sind zum Musselshell aufgebrochen, auf der Suche nach Büffeln. Morgen werden wir nach Westen ziehen. Du wirst uns verlassen, Kelly?"

„Ja, Vater, aber ich werde wiederkommen."

„Ja, Sohn, so soll es sein."

Es war am Abend. High Eagle und Thunderhawk saßen beisammen und rauchten. Red Shawl und Pretty Walker ließen es sich nicht nehmen, meine Sachen auszubessern. Ihrem Kichern nach zu urteilen, war irgendeine schadhafte Stelle nicht nur geflickt worden, sondern bekam noch eine kleine Perlenstickerei als Besatz. Aber immer, wenn ich mich umdrehte, versteckten sie die Arbeit schnell.

Alles horchte auf, als sich Thunderhawk direkt an mich wandte.

„Du bist der Uasitschu, der Red Feather Woman zurückgebracht hat", stellte er kühl fest.

„Ja, das war vor einem Jahr am Big Dry."

„Sie starb im Winter. Du heißt Kelly. Kämpfst du nie?"

„Doch, Vater, ich war drei Jahre im großen Krieg der Weißen."

„Wie alt warst du?"

Er nahm mich ins Verhör.

„Ich war zwölf, als ich von zu Hause fortlief. Ich kämpfte mit dreizehn."
„Lassen die Weißen Kinder kämpfen?" Es klang verächtlich.
„Sie wussten es nicht, Vater. Ich sagte, ich wäre sechzehn."
„Ah", rief er erstaunt und paffte heftig einige Züge.
High Eagle grinste und drehte sich zu den Frauen.
„Ich erinnere mich genau, ich war vierzehn, als ich das erste Mal in den Kampf zog. Ich war den Männern nachgeschlichen und hatte nur Jagdpfeile dabei. Mein Vater war wütend über meinen Ungehorsam, aber er sagte nur, dass gewisse junge Männer ohne richtige Ausrüstung in den Kampf zögen. Er schickte mich nicht zurück, sondern gab mir von seinen Pfeilen."
Der Schwager nahm mich weiter in die Zange.
„Ich sage, diese Feuerstöcke, sie sind keine gute Art zu kämpfen. Diese weißen Soldaten, sie schießen nur. Sie kämpfen nicht richtig."
„Es ist ihre Art zu kämpfen", antwortete High Eagle für mich. Spannung war aufgekommen. Red Shawl sah besorgt auf.
Thunderhawk hakte nach.
„Du hast nie gegen Indianer gekämpft?"
„Nein, nie!"
„Warum?"
Ich wandte mich an High Eagle.
„Vater, ich bin ein junger Mann. Ich sehe viele Dinge. Ich will den Boden, auf dem ich stehe, nicht rot machen. Wenn ich einem Kampf nicht ausweichen kann, werde ich tun, was mir der Große Geist rät. Ein Mann kämpft, wann er will; und er legt die Waffe weg, wann er will."
„Das ist nur recht!"
Beide, auch High Eagle, drückten laut ihre Zustimmung aus. Dass ich auf meine Jugend hinwies, nahm den Schwager für mich ein.
„Aber sie haben auf dich geschossen", kam sein letzter Einwand.
„Sie kannten meinen Namen nicht. Es war gegen meine Medizin zu kämpfen. Ich machte ihnen Zeichen, aber sie hatten es nicht eilig."
„Sein Pferd war viel schneller!" High Eagle klatschte sich vergnügt auf die Schenkel. Alle lachten.
Chief Lone Horn trat heran. Er dankte, als ich ihm meinen Platz anbot.
„Es war ein guter Sonnentanz und ein schönes Fest. Schwester, bemüh' dich

nicht."

Red Shawl brachte ihm eine Schale dampfender Brühe und einen Hornlöffel. Häuptling oder nicht, er schlug sich wacker und lobte das Essen.

„Die Rüben sind ausgezeichnet ...", gab er ihr das Stichwort und die Frauen verrieten ihm, wo es die besten Plätze für Wildobst und Gemüse gab, wenn sie den Musselshell hochzogen.

„Ich sehe, dieses Tipi hat einen neuen Jäger", sagte er und schüttelte mir mit einem gewinnenden Lächeln die Hand. „Auf eine gute Jagd, Bruder! Schwester, einen guten Weg morgen." Er verabschiedete sich und ging weiter durch die Reihen der Zelte.

„Ein guter Häuptling ist wie ein guter Vater", sagte High Eagle.

Als die Flöte aus dem Uferwald erklang, da war mir schon bei den ersten weichen und melancholischen Tönen klar, wem ihre Botschaft galt. Unwillig sah ich mich nach dem Störenfried um, konnte ihn aber nirgendwo entdecken. Dabei entging mir nicht, dass sich Pretty Walker tief über ihre Stickerei beugte und verstohlen zu mir hersah. Während die Flöte klagte, war ich ziemlich einsilbig.

Der Mond ging auf. Über dem westlichen Horizont lag noch das Nachglühen des vergangenen Tages. Besorgte Mütter riefen ihre spielenden Kinder vom Sonnentanzplatz weg. Das Schattenzelt und der Pfahl waren zu heilig. Sie wurden der Erde zurückgegeben. White Tipi Woman wiegte ihr Jüngstes in der Wiege mit leiser, einschmeichelnder Stimme in den Schlaf. Zwei Männer sangen auf einem Hügel zur Handtrommel.

Bei Tagesanbruch verkündete Old Lodgepole die Verlegung des Lagers nach Westen, in das Land am Musselshell River. Einer der Kundschafter war nachts zurückgekehrt. Er brachte die aufregende Nachricht, dass die Prärie dort schwarz sei von Büffeln.

Als das Häuptlingszelt zu Boden ging, war es das Zeichen zum Aufbruch. Ich hatte mit Tschaske die Pferde der Familie ins Lager getrieben, bis auf die Tiere, die mit der großen Herde zogen. Danach half ich den Frauen, das Tipi auf drei Pferde zu verladen. Die Ponys bekamen Strickhalfter. Wir befestigten Leder- und Parflêchebeutel an den Packsätteln und hängten Travoisstangen in die Geschirre ein.

Es herrschte eine ausgelassene Stimmung. Der Tokala-Bund übernahm für den Treck nach Westen die Vorhut und den Flankenschutz. Die Cheyenne stellten die Nachhut. Die Gewehre wurden aus den Schutzhüllen gezogen und blitzten in der Sonne. Stolz paradierten die jungen Männer entlang des Zuges, der sich langsam formierte. Alle waren fein herausgeputzt. Kinder tollten zu zweit oder zu dritt auf Ponys umher. Babys saßen zwischen schwankenden Travoisstangen oder hingen in der Tragwiege vom Sattelknauf eines Pferdes.

High Eagle kam von der Spitze des Zuges. Er stieg vom Pferd, nahm meine beiden Hände und drückte sie stumm. Dann streifte er sich eine geflochtene Schnur vom Hals, an der ein Medizinrad aus Quillwork hing, und hängte sie mir um.

„Was auch geschieht, du bist immer willkommen! Wenn der Mond wieder voll ist, werden wir zurück an der Gabel des Big Dry sein."

„Ich werde da sein." versprach ich.

Pretty Walker schenkte mir eine Decke, die reich mit breiten Zierbändern aus Perlen bestickt war.

„Schade, dass Kelly geht", sagte sie leise.

Ich legte die Fingerspitzen grüßend an die Stirn und verneigte mich gegen die kleine Familie. High Eagle kreuzte die Arme vor seiner Brust und ballte dabei die Hände zur Faust. Ich erwiderte das Freundschaftszeichen.

Sie waren weg. Ich ritt zum Schattenzelt und band Lissy an einem Pfosten fest. Nur das Rascheln der verwelkten Blätter lag in der Luft. Laut flog eine Hummel vorbei. Ich saß im Schatten und starrte lange auf den Pfahl im Zentrum.

Das Land stand mir offen.

**Crazy Mountains; Montana Territorium
November 1868**

„Wenn du am Himmel zwei Wolken entdeckst, die wie Hunde aussehen, achte darauf, wo die größere steht. Steht sie im Süden, wird es warm. Hüte dich aber, wenn sie im Norden steht. Dann kommt Wasiya, der Winterriese, und bläst seinen eisigen Atem über das Land und alles Leben erstarrt." Pretty Walker hatte ihre Worte mit drolligem Ernst vorgetragen. Ein leiser Vorwurf lag in ihren Augen, als sie meine Zweifel sah.

Ich starrte in die kalte Wintersonne und ertappte mich dabei, wie ich beim Gedanken daran lächeln musste.
Die große Wolke hatte die kleinere aufgefressen und sich zu einem bedrohlichen Ungeheuer aufgebläht. Aber der eisige Wind riss sie mit sich fort und trieb sie wieder auseinander.
Lissy war stehen geblieben, als mein Schenkeldruck nachließ. Auch das Packpferd verharrte. Ich schälte mich aus meiner Büffelrobe, griff nach Gewehr und Fernglas und sprang steif aus dem Sattel. Die Pferde ließ ich in der Senke zurück.
Ich stapfte den Hang hoch. Der Schnee auf der Schattenseite war verharscht. Nur selten brach ich mit den hochschäftigen Mokassins ein. Mir wurde warm. Ich streifte die schweren Fäustlinge ab und ließ sie von der Halsschnur baumeln.
Im oberen Teil war die Kuppe vom Wind blank gefegt. Rötliches Gestein trat hervor, verkrüppelter Hartriegel duckte sich zu Boden.
Ich steuerte die windschiefe Begräbnisplattform an, die sich auf vier wuchtigen Pfählen den Elementen entgegenstemmte. Pferdeknochen lagen verstreut herum. Ein Büffelschädel wies noch Farbreste auf. Wolf und Kojote hatten ihre Markierungen gesetzt. Am Kopfende des Toten hing ein verschlissener Schild. Ich lehnte mein Gewehr gegen eine der Stützen. Sie waren tief in den Boden eingelassen und zusätzlich mit Felsplatten verankert. Der Tote war in ein Büffelfell gehüllt. Roter Pfeifenstein und das Blau einer Decke schimmerten durch die brüchige Verschnürung. Ein Fuß ragte hervor. Für seinen Weg unter den Sternen waren die Sohlen der Mokassins reich mit

Perlen bestickt.

Noch hielt das Gerüst stand, aber es war abzusehen, dass die Frühjahrsstürme es niederbrechen würden.

Sonnenüberflutet lag das Land vor mir ausgebreitet. Im Südwesten türmte sich die Barriere der Absarokas. Ich befand mich in einem wildzerklüfteten Teil der Hochprärie, den Cayuse-Hügeln.

Feiner Schnee wirbelte über die glitzernden Flächen. Aus dieser weißen Weite erhob sich unvermittelt der Bergstock der Crazies. Heftige Stürme mussten um die fernen Gipfel toben. Die Berge rauchten. Lange Schneefahnen standen über den tief zerfurchten Graten.

Ich setzte den Armeekompass auf die Stirnplatte des Büffelschädels und wartete, bis sich die Nadel eingependelt hatte. Durch das Fernglas glitt mein Blick in einem meilenweiten Sprung hinüber zu Porcupine Butte, dem klotzigen Außenposten vor den Crazies.

„Beachte ihn nicht! Lass ihn rechts liegen. Lass dich auch nicht durch die vielen kleinen Wasser beirren, die aus den Bergen strömen. Beachte die höchsten Hörner im Süden! Dort, wo die dunklen Wälder weit hinaus in die Prärie greifen, liegt das Tal, das du suchst. Folge dem Fluss in den Canyon und grüsse mein Volk. Grüße High Eagle, der wie ein Vater zu dir ist. Nun sei wachsam, Kelly! Sei wachsam!"

Bewegt hatte ich von Chief Spotted Eagle Abschied genommen. Seine Itazipco waren vom Musselshell nach Norden durch das Judith Gap in ihr Winterlager gezogen.

Ungewöhnlich früh hatten im Oktober schwere Schneefälle eingesetzt. In Fort Peck dolmetschte ich das erste Mal für eine Bande Teton-Sioux. Als ich nach Abschluss der Verhandlungen den Namen von High Eagle erwähnte, war das, als ob ich ein geheimes Passwort ausgesprochen hätte. Otter Robe, ihr Anführer, lud mich ein, mit ihnen nach Westen zu ziehen. Sofort sagte ich zu. In den kommenden Wochen wurde ich von einer Siouxbande zur anderen weitergereicht. Am Big Bend of the Musselshell hatten mich schließlich Spotted Eagles Leute von den Minneconjou übernommen.

Ich hatte meine Marschrichtung festgelegt, dann trieb mich der beißende Frostwind hinab zu den Pferden. Um mich warm zu halten, ging ich zu Fuß und führte sie einen gefrorenen Wasserlauf entlang. In einer sonnigen Bie-

gung lag eine mächtige Fichte. Ihre aufragenden Wurzeln waren ein willkommener Windschutz.
Ich brach Äste, hackte Wurzelholz und kratzte nach Harz. Stahl schlug gegen Flint und schon bald dampfte der Kaffee in der Blechtasse. Ich lehnte gegen den Sattel und kaute gerösteten Pemmikan und Armeezwieback. Die Pferde hatten das fahle, zu Heu getrocknete Büffelgras hervorgescharrt. Nur ihr gemächliches Rupfen unterbrach die Stille.
Meine Gedanken blieben bei Pretty Walker hängen. Ihre Anmut, aber auch ihre oft ungestüme Art brachte mich immer häufiger ins Grübeln. Ich war neunzehn. Ich hatte zwar keine Erfahrungen mit Frauen, aber wenn ich an Pretty Walker dachte, dann sagte ich zu mir: Was brauchst du Erfahrungen mit Frauen?
Dick vermummt zog ich mich in den Sattel und lenkte meine kleine Karawane auf die Hochfläche. Ich stellte mich in den Steigbügeln auf und beobachtete sorgfältig die Umgebung. Vor mir, über dem Sattelhorn, lag die Militärkarte. Nur bei wenigen Flüssen dieser Region war der Flussverlauf richtig kartographiert. Meistens fehlten sie ganz. Auch der Bergstock vor mir war kaum mehr als ein sperrig aufgedruckter Name.
Tiefe Fährten von Elch und Büffel furchten den Schnee, daneben wie Perlenschnüre die Tritte von Fuchs und Marder. Hier hatte ein Luchs erfolglos einen Schneehasen gehetzt, dort endete eine winzige Trippelspur in einem roten Fleck und ein Schwingenabdruck erzählte das Ende des Dramas. Die Hufe der Pferde brachen den Schnee wie Glas.
Es dämmerte bereits. Immer häufiger setzte ich das Fernglas an, um noch einen allerletzten Blick auf jenen fernen Canyon zu erhaschen, der Wärme und Geborgenheit versprach. Ich freute mich schon auf das köstliche Essen von Red Shawl, auf die langen Gespräche mit High Eagle und ich versuchte mir das Leuchten in den Augen von Pretty Walker auszumalen, wenn ich ihr die kleinen Geschenke überreichte.
Als die Sonne verschwand, strich ein eisiger Wind heran. Noch schwärzer, noch höher und wilder wuchs das Bergmassiv vor mir auf.
Unwillkürlich hielt ich an. Mondlicht ergoss sich über die Spitzen und Grate, floss über die Hochflächen und brachte alles zum Glitzern. Der Himmel war übersät mit einer Unzahl von Sternen. Von irgendwo stimmte ein Wolf sein

Heulen an. Lange vor Mitternacht erstarb der Wind. Stunde um Stunde zog sich dahin.

High Eagle stand in einem besonderen Verhältnis zu mir. Das spürte ich. Bei den Besuchen, die ich seiner Familie abstattete, hatte es sich weiter vertieft. Ich war mehr als nur ein befreundeter Weißer. Unausgesprochen war ich für ihn zu einem Sohn geworden. Aber da war noch etwas anderes. Mir schien, er wollte über Dinge reden, die ihn bewegten und die er jemandem weitergeben wollte. Für die Menschen von Lone Horns Camp gehörte ich zum Zelt ihres Pfeifenträgers. Weiter war darüber nichts zu sagen. Es gab immer ein großes Hallo, wenn ich mit meinem Pferd auftauchte. Schreiend kamen die Kinder angerannt und die Erwachsenen sahen amüsiert auf, wenn die Halbwüchsigen einen Scheinangriff auf mich ritten und Coup nahmen.

Bei unserem letzten Treffen nach der Herbstjagd erwähnte High Eagle beiläufig, dass sie jetzt weit nach Westen ziehen würden, weg von den Weißen, in den Schutz der Berge.

„Wir werden uns wiedersehen", stellte er schlicht fest, als wir uns beim Abschied umarmten.

Die Sterne trübten sich nun und erloschen nach und nach. Die Kälte hatte nachgelassen. Der Wind sprang um. Prüfend sog ich die Luft ein. Mit schweren Gliedern saß ich ab. Im Schutz eines Schneewalls prasselte schon bald ein hoch auflodernes Feuer, das für Wärme und ein hastiges Frühstück sorgte. Den Pferden hatte ich etwas Mais vorgeworfen. Die Tiere waren nervös und drängten zum Feuer.

Kaum war sie über den Horizont gerutscht, verlor die Sonne rasch an Strahlkraft. Über der scharf umrissenen Kette der Crazies hingen sichelförmige Wolkenbänke.

Die Windböe, die uns traf, riss das Feuer auseinander. Ein Funkenregen ging nieder. Ich musste hart in die Zügel fassen, um die scheuenden Pferde zu bändigen.

Die ersten Flocken fielen, als ich ihnen die Gurte festzog. Gegen Schneeblindheit rieb ich mir vorsorglich Holzkohle unter die Augen. Den Kopf tief in die Büffelrobe gezogen, brach ich auf.

Die Sonne war bald nur noch ein verlorener roter Fleck am Himmel, bis sie der wirbelnde, sich ständig verdichtende Schnee auslöschte. Der eben erst heraufdämmernde Tag ging in eine neue Nacht über. Resigniert steckte ich den Kompass ein.

Der Wind steigerte sich mit schneidender Kälte zum Schneesturm. Die verkrampften Beine fühlten es, aber ich sah das Pferd nicht mehr, auf dem ich saß. Straffte sich das Seil in meiner Faust, dann wusste ich beruhigt das Packpferd hinter mir.

Schließlich gab ich die Zügel frei. Während wir dahindrifteten, trat auf einmal absolute Stille ein. Überrascht hob ich den Blick und glaubte, einer Täuschung zu erliegen. Ich starrte auf ein mächtiges Büffelhaupt mit schweren Hörnern. Die Erscheinung verharrte reglos wie ein Standbild. Schneeverkrustet sah sie mich aus dunkler Maske an. Noch ehe ich die Zügel anziehen konnte, war ich bereits im wirbelnden Schnee daran vorbei geritten. Es war wie ein Spuk.

Schemenhaft tauchten Bäume vor mir auf. Ich sprang ab und zerrte die Pferde durch eine gewundene Rinne immer tiefer ins Gehölz. Frost und Schnee hatten mir die Augen fast zugeklebt. Erst jetzt erkannte ich, dass ich Büffel als Bahnbrecher vor mir hatte. Die Herde war weiter gezogen.

In einer windgeschützten Mulde lud ich die Pferde ab und pflockte sie an. Dann sicherte ich mein Lager mit einem Zaun aus dürren Ästen. Müde und sattelwund zog ich mich unter das schützende Segeltuch in die Wärme der Decken zurück.

Als ich das erste Mal erwachte und nach den Pferden sah, hatte der Sturm große Löcher in die Wolkendecke gerissen. Sterne blinkten vereinzelt auf.

Vierundzwanzig Stunden raste der Sturm über das Land. Es war die Stille, die mich weckte. Hohe Schneedünen spannten sich zwischen den Bäumen. Ich hatte mich kaum bewegt, da schüttelten die Pferde ihre Schneesättel ab. Die Nebelschleier rissen auf. Rötlich angehaucht und wie zum Greifen nah traten die Berge hervor.

Ich musste mich buchstäblich ausgraben. Es taute. In schweren Klumpen fiel der Schnee von den Bäumen ab. Ich folgte dem halbverwehten Büffelpfad. Trotzdem versanken die Pferde stellenweise bis zum Bauch im Schnee.

Die kleine Büffelherde stand eine halbe Meile voraus am Rand einer bewachsenen Senke. Ich ritt mit dem Wind auf sie zu, aber sie zeigten keinerlei

Fluchtreaktion. Als ich näher kam, sah ich das mächtige Tier ausgestreckt am Boden liegen. Der alte Bulle war tot. Seine Rippen stachen durch das Fell. Die gebrochenen Augen starrten verdreht ins Nichts.
Die Herde witterte mit hoch aufgereckten Nüstern. Ihr Atem stand als Reifwolke in der Luft. Schließlich wandten sie sich zur Flucht. Ich blieb ihnen auf den Fersen, ließ mich aber zurückfallen, um meine Spurmacher nicht unnötig zu stören. In einer langen Reihe pflügten die Büffel durch den schweren Tiefschnee.
Es war am frühen Nachmittag. Bäume wurden gegen den Horizont sichtbar. Eine Kette dunkler Punkte löste sich von ihnen und wurde zu Reitern. Die strenge Marschordnung der Herde war einem aufgeregten Zickzackkurs gewichen. Die Büffel liefen brüllend durcheinander. Während die Jäger im Mittelabschnitt frontal auf sie zuritten, waren die Flankenreiter eingeschwenkt. Jauchzend und Decken schwingend hinderten sie die Herde am Ausbrechen. Wani Sapa, das Einkreisen der Büffel war in Gang.
Das Jagdfieber hatte mich gepackt. Längst war die Robe abgestreift und als das lang gezogene Wolfsheulen der Späher erklang, da antwortete ich mit dem Wolfsruf und schrie:
„Kelly!"
Die Jäger riefen sich meinen Namen zu. Von irgendwo war ein Trillern zu vernehmen.
Wir trieben die Tiere in eine tief verschneite Mulde. Unter Angstgebrüll drängten sich Kühe und Kälber zusammen und hefteten sich an die größeren Bullen, um der drohenden Gefahr zu entkommen. Die Herde geriet in eine rasende Drehung, bis der Schnee in Fontänen hoch spritzte. Die ersten Schüsse knallten.
Ich war abgestiegen und lud die Sharps durch. Gerade klappte ich das Visier hoch, da durchbrachen zwei Bullen die Einkreisung. Wütend rannten sie ein Pony über den Haufen. Der erschrockene Besitzer konnte sich nur noch durch den Sprung in eine Schneewehe retten. Ich kniete mich hin und schickte den davon stürmenden Tieren eine Ladung nach. Donnernd brach der Schuss. Im vollen Lauf sackten dem Leittier die Beine weg. Ein Stöhnen und der mächtige Kopf pflügte durch den Schnee. Fieberhaft lud ich nach. Ein peitschender Knall! Das zweite Tier stolperte, schlitterte in das erste hin-

ein und warf im Tod die Hufe zuckend hoch. Begeisterte Schreie begleiteten mein Jagdglück.

Eine schlanke Gestalt löste sich aus der Kolonne der Frauen. Sie rannte auf die erlegten Büffel zu, steckte Pfeile in die Höcker und jedes Mal stieg ein triumphierendes Trillern auf. Ein mächtiger Wolfshund umtollte sie dabei. Es war Pretty Walker mit Woktah.

Hastig rieb ich mir die Holzkohle aus dem Gesicht. Noch ganz außer Atem, streifte sie sich die Kapuze vom Kopf und sah mich erwartungsvoll an. Es war verzwickt! Als hätte es eine geheime Absprache zwischen uns gegeben, vermieden wir es peinlichst, uns als Bruder oder Schwester anzureden. Das lag nahe, uns aber nicht nahe genug.

„Du warst da draußen im Sturm?" begann sie stockend.

„Ja, einen halben Tagesritt von hier. Wasiya fauchte, aber ich schlief fest und träumte von einem Zelt. Es war ein besonderes Zelt."

„Vor ein paar Tagen sagte Vater, du würdest kommen. Er sah dich im Traum über eine Büffelfährte gebeugt. Dann verschwamm das Bild wieder wie in einem Schneesturm. Als die Späher sagten, Büffel zögen auf unser Tal zu und in großem Abstand folge der Herde ein Einzelgänger, da dachten die meisten von uns an eine weitere Herde. Nur Vater wollte davon nichts wissen. Er war beunruhigt und ritt mit den Jägern voraus."

„Hat sonst noch jemand von mir geträumt?" fragte ich.

Sie schwieg und sah verlegen weg. Die Wiedersehensfreude stand ihr ins Gesicht geschrieben.

Wohlgezielte Schüsse erledigten die letzten Tiere. Messer und Wurflanze vollendeten die blutige Arbeit.

Von Lachsalven begleitet, verfolgten mehrere Knaben ein flüchtendes Büffelkalb. Von ihren kleinen, wendigen Ponys aus überschütteten sie das Tier mit Pfeilen. Einer von ihnen schleifte am Schwanz durch den Schnee mit, ließ aber nicht locker. Als das Kalb, blind vor Angst, auf uns losstürmte, erschoss ich es mit dem Colt. Tschaske war der Held, der sich mit verschrammtem Gesicht aus dem Schnee arbeitete.

Ich deutete auf das Kalb:

„Es gehört dir."

Seine Kameraden brachten ihm Mütze und Köcher, die sie unterwegs aufge-

lesen hatten. Stolz heftete er seinen Pfeil an das Tier.
Ich machte die Zügel der Pferde am Horn eines Büffels fest und begrüßte Red Shawl, die drei Packpferde heranführte. Sie deutete auf die Büffel, lachte fröhlich und drückte mich fest an sich.
„Wie schön, dass wir wieder beisammen sind! Bleibst du?"
„Ja, den ganzen Winter."
Ich half den Frauen bei der Arbeit. Mit Messer und Axt zerlegten wir die Büffel und schon bald dampften die dicken roten Fleischbatzen vom Rücken der Pferde. Obenauf banden wir die schweren Markknochen.
Freude blitzte aus seinen Augen, als uns High Eagle an seinem Federstab entgegenschritt.
„Ich ehre dich, Vater, woyuonihan!" Wir umarmten uns.
„Mein Herz ist froh und leicht. Unsere Kundschafter sprachen von Büffeln, die wie von einer unsichtbaren Macht getrieben, auf unsere Zelte zueilten. Mein Sohn, sie wussten nicht, dass du uns gutes Winterfleisch bringst."
Ich sah die jungen Männer von der Akicita und jaulte wie ein Wolf.
„Brüder, es war eine gute Jagd."
Ischta, einer der Kundschafter, legte mir seine Hand auf die Schulter:
„Hätte ich gewusst, dass du die Büffel jagst …"
„Kola", unterbrach ich ihn, „mein Wort darauf, wir hätten sie mitten ins Lager getrieben."
High Eagle ging mit den Mitgliedern der Akicita von Gruppe zu Gruppe und überwachte die Verteilung der Jagdbeute, besonders den Anteil für die Kranken und Bedürftigen. Er nickte, als er die Geschichte von Tschaskes Kalb hörte, und zeigte sich mit meiner Entscheidung zufrieden. Der Pfeil blieb und Tschaske durfte das ganze Tier für seine Mutter, eine Witwe, behalten. Unser Zelt erhielt eine Haut, den vierten Teil eines Büffels, einen Höcker und für den erfolgreichen Jäger eine Zunge.
Nach dem großen Schlachten folgte ich dem Jagdzug in die Berge. Der Talboden öffnete sich. Der starke, warme Geruch nach Pferden und Kochfeuern schlug mir entgegen. Tipis schimmerten unter Cottonwoodbäumen hervor. Über die tumultartige Begrüßung erhob sich die Stimme von Old Lodgepole. Der alte Herold sang vom großen Jagdglück und davon, dass mit den Büffeln auch Kelly gekommen war. Während unter den Mitgliedern des Rates die

Pfeife kreiste, brachten wir Tschaskes Mutter das Büffelkalb vorbei.
Red Shawl entfernte die gekreuzten Stöcke vor der Eingangsklappe und entfachte das Feuer im Zelt. Tschaske half mir, den Jagdanteil der Familie auf ein Gerüst zu heben.

Überall flammten Kochfeuer auf. Alles war in Erwartung des Festmahls, das diesen erfolgreichen Jagdtag abschließen sollte. Die Hunde hatten den üblichen Streit begraben und sich den Bauch mit ihrem Anteil an der Beute vollgeschlagen. Woktah lag faul unter einem kleinen Windschirm neben dem Feuerholz. Als ich zum Zelt trat, klopfte er nur beiläufig mit dem Schwanz und zerbiss dabei krachend einen Markknochen.

High Eagle saß allein vor dem Feuer. Er schob mir ein Fellkissen zu. Da kratzte es an der Zeltwand. Ischta und His High Horse standen vor dem Zelt.

„Kommt herein und raucht mit uns."

Ehrerbietig folgten sie der Aufforderung und setzten sich. Mit dem Rauch von Süßgras reinigte High Eagle seine Hände und steckte die Pfeife zusammen. Ich gab ihm Feuer. Er sprach ein Gebet und wir rauchten.

„Wir wollen Kelly zum Schwitzbad abholen!" war die überraschende Eröffnung von Ischta, der das Wort führte.

Eine zweifelhafte Einladung. Natürlich kannte ich die niedrigen Rahmen aus Weidenruten, die mit Häuten zugehängt wurden. Ich kannte die dumpfen Gesänge, die nach draußen drangen, den Dampf, der durch die Ritzen kroch, die Luft über den runden, engen Hütten, die vor Hitze flimmerte.

Unbehaglich rückte ich auf meinem Platz hin und her. His High Horse warf Ischta einen vielsagenden Blick zu. High Eagle streifte sich mit der Hand durch die offene Strähne, die ihm über die Schulter fiel. Die lustigen Fältchen um seine Augen zogen sich noch mehr zusammen, als er begann.

„Sie sagen, dass die Lakota Inikagapi, das Schwitzbad, schon kannten, bevor die Heilige Büffelfrau die Pfeife brachte. Diese verehrungswürdige Gabe benutzt alle vier Elemente, die Erde, das Wasser, das Feuer und die Luft. Sie reinigt uns von schlechten Einflüssen. Kraft fließt uns wieder zu. Gebrauchen wir sie daher in wohlverstandener Weise. Du wirst sie schätzen lernen", er zögerte, „wenn du das erste Mal überlebst." Dabei sah er mich augenzwinkernd an.

Ich fiel in das gutmütige Lachen der anderen ein. Rasch streifte ich mir die

Kleider vom Leib und nur in eine Decke gehüllt, folgte ich den Freunden. Die Hitze traf mich wie ein Schlag. Ich glaubte zu ersticken. Verzweifelt rang ich nach Atem. Überall war Dampf und an irgendwelche himmlischen Segnungen verschwendete ich keinerlei erbauliche Gedanken. Ich presste das Gesicht in den Salbei, denn am Boden musste noch etwas Atemluft sein. Vergeblich! Zu sechst, den Kopf eingezogen und dicht zusammengekauert, saßen wir um die Grube, in der die Steine, dunkelrot vor Hitze glühten. Kills on Top machte seinem Namen alle Ehre, er sprühte weiter Wasser. Fauchend explodierte der Dampf in meinen Lungen. Ich beugte mich vor, kam der Grube gefährlich nahe, wich zurück und versengte mir den Rücken am Rahmen der Hütte.

„Nicht mehr, Ho Tunkaschila!" rief ich mit den anderen. Es entrang sich mir ein kräftiges „Verdammt!" und verschaffte mir Erleichterung.

Was hatte ich angerichtet? Begierig wurde dieses fremde Wort des Weißen Mannes aufgegriffen. Es schien Kraft zu haben. Gebete wechselten mit Gesängen, aber dazwischen erklang ein inbrünstiges „Verdammt!". Laut, aber mit reinem Herzen. Ich schämte mich ein wenig, aber nur ganz kurz, denn schon wurden die alten Steine heraus- und neue Steine hereingerollt und Funken flogen mir auf die Knie. In meiner wilden Verzweiflung machte ich es wie die anderen, kaute Salbei und strich ihn auf die Brandstellen. Wenigstens gab es bei jeder Öffnung der Klappe etwas Durchzug und eine Schöpfkelle voll Wasser. Man trank und goss den Rest über den Kopf. Dabei riefen wir:

„Mitakuye Oyasin" – alle meine Verwandten!

Meine düsteren Vorahnungen hatten sich bestätigt.

„Ahey, Kelly! Bruder, du willst doch sicher am Ausgang sitzen?", kam es scheinheilig aus der kleinen Gruppe, die mit Verschwörermiene beisammenstand. Bevor uns die Dunkelheit verschluckte, warfen wir unsere Decken über die Dachkuppel.

Ich ergatterte einen Platz gegenüber dem Eingang und litt. Nach einer schier endlosen Zeit gab ich Selbstmitleid, Widerstand und stummen Protest auf. Das Wasser brach mir in Strömen aus. Ich zerfloss.

„Mehr Decken!"

„Nein, mehr heiße Steine!"

„Wenn ihr da drinnen nicht ruhig seid, schütte ich alles Wasser auf einmal aus!" drohte Kills on Top.
Nein, die Scherze der anderen erreichten mich nicht mehr. Tiefe Gleichgültigkeit hatte mich erfasst. Ich hielt die Augen geschlossen. Es gab kein oben und kein unten mehr. Ich zog mich ganz in mich selbst zurück und war nur noch ein Punkt. Ich verlor das Körperbewusstsein …
Die Türklappe wurde das dritte Mal geöffnet und die Pfeife hereingereicht. Eine angenehme Mattigkeit breitete sich in mir aus. Als wir mit dampfenden Körpern am Fluss standen, waren Schmerz und Müdigkeit wie weggeblasen. Die Freunde brachten mich zurück zum Zelt. Ischta meinte anerkennend: „Kelly, es war wirklich sehr heiß."

Als ich eintrat, stellte ich verwundert fest, dass unser Festessen verlassen vor sich hinkochte. Auf der linken Tipiseite fand ich mein Nachtlager bereitet. Die Rückenstütze war aufgestellt und an der Zeltwand stapelten sich meine Sachen.
Staunend hob ich ein langes, gefranstes Hemd aus Buckskin hoch. Den Halsausschnitt schmückte eine rote Sonne. Da lagen neue Hosen, ein bestickter Gürtel, gefütterte Fäustlinge und Wintermokassins.
Die Frauen warfen übermütig die Büffeldecken ab, unter denen sie sich versteckt hatten, und weideten sich an meiner Überraschung. Als ich mich in den neuen Kleidern vorstellte, neckten sie mich und zupften ausgelassen an mir herum.
Gebückt trat High Eagle ein. Auch er kam vom Schwitzzelt.
„Wie war das Bad, Kelly?"
„Ich fühle mich gut, Vater, wirklich gut. Aber am Anfang, als sie das erste Wasser auf die Steine sprühten, da war es, wie wenn sich Wasiya auf ein Feuer setzt."
Das Zelt erbebte vom schallenden Gelächter.
High Eagle entnahm dem großen Kessel eine Schöpfkelle voll Fleisch und opferte ein wenig davon.
„Du bist mager. Du musst viel mehr essen. Wir werden darauf achten!" sagte Red Shawl und setzte eine dampfende Schale Fleischbrühe vor mir ab.
Es sollte die erste in einer langen Folge werden. Dann wurde von der ge-

kochten Zunge aufgetragen und vom gebratenen Höcker. Dazu gab es Akuiapi, indianisches Brot. Wir tranken Kaffee und Saft dazu. Es war ein gewaltiges Mahl.

High Eagle hatte sich zurückgelehnt, zog genüsslich an der Pfeife und sah schmunzelnd zu, wie ich mich durchkämpfte.

Die Geschenke! Das war der rettende Einfall.

Ich übergab High Eagle einen reichlichen Wintervorrat an Tabak, den er mit leuchtenden Augen entgegennahm. Er freute sich über die Munition für seine alte Spencer und die Ersatzteile, die mir der Büchsenmacher überlassen hatte. Vor den Frauen breitete ich Stoffe aus und Schnüre mit Perlen. Red Shawl umarmte mich impulsiv. Stumm vor Freude nahm Pretty Walker den Hornkamm und den in Perlmutt gefassten Handspiegel entgegen. Ihre Augen leuchteten, als ich ihr ein Kompliment über die Stickereien auf meinem Gürtel machte.

Sie bedankten sich für die Vorräte, die ich mitgebracht hatte. Es gab diesen Herbst viel Fleisch und sie hatten eine Menge Häute für den Winter gegerbt. Von den Zeltstangen hingen, zu schweren Zöpfen verflochten, Prärierüben und Zwiebeln herab. Die Parflêches waren prallvoll mit guter Nahrung, das Zelt dicht und warm mit Decken ausgelegt.

Er sei glücklich über diese Gaben, sagte High Eagle. In den kommenden Tagen seien viele Einladungen zu Kaffee, einer Pfeife und zu speziellen Köstlichkeiten geplant.

Dann musste ich die Geschichte meines langen Marsches erzählen und wie ich den Schneesturm überstanden hatte.

„Der alte Tatanka wies dir die Richtung. Danach starb er. Es war weise, ihm zu folgen. Die Büffel bahnten dir den Weg zu uns." Er schwieg nachdenklich und sagte dann: „Wie gut, dass du kein Ponysoldat mehr bist", und vergnügt setzte er hinzu: „Jetzt haben sie einen guten Ponysoldaten weniger."

„Warum heißen diese Berge Crazy Mountains, Vater?", fragte ich ihn.

„Ich weiß nicht, mein Sohn, ob das Gerücht zuerst unter den Crow aufkam, oder waren es die Blackfoot. Es heißt, irgendwo da draußen geht eine weiße Frau ruhelos umher. Indianer töteten ihre Familie. Danach wurde sie wahnsinnig und floh in die Berge. Ich weiß nicht, ob es sich so verhält."

Stöhnend fuhr der Wind durch die Baumkronen. Drinnen im Zelt sank das

Feuer zusammen. Gleichmäßiges Atmen kam von den Schlafstellen. Ich lauschte nach draußen. Irgendwo weinte ein Kind. Ein Pferd polterte mit den Hufen. Ich vernahm die beruhigenden Stimmen der Akicita, die durchs Lager patrouillierten.

Der Chinook zerrte an den Wänden und ließ sie flatternd gegen die Zeltstangen schlagen. Die martialischen Darstellungen auf den rundumlaufenden Tautüchern erwachten im zuckenden Schein des Feuers zu geheimnisvollem Leben. Besonders eine Bildfolge stach mir ins Auge.

Ein Krieger zu Pferd trug die Federkrone mit den schlanken Zierhörnern. In der Hand hielt er nur einen Zeremonienstab. Hinter ihm befand sich ein Lager auf dem Marsch.

In der nächsten Szene griffen fremde Krieger an. Der Mann mit dem Stab ritt durch den Kugelhagel auf die Angreifer zu und riss den Anführer vom Pferd. Zweimal wurde er verletzt, am Bein und an der rechten Hüfte. Der fremde Häuptling trug den Straight-Up Bonnet, wie er für die Piegan typisch war, eine steile Federkrone mit Hermelinschwänzen. Der Krieger sprang vom Pferd und tötete den am Boden liegenden Feind. Er nahm ihm den Skalp und kehrte im Triumph zu den Seinen zurück.

High Eagle war der Tapfere, der sich vor vierzig Jahren am War Horse Creek vor die Hilflosen gestellt hatte und sie allein mit seinem Körper deckte. Seit dieser herausragenden Tat gehörte er zu den wenigen, die das rote X als Zeichen führen durften. An seiner Rückenstütze lehnte der Federstab. Die roten Federn erzählten von den Wunden aus zahllosen Kämpfen. Noch lange ritten die Gestalten auf der Tipibespannung durch meine Träume.

Ich schlief bis in den Vormittag hinein. Rollender Donner weckte mich. Die Kraft des Chinook war ungebrochen. Überall in den Bergen gingen Lawinen ab.

Chief Lone Horn traf mit einer Abordnung ein. Nach dem Essen, während die Gäste Kaffee tranken, schnitt ich auf einem Brett Tabak vor und verteilte ihn. Sie besprachen die Einzelheiten für eine große Hirschjagd. Ich saß im Hintergrund und reparierte die alte Spencer. Ich setzte einen neuen Schlagbolzen ein und tauschte den Schlaghahn aus. Dann horchte ich auf. Befreundete Arapahoe hatten schlechte Nachrichten aus dem Süden gebracht. Washita, der Name eines Flusses, fiel. Dort hätten Ponysoldaten ein friedliches Winterlager überfallen. Man war besorgt über die offene Verletzung der feierlich in Fort Laramie geschlossenen Verträge, fühlte sich aber hier im Norden sicher und stark.

Beim Abschied lud mich Lone Horn in sein Tipi im Nachbartal ein.

Ich hatte Feuerholz geschlagen und mit Lissys Hilfe vor das Zelt geschleift. Überall tropfte und rieselte Schmelzwasser. Der Talgrund war auf weite Sicht bereits schneefrei. Der kleine Fluss führte Hochwasser. Längst waren die Kinder mit ihren Schlitten auf die höheren Berglehnen ausgewichen. Von dort kam übermütiges Lachen und Schreien. Da sprang Woktah bellend auf und lief den beiden Frauen entgegen.

Pretty Walker war überrascht, als ich einen kleinen Ausritt vorschlug. Bei dieser Gelegenheit könnte ich die Spencer ausprobieren. Red Shawl sah ihren Mann fragend an. Zur Freude von Pretty Walker nickte er.

„Reitet zum Wasserfall. Das Wetter wird sich halten. Aber nehmt den Hund mit."

Ich hatte ihren Rotfuchs herangeführt. Gemeinsam legten wir ihm den mit Zinngehängen und Perlen reich verzierten Frauensattel auf. Sie winkte übermütig und ritt voraus. Munter plaudernd zogen wir immer weiter in die Berge. Lärchenwälder nahmen uns auf. Von Blockfeldern und Schuttkegeln gellten die Pfiffe der Pikas, der Pfeifhasen. Hoch in den Lüften kreisten zwei Adler. Eine mächtige Eisbarriere versperrte uns den Weg. Blaugrün schillerte der erstarrte Wasserfall.

Pretty Walker deutete aufgeregt nach oben. Auf einem Felsenband standen Schneeziegen. Ihr zottiges weißes Fell machte sie fast unsichtbar. Sie besaßen schwarze, gebogene Hörner.

Ich war abgestiegen und brachte mich in Schussposition. Nach einem glatten Fehlschuss holte ich ein Tier aus der Wand. Dumpf prallte es im Tiefschnee vor uns auf. Pretty Walker strich bewundernd durch das dichte Haarkleid. Sofort zerlegten wir die Ziege und schlugen das Fleisch in das Fell ein. Dann banden wir es mit Rohhautstreifen hinter meinen Sattel und ritten zurück. Woktah trottete faul in unserer Spur hinterher – er hatte sich an den Eingeweiden gütlich getan. Von Zeit zu Zeit sah sich Pretty Walker stumm nach mir um und es lag eine Gewissheit in ihrem Blick, die mich verlegen machte.

Die Sterne blinkten schon am Himmel, als ich Red Shawl die Zügel meines Pferdes übergab.
Längst hatten die Pferdewächter die Herde über den Fluss getrieben und saßen müßig um ein großes Feuer. Dicht gedrängt standen die Tiere für die Nacht im Schutz eines natürlichen Pferchs. Auf Rufweite vom Lager hatten die Wächter einen tiefen Einschnitt im aufragenden Bergmassiv abgezäunt. Tschaske war zu Besuch gekommen. High Eagle hatte die Pfeilholzbündel aus dem Rauchloch herabgelassen. und beide machten sich daran, die trockenen und ausgehärteten Schäfte auf die richtige Länge zu schneiden und zu glätten.
„... daher, beobachte und urteile erst dann. Die bloßen Erscheinungen sind wie Schatten, ein schwacher Widerschein der Wirklichkeit. Ist es nicht so?"
In lehrhaftem Ton unterwies High Eagle den Zehnjährigen, der, tief über seine Arbeit gebeugt, respektvoll lauschte.
Ich setzte mich zu ihnen ans Feuer und dankte den Frauen, die mir zu essen brachten. Danach reinigte ich die Waffen. Red Shawl bestickte einen Lederbeutel, wie ihn die Frauen gerne am Gürtel trugen – einen Behälter für die kostbaren Nadeln und Ahlen. Pretty Walker drückte mit einem porösen Knochenpinsel farbige Motive auf eine weiche Lederfalttasche. Die beiden Pfeilmacher drehten und schmirgelten die Schäfte zwischen flachen Sandsteinbrocken. High Eagle begann eine neue Geschichte.
„Es war einmal ein junger Krieger, der hatte einen ganz vortrefflichen Bogen geerbt. Einen Meisterbogen, von dem es hieß, er habe magische Kräfte. Sein Wert war dem einer kleinen Pferdeherde vergleichbar. Voller Erwartung zog der junge Mann den Bogen aus der Hülle.
„Das kann nicht sein!" rief er enttäuscht aus. „Dieser plumpe, unansehnliche Eschenbogen soll mein ganzes Erbe sein?"
Da er sich aber darauf verstand, geschickt mit dem Messer umzugehen, schnitzte er kunstvolle Ornamente in das Holz. Endlich war er zufrieden. Mein Sinn für Schönheit kombiniert mit der Güte des Bogens – jetzt ist er vollkommen, so dachte er bei sich.
Voller Freude über den Zierrat spannte er ihn – und der Bogen zerbrach!"
Leise hatten sich in der Zwischenzeit Gäste eingefunden. Behutsam legten sie ihre Roben ab und nahmen im Hintergrund Platz. Red Shawl reichte Kaf-

fee, Nüsse und Fruchtpemmikan. Die Männer rauchten.

„Das ist alles. Die Geschichte ist zu Ende. Kann jemand eine Geschichte anknüpfen?" High Eagle sah fragend in die Runde.

Ich räusperte mich und hob die Hand. Hocherfreut lehnte er sich im Backrest zurück und zündete seine Pfeife an.

Es waren irische Märchen, wie ich sie von meiner Mutter kannte. Ich hatte ein dankbares Publikum, das seinem Erzähler an den Lippen hing. So berichtete ich von der schrecklichen Fee Banshi, von fahrenden Rittern und Spielleuten, von edlen Räubern und von schauerlichen Gespenstern. Meine Zuhörer lachten Tränen, stöhnten auf und litten mit den Helden. Längst hatte Pretty Walker ihre Arbeit weggelegt und sah gedankenverloren zu mir hin. Auch ich vergaß alles um mich herum. Die Worte flossen mir reichlich zu und ich erzählte ausschließlich für sie.

High Eagle hielt das Ende eines Sehnenfadens im Mund und zeigte Tschaske, wie man durch langsames Abdrehen des Pfeils die eingesetzte Spitze und die Steuerfedern umwickelt.

Ein beifälliges „Hau" kam reihum, als ich am Ende meiner Geschichte angelangt war. High Eagle meinte schmunzelnd zu Tschaske:

„Warum, glaubst du, sind die Krähen eigentlich so schwarz?"

Tschaske schüttelte nur schüchtern den Kopf.

„Nun, pass auf!"

Diese Ankündigung löste große Heiterkeit aus. Man freute sich auf diese uralte Geschichte.

„Iktomi traf eines Tages die weiße Krähe, so sagt man.

‚O, deine Stimme ist schön und voller Wohlklang und süß wie Honig', schmeichelte der Listenreiche … Die weiße Krähe, von Iktomi angestachelt, warnte die Büffel vor den Jägern und die Menschen hatten bald kein Fleisch mehr. Es kam aber, wie es kommen musste. Iktomi, der Ränkeschmied, scheitert am Ende an seinen eigenen Streichen. Er wurde jämmerlich verprügelt und aus dem Lager getrieben. Der weißen Krähe aber band man die Flügel zusammen und hängte sie ins Rauchloch über dem Feuer. Dort büßte sie für ihre Untat, bis Rauch und Qualm sie fast erstickt hatten und ihr Gefieder pechschwarz war. Und so ist es bis auf den heutigen Tag geblieben."

In das begeisterte „Hau" wirbelte verhalten der Schlag einer Handtrommel,

aber alle fanden nun, es sei für heute genug. Morgen oder ein andermal würde man sich zu Trommel und Gesang zusammenfinden. Beim Abschied bekam ich viele Einladungen. Dann wurde die Türöffnung verschlossen und wir begaben uns zur Ruhe.
Ich sah den hoch wirbelnden Funken nach und lauschte in die Nacht. Von der nahen Pferdeherde klirrten leise die Glöckchen. Ein lang gezogenes Wolfsheulen ließ uns aufhorchen. Unweit des Lagers antwortete ein zweiter Wolf.
„Akicita?", fragte Red Shawl und ihre Stimme klang besorgt.
High Eagle zuckte die Schultern.
„Das Wetter schlägt um", sagte er. „Wir bekommen Schnee und das ist gut! Es bedeutet Sicherheit für das Volk."

Ich schlug die Augen auf. Draußen dämmerte der Tag. Es schneite. Flocken schwebten durch das Rauchloch und zischten leise in der heißen Asche. Etwas hatte mich geweckt. Die Pferde schnaubten. Lissy schien erregt und scharrte nervös mit den Hufen. Aus dem Dunkel drang ruhiges und gleichmäßiges Atmen herüber. Auf der anderen Zeltseite lag, tief in ihre Decke vergraben, Pretty Walker. Mit den Augen suchte ich ihren schwarzen Schopf. Zum Schlafen steckte sie sich immer das Haar hoch.
Ganz in der Nähe kläffte ein Hund. Woktah blieb stumm. Vorsichtig streifte ich die Büffeldecke zur Seite und schlüpfte in meine Hirschlederleggins.
Etwas stimmte nicht! Die Hunde schlugen an, aber es war nicht das übliche Lagergebell. Ein Heulen erklang vom oberen Ende des Camps. Ich hielt den Atem an. Lang gezogen und weitab kam die Antwort. Die Hunde im Lager waren stumm geblieben. Die Hunde außerhalb ...?
Feinde! Das waren keine Hunde.
Ich griff hinter das Dreibein und zog den Colt aus dem Halfter. Der Hahn knackte, die Waffe war gespannt. Auch High Eagle lag wach da und lauschte. Ich tastete nach meinen Mokassins und deutete zum Ausgang. Beifällig hob er die Hand.
Da zerrissen Gewehrschüsse den Morgen. Die Tipihäute hatten plötzlich Löcher. Kugeln drangen ein und eine Zeltstange splitterte. Schritte knirschten. Die Zeltklappe flog hart nach innen. Gleich darauf flammten zwei grelle Lichtblitze auf. In den ohrenbetäubenden Knall hinein vernahm ich hastiges

Klicken.

Die Ladehemmung rettete unser Leben. Ich hielt den Colt mit beiden Händen und feuerte mit ausgestreckten Armen auf den Angreifer. Vor dem Eingang brach der feindliche Krieger zusammen. Er riss die Steinkeule aus dem Gürtel und wollte zum Schrei ansetzen, da fällte ihn meine dritte Kugel endgültig. Der Rauch wehte noch aus dem Coltlauf, da stand ich bereits über ihm. Alles war in Aufruhr. Bestürzte Rufe mischten sich mit gellenden Schreien.

„Piegan! Die Piegan sind da! Achtet auf die Pferde! Bewahrt Ruhe! Denkt an die Schwachen!"

Halb bekleidet stürzten die Männer vor die Zelte, hielten die erstbeste Waffe umklammert und suchten im Schneetreiben nach dem Feind.

Lissy war weg! Woktah lag ausgestreckt in seinem Blut. Zwei Pfeile steckten in seiner Kehle. Aheyunka, toll vor Angst, drohte das Zelt einzurennen. Gehetzt sah ich um mich.

Hufschlag und wütendes Wiehern kam vom Fluss. Mit klatschenden Peitschenhieben trieb der Piegan mein Pferd weg. In ohnmächtiger Wut schickte ich ihm einige Schüsse nach. Voller Ärger warf ich den leeren Colt auf den Boden.

Ich rannte ins Zelt zurück. High Eagle beruhigte die beiden Frauen. Vergeblich mühte er sich aufzustehen. Sein Bein war verletzt. Hastig erzählte ich, was sich draußen abgespielt hatte.

„Nehmt die Waffen!" rief ich ihnen noch zu und stürzte hinaus. Ich fand mich mit beiden Händen im Dreck am Boden wieder.

„Rechts ist die Indianerseite, Kelly."

Aheyunka hatte mich empört abgeworfen. Benommen stand ich auf. Das Pferd tänzelte nervös zur Seite. Am Halteseil tastete ich mich zum Kopf vor. Ein fester Griff in die Mähne und ich schwang mich auf den Rücken, diesmal von der richtigen Seite und mit Erfolg.

„Nimm das mit in den Kampf!", rief mir High Eagle nach.

Red Shawl reichte mir den Federstab. Ich winkte und wirbelte herum. Angstvolles Wiehern kam von der Herde und Holz splitterte. In wilder Panik hatten die Pferde das Gatter durchbrochen und strömten zum Fluss. Die Wächter versuchten, die Tiere aufzuhalten und feuerten auf einen nahezu unsichtbaren Feind.

Ich trug weder Hemd noch Mokassins, aber ich war heiß vor Wut und trieb Aheyunka mit dem Stab an. Er holte auf. Lissys Hufspuren zeichneten sich gestochen scharf im Schnee ab.

Schüsse hallten über das Tal. Sie kamen von der Passhöhe. Man gab das Notsignal und alarmierte Chief Lone Horn.

Aheyunka flog dahin. Der Canyon wurde breiter. Vor mir im Schneetreiben tauchte der Piegan auf. Er war ganz in Leder gekleidet. Eine langschwänzige Kriegshaube wehte hinter ihm her.

„Liss!" schrie ich und pfiff.

Scharfes Schnauben kam als Antwort. Lissy schlug und keilte aus. Für einen Bruchteil sah ich die grelle Kriegsbemalung, dann ließ sich der Piegan blitzschnell an der Seite des Pferdes herabhängen und feuerte seinen Revolver ab. Lissy bäumte sich auf, aber es gelang ihm, sich auf ihren Rücken hochzuziehen.

Da hörte ich den harten Ton der Bogensehne. Ich konnte Aheyunka zur Seite reißen. Der Pfeil zischte vorbei. Er wollte den nächsten Pfeil auf die Sehne setzen, da war ich an seiner Seite und schlug ihn mit dem Federstab fast vom Pferd. Er stöhnte auf, fing sich aber wieder. Lauernd begannen wir, uns zu umkreisen.

Der kurze Lauf seines Revolvers blitzte auf. Ich sah noch das schmutzige Rauchwölkchen, als er schoss. Etwas Heißes verbrannte meine rechte Hüfte. Ich schwang den Federstab und drosch wütend auf ihn ein. Liss stolperte in einer Bodenrinne, als er erneut feuerte. Er verfehlte mich. Das Pferd bäumte sich auf und warf ihn ab. Der Piegan schlug so hart auf, dass ihm die Luft wegblieb. Sein Köcher war leer. Die Pfeile lagen weit verstreut am Boden. Dampf stieg von Lissys Flanken auf. Sie stand dabei und beäugte ihn feindselig.

Ich parierte Aheyunka so heftig, dass ich unsanft neben dem Piegan aufkam. Im nächsten Augenblick vollführte ich einen wilden Tanz. Ich schimpfte wie ein Rohrspatz. Der Schnee hatte die kurzen Feigenkakteen nur dürftig zugedeckt. Ich war in einem Nadelkissen gelandet.

Der Indianer bekam einen Schlag auf den Kopf und verlor das Bewusstsein. Er trug das lange Haar offen. Eine abgeschnittene Strähne reichte bis zur Nasenwurzel. Die auffällige Kriegshaube lag halb abgerissen neben ihm. Sie war aus Scharlachtuch und von einer Flut von Hermelinschwänzen umgeben. Der Balg eines Raben zierte das Ganze. Schwanz und Schwingen waren mit roten Lederbändern umwickelt. Ich riss an der Haarsträhne, um den Kopfschmuck zu bergen und erlebte eine Überraschung. Verblüfft hielt ich ein Haarteil in Händen.

Mein erster und einziger Skalp! Ein Haarverlängerer! Das haben mir die Piegan und die Blackfoot nie verziehen.

Ich nahm ihm alle Waffen ab und belud Aheyunka damit. Dann wusste ich auf einmal, was ich wirklich brauchte. Ich zog dem reglos am Boden Liegenden die Mokassins von den Füßen.

Er stöhnte und schlug die Augen auf. Sie zogen sich zu schmalen Schlitzen zusammen. Ich drückte ihm sein eigenes Messer an die Niere.

„Rühr dich nicht! Ich will dich nicht töten!" herrschte ich ihn an.

Ungläubig starrte er auf das, was mit ihm geschehen war. Ich saß bereits auf Lissy, da richtete er sich halb auf.

„Hau ab! Verdammt, hau ab!" Ich griff nach dem doppelt gekrümmten Bogen. Er war aus Horn und mit Quillstreifen geschmückt. Unmissverständlich legte ich einen Pfeil auf. Mühsam erhob er sich und schleppte sich davon, keinen Moment zu früh.

Farbige Kleckse tauchten aus dem Schneevorhang auf und wurden zu Pferdeleibern, die flüchtenden Piegan hingen unter ihren Pferden, während Pfeilschauer auf sie niederprasselten. Um mich herum wurde erbittert gekämpft. Der barfüßige Krieger lief Zickzack und rettete sich auf ein vorbeigaloppierendes Pony. Ich hielt die Pferde fest und teilte mit dem Federstab nach allen Seiten aus. Das brachte die Piegan ziemlich aus der Fassung.

Längst war ich erkannt worden. Lissy wurde getätschelt und alle zeigten sich begeistert über meine Kriegsbeute. Tschaske erschien und brachte gute Nachrichten. Die Frauen waren unverletzt. Der alte Worm hatte High Eagles Streifschuss am Bein versorgt. Er brachte mir den Henry mit und hatte außerdem ein Hemd für mich dabei.

Eine starke Abteilung unter Chief Lone Horn brach aus dem Haupttal hervor. Der Rest der Piegan hatte sich auf einer Flussinsel, hinter einer Barrikade aus totem Schwemmholz, verschanzt. Tschaske hielt die Pferde, während ich mit dem Henry die Feinde zu Boden zwang. Sie wurden überrannt und regelrecht

zerhackt.
Als ich das versprengte Buckskinpony sah, stand für mich fest, ich würde es Windwalker nennen. Geduckt lief ich hin. Es scheute zur Seite, aber da hielt ich es bereits am Strickhalfter. Es war ein Kriegspony mit blauschwarzer Mähne und dunklen Fesseln. Blitze und Hagelmotive bedeckten seine Flanken. Um die Augen trug es eine rote Farbmaske.
Chief Lone Horn kam inmitten seiner Männer heran. Er bedankte sich für meinen Kampfeinsatz und beglückwünschte mich zu dem feurigen Renner, den ich erbeutet hatte. Mein Kampf mit dem Piegan war nicht ohne Zeugen geblieben. Unter dem Gelächter der anderen deutete er auf meine erbeuteten Mokassins.
Sie verbrannten Weidenzweige und schwärzten sich mit der Asche die Gesichter. Die erbeuteten Skalps wurden an lange Stangen gebunden. Gemeinsam zogen wir zu unserem Lager.
„Liebste, ich bin zurückgekehrt und ich will dich sehen. Alle sind zurückgekehrt und alle sollt ihr eure Liebste sehen! Und du, Kelly, wen siehst du?", sangen die jungen Krieger.
Das ganze Dorf war auf den Beinen. Gewehre knatterten in die Luft und in das aufpeitschende Schlagen der Trommeln mischten sich Triller und Schreie. Der Angriff war abgeschlagen. Old Lodgepole besang den Sieg über die diebischen Piegan. Es hatte Knochenbrüche gegeben und Schussverletzungen, aber keine Toten. Und die erbeuteten Kriegsponys deckten die Verluste an eigenen Tieren bei weitem.
Die beiden Frauen stützten High Eagle. Überglücklich umarmten wir uns.
„Mein Sohn, wir sind deine Verwandten!" rief er. Die Frauen stimmten ein lautes Trillern an.
Ich fuhr mir verlegen durchs Haar und deutete auf die Ponys.
„Ich wollte mein Pferd wieder haben!"
Die Umstehenden lachten, aber High Eagle nahm diesen Satz auf und inmitten der Leute sang er ein einfaches Lied.

Er sagt, er wollte sein Pferd wieder.
Seht, ein Krieger hat für dieses Zelt gekämpft.
Er wollte sein Pferd wieder.
Piegan, gib mir dein Messer.
Gib mir deinen Bogen.
Gib mir Kopfschmuck und Pferd.
Mir ist kalt, Piegan.
Gib mir deine Mokassins.
Jetzt, Piegan, geh heim und sage,
Du hast einen Krieger gesehen!

Es war ein Ehrengesang. Laut fielen Red Shawl und Pretty Walker ein. Als wir zum Zelt gingen, merkten sie, dass ich humpelte. Sie sahen meine blutigen Mokassins und meine Streifwunde. Jetzt war es an mir, ihre besorgten Rufe zu beschwichtigen. Worm sollte nach meinen Wunden sehen, aber ich winkte noch ab.

Als Aheyunka wieder angepflockt an seinem alten Platz vor dem Eingang stand, klopfte ich ihm den Hals.

„Für dich, Vater. Das hat mir dein Pferd eingebracht!" Ich überreichte High Eagle Bogen und Kriegshaube des Piegan. Dann ging ich zu dem erbeuteten Pony und band einen Kupferkessel, ein Säckchen mit Pemmikan und einige Decken los und schenkte sie Red Shawl. Tschaskes Augen funkelten vor Stolz, als ich ihm das Messer des Piegan mitsamt der Scheide überließ.

Sie hatten sich in einer Reihe aufgestellt und sahen mich erwartungsvoll an. Ich räusperte mich ausgiebig. Schließlich raffte ich all meinen Mut zusammen und sagte:

„Ich habe hier ein Pferd. Es ist ein gutes Pferd. Es heißt Windwalker. Ich möchte dieses Pferd jemandem schenken. Es wäre eine große Ehre für mich, wenn dieser Jemand das Pferd annehmen würde. Ja, eine sehr große Ehre!"

Ich gab High Eagle die Zügel des Ponys. Er sah mich lange an. Dann nickte er unmerklich und reichte sie weiter an seine Frau. Red Shawl lächelte zustimmend und gab sie Pretty Walker.

Und sie hielt die Zügel. Sie wies das Pony nicht zurück. Ein leuchtendes Ja war in ihren Augen zu lesen. Dann verschwand sie im Zelt, und als sie wiederkam und die Hände hinter ihrem Rücken hervor nahm, hielt sie mir ein Paar prächtiger Mokassins entgegen. Mein Herz machte einen Satz. Das war nicht nur ein Gegengeschenk. Es zeigte, dass ich ihr nicht gleichgültig war. Nach dem Schwitzbad zog mir Worm die Stacheln aus dem Körper und behandelte meine Wunden. High Eagle besserte die zersplitterte Zeltstange mit Lederschnüren aus. Dabei deutete er auf einen der Einschüsse im Tautuch. Auf dem alten Farbpiktogramm war eine Kugel zwischen ihm und dem Pieganhäuptling eingeschlagen.

„Die Piegan sind zurückgekehrt, aber dieses Zelt hat einen starken und wachsamen Verteidiger!"

Es sollte noch ein langer Tag werden. Wir hatten viele Gäste, die gespannt auf meine Kriegsbeute waren. Vor allem aber wollten sie die Geschichte hören, wie ich zu meinen Pieganmokassins gekommen war. Es half nichts. Immer wieder musste ich den Kampf in einer dramatischen Pantomime vorführen. Besonders der Teil, bei dem ich in die Kakteen flog, rief Gelächter hervor. Lone Horn und viele der Ältesten rauchten mit mir. High Eagle gab an diesem Tag zwei Pferde weg.

Wir saßen in den Backrests am Feuer. Die letzten Gäste waren aufgebrochen. Gedämpft dröhnten die Trommeln durch das Schneetreiben. In vielen Zelten wurde noch gefeiert.

Nach langem Schweigen setzte High Eagle die Pfeife ab.

„Mein Sohn, dein Name ist Kelly", begann er. „Der Träger dieses Namens ist uns ans Herz gewachsen. Ich habe mich oft gefragt, welche Botschaft du uns bringst. Ich will dir einen Namen geben. Ich habe mit deiner Mutter darüber gesprochen. Wenn du einverstanden bist, werde ich dich Hakata nennen!"

„Der Name ist schön. Was bedeutet er, Vater?"

„Es ist ein Sohn-Name. Der Sohn, der zuletzt geboren wird. Du bist einverstanden?"

„Ja, Vater, es ist ein schöner Name!" – ich formte ihn stumm auf meinen Lippen. „Ich bin stolz auf diesen Namen. Er ist bedeutsam."

„Ich bin froh, dass du das sagst."

Es war ein besonderer Name. Besser als irgendein angenommener Kriegernamen drückte er unser spezielles Verhältnis und die Wertschätzung aus, die er mir entgegenbrachte.

„Hakata", sagte ich laut und nahm den Klang des Namens in mir auf.
„Hakata", wisperte jemand, von dem ich angenommen hatte, er schliefe schon. Es klang sehr zärtlich.

Big Horn Mountains; Wyoming Territorium
August 1869

Der Duft der Wildrosen lag schwer über dem Tal. Dicht überzogen sie die Hänge. Sie wucherten in undurchdringlichen Dickichten und gaben dem Fluss den Namen.
Ich hatte das Lager verlassen und war auf meinen bevorzugten Platz ausgewichen, in die Stille einer kleinen Anhöhe. Auf den Weiden ringsum grasten die Herden. Nur selten klang das melodische Lachen einer Frau herauf oder der Schlag der Trommel.
Hier hatten wir uns das erste Mal unsere Liebe gestanden. Gemeinsam waren wir zu unserem Versteck am Fluss aufgebrochen, wie verzaubert und voller Staunen über das Wunder des anderen.
Das lag nun schon drei Monate zurück.
Unverhofft war ich am Morgen auf eine Spur ihrer Gegenwart gestoßen. Als ich den Kamm hinter der Tipibespannung fand, glaubte ich, wieder den Duft ihres Haares zu riechen. Alles hatte ich an ihr geliebt, das jungenhafte Lachen, den Schwung ihrer Augenbrauen, die Art, wie sie die kleinen Dinge des Tages tat.
„Hakata!" Der alte Mann berührte sanft meine Schulter. „Ich wusste, ich würde dich hier oben antreffen. Es ist der Fehler alter Männer, sie werden wunderlich und geschwätzig. Und sie sind neugierig."
Mit einem entwaffnenden Lächeln setzte er sich zu mir. Ein schmerzlicher Blick fiel auf den Kamm. Die Trauernarben an seinem Arm waren verheilt. Das weiße Haar trug er straff zu Zöpfen geflochten. Die Enden waren in Otterfell eingebunden.
Er hatte die Pfeife dabei und begann sie achtsam, voller Verehrung, zu stopfen.
„Mein Sohn, die Pfeife steht für das, was mein Volk auf der Suche nach Wahrheit an Erfahrung und Glauben gewonnen hat. Doch allein das Herz zählt und die Aufrichtigkeit der Bemühung. Sei geduldig. Sei demütig. Vertraue", mit diesen Worten überreichte er mir die Pfeife.
Ich tat einen langen Zug und opferte den Rauch in der vorgeschriebenen Weise. Dann hielt ich ihm die Pfeife hin.

„Ich bin bereit. Hilf mir, Tunkaschila!"
„Ich werde tun, was du willst." Und er nahm die Pfeife entgegen.
Wir rauchten und besprachen einige Vorbereitungen. Dann gingen wir ein Stück nach Westen. Ich hob die Hand und er reckte die Pfeife grüßend gegen die untergehende Sonne. Dabei rief er laut:
„Wakan Tanka, hilf diesem jungen Mann. Er möchte mit allen Wesen eine heilige Verwandtschaft eingehen."

Es war noch Nacht, als wir vor das Zelt traten, jeder mit einem Bündel auf dem Rücken. High Eagle trug Bogen und Köcher über der Schulter, ich besaß nur ein Messer. Wir hatten keine Feuerwaffen dabei und auch sonst keine Dinge des Weißen Mannes an uns.
Nach kurzem, innigen Abschied sah uns Red Shawl vom Zelt aus nach. Es war ein stilles Zelt geworden, aber noch im Laufe des Tages würde ihre Schwester White Tipi Woman zu Besuch kommen.
Das Wiehern und Klirren von Metallglöckchen drang gedämpft an mein Ohr. Pferde traten aus dem Nebel. Ein Wächter sah uns verwundert nach, als High Eagle lostrabte und ich hinterherlief. Über eine mit Wacholder bewachsene Schlucht erreichten wir eine öde Hochfläche. Eine Felsformation, Deer Rocks, erhob sich vor uns gegen den Himmel.
Ich warf das Bündel mit den langen Weidenruten ab. Unterhalb der heiligen Felsen bauten wir gemeinsam das kleine Schwitzzelt auf. Den Boden legte ich mit Salbei aus und deckte das Astgerippe mit Lederhäuten zu. Die Steine glühten bereits, als High Eagle Süßgras verbrannte. Dann nahm er die rituelle Reinigung vor.
Im Osten zeigte sich eine lange, bleiche Linie, als ich nackt die Schwitzhütte betrat.
„Bete still", flüsterte er mir noch zu.
Um mich herum war es dunkel. Ich rang nach Atem. Der Dampfschwall hüllte mich ein. Flämmchen sprühten aus den rotglühenden Steinen und wurden zu kleinen Falken. Das erstaunte und verwirrte mich.
„Ihr Vierbeiner, ihr geflügelten Wesen, ihr Sternvölker des Himmels, hört meine schwache Stimme. Ich bitte euch, nehmt euch dieses jungen Mannes an. Ihr seid seine Verwandten."

Ich fühlte ein Stechen in der Brust. Vergeblich versuchte ich, die quälenden Bilder abzuwehren ...
Auch damals hatte High Eagle gesungen. Stolz lag in seinem Lied, Klage und Rührung. Er sang von der Freude, die ihm seine einzige Tochter bereitet hatte. Er lobte ihre Schönheit und ihre Sanftmut. Wie klug und geschickt sie war, wie fröhlich sie sein konnte und wie sie Kelly kennen gelernt hatte.
Ihr Körper lag in eine Büffelhaut verschnürt, liebevoll umgeben von den Dingen des täglichen Gebrauchs, die sie mit kunstfertiger Hand geschaffen hatte. Ich hatte Windwalker an die Plattform herangeführt. Die Handtrommel war verstummt. Schüsse dröhnten. Als das Pferd zu Boden brach, war es bereits tot.
Ich verkroch mich in eine Höhle. Ich aß nichts. Ich trank nichts. Am dritten Tag stand High Eagle vor mir. Er sprach lange zu mir. Ich nahm ein Bad im Fluss. Er gab mir zu essen und ich zog neue Kleider an. Gemeinsam brachen wir zum Lager auf. Seit diesem Tag nannte ich ihn Tunkaschila, Großvater ...
Ich erzählte High Eagle von den Träumen, die immer wiederkehrten. Es waren beunruhigende Bilder gewesen.
Flüsse, die kein Wasser mehr führten. Vögel, die immer paarweise vor mir aufstiegen. Zwei spießschwänzige Tauben lagen leblos im Sand. Ich kam an einem verendeten Adler vorbei. Noch im Tod streckte er seinen mächtigen Schnabel dem Ufer zu. Da erwachten die Tauben auf geheimnisvolle Weise, schüttelten ihr Gefieder und tranken wieder. Darüber war ich sehr froh.
„Wenn wir Lakota Weisheit suchen, dann gehen wir auf einen Hügel und sprechen zu Wakan Tanka. Allein, vier Tage und vier Nächte, ohne zu essen und zu trinken. Es ist ein großartiges Gefühl, zu Wakan Tanka zu sprechen."
Das war seine Antwort auf meine Träume gewesen ...
Geblendet von der Lichtfülle, stand ich mit dampfendem Körper in der Sonne. High Eagle nahm mich an der Hand und führte mich unter die Felsen. Sie waren mit rätselhaften Bildern und Einritzungen übersät. Er färbte meine Handflächen rot und presste sie gegen den rauen Sandstein. Sorgfältig malte er den Abdruck nach. Daneben setzte er seine eigenen Abdrücke als sichtbares Zeichen unseres Bündnisses mit den höheren Mächten.

Wir überquerten den Rosebud nach Süden. Nach und nach ging mir auf, dass er kein festes Ziel ansteuerte oder einer bestimmten Richtung den Vorzug gab. High Eagle schlug einen ausdauernden Wolfstrab an, den wir bis zum Abend beibehielten. Ich hatte Mühe, ihm zu folgen. Immer wieder zog er mit weit ausgreifenden Schritten an mir vorbei. Wenn ich ihn verloren hatte, musste ich seiner Spur folgen und irgendwann sah er dann lächelnd von einem Kiefernhügel auf mich herab. Bei der kurzen Rast, die wir dann einzulegen pflegten, betrachtete er aufmerksam, wie ich mich hinsetzte und in welche Richtung ich schaute. Beim Aufbruch wartete er, bis ich eine Richtung vorgab und voraus lief. Das Spiel konnte von neuem beginnen.
Wir durften uns sicher fühlen, lagerten doch im engen Umkreis mehrere Stammesgruppen der Itazipco und Ogalala.
In den Talschluchten stießen wir auf alte Cheyennegräber. Unter Steineichen, in Spalten und Nischen des farbigen Lavagesteins lagen Schädelknochen und Rotsteinpfeifen.
Es wurde Abend. Meine Kehle brannte. Die wenigen Bäche in den dämmrigen Wäldern waren zu krautigen Rinnen verdorrt. Als wir in ein Dornapfeldickicht drangen, wehte ein kalter Luftzug und unterirdisches Rauschen erklang. Ein steiler Pfad führte in die Tiefe an ein Wasserloch. Ice Wells wurde die versteckte Quelle genannt.
Wir lagerten auf einem breiten Bergrücken. Ich fand viele Zeltsteine. Im Schutz einer Sandmulde bereitete ich uns das Salbeihuhn, das High Eagle erlegt hatte. Nach dem Essen rauchte er. Schweigend saßen wir da und betrachteten den Sonnenuntergang. In den Hügeln kläfften und winselten die Kojoten.
„Du fragst nach den alten Zeltringen hier oben", nahm er unser Gespräch wieder auf. „Bevor die Lakota Pferde besaßen, dienten ihnen Hunde als Tragtiere. Viele Hunde. Ihre Tipis waren kleiner, wie die Zeltkreise zeigen. Auf den Höhen konnten sie sich besser verteidigen. Aber die Frauen, so sagen die alten Leute, haben damals oft über den langen Weg zum Wasser geklagt."
Ein Adler zog mit langem, geraden Flügelschlag über uns hinweg. Nachdenklich sagte er:
„Einst hausten hier die Donnerwesen. Kein Mensch hat sie jemals lebend gesehen. Mein Vater zeigte mir ihre versteinerten Knochen. Sie sind unterge-

gangen. Ich fühle, dass auch die Tage des Büffels zu Ende gehen.
Mein Volk geht einer ungewissen Zukunft entgegen. Die Lakota haben in ihrer Geschichte manche Umwälzung mitgemacht. Aber es ist das Denken des Weißen Mannes, das uns verzweifeln lässt.
Wir sind eng mit unserem Land verbunden. Dem Weißen Mann ist die Erde ein Feind. Er kommt wie ein reißender Strom, wir aber sind wie Inseln, die nach jeder Frühjahrsflut kleiner werden. Seit ich dir begegnet bin, Hakata, bin ich voller Hoffnung. Vielleicht werden wir mit dem Weißen Mann doch friedlich zusammenleben können."
Am nächsten Morgen schlug ich die Richtung nach Westen ein. High Eagle überließ mir die Führung. Gegen Mittag wurde der Himmel trüb. Rußteilchen und Ascheflocken durchdrangen die Luft. Dunst überzog das Land und Brandgeruch stieg uns in die Nase. In die drückende Schwüle hinein fiel ein leichter Sprühregen.
Es gelang uns, einen Langohrhasen in seinem Bau zu überlisten. Der Abend brachte keine Abkühlung. Die Luft war erfüllt vom Schwirren unzähliger Insekten. Irgendwo brachen Hirsche durch den Wald.
High Eagle saß unter einem Baum und sah sich aufmerksam um. Ein kreisender Bussard schraubte sich höher und strich hastig ab. Während wir aßen, flohen in einiger Entfernung Wildtauben flügelklatschend aus ihren Schlafbäumen. Wir sahen uns an. Ich trat das Feuer aus und noch in der Dämmerung zogen wir weiter.
Wir übernachteten auf einem schmalen Bergkamm. An diesem Abend blieb die Pfeife kalt. Ein Unwetter hatte sich im Westen aufgebaut, aber es kam nicht zur Entladung. High Eagle hing seinen Gedanken nach. Ich merkte, wie er angestrengt lauschte. Später am Abend zogen riesige Schmetterlingsschwärme mit knisternden Flügeln über uns hinweg. Leuchtkäfer schwebten geisterhaft vorbei. Es herrschte eine unterdrückte Spannung in der Atmosphäre. Ein Gefühl der Bedrohung wuchs in mir.
Auch jetzt verließ High Eagle nicht seine wohltuende Gelassenheit, mit der er mir erklärte:
„Die Geflügelten sagen, dass da draußen etwas ist und umhergeht."
Ich war jedoch beruhigt, als ich sah, wie er sich in seine Büffelrobe einhüllte. Nun zog auch ich mir die Decke über den Kopf.

Wir streiften weiter nach Westen. Aus Bergwiesen wurden kleine Prärien und immer häufiger mussten wir den Schutz der Wälder aufgeben. Unser Marschtempo war hoch, aber wir liefen nicht mehr. Vorsichtig umgingen wir eine Präriehundkolonie. Auch die Weißwedelhirsche vor uns zogen langsam weiter, ohne auf die beiden regungslosen Schatten zu achten.

Am späten Nachmittag rasteten wir auf einem gelben Kiefernhügel. Erschöpft lehnte ich gegen einen Baum. Es war unwirklich still um uns. High Eagle saß mir gegenüber und blickte zurück, während ich bereits in Gedanken unseren Weg in die flimmernde Weite legte.

Da wurde sein Blick starr. Ungläubiges Staunen zeichnete sich auf seinem Gesicht ab.

„Padani!", raunte er mir zu, spreizte Zeigefinger und Mittelfinger zu einem „V" und führte sie mit rascher Bewegung am Mund vorbei.

„Allein!", zeigte mir die Wellenbewegung seines Zeigefingers an.

Der Mann war von ungewöhnlicher Körpergröße. Er kam aus einem Seitental. Längst lagen wir flach am Boden. Geschmeidig glitt die mächtige Gestalt durchs Gras. Er sah sich lauernd um und trank dann aus dem kleinen Bach. Der Kopf war bis auf eine Skalplocke über der Stirn kahl geschoren. Ein Büschel Adlerfedern hing über die linke Schulter. Es war ein grausames Gesicht. In den schmalen Augen lag ein tödlicher Glanz. Das harte Kinn, die Adlernase, alles drückte Kampfbereitschaft aus. Er trug Leggins und Mokassinstiefel. Über den mächtigen Brustkorb war eine Wolfsfellschärpe geschlungen. An seinen Ohren hingen schwere Ringe. Eine Halskette aus Bärenkrallen unterstrich die herausfordernde Wildheit. Ich fühlte ein Frösteln.

Ein Pawnee ohne Pferd mitten in Feindesland – 500 Meilen von seiner Heimat im Shell River Land, Nebraska, entfernt?

Sie waren alte eingeschworene Feinde. Und beschimpften die Pawnee die Sioux als „Schlangen", so gaben jene es den Pawnee mit den gespreizten Fingern, der „gespaltenen Zunge", zurück, womit sie deren Volk „Liar People" hießen, die Lügner.

Messer und Streitaxt steckten im Skalpgürtel. Zwischen Messingzierscheiben hingen dicht und schwer Menschenhaarbüschel. Damit war klar, welches Wild der fremde Krieger jagte. Aber war er allein oder war er der vorgezogene Scout eines Kriegstrupps?

Neben Bogen und Köcher trug der Eindringling einen Henry-Sechsschüsser, dessen Kolben mit Kupferdraht umwickelt war. Zweifelnd sah ich auf unsere eigene Bewaffnung und suchte mit den Fußspitzen nach Halt, um mich, wenn nötig, aus dem Mündungsfeuer rollen zu können.
High Eagle hatte diesen Blick aufgefangen und schüttelte amüsiert den Kopf. Kein Kampf, sagte der Spott in seinen Augen.
„Dieser Mann ist verrückt und er ist blind!" Sein Gesicht war pure Hinterlist, als er meine Verblüffung sah.
Wenn der Pawnee weiter so zielstrebig der eingeschlagenen Richtung folgte, musste er unweigerlich auf unsere Spur stoßen! Mein Ausdruck wurde noch dümmer, als er wiederholte:
„Dieser Padani sieht nicht. Wir sind unsichtbar für ihn."
Mir stockte der Atem. Er war aufgestanden und winkte dem Padani zu. Der Pawnee war ganz gespannte Aufmerksamkeit für den Weg voraus, aber er sah kein einziges Mal in unsere Richtung.
Ich schüttelte noch ungläubig den Kopf, da setzte er sich wieder und stieß mich an.
„Dieser Mann ist von wilden Leidenschaften getrieben, daher ist er blind. Aber er wird auf unsere Fährte stoßen." Er hieß mich die Sachen aufnehmen und vorausgehen.
Als ich vom Fuß des Hügels aus zurücksah, verschwand er auf der anderen Seite.
Ich wartete im Ufergehölz. Er sagte nichts, als er auftauchte, aber an dem langen Blick zurück erkannte ich, die Jagd hatte begonnen.
Die Weiden standen dicht an dicht und ließen ihre Äste weit über das Wasser hängen. Wir gingen im Bachbett. Vorsichtig durchspähten wir jede Windung. Schließlich verließen wir den Bachgrund und folgten einem alten Flusstal. Immer wieder richtete High Eagle einen geknickten Zweig oder ein Büschel zertretenes Gras auf, rückte einen umgewendeten Stein in seine ursprüngliche Lage oder ließ ein beschädigtes Blatt verschwinden.
Die Dämmerung setzte ein. Fledermäuse umflatterten uns. Verstreute Bauminseln markierten das ehemalige Flussbett. Wir mieden den sandigen Untergrund und bahnten uns den Weg durch raue Salbeiprärie, die das Geröll

überwucherte.

Die Abbruchkante folgte dem alten Tal wie eine Galerie. Rostrote Felsbänder, von schmalen Kohleflözen durchzogen, wechselten ab mit farbigen Tonschichten und gepresster Vulkanschlacke.

Inmitten einer weiten Biegung stand eine mächtige Pappel. Der Blitz hatte einen Teil der Krone abgespalten und zu Boden geworfen. Der halbe Stamm war schwarz verkohlt. Die Bruchstelle klaffte weiß und hässlich auf.

Über aufsteigende Gesteinsvorspünge kletterten wir auf einen Längsspalt in der Felsengalerie zu. Auf ein Zeichen von High Eagle kroch ich über eine Brüstung und fand mich in einer geräumigen Höhle wieder.

Wir aßen von den Vorräten, die uns Red Shawl mitgegeben hatte. High Eagle kannte diesen Zufluchtsort noch aus der Zeit, in der er als junger Scout nach Büffeln Ausschau gehalten hatte. Später war es ein bewährter Unterschlupf bei Raubzügen gegen die Crow und die Schoschoni gewesen.

Der Pawnee war ein Einzelgänger. Schon kurze Zeit, nachdem wir uns getrennt hatten, stand er auf unserem Ausguck. Er wusste jetzt, dass er beobachtet wurde. Trotzdem hatte er sofort die Verfolgung aufgenommen.

„Der Padani ist ein gefährlicher Gegner. Dieser Mann sucht den Kampf, auch den Nahkampf. Er hat sich bemalt. Wie zur Herausforderung trägt er auf der Brust zwei schwarze Hände. Aber dieser Ort ist gut!", schloss High Eagle seine Einschätzung.

Ich übernahm die erste Wache. Fern im Westen schickte ein Gewitter seine Blitze flackernd über den Himmel. Angestrengt starrte ich in die Nacht. Die Zeit verrann. Ich hing trüben Gedanken nach …

Pretty Walker war an jenem Morgen fröhlich ausgeritten. Sie wollte frisch geschnittene Tipistangen ins Lager bringen. Eine Büffelschlange ließ ihr Pferd scheuen. Sie stürzte so schwer, dass sie gelähmt am Boden lag. So fanden sie die Männer von der Akicita. Man bettete sie in Worms Zelt. Voller Sorge hatte sie der alte Medizinmann untersucht. Es war hoffnungslos gewesen.

„Hakata, wir wollten dich rufen, aber niemand im Soldatenfort konnte uns sagen, wo du warst. Als sie starb, hielt sie das kleine Hermelinfell in den Händen, das du ihr im Winter geschenkt hast."

Das war nun schon zwei Monde her …
Mehrere Windstöße ließen die geschundene Baumkrone der Pappel aufrauschen, aber der Regen kam nicht. Das Gewitter hatte sich verloren.
Da schrak ich mit einer heftigen Bewegung hoch. Etwas Dunkles hatte sich für einen Bruchteil auf einem hellen Streifen Mondlicht bewegt. Ich hielt das Messer umklammert. High Eagle war wach geworden. Gemeinsam spähten wir in die Finsternis.
Riesenhaft trat die Gestalt des Pawnee aus dem Schatten des Baumes hervor. Kalter Schweiß brach mir aus. Da zerriss ein Blitzstrahl das Dunkel und gab den Blick frei auf ein Bild von abstoßender und zugleich großartiger Wildheit. Die schwarzweißen Streifen der Kriegsbemalung ließen das Gesicht unseres Verfolgers zur verzerrten Maske werden.
Der Donnerschlag ließ die Höhle erzittern.
Es war keine Angst. Wir waren zu zweit. Der Vorteil des Geländes lag auf unserer Seite. Aber was da wie ein kalter Hauch heranstrich und sich lähmend auf mich senkte, das war ein Gefühl des Grauens, das von dieser Gestalt ausging, die reglos dastand und in Richtung auf unsere Felswand lauschte. Sie schien unschlüssig. Sie duckte sich und verschmolz wieder mit ihrer Umgebung.
Ganz in der Nähe bellte ein Kojote. Als er absprang, wirbelte eine Staubfahne hoch. Da sah ich die kriechende Gestalt. Sie verharrte unterhalb unseres Stützpunktes und glitt dann hastig weiter, mehr Wolf auf der Fährte als Mensch.
High Eagle nötigte mich zu schlafen und übernahm für den Rest der Nacht die Wache. Ehe ich mich in meine Decke rollte, sah ich noch, wie er mehrere Pfeile aus dem Köcher zog und den Bogen griffbereit vor sich hielt.

Wie überrascht war ich am anderen Morgen, als wir wieder in unseren Wolfstrab fielen. Wir gingen eine halbe Meile in der alten Spur zurück, um dann in fast sorglosem Laufschritt einen Bogen nach Südwesten zu schlagen.
Die Mittagshitze ließ die Horizontlinie zittern. Dankbar wollte ich mich ins Gras sinken lassen, da wies mich High Eagle an, mitten auf dem Trail ein Feuer zu machen. Ich brach dürre Pappeläste, die die Glut besonders lange hielten. Im Schatten einer Senke aßen und tranken wir ausgiebig. Wir röste-

ten sogar Jerkie.

Gespannt sah ich zu, wie er ein Stück weißer Hirschhaut aus seinem Parflêche zog, rote Farbe anrührte und bedächtig mit einem Knochenpinsel zu malen begann.

„Mein Sohn, wir sind ein Bündnis mit den Mächten eingegangen. Nichts darf uns daher ablenken!" So setzte er ungezwungen meine Unterweisung fort, als säßen wir im Backrest vor dem Tipi. „Häuptlinge, ihr seid Friedensstifter! Selbst, wenn man euch vor eurem Zelt den eigenen Sohn tötet, müsst ihr den Weg der Pfeife gehen und rauchen. Friedensliebe, die Liebe zur Wahrheit, die Großzügigkeit des Herzens sind die wahren Häuptlingstugenden. Tapferkeit ist die Voraussetzung für alle drei.

Jeder Mann, jede Frau, jedes Kind sind dir anvertraut. Du bist ein Vater für alle. Du bist die Kraft und die Zuflucht der Schwachen und der Schwankenden. Niemals trägst du Hader und Unfrieden in das Volk.

Dann aber, Häuptling, geh hinaus. Sing dein Lied, deinen Chief Song, sodass alle hören, dass du ein wahrer Häuptling bist! Das Volk wird froh sein und dankbar, dass du unter ihm weilst und dich ehren!"

Und High Eagle sang den Chief Song seines Vaters, Chief North Star, für mich.

Endlich schien er mit seinem Werk zufrieden. Sein Piktogramm trug eine unmissverständliche Botschaft. Das Dreieck war der Berg. Über ihm standen vier Sonnen. Ein Mann mit einer Pfeife saß auf der Bergspitze. Der andere Mann stand am Fuß des Berges.

Er verbrannte Süßgras und hielt die Hirschhaut in den Rauch. Dann faltete er sie und legte sie neben dem Feuer ab. Am Ende warf er den glimmenden Graszopf in die Glut. Noch nach Stunden würde man das Feuer riechen!

Mit äußerster Vorsicht gingen wir in unserer alten Spur zurück, dann überließ er mir die Führung.

Horse Thief Butte ragte wie ein verlorener Stumpf aus dem wüstenartigen Becken auf. Feigenkakteen umstanden Alkalisenken. Der Weg ging über Schuttfelder, vorbei an knollenartigen Gesteinswucherungen. Das ohnehin spärliche Gras war ausgedörrt und braun. Für Stunden begleitete uns das leise Knirschen des trockenen Sandes. Bei jedem Schritt stoben pulvrige

Staubwolken hoch.
Endlich überschritten wir die scharfe Linie zwischen der Sonne und dem langen Schatten des Tafelberges. Von seinen Flanken leuchteten rosa die Blüten der Bitterroot. Wehrhaft und starr ragten die Blattbüschel der Yucca auf. Ihre verholzten Schäfte waren dicht mit wachsgelben Blüten besetzt. Aus einer Felswand rann Wasser. Wir erfrischten uns und füllten die Wassersäcke auf.
Erst war es eine dünne Staubfahne in der flackernden Luft, dann zeichnete sich die schattenhafte Gestalt unseres Verfolgers ab. Mit der tödlichen Ausdauer einer Kampfmaschine kam er durch ein altes Flussbett.
High Eagle nickte grimmig:
„Es ist etwas Böses um diesen Padani."
Über Salbeihänge und durch eine verwachsene Rinne gelangten wir auf die schmale Gipfelkuppe. Dabei hielten wir uns flach am Boden und krochen in den Schutz einer Senke.
Schon seit einer Stunde beobachteten wir im Norden eine lang gezogene Staubwolke. Einzelne Reiter hoben sich ab. Ziehende Sioux schlugen am Rand der Ebene ihr Lager auf. Immer mehr Kochfeuer glühten in den Himmel.
Der Pawnee hatte unsere Spur verloren. Suchend umkreiste er unsere Bastion. Schließlich verschwand er in der Dämmerung nach Norden.
Der Nachtwind strich durchs Gras. Ein Falke flog kreischend um den Berg. Im Westen brannte der Himmel in ungeheurem Rot. Gebannt sah ich hin. Alle Schwere war von mir abgefallen. High Eagle war meinem Blick gefolgt. Ich deutete auf die Kette der Big Horns. Ein Dunstschleier lag wie ein Ring um die höchste Erhebung.
„Das ist der Ort, Großvater. Ich bin sicher!"

Ich erwachte unter Sternen. High Eagle saß am Abhang. Die Ebene lag in bleiches Mondlicht getaucht und war bis an den Bergkamm im Westen mit unzähligen Tierleibern übersät. Ein leises Grollen wie ferner Donner lag über der riesigen Büffelherde.
„Es sind deine Verwandten, Hakata. Denk daran, du hast überall Verbündete. Es ist Zeit zum Aufbruch!"
Wir rauchten am Fuß des Berges und er bat die ehrwürdigen Büffelvölker um

Schutz für uns. Ich hatte Vertrauen in seine Kraft und die Anwesenheit der mächtigen Tiere war weitaus beruhigender als die unheimliche Nähe eines verschlagenen Feindes.

Er klopfte die Asche aus seiner Pfeife und rieb sich damit ein. Gemeinsam massierten wir uns Staub, trockenen Büffelmist und Salbei in die Haut und streuten sie über Kleidung und Ausrüstung.

Die Heilige Pfeife in den Unterarm gelegt, den Tabaksbeutel in der anderen Hand, so schritt er voraus. Ich folgte dicht dahinter und das Herz schlug mir bis zum Halse.

Beißender Tiergeruch schlug uns entgegen, als wir in die breite Front eintauchten. Die Büffel drängten vor uns auseinander. Ich schmeckte Staub und Grassamen auf den Zähnen. Die Tiere schlugen den Dreck mit ihren Hufen los, sodass er wie Nebel über dem Boden schwebte.

Im Südwesten flammten Gewitter auf. Die Berge traten aus dem rotgeäderten Himmel hervor.

Um uns herrschte allgemeines Trampeln, aber die große Herde zog nicht. Manchen der zottigen Höcker hätte ich mit bloßen Händen berühren können. Nur dann und wann verriet ein Aufblitzen, wie von einer weißen Sichel, die Erregung im Auge eines Tieres. Aber stets drehten sie ab.

Im Morgengrauen standen wir in einer Passhöhe des niedrigen Rosebud Range und der frühe Vormittag fand uns am Steilufer des Little Big Horn.

In einer engen Flussschleife machten wir Rast und badeten. Libellen schwirrten blau schillernd über das Wasser. Ich ging flussaufwärts über den Kiesgrund. Da versank ich unerwartet in der Hauptrinne. Ich ließ mich mit der Strömung treiben. Auf einem Baumstamm sonnten sich Schildkröten. Zwei davon konnte ich einfangen und warf sie lachend High Eagle zu. Der zeigte mir, wie man diese Delikatesse in einem Blattofen garte. Dazu sammelte ich uns wilde Pflaumen. Die Büsche trugen so reichlich davon, dass ihre schwer beladenen Äste unter der Last abbrachen.

Die Nacht verbrachten wir ungestört im Schutz des Rosebud Range. Wir folgten dem Auwaldsaum nach Süden. Aus den Wellen der graugrünen Salbeiprärie stiegen dunkle Waldberge auf, überragt von den Granitwällen der Big Horns. Herden von Gabelböcken standen im wogenden Gras. Ihre gespreizten Spiegel tanzten und schnellten wie seltsame Blüten. Wir über-

schritten hohe, schlanke Graskämme. Die Wasserfläche von Lake de Smet glänzte in der Ferne wie durch eine Kimme.
Dann sank ich ungläubig ins Gras. Weit im Norden hatte ich einen dunklen Strich ausgemacht. Er bewegte sich stetig in unsere Richtung. Lange starrten wir zurück. War der Pawnee auf unsere Spur gestoßen? Oder war es ein Bär, der auf die Berge zu trollte?
Donnernd kamen uns die Wasser des Big Piney entgegen, dem versteckten Einfallstor in die Berge. Aus der grellen Sonne traten wir in eine dämmrige Schlucht ein, die von Tosen erfüllt war. Schleier sprühender Wassertröpfchen regneten auf uns nieder. Üppig wucherte die Vegetation. Mächtige Moosbänke überzogen die Felsen.
Als sich das Tal öffnete, verließen wir den Fluss. Im Wald empfing uns ein kühler Luftstrom, der von Harzduft gesättigt war. Von Windbrüchen und Brandstellen leuchtete das Rot und Purpur von Fire Weed und der Shooting Stars. Lautlos segelte der prächtige Monarchfalter darüber. In den weiten Forsten aus der Lodgepole Kiefer herrschte Stille. Wir traten auf Bergwiesen hinaus, die übersät waren von den hohen Blütenständen des Beargrass. Ein kleiner Schatten schoss auf eine der weißen Kerzen zu und saugte sich dort fest. Brennend rubinrot flammte seine Kehle in der Sonne auf. Ohne Scheu ließ uns der winzige Kolibri herankommen. Wie eine große Hummel verschwand er brummend zur nächsten Blüte, wurde zum Schattenriss, um erneut grün aufzuschillern.
High Eagle führte mich zu einem kleinen Waldsee. Ein Elchschaufler stand im Sumpf und fraß Wasserpflanzen. Während sich der alte Mann ausruhte, baute ich unter seiner Anleitung eine Schwitzhütte. Mit einer Rosshaarschnur und Heuschrecken als Köder fing ich uns zum Abendessen ein paar Lachsforellen.
In heiterer und gelöster Stimmung saßen wir am Feuer.
„Morgen, Hakata, wirst du den Berg sehen", begann er. „Erinnere dich der heiligen Dinge, über die wir sprachen. Fürchte nichts. Vertraue unbedingt ihrer Kraft. Die größte Kraft im Universum ist die spirituelle Kraft. Erkenne und opfere all deine Schwächen. Ich wollte dir etwas von den Segnungen mitgeben, die ich erfahren habe."
Dankbar verneigte ich mich gegen ihn. High Eagle hatte nicht nur mein tas-

tendes Suchen nach der Bedeutung der Dinge erkannt, er hatte diesem Suchen eine Richtung gegeben.
Prüfend, aber zufrieden, sah er mich an, als er weiter sprach: „Manche unter uns sagen, diese Dinge sollten nicht dem Weißen Mann offenbart werden. Die Kraft, die diesen Dingen innewohnt, könnte verloren gehen. Ich sage, niemand muss die Wahrheit schützen. Die Wahrheit verteidigt sich selbst. An uns ist es, wahrhaftig zu sein. Ich danke dir für deine Geduld und Aufgeschlossenheit, mit der du diesen Dingen gelauscht hast."
Noch vor Tagesanbruch ging ich durch das Schwitzbad. Morgenrot lag über den fernen Gipfeln, als High Eagle die Heilige Pfeife von einem Erdhügel aufnahm und mit Talg versiegelte. Bevor er sie mir übergab, hob er den Blick. „Wakan Tanka, gib meinem Sohn Kraft. Er wird sein Bestes tun. Wenn ich einen Fehler gemacht habe, gib nicht diesem jungen Mann die Schuld. Er will die Dinge richtig machen."
Dankbar nahm ich die Pfeife entgegen.
Über der Baumgrenze kamen wir in ein raues Hochland. Wir folgten einer Kette lang gestreckter Bergseen, deren Uferränder noch mit Eis bedeckt waren. An einem Findlingsblock machten wir halt. Feuersteinabschläge lagen umher.
Zu meiner Überraschung gab mir High Eagle die Büffelrobe und nahm dafür meine Decke entgegen. Wir umarmten uns stumm. Ich schob die Pfeife in den Ärmel und begann allein den Aufstieg.
Über ausgedehnte Wollgraswiesen erreichte ich einen kreisrunden Karsee mit blaugrünem Wasser. Insekten erfüllten die Luft mit ihrem Summen. Gletscherlilien, Kolumbinen, Arnika, Indianerpinsel und Blue Bells wiegten sich im Bergwind. Ich folgte einem Wildschafwechsel bis zu einem Gletschersee. Milchigweiß schoss das Wasser aus dem dunklen Eistor. Am Rande langer Schneefelder ging es steil bergan. Viermal machte ich Rast, hielt die versiegelte Pfeife hoch und bot sie den Mächten an. Helle Quarzadern führten mich zu einer Bresche im Fels. Mühsam durchstieg ich den engen Kamin.
Die Täler lagen bereits im Dunkel, da stand ich schwer atmend in einem Sattel unterhalb des Gipfels. Ich war betroffen von der Stille und der Einsamkeit, die mich umgab. Ich trat an den Abgrund und winkte in die Nacht hinaus. Eine hilflose Geste, aber es war tröstlich, irgendwo dort unten High

Eagle zu wissen.

Ich hatte das flache Gipfelplateau erreicht. Mondlicht lag über dem Blockmeer. In der Tiefe schimmerte ein See. Todmüde suchte ich unter einer Felsplatte Schutz vor dem Nachtwind. Ich hüllte mich in die Büffelrobe ein und war bald eingeschlafen. Nachts schreckte mich mehrfach Steinschlag hoch.

Anpo Witschapi, der Morgenstern, stand leuchtend eine Handbreit über dem Horizont.
„Zu ihm bete um Weisheit und Führung."
Hanbletscheyapi, die Suche nach einer Vision hatte für mich begonnen.
Unweit des Ostabsturzes fand ich eine riesige Steinplatte. Dort legte ich das erste Tabakopfer in einen Spalt ab, in den ich auch den Stab aus Chokecherry-Holz rammte. Ich band eine Adlerfeder daran fest. Dann nahm ich die heilige Pfeife und ging einige Schritte nach Osten.
Wie ein Ringwall schützten die Steilabbrüche einen Hängegletscher, dessen Zunge in einen türkisfarbenen See reichte. Die Abflüsse stürzten in Wasserfällen über Terrassen und bildeten neue Seen, deren Kette sich bis zu den fernen Wäldern verlor. Ein mächtiger Pfeiler mit abgeschnittener Kuppe ragte wie ein Bollwerk aus dem Ostgrat. Ich legte wieder eine Tabaksgabe in eine Vertiefung, häufte Steine darüber und markierte die Stelle mit einem roten Stoffstreifen.
Auch im Norden gelangte ich an die Schwelle des Abgrunds. In einem riesigen Becken lagen zwei lang gestreckte, tiefblaue Seen. Nur an wenigen Stellen dieser großartigen Arena fand sich spärliches Krummholz. Schräge, dunkle Bänder verliefen zum Hauptkamm aus grauem Granit. Ich baute eine kleine Steinpyramide über meine Opfergabe und versah sie mit einem weißen Stofffetzen.
Als ich von der Mittelstange nach Westen ging, fand ich an der vorgesehenen Stelle einen Hirschschädel. Ich legte ihn über mein Tabakopfer und kennzeichnete die Stelle mit einer schwarzen Flagge. Das steile Felsenmeer reichte von hier bis in die grünen Senken hinab.
Im Süden befestigte ich eine gelbe Flagge am Fels. An der Mittelstange baute ich für die Pfeife einen kleinen Altar. Nachdem ich die rituelle Reinigung vollzogen hatte, betrat ich barfüßig und nur im Lendentuch den heiligen Be-

zirk. Ich hatte Furcht vor dem Kommenden, aber auch ein Gefühl ahnungsvoller Neugierde.
„Wakan Tanka, ich möchte mit allen Wesen in guter Verwandtschaft leben. Hilf mir, meine Begrenztheit zu überwinden!" Ich streckte die Pfeife mit beiden Händen nach oben und bot sie dem Osten an. So bewegte ich mich vom Mittelpunkt aus in die vier Richtungen der Welt. Am Ende verharrte ich in der Mitte und bot die Pfeife himmelwärts und erdwärts.
„… Sei dir immer der göttlichen Anwesenheit bewusst, Hakata! Die gültige Form wird sich finden, doch die endgültige Form zerschlägt alle Form und am Ende steht Formlosigkeit."
„Wie weit bin ich noch von der Formlosigkeit, Tunkaschila?"
„Bete von der Mitte aus, Hakata. Richte alle deine Sinne und Gedanken auf Wakan Tanka. Dann stellt sich diese Frage für dich nicht mehr."
„Ich fühle mich schrecklich allein, Großvater, schwach und hinfällig."
„Mein Sohn, jeder Weg beginnt mit dem ersten Schritt. Du weißt nie, was dich erwartet, aber wenn du dich darauf einlässt, ist die Begegnung mit Wakan Tanka gewaltig …"
Sturm war aufgekommen. Dichter Nebel hüllte mich ein. Die feuchte Kühle verschaffte mir Erleichterung. Mein Körper schrie nach Wasser. Ich stand im Zentrum am Pfahl. Die Adlerfeder schlug flatternd im Wind. Ich machte mich wieder auf den Weg in die vier Richtungen.
Die Sonne stand schon tief im Westen als Cloud Peak, der „Wolkenfänger", seine Haube abstreifte. Abendlicht lag über den Gipfeln und der leichte Dunstring um den Berg löste sich auf. Das Gelb der Prärien im Osten war erloschen.
Ich hörte ein leises Zwitschern. Ein kleiner Vogel kam über die Felsen herangehüpft. Sein Gefieder war tiefblau. Nervös flatterte er nach Mücken. Er setzte sich auf die Steinpyramide im Süden und sah mich mit schiefem Kopf an.
„Wir sind Verwandte, kleiner Geflügelter!" Mit einem Mal war alle Einsamkeit von mir abgefallen.
Nachts erwachte ich. Steinschlag erschütterte den Gipfel. Ich griff nach der Pfeife und begrüßte den Mond und alle Sternvölker und bat sie, meine Verwandten zu sein. Lange stand ich da und sah die Sternbilder über den Him-

mel wandern.
Es begannen sich rätselhafte Dinge zu ereignen. Ich trat das erste Mal neben mich. Während ich so dastand, blickte ich auf ein großes Sommerlager herab. Seine Bewohner trieben Medizinräder über den Platz zwischen den Zelten. Auf einmal stand jemand neben mir und sagte:
„Einst besaß auch ich ein solches Rad!"
Ich konnte meinen Nebenmann nicht sehen, aber Trauer und tiefe Sehnsucht waren in meinem Herzen.

Der zweite Tag zog sich endlos hin. Hunger und Durst quälten mich. Bald fror ich, bald litt ich unter der Hitze. Um die Mittagszeit verfinsterte sich der Himmel. Hagelschauer prasselten nieder. Als sich die Sonne wieder zeigte, ging ich, wenn auch sehr steif, wie befreit umher und sang laut.
Ich saß am Boden und betrachtete die Bilder und Symbole auf der Büffelrobe. High Eagle hatte sie nach Art der Winterkalender aufgemalt. Sie sollten mir Kraft geben. Ich war gerührt. Das letzte Bild zeigte mich auf dem Berg und wie sie beide, Red Shawl und er, vor dem Zelt standen und auf mich warteten.
Als sie nach Pretty Walkers Tod merkten, dass ich gar nicht daran dachte, sie zu verlassen, war ich ihr Sohn geworden.
„My true son", wie High Eagle sagte, „mein wahrer Sohn!"
Auch in dieser Nacht sah ich zu den Sternen auf. Vor dem Mond trieben ständig kleine Wolken. Eine höhere Macht streifte mich. Ich war bis in die Seele erschüttert über das große Schweigen der Natur. Ich wusste, ich hatte Grenzland betreten. Sollte ich weitergehen oder ins schützende Tal absteigen?
Ich träumte von weichem Gras. Das Bild veränderte sich schlagartig. Ich war wieder ein Kind und rannte mit einem Drachen über die abgeernteten Felder. Mein Drachen stieg und stieg. Da kam Sturm auf und Wolken verhüllten ihn. Er zerrte an der dünnen Schnur. Ich schlang sie gleich mehrfach um meine Hand, denn ich hatte Angst, ihn zu verlieren. Vor meinen erschrockenen Augen löste sich diese schwache Verbindung in Rauch auf. Trotzdem spürte ich sein heftiges Zerren.
Am dritten Tag war ich in einen Zustand getreten, in dem Bilder und Träume sich in rascher Folge abwechselten. Der körperlichen Erschöpfung gegen-

über war ich gleichgültig geworden. Längst war ich zu schwach und zu heiser, um noch laut zu flehen oder zu singen, aber mein Unterbewusstsein war auf das Äußerste angespannt.

Früher als sonst war die Sonne hinter dichten Wolkenbänken untergegangen, die den Blick in die Täler verwehrten. Dieser Umstand verstärkte in mir das Gefühl der Verlassenheit.

Wie abgeschnitten ragte im Süden eine Wand aus dem Wolkenmeer. Schneerinnen betonten die abweisende Schroffheit dieser dunklen Masse. Mit ungewöhnlicher Schärfe registrierte ich, wie der Vollmond über ihrer Ostkante aufstieg und wie eine Kugel über den langen Grat zu rollen begann und Pfeiler und Türmchen wie mit einer Aura umgab. Sie wurden zu bizarren Gestalten, die mitten in einem Tanz erstarrt waren.

Da hörte ich verstohlenes Lachen. Ja, laute Schritte klapperten. Ich bekam Eulenaugen und sah wie gehetzt um mich.

„Die Donnerwesen werden kommen, Hakata, und deine Ausdauer prüfen und die Aufrichtigkeit deines Flehens!"

Als mein Blick von der Pfeife weiterwanderte, die ich schützend vor mich hielt, nahm ich auf dem Gegengrat eine flüchtige Bewegung wahr. Das Blut pochte in meinen Schläfen. Es war wie eine Verhöhnung! Eine Gestalt bewegte sich dort zwischen den Felsen und war eifrig bemüht, meine Aufmerksamkeit zu erregen. Ich wollte sie nicht sehen, aber ich stand wie gelähmt da. Schattenhaft glitt sie über den Grat und verschwand.

Doch wer beschreibt mein Entsetzen, als der Schatten zwischen den nahen Felsen hervorbrach? Was da in das harte Mondlicht trat, war unser Verfolger! Verzweifelt suchte mein Verstand nach einem Anhaltspunkt für die Unmöglichkeit dieser Tatsache zu finden, doch umsonst. Er nahm die Jagd wieder auf. Er hatte sie nie unterbrochen und ich war ihm ausgeliefert

Der riesenhafte Indianer kam gleitend und hüpfend näher. Die fahle Aura, die ihn umgab, passte sich seinen fließenden Bewegungen an. Und wieder verspürte ich die ziehende Kälte. Aus dem hohlwangigen Gesicht glühten zwei grausame Augen. Ich erkannte die schwarzen Hände auf seiner Brust. Dann hatte er mich erspäht. Höhnisch verzerrte sich sein Gesicht. Er hob die Streitaxt …

Die Beine sackten mir weg. In einem verzweifelten Akt versuchte ich, mich

an einen Felsen zu drücken. Aber die Felsen bewegten sich auf mich zu und wollten den heiligen Kreis durchbrechen. Mattgrüne Lichter hoben und senkten sich. Mit letzter Kraft hielt ich die Pfeife umklammert.
Die Erscheinung drang auf mich ein ... ich schrie im Fallen auf ... sie verschmolz mit meinem Wesen.
Krachend und steinsplitternd fuhren dunkle Schatten auf und brachen in Fluchten davon – Bighornschafe!

Anpo Witschapi, der Morgenstern, war im Osten schon verblasst, da erwachte ich aus einem Erschöpfungsschlaf. Ich hatte geträumt.
Ein weißer Mann war aus einem Blockhaus getreten. Da traf ihn eine Lanze. Er brach tot zusammen. Ich kannte diesen Mann nicht, doch fühlte ich Erleichterung und Genugtuung über seinen Tod.
Riesige Goldstreifen fuhren durch die Himmelsröte, bis der Osten im Goldfeuer brannte. Ich hörte das Licht sirren. Tränen strömten mir über das Gesicht, als sich ein Schmetterling auf den Stiel der Pfeife setzte. Ich rief allen Wesen zu:
„Ich bin euer Verwandter!"
Einige Wolken waren auf den Berg zu gesegelt. Es regnete. Der kurze Schauer erfrischte mich. Alle Schwermut der letzten Monate war von mir gewichen.
Ich stand in der Dämmerung an der nördlichen Steinpyramide. Der Nachtwind wehte das abgerissene Rauschen eines Wasserfalls herauf. Sternschnuppen zogen rot verglühend über den Himmel. Ich sah nach Nordwesten über das Wildnisbecken.
Da erfolgte vor meinen Augen eine lautlose Lichtexplosion. Gleißend hell raste die Erscheinung von mir weg. Wie auf ein Fingerschnippen erlosch sie in der Ferne. Ich wusste keine Erklärung, fühlte aber auch keine Furcht.
In der Morgendämmerung begann ich steif und fröstelnd mit dem Abstieg. Der schöne, blaue Vogel flog mir voraus. Eine Pfütze glänzte zwischen den Felsen auf. Voller Dankbarkeit gegen diese kleine Kreatur warf ich mich hin und trank in vollen Zügen. Der Bluebird legte den Kopf schief und trank an der anderen Seite.
Als ich an die steilen Schneefelder kam, setzte ich mich auf mein Bündel

und fuhr in halsbrecherischem Tempo abwärts. Schnee und Steine rollten mir nach. Ich musste mit den Fersen bremsen, so stürmisch wurde meine Talfahrt. Ich winkte. Mein Herz klopfte vor Freude, als ich die hohe Gestalt in gemessenem Schritt bergauf kommen sah.

Am Rand des Schneefeldes erwartete mich High Eagle. Die Pfeife im Unterarm, kam ich ihm entgegengestapft.

„Heute ist ein guter Tag, Großvater!", rief ich ihm schon von weitem zu.

Er nahm mich bei den Schultern und drückte mich fest an sich. Dann hob er die Hand an den Mund und stieß einen machtvollen Schrei aus, den die Berge zurückwarfen. Mehrmals nahm er mit der Hand Coup auf mich.

Ich gab ihm die Pfeife zurück. Dass er sie aus der Hand gegeben hatte, war ein unerhörter Vorgang. Erst jetzt konnte ich das große Opfer ermessen! Wir lachten und scherzten auf dem Rückweg.

Als wir den Waldsee erreicht hatten, erhitzte er die Steine und ich ging durchs Schwitzbad. Dann öffnete er die versiegelte Pfeife. Wir rauchten und er forderte mich auf zu sprechen.

Bei der Heiligen Pfeife erzählte ich ihm von dem, was sich auf dem Berg zugetragen hatte. Viele verschüttete Dinge brachen hervor und fanden Worte; über den Krieg und mein Elternhaus, über den Tod seiner Tochter. Ich sprach von den geheimnisvollen Begegnungen auf dem Gipfel des „Wolkenfängers", von Dingen, die auf einer anderen Ebene der Wirklichkeit lagen und der ehrwürdige Mann unterbrach mich nicht. Mehrfach stockte ich. Er wartete mitfühlend und mit weicher Stimme sagte er:

„Mein Sohn, du bist mir kostbar!"

Über der Pfeife reichten wir uns die Hände. Ich dankte ihm für seine Führung und den Vorzug, diese Erfahrung gemacht zu haben.

Dann sprach er.

„Starkes ist um dich, Hakata! Achte auf die Geflügelten! Sie haben eine besondere Verwandtschaft zu dir. Das Ding, das du Drachen nennst, ist ein guter Traum! Du schicktest deine Wünsche hoch zu Wakan Tanka. Du hattest Furcht im Herzen, aber der aufsteigende Rauch, der das lange Seil verhüllte, sagte dir: Halte an der Pfeife fest! Du wirst Gutes bekommen!

Verschiedene Dinge sind abgestorben und das ist gut. Mein Sohn, dein Weg ist rot und weiß. Aber er ist auch blau und rot. Du erinnerst dich der heiligen

Farben? Vorwärts, junger Kundschafter, sei auch auf dem spirituellen Pfad ein Scout! Vorwärts!"
Schwach, aber glücklich, lag ich in der Büffelrobe unter den Bäumen. Während meiner Abwesenheit hatte er ein Hirschkalb geschossen und kochte nun im Magen des Tieres eine kräftigende Suppe für mich.
Ich hörte das feierliche Rauschen der Fichten und das nervöse Rascheln der Pappeln. Sie sangen und sprachen vom Leben zu mir und davon, dass wir Verwandte waren. High Eagle sah auf und nickte. Er verstand. Ich hatte die Einheit der Dinge erfahren.
„Mitakuye Oyasin, alle meine Verwandten."

Wir fanden den Pawnee am Ausgang der Big Piney Schlucht. Bussarde waren aufgestoben und böses Summen erfüllte den Ort des Todes. In dunklen Schwaden stiegen die Fliegen hoch. Wir erkannten ihn an seinem riesenhaften Wuchs und an den Farbresten im zerschmetterten Gesicht. Er war skalpiert und verstümmelt worden. Seine einsame Jagd hatte hier ein jähes Ende gefunden. Die Spuren unbeschlagener Pferde führten über seinen letzten Zufluchtsort.
Immer häufiger hielt High Eagle sein Ohr an den Boden und lauschte. Wir fühlten das Zittern, dann hörten wir dumpfes Hufgetrappel und das scharfe Schnauben einer Pferdeherde. Sie kamen über den Kamm. Ein Lanzenreiter stand auf seinem Pferd und signalisierte mit der flachen Hand.
„Wer seid ihr? Wir sind Cut Arms-Cheyenne."
Seine Handkante fuhr über den Unterarm.
High Eagle antwortete:
„Wir sind Cut Heads-Lakota."
Der Cheyenne schrie etwas und die Herde donnerte heran. Krieger mit Rabenfedern im Haar schwenkten ihre Kriegsponys aus dem Getümmel. Ein Halbkreis buntgefleckter Pferde umstand uns. Kühne, verschwitzte Gesichter musterten uns scharf.
„Ihr seid willkommen!" Der Anführer, ein Mann mittleren Alters, deutete auf sie und sagte: „Hotamitaniu-Hundesoldaten."
High Eagle stellte mich vor. Es erregte großes Aufsehen, dass ich sein Sohn war, ein Weißer und kein Iyeska, ein Halbblut. Wir gaben uns die Hand. Sie

besaßen nur drei Gewehre. Viele trugen rote Coupstöcke und wie ein Abzeichen hatten alle eine Rassel dabei, ein Ring aus Rohhaut mit kurzem Griff. Der Anführer nannte sich Brave Wolf. Mit neun Mann kamen sie von den Schoschoni im Wind River Tal. Sie hatten hundert Pferde und mehrere Skalps erbeutet. Am Morgen hätten sie den „Wolfsmann", so nannten sie den Pawnee, getötet. Zwei Ponys wurden uns an Strickhalftern vorgeführt. Sie boten uns Sattelpolster an und wir zogen mit ihnen. High Eagle ritt mit dem Anführer voraus, wir anderen trieben die Herde hinterher.

Am Abend schlugen wir unser Lager in einem Talkessel auf, in dem sich mehrere Quellen zu einem Bach vereinigten. Brave Wolf nahm zwei Krieger bei den Zügeln ihrer Pferde und führte sie beiseite.

„Ihr jungen Männer löst Medicine Top und Magpie ab. Berichtet, wenn uns der Feind verfolgt!"

Sie umritten uns ein paar Mal und flogen dann in gerader Richtung in die Prärie hinaus.

Die Cheyenne waren unsere Brüder. Sie teilten ihr Essen mit uns. Wir hatten eine gute Zeit mit ihnen. Sie beglückwünschten uns zum Ausgang unseres Abenteuers.

„Will uns unser Bruder, der Rote Weiße Mann, seine Geschichte erzählen?" Höflich baten sie um meinen Bericht. Wir konnten uns in Lakota und Zeichensprache verständigen.

Ein alter Mann mit der Gesichtsfarbe von dunkler Bronze sah auf. Als einziger trug er ein Kriegshemd und gefranste Leggins. Auf seiner Brust leuchtete aus einem roten Dreiecksfeld die Morgensternraute mit den Strahlen.

„Ein starkes Herz ist unter uns", sagte er. Der Alte war Old Crane, ein Medizinmann der Nord-Cheyenne.

Sie hatten den Schoschoni wertvolle Pferde abgenommen und da sie die Tiere häufig wechselten, waren sie auf ihrer Flucht rasch vorwärts gekommen. Old Crane hatte sie auf einem Schleichweg durch die Berge geführt.

Ein flüchtender Wolf erregte die Aufmerksamkeit der Scouts. Sie entdeckten den Pawnee hinter einer Brustwehr aus Steinen und Baumstämmen. Er eröffnete sofort das Feuer. Sie sahen, wie er seine Wolfsschärpe an den Boden spießte und umherging und sang. Da wussten sie, ein Selbstmordkrieger forderte sie heraus.

Stands on the Hill war alt und wollte auf diesem Kriegszug sterben. Er hatte bereits seinen Sterbegesang angestimmt und war entschlossen, ihren Rückzug aus dem Dorf der Schoschoni mit seinem Körper zu decken. Aber sein Neffe, White Thunder, stürmte zurück, riss die rote Nadel, mit der das Dog Rope befestigt war, aus dem Boden und rief:
„Onkel, wirf dein Leben nicht weg!" Dann hatte er ihn mit seiner Reitgerte vom Schlachtfeld getrieben.
Der Pawnee stand vollkommen still und sang.
Da sah Stands on the Hill die Chance, seinem Leben ein ehrenvolles Ende zu bereiten.
„Ich töte diesen Pawnee!", rief er aus und sprang über die Brustwehr. Aber sein Messer rutschte an einer Rippe seines Gegners ab. Dieser stieß ihm sein Green River Messer bis ans Heft ins Herz. Stands on the Hill brach tot zusammen.
White Thunder, sein Neffe, erschoss den Pawnee und nahm Coup. Little Head nahm den zweiten, Medicine Elk den dritten Coup. Soldier Wolf nahm ihm den Skalp und gab ihn weiter an White Thunder.
White Thunder hatte seinen Bericht beendet. Eine zeitlang herrschte achtungsvolles Schweigen. Old Crane stimmte einen alten Dog Soldier Song an:
Nur die Steine sind ewig, nur die Felsen überdauern. Meine Freunde, nichts lebt lange, nur die Erde und die Berge.
Dann geschah etwas Unerwartetes. Old Crane ging zur Leiche von Stands on the Hill. Sie lag in eine Decke verschnürt am Boden. Die Skalplocke des Pawnee hing blutig an ihr. Unter der Verschnürung zog er ein Stück Hirschhaut hervor und ließ es am Feuer herumgehen. Es war High Eagles Pictogramm.
Wir haben nie herausgefunden, ob der Pawnee unsere Spur wieder aufgenommen hatte, ob er uns auflauerte oder ob ein Zufall die Cheyenne ihre Pferde über diese Stelle treiben ließ, wo sie ihn stellten und töteten.
Das Lager von Chief Lone Horn war nach Süden verlegt worden, vor die Gabel des Rosebud. Als wir die Herde unserer Cheyennefreunde auf die Koppel trieben, lief uns Red Shawl freudig entgegen.
Ich war an die Seite von High Eagle geritten.
„Großvater, ich will tanzen!"
Wir waren heimgekommen.

RED WHITE MAN

Denver; Colorado Territorium
August – September 1875

Die Luft lastete mit der Hitze eines Feuerofens über dem Land. Nur der Schienenstrang der Union Pacific unterbrach die Eintönigkeit der Alkalisteppe.
Pintolady tänzelte. Ich besänftigte sie mit dem Druck meiner Knie und zog die Zügel an.
Ich war auf dem Weg nach Denver.
Den größten Teil des Jahres hatte ich bei meinen Lakotaverwandten am oberen Missouri verbracht. Mit den Büffeln war ich langsam nach Süden gezogen. Ich streifte die Black Hills entlang. Schließlich ritt ich nach Zentral-Wyoming hinein.
Fünfhundert Fuß unter mir lag Horseshoe Station.
Ich gab einen Schuss aus der Winchester ab und winkte. Eine Gestalt wurde sichtbar. Nach kurzem Zögern winkte sie zurück.
Ich band mir das Halstuch vors Gesicht. Nach einem mühevollen Abstieg stand ich vor der alten Pony-Express-Station, nun United States Telegrafenstation; ein einfaches Blockhaus, über dem das Sternenbanner wehte.
Nat Bannister, ehemals Korporal und Telegrafist der Potomac-Armee, versah den Posten.
Old Nat kam mir aufgeregt mit einem langen, wehenden Papierstreifen entgegengehumpelt.
„Mr. Kelly, was für eine Überraschung! Zwischen Fort Hall und Camp Robinson suchen wir Sie wie eine Stecknadel. Washington braucht Sie!"
„He, langsam, Nat. Wer braucht mich?"
Holzbein hin, Krücken her, er rannte zurück zum Haus und ich hörte das aufgeregte Ticken des Telegrafen.
„Wohl´n Sonnenstich", brummte ich.
Ein Blick auf die Herdstelle beruhigte mich wieder. Speck und Bohnen brutzelten vor sich hin. Es gab Kaffee, sogar frisches Brot war da.
Ich versorgte die beiden Pferde am Brunnen neben dem hohen Windrad. Nat betätigte die Morsetaste. Er gab gerade die Bestätigung durch, als ich eintrat. Triumphierend sah er mich an.

„Ich hab hier Washington. Der Commissioner bittet Sie, eine hochkarätige Friedensdelegation der Cheyenne zu eskortieren. Es ist sein ausdrücklicher Wunsch, dass Sie den Job übernehmen.
In einer Woche sollen Sie von Fort Chadrick die Delegation als Scout zusammen mit einem Zug der Fünften Kavallerie zur Station Pinto Crossing an der Eisenbahn bringen. Dort wartet ein Sonderwagen der Regierung. Ich soll Ihre Antwort gleich durchgeben, Sir."
Mein Verhältnis zu gewissen Armeekommandeuren im Westen war ziemlich abgekühlt. Sie brauchten mich also wieder. Denn kam diese Anfrage auch vom Innenministerium, die wahren Fäden zog das Militär.
„Nat, gib mein Okay durch!"
Nach Durchführung des Regierungsauftrags lag ich immer noch gut im Zeitplan mit meinen eigenen Unternehmungen.
Nat strahlte. Kurz darauf lag die Antwort vor:
„Mr. Kelly! Bitte in vier Tagen in Fort Chadrick. Alles weitere dort. Danke, Sir! Eli Parker. Comissioner Indian Affairs."
„Ein mit Worten sparsamer Mann", sagte ich und vergnügt machten wir uns über das Essen her.
Kaum eine halbe Stunde später begann die Morsetaste erneut zu klappern. Nat sah mich verblüfft an.
„Eine Anfrage ... wieder Washington ... jetzt vom Chief Marshal ... ob Sie noch da sind. Ich bestätige. Das ist wohl der Oberblechstern?"
Ich nickte. Er wartete auf die Antwort und ich zermarterte mir den Kopf.
In den nächsten Minuten, während Nat mit kratzendem Stift zwei volle Seiten seines Dienstbuchs mit dem Text der Depesche füllte, starrte ich fasziniert auf die Papierschlange aus dem Telegrafen. Sie schob sich in immer neuen Schlaufen über den Tisch, fiel zu Boden und nahm ihren Weg zur offenen Tür.
Er las mir die Depesche vor.
„... daher bitten wir Sie, Sir, um Ihre Unterstützung als Zeuge in diesem Verfahren. Es geht um die Vorgänge am Knife Bone Creek im Montana Territorium im September vorigen Jahres. Sie waren selbst damit befasst. Die Banditen wurden festgenommen und sind auf dem Weg zum Prozess, der heute in drei Wochen in Denver stattfindet. Die Bundesbehörden haben größ-

tes Interesse an der Durchführung dieses Verfahrens und der exemplarischen Bestrafung der Täter. Die Territorialregierung übernimmt Ihre Auslagen."
Ich sagte mein Erscheinen zu, gab aber zu bedenken, dass ich noch anderweitig für die Regierung tätig war.
„War wohl eine große Sache damals, Sir?" Nat brannte darauf, mehr darüber zu hören.
„Waffenschmuggel, Whiskyhandel, auch Mord. Ich weiß einiges", sagte ich, aber ich beließ es bei der Andeutung.

Eine Woche lang sollten wir zur Eisenbahn unterwegs sein: zwei Dutzend Cheyenne, Willis, der Dolmetscher, Lieutenant Baker mit 28 Mann von der Fünften Kavallerie und ich selbst.
Die eigentliche Delegation umfasste zehn Cheyenne, darunter die Oberhäuptlinge Morning Star und Little Wolf. Die Frauen sollten den Friedenscharakter der Reise unterstreichen. Der Rest der Gruppe bestand aus Vertretern des Elk Soldier Bundes und Old Crane, dem Medizinmann. Die Elchsoldaten sollten an der Eisenbahn Pferde und Zelte übernehmen.
Kleiner Weißer Vater, so nannten die Cheyenne Willis, ihren Vertrauten. Wir verstanden uns auf Anhieb. Seine schmächtige Gestalt steckte in einem verwaschenen Leinenanzug. Aus dem sonnenverbrannten Gesicht unter dem Strohhut stachen zwei junge Augen hervor.
„Hab ich dir den Job zu verdanken?", fragte ich ihn.
„Nein, Kell, der Häuptlingsrat selbst stellte diese Bedingung. Er kennt deine unabhängige Haltung, auch dein gespanntes Verhältnis zur Armee. Du bist hier im Moment der einzige Mann, der aus einem Crow Camp reiten kann und ungeschoren ins nächste Cheyennelager auf Besuch kommen darf. Wie du das machst, ist mir ein Rätsel. Wer kennt schon das Herz eines Indianers? Trotzdem warne ich dich. Du hast Feinde. Die alten Häuptlinge, sogar unsere Kommissköpfe hast du auf deiner Seite. Aber diese Aktionen gegen Whisky- und Waffenhändler – ein paar weiße Geier warten nur darauf, dir eins auszuwischen."
„Was weiß man schon?", sagte ich wegwerfend und zuckte mit den Schultern. Wir sahen uns grinsend an.
„Wer ist sie?" Ich deutete in Richtung der Frauen. „Ich meine jene Frau, die

nicht nach Washington fährt."
„First Class, Kelly!" Will hatte mich sofort verstanden. „Ihr Name ist Rotes Haar, Mawasaoh. Sie ist eine Medicine Woman. Sie kämpft wie ein Mann und hat einen Feind getötet. Mawasaoh ist die Lieblingsnichte von Morning Star. Old Crane ist ihr Onkel."
Ihr reich besticktes Kleid war aus weißem Buckskin gefertigt. Im Gegensatz zu den anderen Frauen trug sie das Haar offen. Eine einzelne Silbersträhne zog sich von ihrer Stirn durch das blauschwarze Haar. Von ihrem Kopf wippte der mit einer Büffelhornnadel kunstvoll hochgesteckte Pferdeschwanz.
„Ihr Mann fiel vor zwei Jahren im Kampf gegen die Vermessungstrupps im Yellowstone-Tal, gegen Custer und Stanley. Sie hat eine kleine Tochter, aber sie will nicht wieder heiraten."
Sie betrachtete mich frei und direkt. In ihren Augen lag Neugier, aber auch das unbändige Feuer der Freiheit. Ich verspürte einen leichten Druck auf meiner Stirn. Verwirrt sah ich weg.
Sie hatte sich wieder über ihre Arbeit gebeugt und lachte und scherzte mit den anderen Frauen.
Der hohe Bogen der Wangenknochen und die hochgezogenen Augenlider gaben ihrem Wesen etwas Rätselhaftes.
Versonnen lauschte ich ihrer dunklen, weichen Stimme. Als ich aufsah, forschte ihr Blick mit lebhaftem Interesse in meinen Augen. Wir lächelten uns zu.
Die Tage verliefen ohne Zwischenfälle und waren geprägt von einer seltenen Harmonie zwischen Indianern und Soldaten.
Abend für Abend, nach Einteilung der Wachen, versammelten wir uns um ein großes Feuer, dem Mittelpunkt des Lagers. Sibley-Zelte, in exakter Ausrichtung, standen einem Halbkreis Tipis gegenüber.
Ein Soldat holte ein Banjo hervor, ein anderer seine Mundharmonika. Lieder und Balladen wurden zum Besten gegeben.

Es war noch dunkel, als ich Pintolady ungesattelt aus dem Lager führte. Ich ließ das Pferd aus einem Bachlauf trinken. Im Osten zeigte sich erstes fahles Licht. Scharf zeichnete der Tau das verwirrende Muster sich kreuzenden Wildspuren ab. Ich umschritt Gehölze und bewachsene Senken. Sorgsam prüfend, bewegte ich mich in einem weiten Bogen um das Camp. Schließlich war ich wieder an meinem Ausgangspunkt im Osten. Ich ritt auf eine Kuppe zu. Der einsetzende Vogelgesang wurde immer lauter und vielstimmiger. Ich bog den Kopf weit zurück und breitete die Arme aus. So verharrte ich reglos im Morgenwind. Rotgoldenes Licht erfüllte den Himmel. Immer neue Kammlinien traten aus dem feinen Dunst hervor. Ich dachte an Tunkaschila …

„Fürchte nichts, Hakata! Mein Vater Wakan Tanka ruft mich." High Eagle legte seine Pfeife in meine Hände.

Ohne ein sichtbares Zeichen von Krankheit spürte High Eagle, dass seine Zeit gekommen war. Er war durch die Reihen der Zelte gegangen und hatte Abschied genommen. Ich sah, wie Mutter bei ihm stand, eine Hand auf seiner Schulter, den Blick gesenkt und halb abgewandt. Er nahm ihren Kopf in beide Hände und lange sahen sie sich an. Dann winkte er mich heran. Er nahm Mutter und mich an der Hand.

Ich wusste nicht, was beide besprochen hatten, aber es betraf mich.

Einen halben Tagesritt vom Lager entfernt stiegen wir auf einen hohen Tafelberg. Ich half ihm bei der Bemalung. Dann bettete ich ihn auf ein Büffelfell und schlang eine Decke um ihn. Halb aufgerichtet, lehnte er gegen die Felsen, den Blick frei nach Osten. In Sichtweite von ihm sollte ich ausharren. Von Zeit zu Zeit trug der Wind seine Stimme zu mir. Er sang sein letztes Lied, das alles einschloss.

In dieser Nacht träumte ich von einem Adler. Kreisend schraubte er sich immer höher. Kraniche kreuzten seinen Flug, aber er beachtete sie nicht. Höher als je ein Adler zuvor stieg er auf. Er schien in die Sonne zu fliegen. Dann umflutete mich Licht, unendlich hell und unendlich rein.

Eben ging die Sonne auf. Der alte Adler war tot. Sein Kopf war nach hinten gesunken.

Meine Mutter Red Shawl sagte mir, es sei sein Wunsch, dass ich meinen Weg weitergehen sollte, nun unter den Weißen. Sie würde zu ihrer Schwester White Tipi Woman ziehen. Thunderhawk sei ein guter Mann und ein vorbildlicher Familienvater …

Ich zog mein Pferd herum. Old Crane und Mawasaoh standen vor mir. Der

alte Medizinmann nickte mir wissend zu. Wir begrüßten uns.
Ich fragte ihn:
„Es sind nur noch drei Lager bis zur Eisenbahn. Wenn mein Großvater einverstanden ist, jagen wir heute Büffel. Es wäre eine gute Zeit für ein Fest!"
Old Cranes Augen funkelten. Vergnügt sagte er:
„Hab ich es dir nicht gesagt, Nichte, er ist wirklich ein Roter Weißer Mann!"
Dabei strich er sich genüsslich über die Lippen.
Alle, auch Lieutenant Baker, waren von der Aussicht auf Büffelfleisch und ein Fest begeistert.
In glühender Hitze zog unser Treck weiter nach Südwesten. Die Sonne hing wie eine Messingscheibe am Himmel. Von Zeit zu Zeit galoppierte ich zwischen den Flankenreitern hin und her, um dann wieder meinen Platz in der Vorhut, bei einigen Elk Soldiers, einzunehmen.
Der Boden war von alten Wildspuren zernarbt. Wir folgten einer Büffelstraße durch ein ausgetrocknetes Flussbett. Ich beobachtete, wie meine Cheyennefreunde immer häufiger die Luft hörbar einsogen. Dann roch ich das Salz. Ein Elk Soldier deutete voraus. In der wogenden Hitze tanzte ein lang gezogener, weißer Fleck, ein Salzsee.
Die kleine Herde stand in den Ablagerungen an seinem Rand. Sie bekamen Wind. So hoffnungslos kurzsichtig Büffel auch sein mögen, ihr feiner Geruchssinn trieb sie sofort zur Flucht.
Die Hetzjagd begann. Unser wildes Geheul löste die Stampede aus und versetzte die Tiere in Panik. Um mich herum war die Luft voll beißenden Staubs. Ich sah, wie die Lanze eines Cheyenne vom Höcker eines Büffels abprallte. Ein anderer sang bei diesem Teufelsritt: „Versage nicht, guter Bogen. Guter Pfeil, flieg!" Er spickte den Büffel, der an seiner Seite davonraste, mit Pfeilen.
Ich galoppierte auf gleicher Höhe mit einem Jungbullen und versuchte, freies Schussfeld auf Herz oder Lunge zu finden. Doch der Staub um mich war wie dichter Nebel. Ich kam nicht zum Schuss. Das Tier wollte scharf nach der Seite ausbrechen. Ich schnitt ihm den Weg ab und stürmte weiter.
Nichts warnte mich vor. Ich hörte ein Aufbrüllen und der Büffel vor mir war vom Erdboden verschluckt. Gleichzeitig krampfte sich mein Magen zusammen. Pintolady wieherte schrill auf, schlitterte und kam zum Stehen.

Ich hörte Knochen krachen. Dann schlug ein schwerer Körper auf. Der Staub lichtete sich. Hundert Fuß unter mir schlängelte sich ein Fluss. Vorsichtig ritt ich hinab.

Der junge Bulle lag im Todeskampf. Die Augenlichter wurden matt und brachen. Purpurn hing die Zunge herab. Aus Maul und Nasenlöchern sprudelte Blut.

Ich feuerte drei Schüsse ab. Elk Soldiers erschienen auf dem Hochufer.

„Bruder, bist du in Ordnung?", riefen sie besorgt.

„Fleisch! Gutes Fleisch!", brüllte ich hinauf.

Sie brachen in Jubel aus.

Wir gingen an diesem Tag früh ins Lager. An den Feuern wurde gekocht und geröstet. Zwei Büffel waren erlegt worden.

Drei Elk Soldiers sangen zur Handtrommel ausgelassene Spottlieder. Auch auf mich und mein besonderes Jagdglück hatten sie es abgesehen.

„Er tötet Büffel und braucht keine Waffe, aber er schießt dreimal, um seine Freunde zum Fest zu laden." So zogen sie mich auf.

Ebenfalls mit einer Trommel bewaffnet, hielt ich wacker mit. Ich sang Spottlieder auf Lakota, die ihre Komik aus dem Gleichklang bestimmter Lakota und Cheyennewörter bezogen. Ich muss mich ein paar Mal fürchterlich versprochen haben, denn die Cheyenne lachten Tränen und hielten sich die Bäuche.

Dann stimmte ich einen Ehrengesang auf Lakota an. Da erhob sich auf einmal eine weibliche Stimme und fiel in das Lied ein. Es war die Frau, die nicht nach Washington ging. Sie saß bei den anderen Frauen hinter den Häuptlingen.

Blitzende Augen trafen mich. Ihr Gesang strömte warm und kraftvoll. Es war wie eine Verheißung. Stark und leidenschaftlich sang sie bis zum Ende mit.

Morning Star hielt eine kurze Ansprache, in der er den respektvollen Umgang zwischen Rot und Weiß hervorhob und die Harmonie, in der dieses Fest stattfand.

Dann wandte er sich direkt an mich.

„Vor vielen Wintern hat Hoh-nih-ohka-i-yo-hos, ein Vater des Volkes wie heute mein Bruder Little Wolf und ich, dem Weißen Mann Frieden angeboten. Roter Weißer Mann, die Tsistsistas wollen dich ehren. Du bist Hoh-nih-ohka-i-yo-hos, der ‚Wolf mit dem hohen Rücken'!" Er umarmte mich. Auch Little Wolf umarmte mich. Die Frauen stimmten ein Trillern an. Wir rauchten eine Pfeife. Dann ging ich herum und schüttelte jedem der Cheyenne die Hand.

Mawasaoh lachte mich herzlich an:

„Ah, Schwestern seht, da kommt ein neuer Tsistsista, ah!"

Als wir das siebte Lager abbrachen, erreichten wir am frühen Vormittag die Station Pinto Crossing an der transkontinentalen Eisenbahn.

Lieutenant Baker ließ neben dem Sternenbanner eine Signalfahne aufziehen. Einige Elk Soldiers hielten ihr Ohr an die Tracks, um das baldige Herannahen des Zuges aus dem Osten, aus Omaha, zu melden.

Der Zug kam mit schrillem Geläut und ohrenbetäubendem Pfeifen der Lok zum Stehen. Türen wurden geschlagen, Fenster aufgerissen. Stewards rannten die Wagen entlang.

„Pinto Crossing! Pinto Crossing! Wir erwarten den Gegenzug der Kansas Pacific aus Denver!"

Washington hatte einen jungen Lieutenant als Ordonnanz mit acht Mann Infanterie zum Schutz der Delegation geschickt. Freundlich schüttelten die Häuptlinge die Hände der verdutzten Soldaten aus dem Osten.

Ich hatte Pintolady und Sally, mein Packpferd, über eine Laufplanke in einen der hinteren Waggons bugsiert. Ich selbst nahm Platz im ersten Personenabteil neben den Pferden.

Pinto Crossing bestand aus nichts weiter als einem Windrad, einem Wasserturm, einem Berg von Stapelholz und einem Rangiergleis. Sonst dehnte sich in Wellen bis zum Horizont Salbeiprärie aus, gelegentlich von Inseln aus Wacholderbüschen unterbrochen.

Ich saß auf einem Stoß Eisenbahnschwellen und sah zu, wie die Lokomotive frisches Kesselwasser aufnahm. Lokführer und Heizer überwachten die Arbeit am Tender, der mit Pappelholz vollgestapelt wurde.

Die beiden Gefangenen waren aneinander gekettet, hatten Hand- und Fußfesseln und konnten sich nur mit Trippelschritten vorwärts bewegen. Trotz ihres abgerissenen Äußeren schien ihre verbrecherische Energie ungebrochen. Die beiden Marshals an ihrer Seite trugen Schrotflinten mit abgesägten Läufen.

„Ray, sieh mal! Das nenne ich Anhänglichkeit." Mit einem wölfischen Grinsen im Gesicht blieb der Gefangene vor mir stehen und brachte damit seinen Mitgefangenen beinahe zu Fall.

„Franky, alter Junge!", höhnte der andere, „das kann doch kein Zufall sein" Ray Stevens. Charles Kostello. Ich hatte gehofft, ihnen erst in Denver zu begegnen. Ich verzog keine Miene.

„Jubal, lass die Galgenvögel sich erleichtern", wies der kräftigere der beiden Marshals den Jüngeren an, „aber denk daran, der Richter erwartet erstklassige Ware von uns."

Charles Kostello sah sich nach mir um.

„Du schuldest uns noch was, Squawman!", zischte er mit hassverzerrtem Gesicht, „vergiss das nie!"

Der Deputy stieß ihm die Waffe in den Rücken und trieb die Banditen hinter die Wagen.

„Die Herren kennen sich?" Der ältere Marshal trat dicht an mich heran. „Foraker. Special U.S. Marshal." Er klappte die Legitimation zu. „Sie gestatten einige Fragen, Sir?"

Er hatte seine Jacke aufgeschlagen. Auf der Hemdbrust schimmerte der Amtstern. Ich sah den schweren Navy Colt hoch am Gürtel. Seine fast farblosen Augen waren von durchdringender Schärfe.

Zehn Minuten später war die kalte Unergründlichkeit Temperamentsausbrüchen gewichen. Wes, wie er sich nannte – für seine Kundschaft „Ice" - knallte mir herzhaft seine Pranke auf die Schulter. Ich hatte eine seiner dünnen Zigarren ausgeschlagen und einen kräftigen Schluck aus seiner Westentaschenapotheke abgelehnt. Dafür rang er mir das Versprechen auf einen Umtrunk in Denver ab:

„... gegen das Schienbein getreten. Mit Dynamit. Das haben Sie wirklich schön gesagt, Kelly!", strahlte er.

Wütende Assiniboine und Yankton hatten das illegale Whisky-Fort der beiden Banditen angezündet. Bei ihren Betrügereien waren sie auch vor Mord nicht zurückgeschreckt. Ihnen drohte der qualvolle Foltertod. Bei der Zerstörung des Forts hatte ich mit Dynamit nachgeholfen, was mir einen guten Stand bei den Indianern verschaffte. Es gelang mir, die beiden loszueisen mit dem Versprechen, sie nach Fort Benton zu bringen. Dort wurden sie einge-

locht. Komplizen unter den Soldaten verhalfen ihnen später zur Flucht.
„Das sind hart gesottene Burschen", knurrte Foraker. „In zwei Territorien und vier Bundesstaaten ist man hinter ihnen her."
Nach monatelanger Verfolgungsjagd hatten er und sein Deputy endlich Erfolg gehabt.
„Wir haben sie in einer Badestube hopp genommen. Ging alles glatt. Teufel aber auch, hat lange gedauert, ehe diese Kerle baden gegangen sind." Er rümpfte die Nase und lachte in sich hinein.
Der Deputy kam mit den beiden Verbrechern zurück.
„Icy", protestierte Charles Kostello, „bring diesem Schinder Manieren bei!"
Jubal stand breitbeinig da, die Waffe in der Armbeuge, und überwachte das Einsteigen. Es gab ein besonderes Gefängnisabteil.
„Hat mich riesig gefreut, Kelly. Schätze, der Richter hätte was dagegen, wenn wir uns länger austauschen. Bis Denver, Sir!" Wes Foraker legte die Finger an die Hutkrempe und hangelte sich hinter seinem Deputy hoch.
Wenig später kam unter stürmischem Gebimmel der Zug aus Denver herein und hielt parallel zur Union Pacific. Ohrenbetäubend war der Empfang, mit dem sich die Reisenden begrüßten. Die Passagiere äußerten sich drastisch über den außerfahrplanmäßigen Halt, bis die Stewards den Leuten erklärten, wir übernähmen Gäste der Regierung nach Washington D.C.
Ich war auf dem Weg zum Wagen der Delegation.
„Hallo!", rief eine weibliche Stimme.
Es riß mich auf dem Absatz herum. Ich starrte hoch in das offene Fenster eines Pullmann-Luxuswagens und hatte eine Erscheinung.
Große, grüne Augen unter langen, weichen Wimpern sahen mich direkt an. Die junge Frau hatte ein fein geschnittenes Gesicht. Sie lächelte leicht und freimütig. In ihren Augen las ich die Fähigkeit zu starken Gefühlen.
„Wann werden wir weiterfahren, Mr. ...?"
„Mein Name ist Kelly, Lady."
„Mr. Kelly!"
Ich lachte.
„Indianer kennen keine Minuten oder gar Sekunden, aber bei der allgemeinen Anteilnahme sollten wir so in einer halben Stunde freikommen."
„Fahren Sie mit nach Washington, Mr. Kelly?"

Wenn sie sprach, bebten ihre Nasenflügel. Ihr dunkelbraunes Haar war hoch aufgesteckt und ließ Nacken und Ohren frei.

„Nein, Lady, mein Job für die Regierung endet hier. Ich bin unterwegs nach Denver wie Sie auch, nehme ich an?"

„O ja, das stimmt." Sie bedankte sich.

Wie betäubt ging ich davon. Ich hatte eine schwarze Dienerin neben ihr gesehen, eine richtige Matrone. Dieses dürre Gestell im Hintergrund, war das ihr Mann? Was geht dich das überhaupt an, Kelly?

Wir nahmen Abschied. Soldaten und Indianer tauschten kleine Geschenke aus. Ich umarmte meine Cheyennefreunde. Als ich Mawasaoh etwas verlegen die Hand gab, sagte sie leise:

„Wolf High."

Ich war sehr erstaunt. Das war die englische Kurzform meines Cheyenne-Namens. War es Instinkt? Ich drehte mich um. Meine unbekannte Schöne aus dem Salonwagen schaute her. Da hob Mawasaoh den Blick und beide Frauen sahen sich an.

Sie sollten sich nie wieder begegnen.

Dieser flüchtige Moment war der Angelpunkt meines Lebens. Ich war meinem Schicksal begegnet.

In einer kurzen Rede dankte Morning Star Lieutenant Baker und seinen Männern für den Geleitschutz. Die Indianer sagten sich Lebewohl. Der Lokführer zog wie besessen an der Dampfpfeife und unter großer Anteilnahme und Hochrufen fuhr der Zug der Kansas Pacific nach Osten ab.

Ich stand auf der Plattform zwischen meinem Abteil und den Pferden, als die Union Pacific anfuhr. Langsam gewannen wir an Fahrt. Von einer Anhöhe riefen mir die zurückgebliebenen Cheyenne Grußworte zu. In Zeichensprache versicherte ich sie meiner Freundschaft.

Mawasaoh ritt neben Old Crane. Sie winkte und sah als letzte zurück.

Ich verstand mich selbst nicht mehr, denn sehr niedergeschlagen suchte ich meinen Platz auf.

Die Sonne stand schon weit im Westen. Ich kam von den Pferden. Da sah ich die schlanke Gestalt auf der Plattform.

„Hallo, Mr. Kelly!", kam es leise.

Ich war überrascht.

„Lady, Sie sind es. Die Luft ist jetzt sehr schön hier draußen."
Herzlich reichte sie mir ihre Hand. Sie trug einen breiten Schal um Kopf und Schultern geschlungen und sah hinreißend aus.
„Ich bin Marsha ausgerückt. Die wird mir ganz schön den Kopf waschen!"
„Marsha? Lassen Sie mich raten. Das ist diese Schwarze. Die passt wohl so ein bisschen auf Sie auf?"
„Ein bisschen ist gut. Sie tyrannisiert mich!", sagte sie in gespielter Verzweiflung.
„War das im Abteil Ihr Mann?" Wie beiläufig stellte ich diese Frage.
„I wo! Das ist mein Impresario."
Ich hatte keine Ahnung, was das sein mochte, aber es klang hübsch, wie sie das sagte.
„Ich heiße Turner. Edna May Turner", stellte sie sich vor.
„May ist ein wunderschöner Namen", war alles, was mir einfiel. Ich starrte sie hingerissen an.
„Neben Edna heiße ich auch noch April. Ist das nicht eindrucksvoll? Edna April May Turner – alles Schuld meiner Großtanten. Aber da Sie sich ja für May entschieden haben …"
Ihr Blick sagte mir, dass dies ihr durchaus zu gefallen schien.
„Ich heiße Frank Luther Kelly. Mutter sagt Frank, aber sonst nennen mich alle nur Kelly oder Kell."
Wir fuhren durch eine Gegend, in der es vor kurzem geregnet hatte. Blütenteppiche leuchteten in allen Farben. Die kleinen Wasserläufe verschwanden unter dichten Hecken aus Wildrosen. Ihr Duft hüllte uns für Meilen ein. Ich sah das Erstaunen in Mays Gesicht und nickte ihr zu:
„Es sind Prärierosen."
„Im Osten hatte ich einen Garten mit vielen Rosen", sagte sie nachdenklich.
„Sie werden wieder einen haben. Hier bei uns."
Sie sah mich überrascht an.
„Glauben Sie?" In ihre Augen kam ein träumerischer Ausdruck.
„May, Sie bekommen wilde Rosen. Ich weiß auch schon woher. Das geht klar."
„Das klingt hübsch", kam es schnell, und auf entzückende Weise kumpelhaft. Rauchfetzen umwehten uns. Die Lokomotive pfiff und schrillte weit über die

Prärie. Die Räder hämmerten über den Gleisstrang.
Sie machte mich auf die vielen dunklen Punkte in den Hügeln aufmerksam.
„Tatanka, Büffel", erklärte ich ihr. „Vor fünf Jahren hätte ich gesagt, wir kommen doch nicht pünktlich in Denver an. Aber jetzt? Der Büffel stirbt und mit ihm der Indianer."
„Sie müssen dieses Land sehr lieben, Kell."
„Anders kann ich es nicht beschreiben. Aber sprechen wir doch lieber von Ihnen. Sie sind aus dem Osten?"
Sie hatte ihre Hände auf das Geländer gelegt. Ihr Blick war in die Ferne gerichtet, aber er sah nicht auf die vorbeiziehende Landschaft.
„Es gab da einmal eine verwöhnte Tochter reicher Eltern, die besuchte eine ihrer nicht minder reichen Großtanten. Von ihr habe ich übrigens den Namen April. Sie muss gewusst haben, was sie tat. Ich rückte nämlich aus! Den Westen kenne ich allerdings noch nicht." Ihr Blick wanderte zurück. Sie sah mich gespannt an.
„Geben sie dem Westen eine Chance, May. Ich finde es großartig, was Sie da sagen, und weil wir schon mal beim Beichten sind: Ich bin mit zwölf in den Krieg abgehauen. Kavallerie, Kurierreiter, Scout, Jäger und Trapper, das sind so meine Stationen."
„Ich habe Sie zusammen mit diesen Indianern gesehen."
„Ich bin hier so eine Art Puffer zwischen Rot und Weiß, ein Vermittler."
„Aber das ist doch gefährlich?"
Es klang etwas besorgt.
„Man lernt den Frieden sehr zu schätzen", gab ich lachend zu.
Ich erzählte ihr von meinen Plänen, erwähnte den Prozess und meine Absicht, Anfang Oktober nach Norden in mein Winterjagdrevier zu ziehen.
„Das ist alles sehr aufregend. Sie müssen mir mehr davon erzählen. Ich bin die ganze Saison über in der Stadt. Auf alle Fälle bis zum Frühjahr."
Für mich klang das sehr geheimnisvoll, aber ich fragte nicht weiter nach.
Das Land um uns versank in Dunkelheit und Gestaltlosigkeit. Es war kühl geworden. Ich begleitete May zu ihrem Abteil.
„Gute Nacht, Kell. Wir sehen uns."
Wie auf Wolken ging ich zurück. Lange konnte ich nicht einschlafen. Der Rest der Fahrt verlief ereignislos. Zwischenhalt in Fort Collins. Schließlich

lief der Zug im Kansas Pacific Depot von Denver ein.
Ich war enttäuscht, denn in all dem Trubel auf dem Bahnsteig sah ich weder May, noch bekam ich ihren Anhang zu Gesicht. Doch dann kam ein Eisenbahnboy mit einer Nachricht und die Sonne ging noch einmal über Denver auf.

> *Lieber Mr. Kelly!*
> *Ich würde mich freuen,*
> *Sie morgen Abend in der Crystal*
> *Lounge des Imperial zu treffen.*
> *Tisch zwei. Ihre Freunde sind*
> *auch eingeladen.*
>
> *Ihre May Turner*

Ich hatte mich im Fremont Hotel einquartiert. Bei Gericht gab man mir einen Termin, denn ich war als Zeuge vorgeladen. Der Prozess sollte in wenigen Tagen beginnen.
Der eigentliche Grund für meinen Aufenthalt war das Angebot, als Scout für einen Vermessungstrupp zu arbeiten, der im Auftrag der Eisenbahn und der Territorialregierung neue Routen über die Berge nach Utah und weiter bis Kalifornien erkunden sollte. Das Planungsbüro wollte vorab meine Einschätzung zu einigen bereits ins Auge gefassten Varianten. So traf sich das Team am anderen Tag bei Gouverneur Evans von Colorado. In seinem Büro besprachen wir das Programm für den nächsten Sommer.
Der Zeitungsjunge lief mich in der Hancock Road fast über den Haufen. Den *Denver Herald* unter den Arm geklemmt, hörte ich, was er ausrief:
„Miss Sally Kirkland gibt sich heute Abend im Imperial Opera House die Ehre. New York. Boston. Washington. Chicago. St. Louis. Ganz Amerika liegt ihr zu Füßen. Heute Abend geht ihr Stern im Westen auf. Sally Kirkland singt und tanzt sich in alle Herzen!"
„Also dazu lädt mich May ein", dachte ich. „Originell!"
Die Crystal Lounge war zum Brechen voll. Ich hatte Wes Foraker dabei und setzte ihn an der Bar ab. May war noch nicht da. Ich ließ mir eine Schale

Wasser für die Prärierosen geben.

Denvers Honoratioren waren vollzählig vertreten. Alles war in gespannter Erwartung. Die Stadtkapelle schmetterte „America the Beautiful". Bewundernd sah ich den großen, weißen Flügel. Unter Pfeifen, Stampfen und Johlen betrat eine strahlende Sally Kirkland die Bühne. Mit Anmut und Grazie verneigte sie sich. Sie hatte eine Blüte im Haar. Ihr Gesicht war von einer roten Augenmaske halb verdeckt.

Ich war doch etwas beleidigt. May war noch immer nicht da. Mein Tisch war als einziger leer. Nervös nippte ich am Champagner. Ich stand auf, nur um mich gleich wieder zu setzen.

Als der bleiche, schmalschultrige Mann im Frack an den Flügel trat, erkannte ich ihn, und nicht nur ihn. Aber da sang Sally Kirkland bereits. Sie trug ein aufregendes Flamenco-Kleid, das ihre schlanke, aber kräftige Figur zur Geltung brachte.

„What Was Your Name in the States?", war der schwungvolle Auftakt. Das Publikum raste bei den komisch-frivolen Anspielungen, mit denen das Lied gespickt war. Ein Tanzmädchen zog über ihre Liebhaber her, vielen von ihnen war der Boden im Osten zu heiß geworden. Wie um den rauen Zeltstadtrealismus noch zu steigern, klimperte ein ausgelassener Cowboy auf seinem Banjo dazu, was die Künstlerin in ihrer lustigen Pantomime dankbar quittierte.

Was sie danach sang, habe ich vergessen, aber dann sah ich sie wie durch einen Schleier an meinen Tisch kommen und ihre Maske abnehmen.

„Guten Abend, Mr. Kelly!" Ihr warmes Lächeln half mir aus meiner Verlegenheit.

„Miss Turner? Miss Kirkland! Ich größtes Greenhorn aller Zeiten!"

„Für Sie, May, Mr. Kelly."

„Miss May, ich wusste nicht ..."

Mit wuchtigen Schritten betrat Special U.S. Marshal Foraker den Schauplatz meiner Verwirrung. Auch er hatte sich in Schale geworfen und trug zum schwarzen Anzug eine Bindfadenkrawatte. Mit einer formvollendeten Verbeugung stellte er sich als mein Gast vor.

„Jetzt schlägt's dreizehn! Macht keinen Muckser. Kleine Einladung zur Show. Ganz Denver steht Kopf und dieser Mann der Wildnis entführt das

Stadtgespräch an seinen Tisch."

„Wes, Miss May, ich schwöre, ich war vielleicht der einzige Mann in der Stadt, der nicht wusste, wer Sally Kirkland ist."

„Schöner Scout!", brummte der Marshal. „Genug Steckbriefe, Sie verzeihen, Madame, ich meine natürlich Plakate, hingen doch überall!"

May lachte schallend.

„Sind die Blumen für mich, Kell?"

„Ich hab sie am Fluss gepflückt. Aber wenn ich hier die vielen Rosen aus Kalifornien sehe ..."

„Mr. Kelly! Kell, Ihre sind die allerschönsten!" Sie nahm sie und ging auf die Bühne.

„Away, away, come away with me. Where the grass grows wild, where the wind blows free ..." Zurückhaltend, fast scheu, begann sie ein Lied voller Sehnsucht und Zärtlichkeit. Sie sang es für mich, das konnte ich deutlich fühlen.

Als sie wieder bei uns am Tisch war, trat Governor Evans dazu.

„Ich wusste gar nicht, Kelly, dass Sie Miss Kirkland, unsere gefeierte Künstlerin, kennen."

„Governor, das wusste ich selbst auch nicht."

Meine Antwort machte ihn etwas hilflos. Er bot May seinen Arm und ging mit ihr auf Begrüßungstour. In einer launigen Rede nannte er sie die „Blume Colorados". Alles war sehr sentimental, aber meine Hände brannten vom vielen Beifall.

May bot eine hinreißende Show.

„Weißt du, Kell", sie prustete vor Lachen, „vorgestern im Zug wäre ich beinahe erstickt, als du anfingst von deiner Sally zu sprechen und was sie alles kann und tut, und als ich merkte, dass du von deinem Pferd redest, da kam mir diese Idee."

Es war lange nach Mitternacht. May und ich standen auf dem Balkon des Imperial. Der Nachthimmel funkelte im Glanz der Sterne. Von den Bergen wehte ein leichter Wind. Eine Sternschnuppe zog ihre Bahn und verglühte.

„Wünsch dir was!", sagte sie plötzlich. „Los, wünsch dir was. Einen Penny für deine Gedanken."

Ihr Lächeln zeigte mir, dass sie die Antwort bereits wusste.

Die nächste Sternschnuppe sah uns immer noch bei der Ausführung des ersten Wunsches, dem längsten und süßesten Kuss meines Lebens. Danach fanden wir beide, wir sollten mit dem Wünschen nicht aufhören.

Ich hatte May die ganze Vorgeschichte des Prozesses geschildert. Marsha war stumm dabeigesessen. Immer wieder stöhnte die Schwarze entsetzt auf. Nach drei Wochen der Anhörungen und der Entscheidung durch die Geschworenen wurde das Urteil gefällt.

Ray Stevens und Charles Kostello, verlas der oberste Richter des Territoriums den Urteilsspruch, wurden zu je zwanzig Jahren Zwangsarbeit im Staatsgefängnis Fort Yuma verurteilt.

„Aber die vielen Morde!", May zeigte sich fassungslos über die Haftstrafen.

„Ihre Verteidigung war ziemlich gut. Notwehr. Widersprüchliche Aussagen von Zeugen und die Tatsache, dass ihre Opfer hauptsächlich Indianer waren. Trotzdem ist das Urteil gerecht!" Ich erzählte May und Marsha vom Wüstenfort an der Grenze zu Kalifornien. Mohave-Indianer halfen dem Kommandanten wenn es galt, entflohene Sträflinge einzufangen. Es hieß, dass der Eifer der Indianer groß sei, die Prämien zu gewinnen. Zwar wurde es vom Richter nicht ausgesprochen, praktisch bedeutet das Urteil jedoch die Todesstrafe."

Die beiden Frauen schauderten.

Zwei Wochen später kam die schreckliche Nachricht, dass die Verbrecher auf dem Transport nach Süden entkommen waren. Sie hatten den Deputy mit ihren Ketten halb erwürgt und mit dessen Revolver Marshal Foraker zum Krüppel geschossen.

Wir waren wie vor den Kopf geschlagen. May bot dem U.S. Marshal, der uns die Nachricht überbrachte, einen Drink an. Der Mann ließ sich schwer in den Sessel fallen.

„Wes lässt Sie warnen, Kelly. Das soll ich Ihnen ausrichten. Er hat eine Schwäche für Sie beide." Er sah May und mich an.

„Mein Gewährsmann hat die beiden im La Prêle County gesehen. Sie haben eine blutige Spur gelegt und sind wieder im Geschäft. Es war von Rache die Rede, Sir."

„Was wirst du nun machen, Liebling?", fragte May.

„In die Stadt trauen sich die beiden nicht und in ein paar Wochen stecke ich schon tief in den Bergen. Nichts werde ich tun!"

Wir waren nun seit sechs Wochen beisammen und schier unzertrennlich. Ich hatte mir die Ausrüstung für die kommende Pelzfangsaison besorgt. Denn die Vorzeichen des nahenden Winters waren nicht mehr zu übersehen. Ich musste vor dem ersten Schnee über die Pässe gelangt sein.

Wir hatten Pläne geschmiedet. Im Frühjahr wollten wir gemeinsam nach Kalifornien gehen. May würde den Sommer über auf Tournee an der Westküste bis nach Mexiko City gehen. Ab Herbst, wenn mein Job als Scout beendet war, wollten wir zusammenleben.

Marsha war über den Abschied so bekümmert, dass sie gar nicht erst erschienen war. Sie mochte mich, aber ihre Treue zu May war so groß, dass sie auf jeden schlecht zu sprechen war, von dem sie annahm, er könne ihrer Herrin wehtun.

„Mein Liebling, wie werde ich dich nur vermissen! Ich möchte dir so viel geben, Kell", flüsterte May.

Ich löste mich aus der Wärme ihrer Umarmung und schwang mich auf Pintolady.

„Bis zum Frühjahr. Ich liebe dich, May."

Als ich mich umdrehte, sah ich ihre schlanke Gestalt reglos auf dem Balkon des Hotels stehen.

Yellowstone Park; Wyoming Territorium
Oktober 1875 – Juli 1876

Ich ging durch eine riesige Galerie. Ich hetzte von Bild zu Bild und in jedem Bild suchte ich nur dich.
Nach langer Zeit hatte ich wieder von Pretty Walker geträumt. Voller Freude eilte ich auf sie zu, doch da zersplitterte ihr Gesicht und May war plötzlich da. Ich versenkte mich tief in ihre Züge, aber auf einmal wurde aus May Mawasaoh. Unwillig schüttelte ich den Traum ab.
Im Osten schob sich der Sonnenball über die Big Horns. Die sternklare Nacht hatte einen weiteren Tag Indianersommer versprochen. Der Tau im Hochland war nun am Morgen gefroren. Bei den Pferden schien alles ruhig. Ich streckte mich und stieß dabei gegen einen Stein. Überrascht setzte ich mich auf. Ein Zeltstein. Und da waren noch andere, hell und rund, aus dem nahen Sage Creek. Ich lag in einem alten Zeltkreis!
Ich rollte mich aus den Decken. In der Asche der Feuerstelle fand ich Markknochen vom Hirsch. In einigem Abstand dazu standen die Astgerippe zweier Wickyups, notdürftiger Unterstände. Nach den Fragmenten der Hufspuren zu urteilen, war hier vor mindestens drei Wochen ein Kriegstrupp durchgezogen. Aus einem Laubhaufen fischte ich einen zerrissenen Crow-Mokassin. Die Perlenstickerei zeigte auf weißem Grund dunkelblaue, abstrakte Vogelornamente.
Das leise Gefühl der Unruhe blieb. An einer sandigen Uferstelle des Sage Creek kochte ich Kaffee. Mit dem Rasiermesser bewaffnet, kauerte ich am Boden und sah mich suchend nach einer Stelle um, an der ich meinen Metallspiegel aufhängen konnte.
Da starrte ich ungläubig auf eine Pappel. Sechs Fuß über dem Boden steckte in ihrer Rinde ein langer, spitzer Gegenstand aus Büffelhorn. Ein Lederband mit Quillwork hing herab.
Mawasaohs Haarnadel!
Es traf mich wie ein Keulenschlag. Kreisförmig begann ich das Gelände abzusuchen. Es war gut sieben Wochen her, dass die Cheyenne von Pinto Crossing aufgebrochen waren. Cheyenne so weit im Westen und zu dieser Jahreszeit?

Ich fühlte ein Rieseln über meinen Rücken ziehen. Diese Bande Crow hatte die Cheyenne überfallen. Der Kaffee kochte über, doch ich ließ ihn verdampfen. Und diese Nadel? War sie ein Lebenszeichen? War Mawasaoh überhaupt noch am Leben? Aber ein Crow hätte diese schöne Haarnadel niemals zurückgelassen.
Ich war ganz aufgewühlt. Die wenigen Augenblicke mit jener außergewöhnlichen Frau kamen mir ins Bewusstsein zurück. Mein Entschluss stand fest. Die Spuren wiesen auf die Berge. Bereits in der Frühe befand ich mich auf dem Trail. Die Tracks führten zum Greybull River.
Neuschnee leuchtete von den hohen Firnfeldern des Hauptrange. Birken und Pappeln standen in lodernder Pracht. Das Gelb der Hochprärie brandete gegen die dunklen Vorberge.
Am Shoshone River biwakierte ich in einem Wäldchen. In zwei oder drei Tagen hoffte ich auf das Crow-Camp zu stoßen. Mein Magen rebellierte und verlangte seinen Tribut.
Ich stellte mir selbst Pfannkuchen mit Ahornsirup in Aussicht und schon bald summte die Kaffeekanne. Gerade hob ich die Pfanne vom Feuer, da unterbrach ein hässliches, metallisches Knacken die Abendidylle.
„Haut les mains – Hände hoch!", befahl eine raue Stimme.
Die heiße Pfanne in der Hand, starrte ich über den Lauf einer Hawkinsbüchse in das gerissene Gesicht eines Hünen. Unter der Waschbärfellmütze quoll das verwilderte Haar hervor.
Kein Zweifel!
„Verdammt, Ganier, die Pfanne ist heiß! Jean Baptiste, die Waffe runter oder ich hau dir die Pfanne über den Schädel."
„Monsieur Kelly, was für ein Duft!"
„Mensch, Ganier, lass die Faxen. Ihr Franzosen bringt vielleicht mal euren König um, aber niemals eure Köche. Hau dich her, alter Wegelagerer. Essenszeit. Ist das ein Angebot?"
Der Trapper lachte dröhnend und setzte die Waffe ab.
„Sie war nicht geladen, mon ami."
Meine Hände rauchten.
Der alte Baptiste war mit seinen siebzig Jahren einer der letzten freien Trapper, die nach dem Zusammenbruch des Pelzhandels im Parkgebiet des Yel-

lowstone geblieben waren. Wir kannten uns gut.
Ich versah seinen Kaffee reichlich mit Zucker. Er schnalzte mit der Zunge und mit dem ganzen Ernst eines Mountain Man widmete er sich den Pfannkuchen. Danach gab es Bohnen und Speck und zum krönenden Abschluss öffnete ich eine Dose eingemachter Früchte.
Er wischte sein Messer ab und als er von seinen Maultieren kam, rollte er ein Fässchen Whisky neben das Feuer. Er füllte zwei Metallbecher. Einen stürzte er gleich hinunter. Dann sah er mich erstaunt an, weil ich es ihm nicht gleichtat.
Es war höllisch! Old Northwest Company Mix. Zwei Teile Alligatorblut, ein Teil Schlangengift. Dazu noch einen Schuss Schießpulver.
Aber zu später Stunde trank auch ich sein Feuerwasser pur. Die guten Crow hier in der Gegend müssen geglaubt haben, zwei Teufel feierten ihren Sabbat. Wir sangen Voyageurlieder. Wir tanzten. Baptiste redete und redete …
Grau dämmerte der Morgen herauf. Die Berge waren verhangen. Feiner Regen fiel, als ich erwachte.
„Mein Kopf! Ich möchte sterben." Ich haute die Messerklinge in den Boden und zog mich ächzend hoch.
Meine Sachen lagen verstreut umher. Entgeistert starrte ich einen verkohlten Baum an.
„Ja, wir haben gebadet, dann war uns kalt und deshalb haben wir einen Baum abgefackelt."
Die Pferde schnaubten, aber Ganier war weg.
„Himmel, Ganier! Du Schuft, Du Halunke, ich schieß dich ab!"
Ein Check meiner Wintervorräte ließ erkennen, er hatte mich querbeet um ungefähr hundert Pfund erleichtert. Ein weiteres Fässchen Whisky, es schien voll zu sein, sollte wohl sein Gewissen beruhigen.
„Warte, Freundchen, wenn ich dich wieder sehen sollte!"
Immerhin, soviel wusste ich nun, hinter den „Morgennebel-Wasserfällen" lag in einem Tal das Crowdorf. Die Crow hatten tatsächlich einen Trupp Cheyenne aufgerieben, doch einer von ihnen war gefallen. Sie hatten eine Gefangene gemacht, eine schöne Frau, aber wild wie ein Bronco. Diese hatte den Crow getötet. Der Anführer der Bande verschonte sie, weil sie ihm gefiel.

Das war Mawasaoh, keine Frage.

Ich hing auf Pintolady, der Kater zeigte Wirkung. Trotzdem war ich vorbereitet. Um den offiziellen Charakter meiner Mission zu unterstreichen, hatte ich mir eine abgelegte Uniformjacke übergehängt. An meinem Hals prangte George Washington und sah mild von seiner Medaille herab.
Für Uncle Sam in die Bresche! Im Auftrag des Großen Weißen Vaters machte ich mich auf den Weg, um zu retten, was der verfluchte Übereifer unserer Crowverbündeten übrig gelassen hatte.
Ein Indianerlager, das längst hätte weiterziehen sollen, ist bei entsprechender Windrichtung kein Balsam für verwöhnte Nasen. Ich muss grün im Gesicht gewesen sein, als ich in das Lager von Old Chief Rainy schlingerte. Brummend teilte ich eine Meute wütender Lagerhunde und einen Schwarm aufgeregter Kinder. Auf dem Dorfplatz, vor dem Zelt des Häuptlings, wurde der „Vertreter der US-Regierung" bereits erwartet.
Wir sprachen die üblichen Grußworte. Dann setzten wir uns zum Rauchen unter ein Laubdach. Die Pferde wurden weggeführt und mein Gepäck in einem Gastzelt untergebracht.
„Ich bin erfreut, so viele Pferde und gesunde Kinder zu sehen."
Wir blieben zunächst sehr allgemein und tasteten uns ab.
„Die Jagd war gut. Die Frauen haben eine reiche Beerenernte eingebracht."
Morgen werde der Trupp in das Herz von Absaroka aufbrechen, um in den Pryorbergen das Winterlager aufzuschlagen.
Ich spielte mit der Washington-Medaille.
„Der Weiße Vater in Washington weiß, dass seine Kinder, die Absaroka, treue Verbündete und unverbrüchliche Waffenbrüder sind. Er hat ein Auge auf seine Kinder. Ich sehe Zeichen der Trauer im Lager."
Rainy sah zu dem mürrisch blickenden Walks Ahead und rückte mit der Sprache heraus.
Vor fast einem Mond habe es im Wind River Canyon einen Kampf mit den Cut Arms gegeben. Vier Skalps, sieben Pferde und Waffen habe man erbeutet. Und es gab eine Gefangene. Aber der junge Bull Elk sei auf seinem ersten Kriegszug getötet worden. Von eben dieser Frau, auf die jedoch Walks Ahead ein Auge geworfen hatte.

Schadenfroh stellte ich fest, dass besagtes Auge blau geschlagen worden war, und ich wusste auch von wem.

Mawasaoh hatte die Crow in eine prekäre Situation gebracht. Sie wussten nicht mehr, wie sie die Frau ohne Gesichtsverlust loswerden konnten. Eine Woman Brave, eine tapfere Kriegerin, einfach zu töten ging nicht an. Aber einen Crow gegen sie kämpfen zu lassen, das war ebenfalls undenkbar. Sie sei wild und störrisch. So werde man sie wohl eintauschen müssen.

Es entstand eine düstere Pause. Wie beiläufig erwähnte ich, dass ich dieses Jahr das alte Blockhaus im „Hole in the Wall" als Stützpunkt und Winterquartier gewählt hätte. Ich stöhnte.

„Das wird wohl wieder ein einsamer Winter."

Da ging ein verständnisvolles Grinsen über Rainys breites Gesicht. Aufgeregt fuhr er sich durch die Stirnlocke.

Die Stunde der Diplomatie war gekommen. Ich ließ das Whiskyfass kommen und wir bekräftigten erneut die starken Bande zwischen den Crow und dem Weißen Mann. Es war eine Tortur.

„Der Große Weiße Vater hat Kelly gebeten, die Crow nach den Namen von gefangenen Stammesmitgliedern zu befragen, damit er in seinem Auftrag in den Cheyenne- und Siouxdörfern ein Wort für sie einlegt. Er wünsche, dass seine indianischen Kinder ihre Gefangenen austauschten."

Ja, wenn der Vater in Washington das wünsche ... Die Crow konnten ihren Friedenswillen bekunden, gleichzeitig aber das Gesicht wahren. Und es war dabei noch ein Geschäft zu machen! Ich atmete auf.

Wir gingen zu einem kleinen Tipi. Es stand auf einer Anhöhe, dicht bei den Pferden. Rainy weckte die alte Frau am Eingang und leuchtete hinein.

Mawasaoh war an Armen und Beinen gefesselt. Die Armfessel war zusätzlich an einem Pflock festgemacht. Verächtlich blickte sie auf. Sie sah sehr mitgenommen aus, gab aber kein Zeichen des Erkennens, sondern zeigte einen bewundernswerten Gleichmut. Angewidert wandte sie sich von meiner Whiskyfahne ab. Ich berührte leicht ihr Kinn. Sie sollte hersehen. Ein heiserer Wutschrei war die Folge. Ich machte einen Satz nach hinten. Sie hatte mir ihre Fingernägel durchs Gesicht gezogen.

„Ich liebe Berglöwinnen", gab ich Rainy lachend zu verstehen, als wir das Zelt verließen, aber mein Lachen klang wohl ziemlich hohl.

Sie brachen das Camp ab, und während die Zeltbahnen fielen und die Tipistangen zu Boden gingen, sagte ich:
„Chief Rainy, ich habe mich entschieden."
Lachend zeigte er auf mein zerkratztes Gesicht.
Bei Walks Ahead hing der Haussegen schief. Seine beiden Frauen machten ihm wegen Mawasaoh die Hölle heiß. Er war sichtlich erleichtert, als er uns kommen sah. Ich war seine Chance. Mit meiner Hilfe konnte er seine Position in seinem Tipi wieder verbessern.
Auf einer Decke breitete ich mein Angebot aus: einen Teil meiner Vorräte, eine Axt, ein Messer, einen Kupferkessel.
„Ich nehme die Frau. Sie ist ein Teufel!" Ich deutete auf mein Gesicht.
Er zeigte Verständnis.
„Aber ich brauche ein Packpferd."
Er wollte protestieren, da legte ich den ersten Weißen Vater, George Washington, auf den Haufen und die Welt war für Walks Ahead wieder eitel Sonnenschein. Wütend schleuderte mir eine seiner Frauen ein Bündel mit Mawasaohs Kleidern vor die Füße und er, selbstbewusst und gönnerhaft, legte noch einen Parflêche dazu.
Wir waren beide sehr zufrieden.
Sie brachen Mawasaoh buchstäblich das Zelt über dem Kopf ab. Gegen Mittag zogen die Crow aus dem Tal. Ich rief ihnen noch ein Lebewohl zu, sie antworteten mit einem auf- und abschwellenden Schreien. Mawasaoh und ich blieben zurück.
Ich machte einige beschwichtigende Gesten und schnitt die Fesseln durch.
Sie rieb sich die Gelenke, dabei sah sie mich das erste Mal voll an.
„Tschoscheka, die Spottdrossel, sang mir ein merkwürdiges Lied von einem Crowdorf, in dem sich kein Crow fand, um gegen eine Cheyenne zu kämpfen. Ich war neugierig." Ein kurzes Lächeln überflog ihr Gesicht
„Meine Schwester soll tun, was ihr beliebt. Ich bin stolz, ein Cheyenne zu sein!"
Sie fand ihre Kleider und den Parflêche auf der Hudson Bay Decke.
„Wolf High, ich gehe zum Wasser", sagte sie rau.
Zusammen gingen wir an den Bach. Ich baute ihr schnell eine kleine Blende. Nach einem ausgiebigen Bad setzte sie sich in eine Decke gehüllt zu mir.

„Auch ich werde mich reinigen müssen. Es ist viel Feuerwasser geflossen."
Ein sehr verständnisvoller Blick traf mich.
„Meine Schwester soll ruhen. Ich werde uns das Lager für die Nacht bauen."
„E-peva?e - es ist gut!"
Sie kämmte ihr Haar. Ich ließ ihr die Winchester und brachte im Pendelverkehr unsere gesamte Habe eine Meile bachaufwärts.
Mawasaoh hatte sich umgezogen. Ich bot ihr Sally als Reitpferd an. Ihr Blick war von den dramatischen Ereignissen der letzten Wochen immer noch getrübt, aber sie lächelte bereits, während sie sanft und mit dunkler Stimme dem Pferd nach Indianerart etwas ins Ohr flüsterte.
„Sie mag dich", sagte ich.
Sie schwang sich auf Sally. Neugierig und belustigt sah sie sich mein Werk an. Aus alten Stangen und zurückgelassenen Büffelhäuten hatte ich uns ein kleines Tipi errichtet. Auf ihrer Seite des Feuers lag die Bettrolle. Mein Lager hatte ich aus dem Sattelzeug gebaut und der Sattel diente als Backrest.
Ich kam erfrischt vom Bach zurück. Sie hatte das Feuer voll entfacht. Scherzhaft verwies ich sie auf ihre Seite. Ich hantierte mit Topf und Pfanne. Ein starker, gesüßter Kaffee war hochwillkommen. Nach dem Essen saßen wir schweigend da und blickten ins Feuer.
„Mawasaoh, du wirst etwas vermissen." Ich warf ihr die Haarnadel in den Schoß.
Mit einem unterdrückten Aufschrei starrte sie die Nadel an und dann mich.
„Sage Creek", sagte ich.
„Wolf High", begann sie stockend, „ich kann noch nicht sprechen. Hahou, ich danke dir!"
„Meine Schwester wird reden, wenn sie es für richtig hält. Wolf High wird ihr zuhören. Heute ist ein guter Tag. Morgen werden wir wissen, was wir tun. Gute Nacht, Mawasaoh!"
Leise kam es von ihrer Seite:
„Ja, es ist ein guter Tag. Gute Nacht, Hoh-nih-ohka-i-yo-hos!"

Wenn ich unser Verhältnis in den ersten Tagen beschreiben soll, so fallen mir nur unsinnig gegensätzliche Begriffe dazu ein. Es war von einer scheuen Vertrautheit, von einer innigen Distanz. Wir ahnten wohl beide, dass wir auf

eine geheimnisvolle Weise zusammengehörten. Unser fast wortloses Verstehen in den alltäglichen Verrichtungen zweier Reisender in der Wildnis schlug an den Abenden um in atemloses Erzählen, Zuhören und der Lust, sich dem anderen zu öffnen.
Ihr verstorbener Mann war ein Ogalala gewesen und so sprach Mawasaoh Lakota. Von Willis wusste sie viele Worte des Weißen Mannes. Staunend betrachtete sie die Militärkarte mit meinen eigenen Ergänzungen.
„Wir stoßen nach Norden zum Yellowstone vor. Dann ziehen wir nach Osten in die Black Hills."
Sie war einverstanden. Ich wollte sie zu ihren Verwandten bringen.
Durch dichte Tannenwälder ritten wir am Ostufer des Großen Yellowstone-Sees entlang. In der klaren Herbstluft stand in dichten Schwaden der Wasserdampf der heißen Quellen. Fauchend explodierten Geysire. Es roch nach Schwefel. Wir zogen durch das „Land der Geisterwasser", vorbei an brodelnden Schlammlöchern und den Stümpfen versteinerter Bäume.
Die Indianer suchten dieses Gebiet nur gelegentlich auf, um in den kurzen Sommern nach Farben und Feuerstein zu suchen
Unaufdringlich, mit verständiger und ordnender Hand, war Mawasaoh um mich. Ich genoss die Zweisamkeit mit ihr in dieser atemberaubenden Landschaft.
Cheyennefrauen galten wegen ihres hohen Selbstwertgefühls als etwas Besonderes. Mawasaoh war etwas Besonderes. Tief verwurzelt in den Traditionen ihres Volkes, blieb sie doch frei in ihren Anschauungen. Als sie merkte, wie gerne ich mit ihr zusammen die Mahlzeiten aß und dabei redete, da tat sie es, weil es mich freute. Die Frau aß nach dem Mann, der Gastgeber nach dem Gast; nicht aus Zurücksetzung, nein, aus Höflichkeit und Ehre. Das war beste Cheyennetradition. Wir freuten uns beide auf die Abende beim leisen, vertrauten Gespräch.
„Na-na? so? enoho – ich bin satt. Es war gut!"
Eine leichte Röte überflog ihr Gesicht. Sie war stolz auf dieses Lob.
Gardner´s Hole wurde von mächtigen Bergen wie ein Geheimnis gehütet. Unsere Pferde versanken im Gras der abgelegenen Hochprärie. Außer von einem gelegentlichen Hasen oder einem Salbeihuhn, lebten wir von den Vorräten. Wir bogen in das weite Tal des Lamarflusses ab. Hier erzählte ich

Mawasaoh das erste Mal von „Hole in the Wall".

Nur zwei Tagesreisen entfernt, lag in einem unzugänglichen Tal ein See. Es gab dort heiße Quellen und selbst im tiefsten Winter war das Klima mild. Auch das Wild wanderte nicht ab. Kein Wunder, dass die „Männer der Berge" dort einen Winterstützpunkt bauten. Gerüchte wollten wissen, dass die Brüder La Vérendrye die ersten Weißen Männer waren, die diesen ungewöhnlichen Ort sahen. Der alte Ganier hatte mich darauf aufmerksam gemacht.

Nach dem Ende des Pelzhandels war das Wissen darüber allmählich verblasst. Kein Wunder, wenn man bedenkt, dass ein harter Winter die Becken und Hochtäler bis zu acht Monaten von der Außenwelt trennen konnte.

Wir ritten in Richtung des Clark's Fork Canyon. Auf dem dichten Nadelteppich dröhnten die Hufe unserer Pferde wie auf einer Trommel.

Da rief Mawasaoh warnend:

„Mahto!"

Ich sah die zwei Bärenjungen, wie sie ausgelassen in den Heidelbeersträuchern umhertollten. Wir blieben sofort stehen.

Wo war die Mutter?

Ich riss die Winchester aus dem Halfter. Mawasaoh hielt die Springfield bereit. Unsere Pferde bekamen Witterung und scheuten. Als das Packpferd auskeilte, stieß eines der Jungen einen Angstlaut aus.

Es war eine Grizzlybärin. Das Fell der alten Bärin war silbergrau. „Old Lady Grizz" blieb stumm und attackierte mich schräg von vorne. Pintolady stieg hoch. Kurz vor uns schlug die Bärin einen Haken und raste zu ihren Jungen. Mein Pferd streifte hart gegen einen Baum. Von da an hatte ich im rechten Bein kein Gefühl mehr.

Dann brach das Packpferd hinter mir durch und riss mich aus dem Sattel. Ich hörte das Knacken, als die Bärin Pintolady das Genick brach. Danach weiß ich nur noch, dass ich Schuss um Schuss auf die kleinen, vor Wut roten Augenlichter abgab, die unaufhaltsam immer näher kamen. Dann verlor ich das Bewusstsein …

Der Knall der Springfield zerriss meine Ohnmacht. Eine dunkle Masse lag neben mir im Blut, die alte Bärin. Tot bei ihr die Jungen. Zärtliche Wortfet-

zen drangen an mein Ohr. Mawasaoh wand mir vorsichtig das Gewehr aus den verkrampften Fingern. In Wellen kam der Schmerz.
Später sagte sie mir, ich hätte immer „Hole in the Wall" geschrien und dass sie mich liegenlassen und verlassen solle.
Als sie mir die Schulter einrenkte, wurde mir erneut schwarz vor Augen. In einem Notlager kam ich wieder zu mir. Mawasaoh saß mit schussbereitem Gewehr an einem großen Feuer. Sie gab mir zu trinken. Mit Staunen fühlte ich, dass mein Brustkorb fest umwickelt war. Das unförmige Etwas an meinem Bein war eine Schiene. Erleichtert stellte ich fest, dass ich Nacken und Wirbelsäule bewegen konnte. In der Brust stach es, meine Arme gehörten mir nicht mehr und in den Schultergelenken raste der Schmerz. Zerschlagen und zerschunden, versuchte ich ein Lächeln. Sie lächelte zurück. Mühsam sagte ich:
„Großartig, Mawasaoh, der Winter kommt und wir lächeln uns an."
„Chichi, es wird alles gut!" Sie strahlte mich an.
Während ich darüber nachsann, was wohl Chichi heißen könnte, wurde ich wieder ohnmächtig.

Zehn Tage später lag ich fest verschnürt, wie ein Wickelkind in der Wiege, zwischen abgestützten Tipistangen im Freien, nur wenige Schritte von der Blockhütte entfernt. Mawasaoh sang und lärmte. In hohem Bogen flogen Abfälle aus der Hütte. Sie kehrte, ordnete und organisierte und war ganz Herrin des Hauses. Überall in den Bäumen hing Kleidung und Ausrüstung. Lächelnd sah sie von Zeit zu Zeit nach mir, gab mir zu trinken und fragte, wie ich die Dinge haben wolle, aber ich sah sie nur an und genoss die Herbstsonne. Auf der nahen Bergwiese tummelten sich Sally und das Crowpony.
Mein rechtes Schienbein war gebrochen, mehrere Rippen angebrochen. Mawasaoh hatte das Bein geschient und dick mit einer Salbe bestrichen. Dazu zerrieb sie Blätter und Kräuter aus dem Parflêche. Ich fürchtete mich einzig vor dem immer wiederkehrenden Fieber.
Vor zwei Tagen hatten wir unter unsäglichen Mühen „Hole in the Wall" erreicht. Es gelang dieser großartigen Frau, zwei Lastpferde und einen Schwerverletzten auf einem Travois durch steile Hangwälder in das verlorene Tal zu bringen. Der Anstieg, vorbei an Wasserfällen und heißen Quellen, war

manchmal so schroff, dass ich fast senkrecht im Travois stand. Oft musste sie Sally Schubhilfe geben, wobei sie das Pferd mit einer langen Peitsche lenkte und anfeuerte.

Die alte Blockhütte stand gut zehn Fuß über der Hochwassermarke eines Bergsees. Der massive Bau war auf einem Fundament von Gesteinsbrocken errichtet worden. Auch der hintere Teil mit dem Kamin war aus Bruchsteinen und Lehm gemauert und lehnte sich gegen eine Felswand. Das flach gewinkelte Dach trug auf der dicken Erdschicht ein Graspolster. Ungewöhnlich waren ein bleiverglastes Fenster auf der Westseite und die massive Eichentüre, die mit Kupfer beschlagen war und auf richtigen Metallangeln aufsaß. Starke Holzklappen verriegelten zwei schlanke Schießscharten-Öffnungen nach Süden und Osten.

Ende November bezogen wir das Blockhaus. Unser Bett in der Wildnis war ein aus rohen Brettern und dicken Eckpfosten gezimmerter Rahmen. Mit Reisig, Moos und Flechten aufgeschüttet, hatte Mawasaoh eine Hirschhaut straff an Riemen drübergespannt. Aus neuen Kochsteinen und dem Eisendreibein hatte sie einen Herd gebaut. An den Wänden hingen Kleidung, Werkzeug und Gerät. In einem kühlen Winkel lagen, sauber gestapelt, die Vorräte. Wir besaßen ein primitives Regal und einen festen Tisch. Baumstümpfe dienten als Hocker. Der Fußboden bestand aus roh geglätteten Bohlen. Der Giebel war durch eine Zwischendecke vom Innenraum getrennt. Wir konnten beide bequem aufrecht stehen. Im Kamin flackerte ein knisterndes Feuer.

„Es ist alles gut. Jemand hat aus einem Haus ein Heim gemacht", sagte ich.

Sie war selig.

Erschöpft schlief ich ein.

Mitten in der Nacht wachte ich auf. Noch war es unwirklich mild. Draußen aber wirbelten Schneeflocken. Jemand kuschelte sich eng an mich. Seit dem Kampf mit dem Bären hatte sie mich so gewärmt. Sanft strich ich ihr durchs Haar. Sie seufzte leise im Schlaf. Die Temperatur fiel in Minutenschnelle. Wasiya blies seinen eisigen Atem um unsere Hütte.

Im Halbdunkel sah ich Mawasaoh vor dem Tisch stehen. Sie hielt die Hände vorgestreckt, die Handflächen zeigten nach oben. Ihre Lippen bewegten sich lautlos. Der Geruch von Süßgras lag in der Luft.

Ich bewegte mich.

„Du bist wach, Chichi. Wie geht es dir?"
„Jemand spricht zu den Mächten."
Ich ließ sie mir meine kleine Kiste bringen. Vor ihren staunenden Augen faltete ich ein weißes Stück Buckskin auseinander und zeigte ihr die Pfeife von Tunkaschila.
„Ich will, dass sie in diesem Haus sichtbar aufgestellt wird. Rauche, wann immer du willst."
Wir rauchten gemeinsam und es war wie ein Versprechen: Alle guten Gedanken und Kräfte galten dem anderen. Danach suchte Mawasaoh vor dem Kamin einen Platz für die Pfeife.
Von dieser Stunde an war Mawasaoh ein Mensch, so offen, wie ich es noch nie erlebt hatte. Sie zog sich singend vor meinen Augen an, sie zog sich aus, und ruhte mein Blick auf ihr, so war kein Erstaunen da. Es konnte gar nicht anders sein. Es war wie die Luft, wie die Sonne, die sie umgab.
Ein warmer Wind hatte den ersten Schnee wieder aufgezehrt. Mawasaoh brachte aus den Wäldern Beeren, Pilze und essbare Knollen.
Mittlerweile besaß ich einen Lehnstuhl und mit ihrer Hilfe konnte ich vor dem Haus oder beim Feuer sitzen. Ich schnitzte Hausgerät für sie und versuchte mich an zwei Krücken. Später wollte ich uns Schneeschuhe für die Winterjagd machen.
Mawasaoh verzauberte mich. Es ging eine große Kraft von ihr aus.
Es war Anfang Dezember. Der See lag unter einer festen Eisdecke, aber um unser Haus war nur wenig Schnee. Die Pferde hatten keine Mühe, nach Gras zu scharren.
Mein Zustand verschlechterte sich. Ich fieberte. Mawasaoh wachte lange Stunden bei mir.
An einem windstillen Morgen entfernten wir vor dem Haus die Schiene und öffneten den Verband. Sie machte zwei Einschnitte und ließ die Wunde ausbluten. Mit einer Ahle und Katzendarm aus meinem Medizinbeutel nähten wir die Wunde wieder zu. Kaum hatte ich das Lager erreicht, warf mich heftiger Schüttelfrost nieder.

Ich befand mich auf einem Schlachtfeld. Granaten schlugen um mich ein. Ich lag in den Boden gekrallt und presste mein Gesicht in den blutigen Schlamm.

Da wurde es auf einmal totenstill, sodass ich überrascht aufsah. Trotzdem ging das absurde Spiel des Todes weiter. Er säte und pflügte weiter sein Feld. In meiner Not schrie ich:
„Vater, lebe ich?" Mein Schrei war der einzig reale Laut in dieser Welt der Stille. Er schien die Erde und die ganze Welt zu durchdringen und hallte lange nach. Da knuffte mich etwas in die Seite und ich sah in das Gesicht von Tunkaschila.
„Mein Sohn, weißt du nicht, dass ich dein geistiger Vater bin? Du wirst immer leben. Es gibt keinen Tod, nur einen Tausch der Welten."
Und während der Lärm der Schlacht wieder einsetzte, Angriff mit Gegenangriff wechselten, saß mein Vater High Eagle seelenruhig neben mir und sang:
„Lasst mich meinen Uasitschu-Sohn sehen. Ich bitte die Mächte, dass mein Sohn leben soll."
Ich sah in einen Spiegel. Aber ich war voller Entsetzen, als ich mein Spiegelbild darin nicht fand. In großer Angst rieb ich immer wieder das Glas. Da schaute mich etwas Böses an. Ich schrie auf.
Da zeigte mir Tunkaschila einen hohen Berg. Sein Gipfel war von einem Kranz kleiner Wolken umgeben. Auf einmal war ich wieder der dankbare Schüler, und während der langen Wanderung durch Prärien und Hochländer weihte er mich in die Dinge des Lebens ein. Vier Tage und vier Nächte harrte ich auf dem Berg aus, frierend, nackt, im Angesicht der Geister und der Mächte. Seltsam gestärkt kam ich zurück
Wieder schrie ich auf. Da deutete er auf ein großes Zeltdorf hinab. Ich sah mich unter dem Heiligen Baum liegen. Meine Skewers hingen noch blutig am Rope und in jeder Hand hielt ich ein Medizinrad. Strahlend und von Licht umflutet, kam eine in weißes Buckskin gekleidete Frau auf mich zu. Es war die „Buffalo Calf Maiden", die Heilige Büffelfrau. Sie sang:
„In heiliger Weise schreite ich einher. In heiliger Weise singe ich. Lebe!"
Ihr Bild verblasste.
„Mein Sohn lebt", sagte Tunkaschila.
„Chichi, du lebst!"
Ich schlug die Augen auf. Mawasaoh hatte sich über mich gebeugt. Ich war fieberfrei. Drei Tage hatte ich wie tot dagelegen.
„Trink das, Chichi, es ist von Onkel Crane. Du wirst sehen, es wird dir guttun."

Es war zwei Wochen später. Vorsichtig ließ ich mich aus dem Bett gleiten. Mawasaoh schlief noch fest. Ich setzte die Krücken an und arbeitete mich an der Wand hoch. Leise schloss ich die Tür hinter mir. Ich nahm Schiene und Verband ab. Die Schwellung war weg, die Wunde gut verheilt. Die frische Morgenluft nahm mir das Schwindelgefühl und so trat ich nach sechs Wochen das erste Mal wieder mit dem rechten Fuß auf. Unter großen Schmerzen zwar, aber der Knochen trug. Ich wurde immer mutiger und kam ins Schwitzen.
Plötzlich stand Mawasaoh in der Tür. Ich sah Tränen in ihren Augen. Sie trillerte und konnte sich kaum fassen. Wir waren beide sehr stolz auf mein Bein.
„Wie sehne ich mich danach, in den heißen Quellen zu baden", sagte ich.
Sie nickte begeistert:
„Das Wasser wird dich stark und gesund machen."
Während ich mich an eins der in Dampf gehüllten Becken heranarbeitete, trug Mawasaoh fröhlich Decken herbei, rannte zurück und schaffte alles zu meiner „Generalüberholung" heran.
Als sie mir den Brustverband gelöst hatte, glitt ich langsam ins Wasser. Sie setzte sich an den Rand zu mir. Ich rieb mich mit dem feinen Sand ab. Allmählich wurden Sehnen und Glieder wieder elastisch. Ich tauchte prustend vor ihr auf.
Unter großem Gelächter stutzte sie mir das Haar und den Bart für das Rasiermesser. Erstmals nach Wochen sah ich mich bartlos im Metallspiegel.
Während sie ins Wasser stieg, saß ich in eine Decke gehüllt dabei. Sie lächelte mädchenhaft scheu her. Ich hob die Decke an die Augen. Da spritzte sie mich an. Als sie herauskam, presste sie das Wasser aus dem langen, blauschwarzen Haar. Ich warf ihr eine Decke zu. Sie setzte sich zwischen meine geöffneten Beine. Als sie zum Kamm greifen wollte, legte ich meine Hand auf ihren Arm.
„Chichi", seufzte sie und langsam kämmte ich ihr zum ersten Mal das Haar. Wir vergaßen die Welt um uns.

Erfrischt und leicht, wie schon lange nicht mehr, wachte ich auf. Neben mir lag ein sauberes Paar Hosen, ein Hemd und neue Mokassins, die innen mit Schneehasenfell gefüttert waren.

Am Abend gab es Steaks vom Whitetail Deer. Mawasaoh hatte an den nahen Salzlecken einen jungen Bock geschossen.

Ich rührte die Trockentinte an, das sollte fortan zu einer fröhlichen Gewohnheit werden. Sie brachte mir das Schreibzeug und das Heft. Gebannt sah sie mir zu, wie ich die sprechenden Zeichen aufs Papier setzte. Immer wieder musste ich ihr meinen und ihren Namen zeigen.

Ich begann meinen Bericht über die denkwürdigen Ereignisse jenes Winters. Es war noch am selben Abend. Im Kamin knackte ein Zedernholzfeuer. Da trat Mawasaoh aus dem Dunkel. Im hochgestecken Haar leuchteten die Flaumfedern eines Schneehuhns. Sie ließ das weiße Rehlederkleid zu Boden sinken und drängte sich mit ihren reifen Brüsten gegen mich. Ein Zittern durchlief sie, als ich sie zu streicheln begann und in den Mund nahm. Sie stöhnte und schloss die Augen.

Ich schlug die Decke auf. Rasch glitt ihr warmer, duftender Körper zu mir. Sie umschlang mich und lange waren wir in einem tiefen Kuss versunken. Von ihren „Love Star Augen" bis zu ihren Zehen spielten wir das „Kundschafter-Spiel". Unter meinen Händen erschauerte ihr ganzer Körper. Immer wieder fanden sich unsere Lippen und leidenschaftlich presste sie meinen Kopf auf die verborgenen Stellen.

„Chichi", flüsterte sie, „etwas ist steif und es ist sehr lebendig. Komm zu mir!"

Ich drang in sie ein.

„Ich mag dein ‚Chézin-Ding!'", sagte meine Berglöwin auf Lakota.

Als wir vergingen, keuchte sie mir atemlos ins Ohr:

„Puh, Chichi! Hotowa-a, Buffalo Bull!", sie zog meinen Kopf an ihre Brust. Ich lag auf dem Rücken und war in ihr Haar und den Duft ihres ganzen, wunderbaren Wesens eingehüllt. Ich spielte mit ihrer Silbersträhne, die sie schon als Kind besessen hatte. „Strähnchen" wurde sie denn auch als Mädchen gerufen. Sie wiegte sich auf meinem Schoß:

„Meine Schwestern wären entsetzt über mich. Aber ich mag dich so sehr." Sie biss mich ins Ohr.

Ich küsste ihre wippenden Brüste.

„Ich liebe Berglöwinnen!", sagte ich.

Sie warf den Kopf zurück und fauchte und knurrte.

Wir traten nackt vor die Tür. Wie fließende Schleier hingen die Polarlichter am Himmel. Zärtlich hielten wir uns bei den Händen.

„White Red Man, I love you dearly!" Sie zog mich zurück ins Haus.

Wir feierten Weihnachten. Ich weiß nicht, ob unsere Heilige Nacht sehr heilig war. Es begann damit, dass sie sich wunderte, wie verschwenderisch ich mit unseren Kerzen umging. Sie fiel mir um den Hals, als ich ihr nach einem Festessen einen Kamm und einen Löffel aus dem Horn eines Bergschafes überreichte. Für uns beide hatte sie je ein prächtiges Paar Winterstiefel aus Wolfsfell gemacht.

Ausgelassen liebten wir uns vor dem Kamin. Wir rannten, jeder mit seiner Decke, zu den heißen Quellen. Wir wuschen uns gegenseitig, liebten uns und redeten, bis im Osten bereits die Sterne verblassten. Von ihren „Hickies" übersät, schlief ich mit ihr erschöpft in den Tag.

Wir sangen viel zu der kleinen Handtrommel aus meinem Gepäck. Ich hatte begonnen, Lieder auf Lakota für sie zu erfinden. Großes Vergnügen bereiteten uns ferner zwei handliche Bände Shakespeare aus dünnem Reispapier. Ich las ihr dramatisch eine Seite auf Englisch vor. Sie mochte das. Dann übersetzte ich.

Ich begann mit den Königsdramen.

„Ein Königreich für ein Pferd!" – Shakespeare dachte wie ein Indianer. Zugegeben, seine Helden gerieten bei mir oft mehr nach Billy the Kid, Jesse James oder Langhaar Custer. Lady Macbeth wurde zur Mischung aus Calamity Jane und Belle Star. Der etwas blasse Hamlet wurde für Mawasaoh so richtig interessant, als sich an seinem Hof die Crow und Blackfoot tummelten.

Der Meister mag es mir verzeihen, aber sie fand Shakespeare riesig! Mawasaoh liebte Romeo und Julia. Das war das einzige Stück, bei dem ich mich um Werktreue bemühte, wenn auch das mittelalterliche Verona bei mir zum Verschnitt aus Broadway, Lakeside Chicago und der Mall von Washington geriet.

Sie war begeistert.

6. März 1876

Seit heute liegt das Fell eines kleinen Mahto vor unserem Kamin. Ich fand

die Schwarzbärhöhle bei einem gemeinsamen Jagdausflug. Mawasaoh setzte ihm mit Tunkaschila's Jagdbogen zwei Pfeile in die Kehle. Mehr aus Zeitvertreib hatten wir begonnen, mit dem Bogen Zielübungen zu machen. Jetzt jage ich mit dem Gewehr und sie ist der Bogenschütze.
Mawasaoh versteht sich auf die Kunst, Fallen für Kleinwild zu machen. Seither sitze ich über Lederschlingen, Haltehölzchen, Hebeln und Köderschnüren und tüftle über immer neuen Auslösemechanismen.
Sie sieht, wie bereitwillig ich von ihr lerne und sie sagt selbst, die Véchoart, wie Mann und Frau zusammenleben, ist auch gut.
Das Crowpony starb an einer schweren Kolik. Seither halten wir Sally dicht am Haus und versorgen sie mit frischer Baumrinde und den Austrieben der Pappeln.
Mawasaoh ist voller Sehnsucht nach ihrer vierjährigen Tochter Bluejay. Sie lebt bei Verwandten. Nach und nach entstanden eine Puppe, ein Lederpferdchen und ein Spielzeugtipi für ihr kleines Mädchen.

5. Mai 1876
Heute gestand mir Mawasaoh, dass Onkel Old Crane ihr in der Nacht vor dem Crowüberfall von einem Traum erzählte. Ihre Tochter bekäme wieder einen Vater und sie einen Mann, einen Vécho – mich!
Gefangenschaft und Tod vor Augen, hatte Mawasaoh, als ihr die Crow zum Wasserholen die Fesseln lösten, aus Trauer und Verzweiflung ihre Haarnadel in den Stamm der Pappel gerammt. Etwas von ihr, etwas sehr Persönliches, sollte nicht diesen schmachvollen Weg mitgehen.
Old Crane wollte damals seinen Parflêche mit Heilpflanzen und Kräutern auffüllen. Darum also hatten sich die Cheyenne geteilt. Erschüttert musste ich feststellen, er hatte mitgeholfen, mir das Leben zu retten.
Ich bin auf dem besten Weg, ein Cheyenne zu werden.

„Liebling, lass uns heute den Tag auf dem Ptarmigan Pass zubringen. Ich will mich ein wenig umsehen. Vielleicht können wir in ein paar Tagen schon die Berge verlassen."
Verliebt und ausgelassen bepackten wir Sally für das Picknick. Mawasaoh trug einen Kapuzenmantel aus einer Hudson Bay Decke. Aus einem

Schmuckkästchen hatte sie sich Rot auf Scheitel und Wangen aufgelegt. Sie steckte die Winchester in das Gewehrhalfter. Ich ging zum Haus zurück und sicherte die Türe.

„Hände hoch, Mister, und keine falsche Bewegung!"
Die Stimme war kalt und lauernd.
Lähmendes Entsetzen kroch in mein Herz.
„He, Frank!" Ich zuckte zusammen.
Etwa hundert Yard von uns löste sich vom Stamm einer Engelmanntanne eine Gestalt.
„Gib mir Deckung, Ray."
Ein zweiter Schatten wurde sichtbar.
„Charly Kostello!", rief ich ungläubig aus.
„Du sagst es, Frank Kelly. Damit hast du wohl nicht gerechnet?"
Der Mann bedrohte uns mit einer Remington. Die dicke Winterkleidung machte seine Bewegungen steif und langsam. Schmale, böse Augen starrten über den Gewehrlauf.
„Nein, Charly, damit hab ich wirklich nicht gerechnet. Woher wusstest du?"
„Yeah, wir haben Jean-Baptiste ein wenig in die Mangel genommen, die gute alte Seele." Er kicherte böse. „Du weißt ja, der Beste redet viel. Aber zu dir. Jetzt wird abgerechnet. End of the Trail, Amigo! Das mit Fort Yuma war ein hässlicher Zug von dir, Franky. Eigentlich bist du ja ein toller Typ, irgendwie nobel. Aber weißt du, du schadest dem Geschäft."
Verzweifelt sah mich Mawasaoh an. Ich hob langsam die Hände.
„Okay, ich habe zu hoch gepokert. Aber ich weiß auch, wann ein Spiel verloren ist. Bringen wir es mit Anstand hinter uns. Aber lasst die Frau aus dem Spiel."
„Du, Charly, die Schwester!", Ray bellte aufgeregt. „Das Luder hat irgendwas."
Auch ich hatte die flüchtige Bewegung wahrgenommen. Mawasaoh hatte, vom Pferd gedeckt, das Gewehr unter ihren Mantel gezogen.
„Liebling, tu was sie sagen!" Ich schickte ihr einen flehenden Blick zu und rief auf Cheyenne: „Lass die Waffe fallen. Tu´s nicht! Bitte, tu´s nicht!"
Aber sie rannte mit dem geladenen Gewehr auf mich zu.
„Chichi!", rief sie und deckte mich mit ihrem Körper. Zwei Schüsse zerrissen

ihr den Rücken. Sie taumelte. Ich fing sie in meinen Armen auf. Fassungslos sah ich sie zu Boden sinken.

Ich riss die Waffe hoch und peitschte das Magazin durch. Es war wie ein Aufbrüllen in den Bergen. Das Krachen verschmolz zu einem einzigen Echo. Ich schleifte Mawasaoh ins Haus. Fieberhaft lud ich nach.

„Liebling, verlass mich nicht!"

Ihr rasselnder Atem war zur Ruhe gekommen. Eine unwirkliche Röte hatte ihr Gesicht überzogen. Sie stöhnte tief und schlug die Augen auf.

„Mein Herz, ich liebe dich - ne me hotatse!" Ihr Körper bäumte sich auf. Ich hielt ihren Kopf fest auf meinem Schoß. Auf was, verdammt, wartet ihr da draußen noch, ging es mir durch den Kopf.

„Wolf High, mein Mann!" Sie lächelte. Dann schien sie zu überlegen. „Bluejay, unsere Tochter?"

„Bluejay ist unsere Tochter. Ich bin der Vater und sie ist meine Tochter!" Und in meinem Versprechen packte mich wild die Erkenntnis, dass die Liebste sterben wird. „Was soll ich ihr sagen?", stieß ich hervor.

„Sag ihr, dass ich sie liebe. Sag einfach kleine, wilde Bluejay zu ihr!"

„Verlass uns nicht, Mawasaoh!"

„Niemals! Nie!", flüsterte sie und schmiegte sich enger an mich. „Du wirst nicht allein sein. Du wirst diese Véchofrau wiedersehen."

Sie hatte es immer gewusst oder gefühlt!

Ich suchte ihre Lippen. Der leichte Druck ließ nach und ruhig starb sie in meinen Armen.

Das große Schweigen breitete sich aus und kroch in mich hinein. Ich weiß nicht, wie lange ich zusammengesunken über der geliebten Toten lag. Ich war leer, ohne Gefühl, als ich aufstand und nach den Killern suchte. Während der ganzen Zeit hatte ich keinen Gedanken an sie verschwendet. Sie waren beide tot. Meine erste Salve hatte sie getötet.

Ich packte fieberhaft, wie in Panik. Ich wollte nur noch weg. Unsere glückliche, zärtliche Welt war jäh zerstört worden. Für meine Tochter bewahrte ich die Büffelhornnadel auf und Schmuck und Kleider der Toten. Ich packte die Spielsachen in den Parflêche.

Über dem geliebten Tal bereitete ich Mawasaoh die letzte Ruhestätte. Mit Axt, Lassoschnur und Brettern vom Haus baute ich eine Plattform. Als ihr

Körper dort oben lag, kämmte ich ihr noch einmal das Haar und gab die Pfeife von Tunkaschila in ihre Hände. Dann verschnürte ich sie in eine Decke.
Ich fand die Pferde der beiden Killer zusammen mit zwei Kisten fabrikneuer Remington Gewehre und massenhaft Munition. Alles Material und die Leichen der Banditen schleifte ich in das Blockhaus. Dann streute ich Schießpulver aus und setzte alles in Brand.
Ich ritt mit Sally dicht an die Plattform. Und während ich meine Stirn an die Geliebte presste, löste sich die Stätte unseres Glücks in Rauch und Erinnerung auf.

29. Juni 1876
Ich begegnete heute einer Bande Crow. Sie wirkten unsicher, ja verstört. Es soll schwere Kämpfe gegeben haben. Amerikanische Generäle seien von den vereinigten Sioux geschlagen und sogar getötet worden. Es fiel der Name Custer. Ich weiß nicht, was ich davon halten soll. Sie jagten nach Nordwesten. Ich beschloss, ihnen zu folgen. Der Indianeragent in der Crow Agency würde mir Aufschluss geben können.

4. Juli 1876
Der Geruch nach brennendem Gras und Kiefernholz nimmt zu. Ascheflocken segeln herab. Am Horizont tauchen Kundschaftertrupps auf. Die Sioux haben die Prärie vor der anrückenden Kavallerie angezündet. Das ganze Land brennt.
Ich lache unter Tränen – Himmel, ich habe eine Tochter! Ein lebendiges Band zu Mawasaoh. Ich habe eine kleine Familie. Ich freue mich auf sie. Ich kann kaum erwarten, Bluejay in die Arme zu schließen.

Fort Keogh; Montana Territorium
Oktober – Dezember 1876

Die Trommeln dröhnten dumpf. Es war ein großes Jagdlager, ein Wald von Lederzelten. Die Trockengestelle bogen sich unter den Fleischmassen. Ich hatte meine Pferde der Obhut der Wächter anvertraut. Umringt von einer Schar Kinder, kam mir ein einzelner Mann entgegen. Er setzte ein kleines Mädchen, das gestürzt war, vorsichtig wieder auf die Beine und scheuchte es sanft mit einem Klaps zu den anderen. Die mächtige Gestalt richtete sich auf. Es war Tatanka Yotanka, Sitting Bull.
Der Blick aus den weit auseinanderstehenden Augen war durchdringend. Asketisch traten die Wangenknochen aus dem breiten Gesicht. Die festen Kiefer, die starke, stumpfe Nase über dem dünnlippigen Mund, alles drückte Standhaftigkeit aus. Seine Kleidung war schlicht, fast nachlässig.
„Bist du es, den sie Starkes Herz nennen?"
Es war das erste Mal, dass mich der Tatanka direkt ansprach.
„Ja, Vater, einige nennen mich so. Ich bin ein Weißer, aber auch die Lakota sind mein Elternvolk. High Eagle war mein Vater. Meine Mutter ist Red Shawl aus dem Zelt von Thunderhawk, meinem Onkel."
Wenn ich Mutter im Lager des Tatanka besuchte, hatte ich mir immer äußerste Zurückhaltung auferlegt. Nie hatte ich mich in die Angelegenheiten des Stammes eingemischt. Die Menschen in Sitting Bulls Lager wussten diese Behutsamkeit zu schätzen. Das sicherte mir, ohne dass ich es zunächst merkte, hohes Ansehen bei ihnen.
Ein freundlicher Gruß, ein forschender Blick, das war bisher alles gewesen zwischen dem Tatanka und mir.
„Dein Vater war ein aufrechter Mann. Wir vermissen seine Stimme im Rat sehr. Es ist gut, seinen Sohn hier zu wissen."
Überraschend lud er mich in sein geräumiges Zelt ein. Wir waren allein. Aus Höflichkeit aß ich ein wenig von dem Fleisch, das er mir anbot. Er sah mir schweigend zu und rauchte entspannt eine kurze Pfeife.
„Long Feather, unser Bruder, kam heute Morgen von Fort Yates mit einer Botschaft von unseren Verwandten, die in der Standing Rock Agentur leben. Wir sollen Frieden schließen. Das Volk hat entschieden. Ich werde zu den

Soldaten hingehen und hören, was sie zu sagen haben. Ich möchte, dass du für uns sprichst. Willst du?"
„Ja, Vater, ich werde für euch sprechen!"
Er schien befriedigt. Unvermittelt ließ er die Decke von seinen nackten Schultern gleiten. Ich sah die Sonnentanznarben auf seiner Brust und die Opferschnitte an den Armen. Wie ein Lauffeuer hatte sich im Juni die Nachricht von seiner Vision verbreitet. Im Tal des Rosebud hatte er die Niederlage der Soldaten vorausgesehen.
„Du bist ein Weißer, Kelly. Wo stehst du?"
Die Frage kam messerscharf.
Er kannte meinen Geburtsnamen. Ich brauste auf.
„Die Lakota sind mein Elternvolk. Der Sohn schießt nicht auf seine Eltern."
Besänftigend hob er die Hand.
„Will mir mein Vater zuhören?"
Ich erzählte ihm die Ereignisse des vergangenen Winters.
„Daher sind auch die Shyela mein Volk, das Volk meiner Tochter."
Er schwieg betroffen.
„Was für eine gute Frau du hattest! Die Shyela haben gute Frauen. Ich liebe meine beiden Frauen, Seen By Her Nation und Four Times. Niemals würde ich eine von ihnen hergeben. Jetzt suchst du das kleine Shyelamädchen?"
Die Wendung ins Private hatte die Situation vollkommen entspannt.
„Morning Star und seine Familie waren nicht am Greasy Grass, als uns Langhaar überfiel, auch nicht am Rosebud, als wir Drei Sterne schlugen. Unsere Shyela-Freunde wollten nach Westen zu den Shining Mountains ziehen. Ich werde mich für dich umhören", versprach er. „Ich weiß, auch du trägst Narben auf der Brust, obwohl deine Haut weiß ist. Was rätst du uns?"
„Vater, ihr habt für eure Frauen und Kinder gekämpft und um das Land. Große Taten wurden vollbracht. Aber jetzt werden euch die Soldaten gnadenlos jagen. Bleibt weg von ihnen. Geht nach Norden in das ‚Land der Großmutter'. Sie werden euch hetzen und jeder gewonnene Kampf wird immer nur ein kurzer Aufschub sein. Selbst wenn ihr den neuen Soldatenhäuptling schlagt, steht hinter ihm ein anderer und hinter diesem wieder ein anderer. Ein harter Winter liegt vor euch. Anders als die Soldaten, müsst ihr an Frauen und Kinder denken. Ich suche meine Tochter. Ich werde zu den Soldaten

hingehen und nach ihr fragen. Ich werde nicht gegen euch kämpfen. Aber wenn die Zeit kommt, werde ich vor den Soldaten stehen und Friedenszeichen machen. Mein Herz ist rot und weiß. Wakan Tanka sieht nicht die Farbe des Herzens. Er wird die Herzen prüfen und ich werde leben, wenn es ihm gefällt."
Der Tatanka hatte mir aufmerksam zugehört. Er klopfte die Pfeife aus und erhob sich.
„Ich werde deine Worte bedenken. Mein Volk braucht mich. Wir können nicht auf der gleichen Seite stehen. Noch nicht. Unsere Seite wird nicht auf den Kundschafter schießen.
Vor einigen Tagen spielten meine jungen Männer mit den Soldaten. Bear Coat war in Sorge um seine Wagen und zog ihnen entgegen. Er lagert nicht weit von hier."
Ich hatte von den Plänkeleien gegen die Wagenzüge gehört, die nach dem neuen Soldatenfort am Yellowstone unterwegs waren. Sechzig Maultiere waren erbeutet worden und einmal, nach einem Waffenstillstand, hatten die Soldaten etwas von ihren Vorräten abgegeben, aber keine Munition.

Sitting Bull bewies den fast magischen Einfluss auf seine Umgebung. „Du bist unser Friedensmann!", rief er unter dem Jubel der Menge Long Feather zu und bemalte ihm Kinn und Stirn mit rotem Ocker. Kraftvoll stimmte er ein Lied an und riss seine Anhänger mit.
Singend verließen wir das Lager – Long Feather, der gutmütige Riese mit der Waffenstillstandsfahne voraus, flankiert von Sitting Bull und mir.
Der Tatanka ritt ein starkes, weißes Tier mit dunklen Flecken und Sprenkeln. In seine Mähne war eine einzelne rote Feder eingebunden.
Es folgten Häuptlinge und hochrangige Hemdenträger von vier Stammesgruppen. An die Sättel waren steife Lederköcher gebunden, aus denen die Spitzen der Federhauben ragten. Dahinter trabte, schwer bewaffnet und in Kampfkleidung, die Garde.
Um die Mittagszeit brachte Sitting Bull die Kolonne zum Stehen. Wir waren in der Nähe der Soldaten.
Ich war mit Long Feather den karstigen Bergrücken hinab in ein gelbes Grasbecken vorgedrungen. Unter dem Schutz der weißen Fahne galoppierten wir

mitten unter die Soldaten.

General Miles lagerte mit seiner Einheit in einem Harteichengehölz. Der Tross war zu einer Wagenburg aufgefahren. Im Innern grasten die Zugtiere. Bis auf die Vorposten hatte alles Schutz vor der sengenden Sonne genommen.

Ich traf den General mit seinem Stab neben dem Sternenbanner und der Regimentsfahne der Fünften Infanterie an. Sie saßen auf Klappstühlen, Decken und Uniformmänteln.

Miles war ein stattlicher Mann. Verbindlich in seiner Art, galt er als erfahrener Frontoffizier und zäher Kämpfer. Er war jünger als Sitting Bull. Wie viele in seiner Truppe trug er einen Schlapphut, sonst eher ein Zeichen der Kavallerie, hier draußen ein Zugeständnis an das Klima. Unter dem Einfluss der Wildnis trug jeder, was ihm passend schien. Feldblau mischte sich mit Hirschleder, was während eines Feldzugs geduldet wurde.

„Mein Name ist Kelly. General, ich darf Ihnen Long Feather vorstellen. Er wurde von Fort Yates aus geschickt, um Sitting Bull zu Verhandlungen zu bewegen. Sir, ich habe Ihnen mitzuteilen, dass Sitting Bull zu einem Treffen bereit ist. Er wartet mit einer Abordnung von zweihundert Mann hinter diesen Hügeln."

Diese Nachricht war eine Sensation. Der Sieger vom Little Big Horn wollte sich mit den verhassten Blauröcken treffen! Alles redete durcheinander. Der General schüttelte dem Hunkpapa-Unterhändler die Hand. Seine kühlen, grauen Augen musterten mich.

„Mr. Kelly, ich brauche einen Top Notch Scout. Seit Charly Reynolds Tod am Little Big Horn, als er den Rückzug von Renos Leuten deckte, sind Sie im weiten Umkreis der einzige Mann, der das Land und vor allem die Indianer so gut kennt. Mein Angebot steht."

„Bevor ich mich festlege, Sir, habe ich einige Fragen. Auch Sie sollten einiges wissen. Als Dolmetscher stehe ich Ihnen selbstverständlich zur Verfügung."

Unter den Offizieren saß auch ein Zivilist, der mich mit lebhaftem Interesse zu beobachten schien. Er war mittelgroß, stämmig und hatte sandfarbenes Haar. Mit seinen Wickelgamaschen und dem schweren Colt am Gürtel hielt ich ihn zuerst für einen etwas überspannten Engländer. Hinter runden Au-

gengläsern sahen mich aufgeweckte und humorvolle Augen an.
General Miles stellte mir James Burnett, den Kriegsberichterstatter der *Chicago Tribune*, vor.
„Burnett ist mit General Crook am Rosebud dabei gewesen, Kelly."
„Dann haben Sie sich aber verdammt gut geschlagen!"
„Seit Mr. Kelly hier aufgekreuzt ist, General, sehe ich, wie sich meine Story entwickelt." Der Zeitungsmann revanchierte sich und erntete kameradschaftliches Gelächter.
Während Miles sich mit seinen Männern beriet, brachte ich Long Feather zu dem Feuer, von dem aus Kaffeeduft und der Geruch nach Speck ihren Ursprung nahmen. Sergeant Clintock bewirtete uns.
„Komm her, Rothaut!", sagte er und schlug dem Indianer ein großes Stück von einem Zuckerhut ab.
„Mensch, Clint", lobte ich seinen Kaffee, „der bringt ja Tote zurück in den Sattel."
„Kommen Sie zu uns, Mr. Kelly. Das Essen ist gut, auch im Feld. Der General achtet darauf", meinte er pfiffig.
Ich ließ den Indianer in Clints Obhut und nahm die Botschaft von General Miles entgegen. Bevor ich losritt, fragte er leise:
„Wie viele sind es, Kelly?"
„Es ist ein großes Jagdlager, fast 400 Zelte, Sir. Es sind an die 3 000 Sioux da draußen."

Die Mundwinkel des Tatanka zuckten ironisch, als ich ihm die Antwort des Generals überbrachte.
„Er möchte dich und deine Ratgeber in sein Zelt einladen. Er hofft auf eine Begegnung im Geiste des Friedens."
Wir ritten auf die Anhöhe und sahen auf das Soldatenlager hinab.
„Hier ist der Ort", bestimmte er. „Ich werde mit fünf meiner Häuptlinge in der Mitte des Tals auf Bear Coat warten. Meine Krieger gehen bis hierher." Er deutete vor sich. „Schickt Long Feather zu mir, wenn der Soldatenhäuptling einverstanden ist."
Ich wollte losreiten, da nahm er mir die Zügelleine aus der Hand und führte mich auf Sally durch die Reihen seiner Garde.

„Du siehst, ich habe viele starke Herzen."
Sie schüttelten meine Hand und zogen mich fast vom Pferd.
„Kämpfe mit uns, Bruder!"
„Warum bist du auf der Seite der Soldaten?"

Ich war mit James Burnett in ein angeregtes Gespräch vertieft.
„Mir geht es wie dem Junggesellen am Abend vor der Hochzeit", gestand er. „Zu Hause wartet der Stuhl des Chefredakteurs auf mich, doch ich zögere meinen Abschied von der Truppe immer weiter hinaus. Jetzt bekomme ich sogar Sitting Bull zu sehen!"
Für einen Moment kam Unruhe auf. Long Feather war in die Arena geritten und breitete zusammen mit zwei anderen Indianern Büffelfelle im Gras aus. Der Trupp verschwand in den Hügeln.
Auch Burnett wollte wissen, wo ich stand.
„Jim, ich suche meine Tochter. Dann sind da Menschen, denen ich versprochen habe, dass ich für sie da bin, wenn die Soldaten kommen, und für sie spreche, so gut ich es kann. Ich bin Realist. Die meisten Indianer sind es auch. Sie wissen, dass das Zeitalter des Büffels zu Ende geht. Aber es gibt ein Zauberwort – Gerechtigkeit. Sie wollen ihren gerechten Teil. Meine Vorfahren kämpften unter Washington. Sie standen für die Sache der Union. Sie wollten dieses Land, aber sie wollten auch immer die neue Ordnung. Berichte, was du siehst, Jim. Wir brauchen Zeugen, denn sollten die Verhandlungen scheitern, wird der nächste Akt grausam und quälend. Miles wird den Winterfeldzug befehlen und ihn bis zur totalen Erschöpfung der Indianer durchführen. Es ist ein schmutziger Krieg gegen Frauen, Kinder und Alte."
„Würdest du mich auf Spähtrupp mitnehmen?"
„Ja, aber wenn ich sage: Hinwerfen, dann mach es Jim und frag nicht!"

Das Regiment hatte die Mittagspause beendet und stand bereit.
Die Erde zitterte leicht. Aus der Horizontlinie wuchsen Lanzenspitzen empor. Schwarzweiße Adlerkronen hoben sich gegen den Himmel ab. Immer mehr Reiter besetzten den Hügelkamm und richteten sich mit militärischer Präzision aus. Flügelmänner ritten die Linie ab, kreuzten sich und nahmen die Gegenposition ein.

„Die Garde. Sitting Bulls Leibwache!"
Miles pfiff anerkennend durch die Zähne.
„Bewaffnung?", fragte er.
„Britische Enfields, Winchesters, Sharps, einige Spencers und Colts", zählte ich auf. Die Patronengurte um Brust und Hüfte waren voll.
„Notieren Sie, Baldwin. Ans Hauptquartier. Zur Unterbindung des Waffenhandels Übernahme von Fort Peck durch Armee unerlässlich."
Fünf Headmänner durchbrachen die Linie der Krieger und ritten bis dicht vor die ausgebreiteten Felle. Ihre Adlerkronen wogten und schlugen wie Schwingen im Wind. Sie trugen Federfächer und gefiederte Krummstäbe. Miles und Burnett sahen mich fragend an.
Ich schüttelte den Kopf.
„Trotzdem sollten wir uns bereithalten, Gentlemen!"
Die Teilnehmer der Delegation nahmen ihre Colts aus den Gürtelhalftern und legten ihre Messer ab. Da gab ich dem General ein Zeichen.
Ein einzelner Reiter kam langsam herangeritten. Er trabte vor bis zu den Häuptlingen, blieb für einen Moment an ihrer Seite stehen und setzte sich dann mit seinem weißen Pferd vor sie, Tatanka Yotanka.
„Die Sphinx!", kam es bewundernd von Jim.
Auch Miles schien beeindruckt.
„Was hat der alte Fuchs wohl vor? Was würde geschehen, Kelly, wenn ich ihn gleich hier verhafte?"
„Sir, wenn Sie auch nur den Arm gegen ihn heben, wird die Garde durch uns hindurchreiten."
„Davon bin ich überzeugt, Kelly."
Miles bestand darauf, das Sternenbanner mitzuführen. Schweigend standen sich die Unterhändler gegenüber. Die Pferde wurden weggeführt und wir reichten uns die Hände.
Im Gegensatz zur feierlichen Kleidung der Häuptlinge kam der geheimnisumwitterte Führer der Sioux schmucklos, ohne eine Feder im Haar. Anders als die Garde war er demonstrativ wie zur Jagd angezogen. Er trug nach Crow-Art dunkelblaue Leggins, die unten rot abgesetzt waren, und eine Büffelrobe.
Wir setzten uns. Geschmeidig und mit natürlicher Grazie die Reihe der

Häuptlinge; steif und durch ihre Uniformen beengt, nahmen die Offiziere die ungewohnte Haltung ein.

Miles trug seinen langen, mit Bärenfell gefütterten Mantel. Die Indianer nannten ihn deshalb Bear Coat.

Der General musterte den Tatanka hochmütig. Sitting Bulls Blick blieb an der Fahne hängen, die sich im leichten Wind geöffnet hatte. Seine Augen nahmen einen harten Glanz an.

Es war ein kurzes Handzeichen. Wie ein Mann richteten die Häuptlinge raschelnd die Federstäbe auf.

Miles rang mit der Fassung.

Der Tatanka blickte ungerührt geradeaus. Dann wusste ich auf einmal, was mich wirklich beunruhigte. Keiner der Häuptlinge trug eine Pfeife bei sich oder einen Tabaksbeutel.

Sitting Bull sah General Miles an.

„Wer bin ich, Soldatenhäuptling?" Bereits seine Anfangsworte zeigten seinen ungewöhnlichen Rang an. „Ich bin der Eigner dieses Landes, eingesetzt durch die Macht des Großen Geistes. Mein Vater Wakan Tanka hat mir dieses Volk gegeben. Ich werde es beschützen. Der Große Geist gab mir alles und ihr Weißen seid dabei, es zu zerstören."

Es war die Stimme eines Sängers, melodisch und voll der herben Poesie der Lakotasprache. Jeder spürte die Kraft und die Leidenschaft dieses großen Agitators.

„Mein Herz ist rot und süß. Ich weiß, es ist süß. Wer immer in meine Nähe kommt, streckt seine Zunge zu mir. Ich halte dieses Volk in meiner Hand. Ich will, dass mein Volk lebt."

„Hau!", kam es wie aus einem Mund, die Brustplatten aus dünnen Knochenspindeln klirrten leise.

Schon während der Übersetzungspausen war es Miles nur mit Mühe gelungen, Sitting Bull nicht ins Wort zu fallen. Er begann die Unterredung mit einem direkten Schlagabtausch.

„Sitting Bull, ihr habt meine Wagen angegriffen. Ihr habt meine Maultiere gestohlen. Einige meiner Männer sind verwundet. Warum bist du immer gegen die Weißen?"

„Das ist nicht wahr!" kam es heftig zurück. „Ich war nie gegen sie. Ich bin

gerne freundlich zu den Weißen, aber sie zwingen mich zu kämpfen. Erst der Blitz macht, dass der Donner aus den Wolken spricht. Ich frage, warum bist du hier, Bear Coat? Soldaten kommen, um zu kämpfen. Nur deshalb bist du hier. Sieh mich an!", er ließ die Robe von seinen Schultern sinken und deutete auf seine nackte Brust. „Ich bin nur ein Jäger, der sein Volk ernährt. Ich will keine Soldaten auf meinem Land!" Dann rief er laut und es schien an alle, Soldaten und Indianer, gerichtet zu sein. „Wir wollen nicht aus der Hand des Weißen Vaters leben. Wir können uns selbst mit Nahrung versorgen."
Nach diesem flammenden Appell drehte sich der Tatanka zu seinen Leuten um und fragte, ob sie seine Worte gehört hätten.
„Hau!", kam es donnernd von der Garde, dass es wie ein Ruck durch die Soldaten fuhr.
Miles steckte verdrossen seine Hände in die Manteltaschen. Sie wollten keine Regierungsindianer werden.
White Bull zischte seinem Onkel etwas zu. Sitting Bull sah scharf zu den Blauröcken hin. Mit zunehmender Dauer der Konferenz hatte sich die Linie der Soldaten in die Länge gezogen. Das verstärkte bei Sitting Bull den Eindruck, sie wollten sich in eine taktisch bessere Position bringen und einen Halbkreis um die Unterhändler bilden.
„Befiehl den Kriegern, dass sie sich wie die Soldaten aufstellen sollen", wies er High Bear, einen Häuptling, an.
Miles wollte aufbrausen, da unterbrach ihn der Tatanka kalt:
„Ich halte meine Krieger bereit. Es sieht so aus, als ob du gegen mich kämpfen willst."
Verärgert sah der General, wie sich die Flankenreiter der Indianer in den Talgrund schoben. Die Nervosität auf beiden Seiten wuchs. Die ersten Gewehre wurden durchgeladen.
„Casey!", rief er heftig dem Leutnant an seiner Seite zu, „zurück in die Reihe. Das ist ein Befehl!"
Beide Seiten nahmen die alte Aufstellung ein.
Der Tatanka beherrschte die Kunst des Ausweichens. Die Stunden krochen dahin, ohne dass die Verhandlung vorankam. Es dämmerte bereits. Sitting Bull wollte noch eine letzte, große Herbstjagd am Big Dry veranstalten. Im-

mer wieder drückte er seinen Wunsch nach Frieden aus.
Miles verwahrte sich gegen jede Störung seines Nachschubs für das neue Fort am Yellowstone, nahe der Einmündung des Tongue River.
„Wenn ich genug Fleisch habe, werde ich über den Elk River nach den Black Hills ziehen."
„Wenn es dir recht ist, werde ich mit dir ziehen", schlug Miles vor.
„Ja, aber dann gib uns Pulver und Blei für die Jagd."
Zu unserer Überraschung war Miles sofort damit einverstanden.
Sitting Bull zögerte.
„Ich komme zurück, wenn ich Fleisch habe."
„Ich komme mit dir", sagte der General, „danach gehen wir zu meinem Haus am Tongue River, Fort Keogh, und von dort aus ziehen wir nach den Black Hills."
„Gut, aber jetzt ist es zu spät. Beenden wir für heute die Beratung."
Miles zeigte sich hochzufrieden.
„Morgen treffen wir uns wieder."

„Der Kongress hat 1500 Mann bewilligt. Bis Mitte nächsten Jahres erhalten wir Kavallerie aus Fort Ellis und Verstärkung von der wieder aufgestellten Siebten Kavallerie. Teile davon werden für den Aufbau von Fort Custer abkommandiert. Ich verlange den Ausbau der Basis bei gleichzeitiger Aufnahme der Patrouillentätigkeit. Ich erwarte von meinen Offizieren, dass sie bei Aktionen gegen aufständische Indianer die Verfolgung bis zur Gefangennahme durchführen. Scheitern morgen die Verhandlungen mit Sitting Bull, dann beginnt der Feldzug. Unter keinen Umständen darf dabei die Internationale Grenze nach den Britischen Besitzungen überschritten werden."
General Miles hatte seinen Vortrag beendet. Die Offiziere verließen das Zelt.
Der General gab mir ein Zeichen.
„Wo haben Sie sich versteckt gehalten, Kelly? Werden Sie mein Chef-Scout? Sie wollten mit mir darüber sprechen." Er bot Burnett und mir einen Feldstuhl an.
Ich erzählte ihm meine Geschichte. Er drückte seine Genugtuung über den Tod der lange gesuchten Killer und Waffenschieber aus und sagte noch etwas von einem hohen Kopfgeld, das mir zustehe.

„Ich bedauere Ihren persönlichen Verlust, Kelly. Sie erhalten von mir das gewünschte Dokument. Bei einer Gefangennahme können Sie damit überall die Auslieferung Ihrer Tochter erwirken."
„Wenn ich Sie führe, General, erfolgt keine Aktion, ohne dass ich vorgehen kann und zu vermitteln versuche!"
Miles fuhr auf.
„Hört euch das an! Kavallerieblut! Immer Attacke! Ich schätze Ihre Offenheit. Mit jedem anderen Scout würde alles viel länger dauern. Übernehmen Sie die Aufklärung und Sie erhalten genügend Spielraum von mir, vorzugehen und die Indianer zur Kapitulation aufzufordern. Mehr ist nicht drin. Ich bin an meine Befehle gebunden."
Die schmale Mondsichel stand am Himmel, als ich das Soldatenlager am Cedar Creek verließ. Jim hatte mich zu meinem Pferd begleitet.
„Ist Sitting Bull eigentlich ein Häuptling oder ein Medizinmann?" Der Tatanka hatte ihn beeindruckt.
„Es mag für Weiße seltsam klingen, er ist mehr als das, er ist die lebendige Verkörperung des ganzen Volkes", erklärte ich ihm.
„Wie glaubst du, geht das morgen aus, Kell?"
„Schwer zu sagen. Gelingt es Miles, Sitting Bull zu gewinnen, dann werden auch die anderen Kriegsführer nachgeben. Ohne den Tatanka wird es keinen stabilen Frieden geben."

In Thunderhawks Zelt war man über meine Rückkehr sehr erleichtert. Ich dankte meiner Mutter für die Wolfsfelljacke und die vielen Wintersachen, die sie mir gemacht hatte.
„Onkel, ich weiß nicht, was morgen werden wird. Was habt ihr vor, wenn der Tatanka die Soldaten nicht abschütteln kann?"
Thunderhawk sah seine Frau bekümmert an.
„Wir werden bei Tatanka Yotanka bleiben und, wenn es sein muss, in ‚Großmutters Land' Zuflucht suchen."
Es wurde eine unruhige Nacht. Gegen morgen schreckten uns die Herolde aus dem Schlaf hoch. Alles war in Aufregung.
Im Norden standen Bear Coats Soldaten. Noch in der Nacht war er vorgerückt. Der Weg zum Big Dry war abgeschnitten.

Thunderhawk schüttelte den Kopf.

„Man darf die Soldaten nicht zu nahe an die Hilflosen heranlassen!"
Die Stimmung im Lager schwankte zwischen Trotz und Niedergeschlagenheit. Als ich mich von den Frauen verabschiedet hatte, nahm mich mein Onkel beiseite.

„Neffe, ich war dir gegenüber ungerecht. Es tut mir leid. Ich war eifersüchtig auf dein besonderes Verhältnis zu deinem Vater. Vergiss uns nicht, Hakata! Mein Zelt ist auch immer dein Zelt." Das hagere Gesicht mit den sorgfältig geflochtenen Zöpfen hatte all seine gewohnte Strenge verloren. Ich umarmte ihn. Noch nie hatte mich mein Onkel mit diesem Namen angesprochen.

Die Soldaten standen auf der anderen Seite der spärlich mit Kiefern bewachsenen Höhenrippe. Wie am Vortag waren mehrere Truppenketten aufmarschiert. Davor, bei den Standarten, wartete Miles mit den Unterhändlern.
Als Sitting Bull den Aufmarsch sah, schickte er einen Kurier ins Camp zurück.

„Treibt die Pferde in den Zeltkreis! Das Volk soll sich bereithalten."
Long Feather ritt uns mit der Waffenstillstandsfahne voran. Es war ein kalter Tag. Wolkenfetzen jagten über den Himmel. In einer Entfernung von 300 Yard zu den Soldaten fand das zweite Treffen statt.
Als beide Parteien mit kalter Höflichkeit einen Händedruck ausgetauscht hatten, setzten wir uns. Neben Sitting Bull saß heute Gall, der Kriegsführer der Hunkpapa, ein schwerblütiger, finsterer Mann mit mächtigem Brustkorb. Er trug ein rotes Hemd. Sitting Bull erschien ganz in Buckskin gekleidet, mit Skalphaarbesatz. Seine Zöpfe waren mit roten Stoffstreifen umwickelt.

„Bear Coat!", begann er. Es lag Erregung in seiner Stimme. Ein gefährliches Feuer funkelte in den schwarzen Augen. „Höre, was ich zu sagen habe. Denn wenn wir sprechen, hört ihr nicht zu. Wenn ihr zuhört, wollt ihr uns nicht verstehen. Wir bitten um nichts, als was bereits uns gehört."
Sie wollten frei in ihrem eigenen Land jagen. Sie forderten einen gerechten und gleichberechtigten Handel.
Der General erklärte Sitting Bull die Forderungen Washingtons: Keinen Frieden der alten Art mehr, Munition und Vorräte im Winter, aber Kampf

gegeneinander im Sommer.
Hart prallte die Militärsprache auf den weichen Singsang der Indianer. Miles war gereizt und ungeduldig. Mir schien, er bereute, am Vortag so nachgiebig gewesen zu sein.
„General!", ich konnte mich nicht mehr zurückhalten. „Sitting Bull ist nicht irgendein Häuptling. Einen ehrenvollen Frieden für ihn. Sagen Sie ihm, dass Sie sich für eine Agentur hier einsetzen, und Sie gewinnen alle kriegsführenden Häuptlinge."
„Genug, Kelly! Übersetzen Sie!", herrschte er mich an. Er forderte die bedingungslose Kapitulation.
„Ein Zeichen, Sir! Das ist eine Gelegenheit, die vielleicht nie wiederkehrt."
„Schluss jetzt, Kelly, sonst lasse ich Sie durch Jim Wood ablösen. Ich habe keine Vollmacht! Meine Befehle sind eindeutig, sie beinhalten auch die Verhaftung von Sitting Bull."
Während unseres erregten Wortwechsels war der Blick des Tatanka aufmerksam zwischen uns hin und her gewandert.
Miles zeigte sich unnachgiebig. Frieden für die, die sich ergäben, aber Vernichtung für alle, die kämpfen wollten.
„Das ist der Wille des Großen Vaters. Ich kam, weil du uns Maultiere gestohlen hast."
Sitting Bulls Stimme veränderte sich. Hasserfüllt schleuderte er Miles entgegen:
„Wir haben das Recht dazu, das Gleiche wie ihr hier auf unserem Land zu tun." Zwei tiefe Wirbel gruben sich in die Oberlippe seines zusammengepressten Mundes. „Du hast dich verändert. Gestern war alles gut zwischen uns. Ich war mit dir einer Meinung. Heute ist alles anders!"
White Bull, der Neffe des Tatanka, trat von hinten an seinen Onkel heran. Heiser zischte der junge Krieger:
„Onkel, die Weißen bereiten den Kampf vor!" Er spuckte das Wort „Uasitschun" förmlich aus.
Von Unterwerfung konnte keine Rede sein. Starr forderte Sitting Bull die Räumung aller Militärstützpunkte und den Abzug der Goldsucher aus den Black Hills.
Die Nichtannahme der Bedingungen der Regierung sei gleichbedeutend mit

einem Akt der Feindseligkeit, beharrte Miles.
Die Häuptlinge steckten die Köpfe zusammen. Die Stimmung wurde immer gereizter.
„Du bist es, der die Beherrschung verliert!", hielt Sitting Bull dem General vor. „Ihr wollt nur kämpfen. Das ist alles, was ich zu sagen habe." Schroff stand er auf.
Alles erhob sich und rief nach den Pferden.
In diesem Aufbruch winkte mich der Tatanka zu sich heran.
„Der Sohn von High Eagle hat heute für uns gesprochen." Er deutete auf die Soldaten. „Bleibe auf dieser Seite, Kundschafter! Ich ehre dich."
„Ich ehre dich, Vater!", rief ich ihm überrascht nach.
Unter Hohnlachen hatten die Häuptlinge ihre Pferde bestiegen und trieben sie klatschend bergan. Ich sah noch, wie ihnen Long Feather mit der Fahne entgegenkam. Kaum war der flatternde, weiße Fleck in den Hügeln verschwunden, krachten die ersten Schüsse. Miles hatte den Angriffsbefehl gegeben.
Sitting Bulls Gefolgsleute nahmen uns von Senken und Bodenwellen aus unter Beschuss. Unsere Pferde scheuten und wir zogen die Köpfe ein. Kniend und stehend schickten die Kampflinien der Infanterie ihre Salven gegen einen Feind, der sich zerstreut hatte und bereits kein Ziel mehr bot.
Ich zeigte dem General mehrere Projektile, die sich beim Aufschlag nur wenig verformt hatten. Ein Zeichen, wie knapp an Pulver die Indianer waren. Sie hatten es bis an die Grenze der Wirksamkeit gestreckt.
Noch etwas anderes bewegte mich. Ich hatte dem kräftigen Pony des Tatanka nachgeschaut, als es bergan preschte. Es besaß auf einem Huf seiner Vorderhand eine tiefe Rille, ein Wuchsfehler, der es offensichtlich nicht behinderte. Ich hatte eine der losgetretenen Erdschollen aufgehoben. Deutlich drückte sich der Spalt im Huf ab.
Ich würde das „Split-Toe-Pony" im Auge behalten.
Die Garde bildete einen massiven Sperrriegel. Miles bewies die Hartnäckigkeit, die man ihm nachsagte. Schrittweise trieb die Infanterie die Nachhut der Sioux zurück. Trotz des massiven Feuers konnte ich nur einmal sehen, wie die Indianer einen Verwundeten bargen. Sie mussten das große Lager aufgeben. Der Tross der Flüchtlinge verschwand in der Dämmerung, als die

Truppen von General Miles das Lager besetzten.
Kommandos rissen die Zelte nieder. Tonnen an Fleisch fielen der Armee in die Hände. Rot stiegen die Brandfackeln in den Himmel. Die Wintervorräte eines Volkes gingen in Flammen auf.
Die Asche in Thunderhawks Feuerstelle glühte noch. Sie waren rechtzeitig geflohen. Mein Packpferd war weg.
Jim fand mich, als ich den Zeltplatz von Sitting Bull untersuchte. Die Abdrücke bestätigten meine Vermutung. Das Split-Toe-Pony hatte vor dem Zelt gestanden.
„Das alles ist widerwärtig, Kell."
„Das ist erst der Anfang vom Ende."
„Werden sie aufgeben?"
Ich zuckte mit den Schultern.
„Sie brauchen Munition. Die bekommen sie im Norden oder sie flüchten in die Badlands."
Ich kam nicht mehr dazu, weiterzusprechen. Schüsse peitschten aus dem Dunkeln. Wir warfen uns in den Dreck. Die Vorposten erwiderten das Feuer. Das Gatling Gun ratterte los.
Am Morgen zeigte sich, dass die Indianer nach Osten flohen. Miles blieb ihnen hart auf den Fersen. Dann stiegen gewaltige Rauchwolken in den Himmel. Das Herbstgras war trocken wie Heu und der Wind tat ein Übriges. Eine Feuerwalze kam auf uns zu. Die Trosswagen mussten auf eine Anhöhe gerollt werden.
Unerwartet kam der kraftvoll vorgetragene Gegenangriff. Die Hauptmacht befand sich, von Rauchschwaden eingeschlossen, auf engstem Raum wie in eine Falle gedrängt. Kriegsschreie gellten. Halbnackte Gestalten galoppierten wagemutig heran, feuerten durch den Qualm und verschwanden außer Schussweite. Zugtiere brachen zusammen.
Miles machte mit seinen Männern einen Ausfall. Das brachte den Angriff der Sioux ins Wanken. Sie ließen fünf Tote zurück.
Das weitreichende Feuer der „Long Toms", der Springfield-Karabiner, trieb die Flüchtenden ständig weiter. Sie schwenkten in die Bad Route Creek-Schlucht ein.
Das Wetter wurde zusehends schlechter. Der erste Schneesturm des Jahres

brachte unsere Kolonne zum Stehen.
Am nächsten Morgen lagen sechs Zoll frisch gefallener Schnee, mächtige Verwehungen erschwerten den Vormarsch.
Die Indianer waren erschöpft. Abgezehrte Packpferde mit Pemmikan blieben zurück. Wir fanden eine alte Frau erfroren in einer Schneewehe.
Zweimal ging ich mit einem weißen Tuchfetzen vor. Jedes Mal antwortete wütendes Gewehrfeuer. Die Kugeln spritzten um mich herum, waren aber nicht gezielt.
Unerbittlich bewegte sich die Schlange aus Männern und Wagen durch die öde Winterlandschaft. Das Karabinerfeuer der Infanterie wurde nur noch sporadisch erwidert und verstummte schließlich ganz.
Es war eine mondlose Nacht. Von einer Insel im Yellowstone aus beobachtete ich den Übergang der Sioux. Als er nach Mitternacht abgeschlossen war, ritt ich zurück.
Noch in derselben Nacht überquerte das Regiment den Fluss. Das Wetter war umgeschlagen. Es taute. Als wir im Morgengrauen den letzten Wagen aufs Ufer gesetzt hatten, war der Yellowstone bereits so hoch angeschwollen, dass kein Übergang mehr möglich war.
Am Vormittag kapitulierten die Indianer. White Bull kam mir mit einer weißen Fahne entgegen geritten. Ich sagte ihm, dass Bear Coat ein harter Mann im Kampf sei, aber gerecht und großzügig im Frieden. Noch so tapferer Widerstand sei jetzt zwecklos. Zweitausend Indianer ergaben sich.
In einem großen Halbkreis saßen die Häuptlinge und Unterhäuptlinge, in seinem Brennpunkt General Miles, sein Adjutant und ich. Miles sprach freundlich und geduldig. Freimütig setzte er ihnen den Willen des Großen Vaters auseinander. Aber er sagte auch, dass sie gleich jetzt ausreichend Essen und Vorräte bekommen würden. Erleichterung trat in die dunklen Gesichter. Immer mehr Hände formten das Friedenszeichen.
Einige hundert Indianer hatten sich zerstreut, darunter Sitting Bull und Gall. Die anderen verpflichteten sich auf Ehrenwort, nach der Cheyenne River Agentur am Missouri zu ziehen. Sie bekamen sogar Munition für die Jagd mit. Fünf Häuptlinge boten sich freiwillig als Geiseln an.
Die Ordonnanz meldete, dass die Wachen einen Indianer aufgegriffen hätten. Der junge Hunkpapa führte mein Packpferd heran. Gepäck, Gewehr, sogar

die Munition waren unangetastet.

„Indian Ways – Indianerart", sagte ich zum staunenden Offizier und dankte dem Hunkpapa. Ich öffnete die Satteltaschen und gab ihm alles, was ich an Vorräten bei mir hatte. Er flüsterte mir zu, dass mein Onkel mit Gall und Tatanka Yotanka gezogen sei.

General Miles hatte seinen ersten Schlag gegen Sitting Bull geführt. Kuriere gingen mit Depeschen an das Hauptquartier ab. Sie beförderten auch die Berichte für Jims Zeitung zur Telegrafenstation nach Fort Mandan am Missouri.

Bereits am 5. November 1876, nach kurzem Aufenthalt in der Basis, brach General Miles mit dem gesamten Regiment auf. Wir folgten einem Trail von 60 Zelten. Ein Schneesturm am Big Dry löschte ihn aus. In Eilmärschen erreichten wir Fort Peck. Die Armee nahm es unter Kontrolle. Unser nächstes Ziel war Carroll, ein weiterer Handelsposten im Westen.

An der großen Missourischleife, dem „Big Bend", erbrachte die Aufklärung ein sehr widersprüchliches Bild. Die einen Scouts erwarteten den Vormarsch Sitting Bulls weiter in Richtung auf Carroll, andere Berichte wollten wissen, dass der Tatanka nach Osten zurückmarschiere, um bei Fort Peck den Missouri zu überqueren.

Vor einem hoch auflodernden Feuer fand die letzte gemeinsame Stabsbesprechung statt. Miles teilte kurzerhand sein Kommando auf.

Während zwei Abteilungen in Richtung Carroll aufklären sollten und das Gebiet südlich des Missouri absuchten, lautete der Befehl für Lieutenant Baldwin und seine Hundertschaft, Sitting Bull zu stellen oder nach Süden zu treiben. Seine Leute sollten bis zur kanadischen Grenze operieren.

Ich wurde Baldwins Kommando zugeteilt. Zu Jim Burnetts Bedauern, wollte ihn Miles bei der Hauptmacht wissen. Die Trosswagen blieben beim Regiment zurück. Das Gepäck, auf das Allernotwendigste beschränkt, wurde auf Maultieren mitgeführt. Ich nahm die Scouts Curly Crow, Long Horse und Half Yellow Face mit. Die Crow tanzten die ganze Nacht und sangen Freundschaftslieder.

Wir standen nördlich des Milk River, knapp 40 Meilen vor der kanadischen

Grenze. Es war der fünfte Tag, seit wir uns von Miles und der Hauptmacht abgekoppelt hatten.

Ich hatte mich mit dem Kopf gegen mein Pferd gelehnt. Die Hände am Sattelhorn, döste ich vor mich hin.

Die Männer von der H-, G- und I-Kompanie beluden unter den wachsamen Augen von Sergeant Tyler die Tragtiere.

Lieutenant Baldwin und Atwood, sein Stellvertreter, waren in höher liegendes Gelände geritten und suchten mit Ferngläsern das Vorfeld ab.

Die Sergeants trieben die Männer zur Eile. Knapp zwei Tagesmärsche vor uns zog ein großes Lager und wir holten ständig auf. Wir hatten 187 Zeltkreise gezählt. Der Boden unter den Feuerstellen war noch warm gewesen. Wir fanden den breiten Trail, als wir in den Larb Hills auf einen toten Büffel stießen. In seiner Schulter steckte ein Jagdpfeil.

Wir marschierten den Frenchman Creek entlang nach Norden. Leichter Schneefall setzte ein. Um die Mittagszeit gabelte sich der Trail. Wir machten Rast und beratschlagten. Letzte Kaffeefeuer wurden gestattet. Baldwin entschied sich dafür, zwei Crow mit der Hauptrichtung nach Osten zu schicken, während er mit der ganzen Abteilung dem schwächeren Nordtrail zur Grenze folgte.

Die Scouts kamen nach Mitternacht zurück. Der Haupttrail hielt die Richtung nach Fort Peck bei.

Am anderen Morgen war die Luft völlig still. Die Geräusche der Männer und Maultiere, alles klang lauter als sonst. Eine seltsame Erregung lag über der Kolonne.

Im Norden standen schwarze Wolken wie eine Mauer am Himmel. Die Schneefront baute sich höher und höher und zog rasch heran. In Böen traf uns der peitschende Wind. Die Flocken wirkten wie Nadelstiche auf der Haut.

Dann brach die Hölle los. Schreie gellten. Schüsse hämmerten. Curly und ich rissen die Pferde herum und preschten zum Ende der Kolonne. Verstreut lagen die Männer am Boden, warteten mit dem Gewehr im Anschlag und erwiderten diszipliniert das Feuer.

Ich sah Leutnant Atwood, dessen seltsam verkrümmten Körper sein Pferd mitschleifte. Ein Fuß hing noch im Steigbügel. Das in Panik geratene Pferd war dabei, im Schneesturm zu verschwinden. Im heftigen Gegenfeuer ritt ich heran und riss das Tier am Zügel herum.

Atwood hatte tödliche Schussverletzungen in Kopf und Brust erlitten. Sickels, der Sanitätssergeant, konnte nur noch den Tod feststellen. Das dichte Schneetreiben machte eine Verfolgung der Sioux aussichtslos. Der Blizzard zwang uns in ein Notbiwak.

Am anderen Tag klarte der Himmel erst gegen Mittag auf. Ein Maultier war erfroren. Das Unwetter hatte alle Spuren der Indianer verweht. Wir zogen den Frenchman Creek weiter aufwärts. Mit Curly ritt ich über eine Seitenschlucht in das Tal des Rock Creek. Ohne Ergebnis kehrten wir zurück.

Das Kommando bahnte sich seinen Weg über Hochflächen, die der Sturm frei geweht hatte. In einer windgeschützten Senke schlugen wir unser Lager auf. Leutnant Baldwin und ich waren uns einig, dass wir uns noch auf U. S.-Gebiet befanden.

In einer schlichten Zeremonie beerdigten wir Second-Lieutenant Atwood. Dann, als wir gerade aufbrechen wollten, stieß Curly Crow einen markerschütternden Schrei aus und trieb sein Pony vorwärts. Im Triumphgeheul umritt er in engen Kreisen eine Steinpyramide.

Die Grenze! Wir waren am 49. Breitengrad angelangt.

Ich hatte mich mit dem jungen, intelligenten Crow angefreundet. Er war in eine rote Decke gehüllt, die vom Patronengurt zusammengehalten wurde. Die gefransten Leggins steckten in hohen Mokassinstiefeln. Kampflustig stach eine einzelne Adlerfeder in die Luft. Herausfordernd wie seine Stirnlocke, die er liebevoll mit Bärenfett hoch trimmte. Übermütig fluchend kam er zurück. Das tat er immer, wenn er sich freute oder ein Lob erwartete.

Er signalisierte den Anmarsch einer Grenzpatrouille.

Leutnant Baldwin setzte das Fernrohr an. Dem sonst so zurückhaltenden Offizier entfuhr ein überraschter Ausruf und er wurde beinahe hektisch.

„Da, schau selbst, Howey!", er pflegte einen sehr kameradschaftlichen Umgang mit seinem First Sergeant.

„Du lieber Himmel, die Dandys kommen!"

Der dunkle Strich in der Ferne gewann an Kontur und hielt unbeirrt auf uns zu.

Baldwin rückte seine Mütze zurecht und kämmte sich nervös den schwarzen Vollbart.

„Serge, wie sehe ich aus? Sitzen die Schulterstücke?"
Sergeant Howey kniff die Augen zusammen, schritt prüfend um seinen Leutnant und klopfte und knuffte ihn zurecht.
„Wie neu, Sir!", sagte er und grinste.
Vor zwei Jahren waren die Rotröcke, von allen bestaunt, in den Prärien aufgetaucht. Seither hielten sie mit Feingefühl und einer verbissenen Beharrlichkeit Ordnung und eiserne Kontrolle über Tausende von Indianern aufrecht. Ohne Armee, lediglich dank einer kleinen Polizeitruppe.
Wie wir da aus unseren Schneelöchern auftauchten, glichen wir einer Schar abgerissener Satteltramps. Wir dachten an einen lockeren Plausch unter Grenzgängern. Weit gefehlt! Die Briten machten eine große Sache daraus.
„Auf zum Tee, Jungs!", stichelten die Soldaten, als der Lieutenant, der First Sergeant und ich auf die Patrouille zuritten.
Sie kamen zu acht mit Packpferden und einem eingeborenen Scout. In den Gürtelhalftern über den Büffelmänteln steckten langläufige Dean & Adams-Revolver. Über dem Rücken hingen in Schutzhüllen Snyder-Enfield-Karabiner. Rot leuchtete ein Tuchzipfel seitlich von den Pelzmützen.
„Königlich Kanadische Nordwest-Polizei, Major Scott", grüßte der oberste Mounty steif und sah uns streng an. „Lieutenant Falconer, Seargeant Metcalf ..." Er stellte seine Leute vor.
Das mächtige Empire entfaltete auf der öden Hochfläche ein Stück seiner Autorität und Präsenz. Vor unseren staunenden Augen entstand ein weißes Spitzzelt mit dem Union Jack. Faltstühle wurden aufgestellt. Eine Öllampe verbreitete eine erstaunliche Wärme. Wir legten gleich beim Eintritt die Parkas ab. Verlegen stellten wir fest, dass auf unserer Seite kaum ein Faden regulären Armeezwirns zu finden war. Hirschleder stand gegen die scharlachroten Patrouillenjacken und die stahlgrauen Reithosen, die bei den Mounties zum Vorschein kamen.
Sie boten uns schottischen Whisky an. Nachdem wir einen Toast auf ihre Königin ausgebracht hatten und einen auf den Präsidenten, sah uns ihr Major fragend an. Die Briten hatten einen Protokollführer dabei.
Mit einem geschäftsmäßigen: „Okay, Sir, wir sind bereit", klappte ich mein Notizbuch auf und zückte den Stift.
Die Mounties hielten mit Kritik an unserer Indianerpolitik nicht zurück.

„Im Auftrag der Krone bitten die britischen Behörden die amerikanischen Behörden, die Kontrolle über die Indianer auf ihrer Seite der Grenze zu verstärken sowie den illegalen Schnapshandel durch amerikanische Staatsbürger zu unterbinden. Die Vertreter der Krone stehen zurzeit in wichtigen Verhandlungen mit der mächtigen Blackfoot Föderation. Allein bei der Station Wood Mountains lagern 3000 Sioux. Täglich kommen mehr über die Grenze. Ich selbst sprach gestern mit einer Gruppe von ihnen, zwanzig Meilen von hier. Ihr Anführer nannte sich Gall."
Wir sahen uns an. Der mächtige Kriegsführer der Hunkpapa hatte im Schutz des Schneesturms die Grenze überschritten.
Major Scott wies auf die verheerenden Auswirkungen des Whiskyhandels hin, auf die dramatisch anwachsenden Flüchtlingszahlen und warnte eindringlich vor Unruhen zwischen Blackfoot und Sioux, die bis hin zu einem allgemeinen Aufstand eskalieren könnten.
„Oberst McLeod, mein Vorgesetzter, bittet Sie, unsere Anfragen und die Vorschläge für eine gemeinsame Grenzkommission an die zuständigen Stellen Ihres Landes weiterzuleiten", schloss der Mounty seine Ausführungen.
Wir versprachen, Miles und das Oberkommando zu informieren. Gall war in Kanada, aber Sitting Bull hatte die Grenze noch nicht passiert. Die Mounties hätten es gewusst.

„Wie war es, Howey?", fragte der Quartermaster-Sergeant.
„Unbeschreiblich! Tyler, gib an die Männer einen Schluck Brandy aus. Aus medizinischen Gründen, versteht sich." Beschwingt stelzte der First Sergeant vorbei.
Tyler starrte ihm verblüfft nach.
„Was ist denn in den gefahren?"
„Ach, nichts!", ich deutete zur Grenze. Die Mounties verstauten gerade das Zelt. „Er hat einen Toast auf die Königin ausgebracht!"
„Er hat was?", kam es gedehnt. Es klang sehr nachsichtig.

Die Abteilung lagerte in einem Seitental. Längst war die Sonne hinter den Hügeln verschwunden. Ein Kojote klagte in der Ferne. Schnell und schweigsam hatten die Männer ihr Abendessen eingenommen. Die Feuer waren gelöscht. Nach den Strapazen des Tages lagen sie erschöpft in den Decken auf einer dicken Schicht von Tannenzweigen.

Unser Unternehmen glich einer Geisterjagd. Verbissen hatte das Kommando jede Schlucht und jedes Gehölz nach Travoisspuren abgesucht. Vergeblich. Bis vor zwei Tagen.

Ich befand mich mit den Scouts Long Horse und Curly Crow in der Vorhut. Auf einer von Kiefern bestandenen Felsenknolle hatten wir nach zwei Wochen endlich eine frische Spur. Der Spähtrupp bestand aus drei Reitern. Die Tracks kamen aus Osten, aus der Richtung Little Porcupine Creek, und waren höchstens einen halben Tag alt. Die Sioux ritten in ihrer alten Spur zurück.

Der Tatanka selbst war dabei gewesen. Deutlich hatte sich die Hufspur des Split-Toe-Ponys im Schnee abgezeichnet. Ich behielt diese Beobachtung für mich, auch vor den Crow-Scouts.

Das Kommando nahm die Verfolgung von Sitting Bulls Lager auf. Am Little Porcupine entdeckten wir 122 Zeltkreise. Die Asche in den Feuerstellen war keine zwei Tage alt. Am Morgen stoppte uns ein Schneesturm. Nach nur fünf Meilen Marsch waren wir ins Biwak gegangen.

Curly Crow hatte sich Bogen und Köcher übergestreift. Beide waren wir in helle Hudson-Bay-Decken gehüllt. Wir grüßten die Vorposten und begannen unseren nächtlichen Erkundungsritt.

Der Trail lag deutlich wie der einer durchziehenden Viehherde vor uns. Immer wieder verschwand der leise dahinplätschernde Bach unter Eis und hohen Schneewehen.

Als wir nach drei Stunden um eine Biegung des Tals kamen, wehte uns der Geruch nach Dung, Rauch und verbranntem Fett entgegen. Curly huschte zwischen den alten Zeltkreisen umher, betastete den Pferdedung, wühlte in den Aschehaufen nach Knochen und untersuchte die Erde darunter. Ich stellte mich in den Baumschatten, hielt sein struppiges Pony und sicherte. Wir verständigten uns durch Handzeichen. Vor kaum mehr als zwölf Stunden waren die Bewohner dieses Lagers aufgebrochen.

Ein Knall schreckte uns hoch. Ein Stöhnen hing in der Luft. Jeder saß angespannt im Sattel und lauschte. Der Wind fuhr durchs Tal. Er fing sich in den Schweifen der Pferde und bauschte unsere Decken. In den Wäldern rieben

sich knarrend Bäume. Wieder erklang das unheimliche Ächzen.
„Der Missouri!", flüsterte ich Curly zu. Hinter einem Hügelkamm regte sich der große Fluss unter seinem Eispanzer.
Auf einer mondhellen Stelle im Wald entdeckte ich den Abdruck des Split-Toe-Ponys. Ich ließ Curly zurück und nahm die Spur zweier Reiter auf.
Der große Strom lag in gleißendem Licht unter mir. Für einen Augenblick glaubte ich, den Widerschein von Feuer am Nachthimmel zu sehen. Ich wollte schon aus dem Schatten treten, als ich erneut das Fernglas ansetzte. Etwas hatte sich auf den hellen Streifen zwischen den Pappeln am Ufer bewegt. Das Pony!
Dann sah ich den Tatanka. Er hatte seine Waffe gegen einen umgestürzten Stamm gelehnt. Seine mächtige Gestalt war in eine Büffelrobe gehüllt. Ein feierlicher, entrückter Ausdruck lag auf seinem Gesicht. Beschämt senkte ich das Glas.
Nach einer Weile setzte er sich auf den Stamm. War es diese menschlich anrührende Geste? Ich vergaß alle Vorsicht, auch den zweiten Mann, den ich nirgends entdecken konnte, und trat entschlossen ins Mondlicht.
Meine ersten Schritte dämpfte der Schnee. Das harte Gras raschelte, da war ich noch 50 Yard von ihm entfernt.
„Vater, ich bin es!", rief ich ihn an.
Ein schneller, scharfer Blick traf mich. Er war rasch aufgestanden, das Gewehr in der Armbeuge, so standen wir uns gegenüber.
„Der Kundschafter", kam es gleichmütig. Seine Lippen verzogen sich zu einem kurzen Lächeln, das einzige Anzeichen seiner Überraschung.
Ich lehnte mein Gewehr gegen den Stamm und er setzte seine Winchester daneben ab.
„Wo ist dein Schatten, dieser Crowsöldner?"
„Er wartet hinter dem Berg."
Beruhigt, fast belustigt, fragte er:
„Wo ist der Soldatenhäuptling mit der lauten Stimme, Bear Coat?"
Wenn Miles losdonnerte, hörten die Büffel mit dem Kauen auf. Spötter behaupteten, selbst Präriefeuer änderten ihre Richtung. Aber seine Soldaten fühlten sich unter ihm sicher. Ich sagte ihm, dass Miles weit im Süden das Land absuchte.

„Ich bin deiner Spur gefolgt", sagte ich.
„Welcher Spur?"
„Dein Split-Toe-Pony führte mich zu dir. Seit drei Tagen bin ich auf deiner Spur."
Der rätselhafte Mann nahm seine Fuchsmütze ab und schüttelte entspannt sein Haar frei. Er lachte leise. Für einen kurzen Moment sah ich ein Gurtmesser in einer Scheide mit Silbernieten und einen Sechsschüsser.
„Der kleine Soldatenhäuptling wird kein Lager finden", bemerkte er spöttisch. „Er sollte sich vorsehen. Wir haben Freunde im Norden."
Er schien meine Gedanken zu erraten.
„Dein Onkel und die Bewohner seines Zeltes haben die Medicine Road überquert."
Ich war erleichtert. Red Shawl war in Kanada.
„Ich wuchs bei den Red River Mixed Blood in Großmutters Land auf. Dort schoss ich auch das erste Mal mit einem Gewehr", sagte er mit Schwermut in der Stimme. Wir saßen einträchtig nebeneinander. „Du hast das kleine Shyela-Mädchen noch immer nicht gefunden?"
Ich schüttelte nur den Kopf. Er sah, wie mir zumute war.
Schonend brachte mir der Siouxführer bei, dass es einen großen Kampf am Powder River, nahe den Big Horns, gegeben hatte. Morning Stars Dorf war von Soldaten und vielen Pawnee und Schoschoni überfallen worden. Die Hilflosen hätten dabei alles verloren. Es gab viele Tote. Die Überlebenden seien zu Crazy Horse an den Box Elder Creek geflohen.
Tröstend legte er seine Hand auf meine Schulter:
„Vielleicht war das kleine Mädchen nicht im Lager. Viele Shyela leben mit unseren Ogalala-Freunden zusammen."
Ich sagte ihm, dass es einen Befehl gäbe, ihn zu verhaften. Das bedeutete, sie wollten ihn in ein Gefängnis sperren.
„Lügen!", grollte er. „Immer nur Lügen. Ich habe genug Lügen gegessen."
Er verfiel in Schweigen.
Es war nach Mitternacht, als er sich mit einem Lächeln auf seinem scharfen Gesicht erhob.
„Es ist schwer, mein Volk zu beschützen. Der Sohn von High Eagle sollte heute Nacht auf dieser Seite des Flusses bleiben."

Das war eine deutliche Warnung.

Er nahm sein Gewehr auf und reichte mir stumm die Hand. Dann trieb er sein Pferd durch die verkeilten Eisschollen hinaus auf den Strom. Unaufhörlich rieselte feiner Schnee über das Eis. Wie Nebel umfloss er die Gestalt des einsamen Reiters – den Wächter seines Volkes – und seine Nachhut.

Ich sah ihm nach und wusste, er hatte mich auf seine Weise die letzten Stunden als Geisel genommen. Er hatte mein Leben verschont und seinem Volk Zeit gewonnen.

Curly und ich suchten das Steilufer ab, bis wir die Feuer in einer Flussschleife sahen. Aber da standen nur noch leere Gerüste. Bei der Einmündung des Little Porcupine schlugen wir mit unseren Handbeilen Holz. Wir hielten ein Feuer in Gang, während wir abwechselnd wachten und schliefen. Am Vormittag ritten wir der anrückenden Kolonne entgegen.

Am Bark Creek verschanzte sich Sitting Bull in einer uneinnehmbaren Festung. Dies und unsere zahlenmäßige Unterlegenheit zwangen Baldwin zum Rückzug. Er führte die Abteilung den Missouri entlang nach Osten, in Richtung auf Fort Buford. Unerwartet für die Indianer, stieß er jäh nach Süden zum Red Water vor.

Am 18. Dezember sichteten wir aus zwei Meilen Entfernung Sitting Bulls Lager. Der Lieutenant befahl den sofortigen Angriff. Bei dem kurzen Gefecht gab es keine Toten. Die meisten Männer waren auf der Jagd. Die Truppe eroberte das Lager. Alles ging in Flammen auf. Sechzig Pferde und Maultiere wurden erbeutet. Die Indianer zerstreuten sich in kleinen Gruppen nach Süden.

Wir brachen die Verfolgung ab und kehrten zur Basis zurück.

Als wir am 23. Dezember bei Tagesanbruch auf dem nördlichen Hochufer des Yellowstone auftauchten, waren wir die ganze Nacht durchmarschiert.

Im Fort wurde eben die Fahne aufgezogen. Es geschah ohne Absprache, aber als sich das Tuch im Wind entfaltete, kam ein donnerndes Hurra über die Klippen. Man wurde auf uns aufmerksam.

Von hellen Trompetenstößen begleitet, preschte eine Eskorte auf den Fluss zu. Nach sieben Wochen und einer Marschleistung von über 700 Meilen hatten wir als letzte der drei Kolonnen das Fort erreicht.

„When Johnny Comes Marching Home", die Regimentskapelle erwartete uns auf dem Paradeplatz mit klingendem Spiel.
Leutnant Baldwin ließ sein Kommando vor einem roh gezimmerten Blockhausbau Aufstellung nehmen. Der Dachstuhl war mit dicken Planen bedeckt. Vom Vordach baumelte ein Holzschild mit großen, eingebrannten Lettern: „Hauptquartier Yellowstone-Kommando".
Nur ein Teil der Besatzung von Fort Keogh wohnte bereits in festen Unterkünften, die Mehrzahl der Soldaten war in einer Zeltstadt untergebracht.
Der General trat auf die Veranda hinaus. Er trug einen dunkelblauen Offiziersmantel und eine Pelzmütze. Sein Blick wanderte durch die Reihen der Männer und blieb an Atwoods Pferd hängen. Er salutierte als er von Baldwin die Meldung entgegennahm.
„Sir, ich bedaure den Tod von Second-Lieutenant Atwood melden zu müssen. Meine Männer marschierten und kämpften unter grausamsten Wetterbedingungen und haben sich bewährt."
„Lassen Sie wegtreten, Lieutenant! Gut gemacht, Baldwin! Kommen Sie später und berichten Sie. Bitte Sie auch, Kelly."
Die Ordonnanz hatte sein Pferd vorgeführt. Er grüßte und ritt zur morgendlichen Inspektion durch den Stützpunkt.
Ich ging mit Curly zum Scout-Camp, vorbei an den Baracken und Ställen der Gespannführer. Inmitten der Magazine lag das Reich des Quartiermeisters. Es schlossen sich Koppeln an, das Bauholzlager und lange Brennholzstapel. Zwischen Tongue River und Yellowstone standen die Ochsenherde und die Pferde des Forts unter Bewachung.
Curly Crow und ich teilten uns ein Tipi. Ich mochte die stickigen Baracken nicht. Erfrischt vom Schwitzbad saß ich im Backrest, als mich der Scout um Tabak bat. Sorgsam zerschnitt er ihn in der hohlen Hand und mischte ihn mit Rotweidenrinde und den zerstoßenen Blättern der Bear Berry.
Ich sah ihn erwartungsvoll an.
Wir rauchten.
„Absaroka gut Freund", rückte er schließlich heraus und schüttelte heftig meine Hand, „du sehen, Curly finden kleines Mädchen. Hey!" Zur Bekräftigung zog er sein Messer und berührte mit der Kuppe des Zeigefingers seiner linken Hand die Spitze der Klinge.

„Freund", erwiderte ich, „wir finden das Cheyennemädchen und du bekommst meinen Sechsschüsser."
Seine Augen leuchteten, als er sah, wie ich nun meinerseits den Zeigefinger auf die Mündung des 45ers legte.

Leutnant Casey begleitete mich auf dem Weg zu General Miles. Ich wies auf die verwaisten Zeltplätze im Scout Camp hin.
„Vor einer Woche gab es Großalarm!" erklärte er mit finsterer Miene. „Wir hatten riesigen Ärger mit den Crow. Um die Mittagszeit kam aus ihrem Lager heftiges Gewehrfeuer. Wir kamen aber zu spät! Fünf Sioux lagen tot in ihrem Blut. Drei unbewaffnete Sioux peitschten ihre Pferde im Zickzack zur Flucht. Eine Lanze steckte im Schnee. Das weiße Tuch an ihr erzählte die ganze traurige Geschichte.
Ich habe Miles noch nie so toben gehört. Wir richteten die Gewehre auf unsere sogenannten Verbündeten. Ich konnte sie teilweise entwaffnen. Der General schickte sie zum Teufel. Tödlich beleidigt zogen sie ab. Wir schickten zwei Sioux mit Geschenken zur Wiedergutmachung los. Darunter waren auch beschlagnahmte Crowponys."
„Woher hatte Miles die Sioux?", fragte ich.
„Der alte Red Cloud hat sie zu uns geschickt. Vorgestern kamen sie unverrichteter Dinge mit den Geschenken zurück. Wir wurden nicht recht schlau aus dem, was sie sagten. Sie behaupteten, sie konnten das Lager nicht finden. Wir glauben allerdings, sie wollten nicht. Jedenfalls sind sie spurlos verschwunden."
Mit gewohnter Energie hatte sich der General auf die nächsten Ziele seiner Winterkampagne gestürzt.
„Sie wissen bereits von dem Anschlag auf die Sioux-Parlamentäre?", empfing er mich in seinem Arbeitszimmer. „Ich bin einverstanden, dass wir weiter mit Ihren Crow arbeiten. Mit der nächsten Streife aus Fort Ellis stößt ein Bannock-Scout zu uns, ein guter Mann. Taylor, der Scout von General Gibbon, bringt ihn."
Miles zeigte sich hoch befriedigt darüber, Sitting Bull auf unserer Seite der Grenze zu wissen.
„Hoffen wir nur, dass es den Mounties gelingt, die Sioux auf ihrem Gebiet zu

neutralisieren. Sonst ist in unserem Rücken bald der Teufel los."
„General Crooks Leute haben am North Fork des Powder River ein Lager mit 170 Zelten erobert."
Das bestätigte die Angaben von Sitting Bull.
„Crook hat seinen Feldzug abgebrochen", fuhr der General fort, „er ist auf dem Rückmarsch nach Fort Fetterman. Die flüchtenden Indianer befinden sich in unserem unmittelbaren Operationsgebiet. Wir werden die Flusstäler im Süden systematisch absuchen.
Übrigens, Kelly, Mackenzies Scouts haben drei Cheyenne Frauen und einen Jungen gefangen genommen, aber kein Mädchen."

Am nächsten Abend, lange nach dem Zapfenstreich, saß ich mit Jim in der Offiziersmesse. Längst hatte er die Achtung der Truppe gewonnen als jemand, der in der Feuerlinie stand und wusste, wovon er sprach. Ich fand, er traf in seinen Zeitungsartikeln den richtigen Ton. Er schilderte die Härte im Feld, aber auch die Anstrengungen, die Miles unternahm, um im Rahmen seiner Möglichkeiten zu einem dauerhaften Frieden zu kommen.
Jim paffte seine Pfeife und schrieb an einem Brief; ich blätterte in den zerlesenen Magazinen, die herumlagen. Da durchzuckte mich ein freudiger Schreck.
Ich war auf den Namen Sally Kirkland gestoßen!
May! Kein Zweifel, da waren ihr Bild und ein Beitrag über ein Gastspiel in Chicago.
Jim sah auf. Er bemerkte meine Aufregung.
„Das ist ja ein Artikel von mir im *Century*! Findest du ihn gut?"
Ich nickte lahm. Etwas, das mehr war als seine berufsmäßige Neugier, trat in seine Augen. Meine Kehle war wie zugeschnürt. So vieles ging mir durch den Kopf. Ich räusperte mich verlegen.
„Kell, du kennst sie! Gib zu, du kennst sie und besser als ich!"
Erschrocken starrte ich ihn an. Sah man das so deutlich? Aber auch Mawasaoh hatte es erraten. Ich musste hier raus.
Froh, der Enge des überheizten Raumes entkommen zu sein, schlenderte ich über den tief verschneiten Paradeplatz. Der kurze Losungsruf eines Postens hallte über die weite Fläche. Die Postenkette gab den Ruf weiter, bis er rings

um das Fort gelaufen war. Wohltuend kalt strich der Nachtwind über mein Gesicht. Ich hatte einen ratlosen Jim Burnett zurückgelassen.
„Sie sind es, Mr. Kelly! Alles ruhig, Sir."
Mit knirschendem Tritt kam mir ein dick vermummter Wachposten entgegen.
„Frohe Weihnachten", grüßte ich.
„Danke, Sir, Ihnen auch!"
Ich ging zum Fluss. Die Stützen des Landungsstegs für das Dampfschiff standen fast auf dem Trockenen. Im Sommer lag hier eine primitive Fähre. Der Mond war eine bleiche Scheibe und glitt durch bläuliche Wolken. Das Eis knackte. Mein Erscheinen vertrieb ein Rudel Wölfe von der schimmernden Fläche.
„Ich liebe dich, May." Erschrocken sah ich mich um. Die letzten Worte hatte ich laut ausgesprochen. Ich ging zurück.
Jim wollte sich bei mir entschuldigen, aber ich winkte ab.
Er schob mir Papier und Feder hin.
„Los, alter Junge, bedien´ dich", drängte er. „Nun schreib ihr schon! Alles andere übernehme ich."

Nob Hill; San Francisco
Januar 1877

Die Lampe warf einen warmen Schimmer in das Zimmer. Längst waren die schweren Vorhänge beiseite gezogen. Die große Stadt und die Bay lagen scharf und kalt im Wintergrau. Wie Watte hing der Nebel über dem Golden Gate.
Die junge Frau saß im Negligé vor dem Spiegel und kämpfte sich energisch durch die dunkelbraune Haarflut. Dabei krauste sie die Nase und schnitt Grimassen.
Ein missbilligendes Räuspern ließ sie aufschauen. Ihre strahlenden Augen folgten verwundert der schwarzen Hausdame, die raschelnd unentwegt hin und her lief und überall im Raum Blumenbuketts verteilte. Bald war alles von Wohlgeruch erfüllt.
„Sag, Marsha, geht das noch lange so weiter?" Sie setzte den Kristallflakon ab.
„Der Salon steht bereits voll, Miss May. Im ganzen Hotel ist keine Vase mehr frei. Hier, von Mr. Harris!", resolut hatte ihr die Schwarze die langstieligen Rosen auf den Schoß gelegt.
Sie überflog die beigefügten Zeilen.
„Ist sonst noch Post für mich da?"
„Nur das Übliche. Visitenkarten. Bittbriefe. Ein paar der Umschläge duften nach Heiratsanträgen. Es ist zehn Uhr, Miss May."
„Ja, es ist gestern sehr spät geworden."
„Ich habe Ihnen die Zeitungen in den Salon gelegt. Der Manager lässt Ihnen ausrichten, die Kritiken seien überwältigend."
„Danke, Marsh. Ein starker Kaffee könnte bei mir jetzt wahre Wunder wirken."
„Ihr Agent, Mr. Owen, hat sich für heute Nachmittag angesagt. Es ist wegen Mexico City. Und Mr. Alvarez will mit Ihnen noch einige Punkte des Kaufvertrags durchgehen."
May Turner band die hoch aufgesteckten Haare unter einem Turban zusammen. Dann erschrak sie gleich zweimal. Kanonendonner rollte über die Bay. Von Presidio schoss man Salut für eine einlaufende Fregatte, die „Constitution".

„Da ist ein Offizier!", kam es aufgeregt von der Tür. „Er sagt, es sei wichtig."
Erstaunt zog sie sich die Lippen mit Rouge nach, schlang noch den Gürtel um den seidenen Morgenmantel und folgte der Hausdame.
Der schneidige Kavallerist stellte sich als Lieutenant Brady vor und überreichte ihr ein braunes, fest verschnürtes Kuvert.
„Mit den besten Empfehlungen von General Shofield!"
Zweifelnd wog sie es für einen Augenblick in ihrer Hand.
„Aus Fort Keogh in Montana. Es ist zweifellos an mich gerichtet."
Der Umschlag war fleckig und von Stempeln und ausgestrichenen Adressen übersät.
„Bismarck, Chicago, St. Paul, Omaha, Denver, Sacramento – man hat mich ja regelrecht verfolgt." Fragend sah sie den jungen Leutnant an.
„Er ist seit vier Wochen unterwegs, Madame", erklärte er bedauernd, „aber da oben ist jetzt Kampfgebiet. Der General lässt fragen, ob Sie unseren Wohltätigkeitsball heute Abend mit Ihrer Anwesenheit beehren würden?"
May sah den Offizier verwirrt an. Ein leiser Verdacht war in ihr aufgestiegen.
„Bitte, entschuldigen Sie mich." Sie entließ den Leutnant.

Als sie wieder im Sessel vor dem Spiegel saß, kämpfte sie zuerst ihre Aufregung nieder. Anders als die parfümierten Billets der Kavaliere roch dieser Umschlag nach Rauch und Nässe. Sie riss ihn entschlossen auf und hielt zu ihrer Überraschung zwei Briefe in Händen. Wahllos öffnete sie den ersten.

Fort Keogh, Montana, 26. Dezember 1876

Sehr geehrte Miss Kirkland!

Ich bin Kriegskorrespondent der „Chicago Tribune" und schätze, ich bin Ihnen für diesen Brief eine Erklärung schuldig. Auch wenn ich die Nachrichtenwege der Armee und die Hilfe meiner Redaktion in Anspruch genommen habe, seien Sie versichert, dass mein Brief vertraulich ist und nichts mit meiner Zeitungsarbeit zu tun hat. Es ist einfach so, dass ich nicht aus meiner Haut kann, ich muss mich einmischen. Aber urteilen Sie selbst.

Liebe Miss Kirkland, vor einigen Wochen beggenete ich einem bemerkenswerten Mann. Alle nennen ihn mit Achtung nur Scout oder Kelly. Ich glaube, wir sind Freunde. Ich, der im harten Zeitungsgeschäft vielleicht etwas zynisch gewordene Mann aus dem Osten, und dieser nachdenkliche, fast scheue Mann aus dem Westen, der so unterhaltsam und voller Temperament sein kann.

Erinnern Sie sich noch an Ihren Auftritt bei uns in Chicago, voriges Jahr am Unabhängigkeitstag? Ich musste für den Kollegen vom Feuilleton einspringen und ich gestand Ihnen das ein. Sie waren so herzlich zu uns Pressehaien, mir gaben Sie sogar ein Exklusiv-Interview in Ihrer Garderobe. Sie kamen zu spät zu einem Empfang und ich bekam Krach mit Sadie, meiner Verlobten. „Overland Monthly" und „Century" waren an einer längeren Story über Sie interessiert und verpflichteten ihre besten Zeichner. Vielleicht ist Ihnen einer der Artikel noch in Erinnerung?

Wir leben hier am Ende der Welt und Häuptling Sitting Bull kann Kurier und Telegraf, diese dünne Nabelschnur zur Außenwelt, jederzeit unterbrechen.

Es war am Weihnachtsabend, ich schrieb gerade an einem Brief für meine Sadie, da sah ich, wie bewegt mein Freund war, als er Ihr Bild in einer alten Nummer des „Century" fand. Wir kamen ins Gespräch und soweit ein Mann einem anderen sein Herz öffnet, kenne ich die Umstände.

Madame, ich bin Reporter, Lohnschreiber, aber was ich an diesem Abend hörte, war die „Love-Story des Westens"! Was Kellys Handlungsweise angeht, es ist die Entscheidung eines Ehrenmannes ...

May brach ab. Mit bebenden Händen riss sie den zweiten Umschlag auf. Sie rang mit der Fassung.
Leise flüsterte sie:
„Du lebst! O, mein Liebster, du lebst."

Fort Keogh, Montana, 24. Dezember 1876

Liebe May!

Ich fand Dein Bild in einem Magazin, hier, wo ich es am wenigsten erwartet hätte. Lass mich noch einmal in der alten Vertrautheit zu Dir sprechen.
Nun stehe ich doch wieder auf einer Soldliste der Armee, als Scout unter General Miles. Ich bin dabei, weil auf der anderen Seite Menschen sind, die ich kenne und die mir vertrauen.
Liebe May, in Pinto Crossing sind wir uns das erste Mal begegnet. Ich lernte Dich kennen und lieben. Es gab da jedoch beim Abschied von den Indianern eine Cheyennefrau. Als ich wieder in den Bergen war, befreite ich eine Gefangene vom Stamme der Crow. Es war diese Frau. Ich wollte sie zurück zu ihrem Volk bringen, aber bei einem Unfall mit einem Grizzly brach ich mir das rechte Bein. Sie blieb bei mir und rettete mir so das Leben. Als wir Ende Mai die Berge verlassen wollten, fielen uns zwei menschliche Ungeheuer an. Ohne einen Augenblick zu zögern, gab sie ihr Leben für mich hin. Sie tat es aus Liebe. Ich war auf dem besten Weg, ein Cheyenne zu werden. Zwei Schüsse haben alles zerstört.
Jetzt suche ich ein kleines Cheyenne-Mädchen, ihre Tochter, dem ich erklären muss, dass es seine Mutter nie mehr sehen wird, und von dem ich hoffe, dass es einen weißen Mann als Vater akzeptiert. Ich bin dieser Frau verpflichtet, aber es ist auch mein freier Wille.
Wie geht es Dir? Wo wird Dich mein Brief erreichen? Ich kann verstehen, wenn du schon längst einen anderen Mann liebst. Nichts soll Dich in Deinen persönlichen Entscheidungen behindern, dennoch bleibst Du der Mensch für mich, dem ich alles erzählen möchte. Ich liebe Dich, May, und Deine besondere Art und Weise.
Schon lange vor dem Weckruf waren heute die Köche auf den Beinen. Überall, in Unterkünften und Messen, wurden Girlanden aus Tannengrün angebracht. Captain Randall, der Quartiermeister, gab großzügig Kerzen für die Christbäume aus, die man in Holzständern aufgestellt hat.
Jim Burnett, ein Zeitungsmann, und ich waren bei General Miles zum Weihnachtsessen eingeladen.

Wir stehen kurz vor einem neuen Feldzug gegen die Indianer. Während meiner Abwesenheit wurde eine Friedensabordnung von ihnen überfallen und fast vollständig aufgerieben. Jetzt ist die Verbitterung groß und die Kämpfe werden sich wohl bis weit ins nächste Jahr hinziehen. In jedem Fall werde ich die Armee im Frühjahr verlassen.
Ich weiß, wenn ich wieder dort draußen bin, werde ich mir diesen Brief Zeile für Zeile vorsagen und für einen flüchtigen Moment das Gefühl haben, ich spräche zu Dir.
April May, eine glückliche Hand bei allem was Du tust.
Leb wohl!

Kell

PS: Ich musste Dir einfach schreiben, als ich Dein Bild sah.

Mit brennenden Wangen saß sie da. Nur das Ticken der Standuhr war zu hören. Sie trat an das Fenster. Auf der belebten California Road rasselte eine Pferdebahn vorbei. Möwen flogen vorbei – leise, ohne die üblichen Schreie.
Sie öffnete eine Schublade. Vorsichtig nahm sie aus einer Schmuckkassette eine getrocknete Wildrose. Ihre Nasenflügel bebten, als sie den schwachen Duft einsog.
Immer wieder hatte sie sich wie eine Beschwörung vorgesagt, dass diese Rose nie aufhören würde zu duften. Nicht, ehe Kell zurück sein würde!
Sie legte die Rosenblüte auf seinen Brief und ihre Lippen kräuselten sich beim Lesen der weiteren Zeilen von Burnett.

... Im vorigen Winter verunglückte er in den Bergen. Er wurde von einer Indianerin gerettet. Die gleiche Frau warf sich im Frühjahr vor die Gewehre zweier Killer und opferte sich für ihn. Sie hinter lässt eine vierjährige Tochter. Kelly setzt Himmel und Hölle in Bewegung, um seine Adoptivtochter zu finden.
Seit Oktober heißt es: „Kundschafter vor! Mr. Kelly nach vorne!"
Es grenzt an ein Wunder, dass er noch keiner Kugel zum Opfer gefallen ist.

Beide Seiten, Rot und Weiß, Häuptling oder General, scheinen seine Mittlerrolle in diesem tragischen Ringen zu akzeptieren. Mit bloßen Händen tritt er zwischen die Linien und fordert die verzweifelten Indianer zur Kapitulation auf.
Vor einigen Tagen kam er nach wochenlangem Marsch in die Basis zurück. Es gab schwere Gefechte mit den Indianern und die Chancen, seine Tochter zu finden, sinken.
Madame, ich mag diesen Mann. Wenn er, nach Cowboyart ein Bein über das Sattelhorn gehakt, das Land mit dem Fernglas absucht. Wenn er sogar dem General Kontra gibt. Er ist Chief-Scout beim Yellowstone-Kommando.
Ich mag diesen Mann, der klein von Statur, von seinen Freunden, den Indianern, Roter Weißer Mann und Starkes Herz genannt wird; der meinen Blick geschärft hat und der mein Trommelfeuer an ungeduldigen Fragen verständnisvoll über sich ergehen lässt, weil es eben mein Job ist zu fragen. Er ist der erste in der Vorhut und als letzter in der Nachhut zu finden. Er weiß um die Schrecken und Abgründe, hat aber dennoch das Lächeln nicht verlernt.
Heute Morgen um fünf Uhr haben die Sioux einen Teil der Ochsenherde des Forts gestohlen und fortgetrieben. Madame, dieser Mann, der Sie liebt, ist bereits seit Stunden wieder im Sattel. Zusammen mit seinem treuen Crow-Scout hat er die Spur aufgenommen. Er bat mich ausdrücklich, seinen Brief dem Kurier mitzugeben, und er bedankte sich für meine Hartnäckigkeit in dieser Sache.
Noch etwas, Kelly weiß nichts von meinem Brief an Sie. Leben Sie wohl!
Ihr Ihnen stets ergebener

James Burnett

PS: Ehe der Kurier aufbricht, schnell noch die letzten Neuigkeiten. Nach einer weiteren Vorausabteilung bricht morgen das Regiment auf, um das Lager von Chief Crazy Horse im Tongue River Tal zu suchen. Nicht nur das Wetter, auch sonst verspricht dieser Feldzug in jeder Beziehung stürmisch zu werden.

„Geht es Ihnen gut, Missy?" Die Stimme der Hausdame schwankte vor mütterlicher Besorgnis.
„Marsha, er lebt!"
„Dieser Mr. Kelly also!", kam es entrüstet zurück.
May nickte heftig. Die Schwarze stöhnte und schüttelte bekümmert ihren Kopf. Dann sah sie das rote Kleid, das ihre Herrin auf dem Bett ausgebreitet hatte. Das knappe Mieder betonte ihre Figur, die schlanke Taille und den Schwung ihrer Hüften. Dazu würde sie eine Federboa tragen.
„Miss May, warum ausgerechnet dieses Kleid? Das wird Mister Harris aber gar nicht gefallen. Es ist nicht besonders ladylike."
„Marsh, richte dem Offizier aus, ich lasse General Shofield für die Einladung herzlich danken. Ich komme zum Ball."
„Aber Sie haben doch Mr. Harris versprochen ...?"
„Es ist wichtig für mich! Schick einen Hotelboten zu Richard. Ich gebe ihm einen Brief mit. Es muss einfach sein."
May las abwechselnd in den Briefen von Kell und Burnett. Sie frisierte sich und trällerte dabei. Mehrfach änderte sie ihre Frisur, schließlich steckte sie das Haar hoch. Sie hängte sich den goldgefassten Rubin um. Mit großen, aufmerksamen Augen betrachtete sie ihr Spiegelbild und ihre Gedanken wanderten weit zurück.
Kell liebte und begehrte sie, gerne war sie seiner stürmischen Werbung erlegen. Sie waren verwandte Seelen. Beide gaben sich ganz. Als sie das erkannt hatten, war sehr schnell aus Leidenschaft tief empfundene Liebe geworden. Sie, die sonst andere unterhielt, genoss es, wenn er sie stundenlang mit seiner Fröhlichkeit aufmunterte. Mit Kell konnte sie über alles reden. Er fand sie einzigartig und liebte sie vorbehaltlos.
„Ich halte einen Zipfel des Glücks in meiner Hand und werde ihn nicht mehr loslassen."
Noch lange hatte sie sich in Kells Liebe geborgen und beschützt gefühlt. Als dann der Sommer vorübergegangen war und er nicht kam, wusste sie, es musste ihm etwas zugestoßen sein. Er blieb verschollen.
Mehr, um sich selbst zu prüfen, ließ sie im Herbst Richard Harris, einen reichen Großgrundbesitzer, in ihre Nähe. Richard hatte sie in die exzentrische Gesellschaft von Nob Hill eingeführt. Hier standen die Paläste derer, die

es geschafft hatten, im 49er-Goldrausch oder durch kühne Spekulationsgeschäfte.

Geistreich und charmant, war er einer der großen stattlichen Männer, an die sich eine Frau anlehnen konnte. Er war ehrgeizig und bewarb sich um einen Sitz im Senat. Jeden Wunsch würde er ihr von den Augen ablesen, aber sie würde fürchten müssen, sich selbst zu verlieren.

Auch Kell war stark. Doch er unterschied sich von Harris. Er ruhte in sich selbst. Er signalisierte ihr, dass er sie brauchte, und das gefiel ihr. Sie wollte gebraucht werden. Durch ihn hatte alles einen neuen Sinn bekommen. Was vorher nur als vages Gefühl in ihr vorhanden war, hatte nun an Tiefe und Reichtum gewonnen. Aus Ansätzen waren Brücken geworden.

„Edna April May, du leuchtest!" Er fand erstaunliche Worte, die sie diesem stillen Menschen niemals zugetraut hätte. Schmerzhaft wurde ihr bewusst, wie sehr er ihr fehlte.

Da gab es diese Indianerin. Wie sehr sie auch ihr Herz durchforschte, sie fühlte nur Freude über das Lebenszeichen von Kelly und tiefes Bedauern über den Tod dieser Unbekannten.

Diese Frau war von einer großen leidenschaftlichen Ausstrahlung gewesen. Sie entsann sich an die kurze Begegnung, an das reich geschmückte Hirschlederkleid, das markante Gesicht und an die einzelne Silbersträhne, die sich durch das blauschwarze Haar gezogen hatte.

Beim Abschied auf dem Bahnsteig in Pinto Crossing hatte die Indianerin den Blick gehoben und May unverwandt angesehen. May gestand sich ein, dass es wie der wissende Blick einer älteren Schwester gewesen war. Sie empfand fast ein Gefühl der Dankbarkeit für jene Frau.

Kelly suchte das kleine Mädchen. Sie war überrascht und zugleich entzückt über diese neue Seite an ihm. Konnte ein solcher Mann sesshaft werden? Aber war sie nicht selbst eine Vagabundin, die von Ort zu Ort zog? Allein die endlose Tournee an der Westküste … Unter Tränen lachen, May! Aber heute wollte sie sich ihrer Stimmung hingeben. Das Glück war zurückgekehrt.

Vielleicht besaß sie schon bald ein richtiges Heim. Ein Hotel – wieder eins, aber ihr eigenes. Alles würde gut werden. Sollte sie Mexico City und Acapulco absagen? Gleich heute wollte sie mit ihrem Agenten darüber reden.

„Marsh, was hältst du davon, wenn wir in einigen Monaten wieder ein wenig

tingeln?"
„Nicht in dieses wilde Land, und schon gar nicht wegen dieses Mannes!"
„Ach, Marsh, liebste Marsha, du meinst es nicht wirklich so? Hör zu! Du hältst die Stellung hier, während ich unter die Wilden falle."
„Missy, Ihre Scherze gefallen mir nicht. Sie wissen genau, wenn Sie so reden, komme ich mit!"
May musste hell auflachen.
„Er hatte einen schweren Unfall und er schreibt mir, dass er seine Tochter sucht."
„Sehen Sie", schnaufte sie verächtlich, „er hat eine Tochter."
„Aber nein, doch nicht seine eigene Tochter!"
„Was für ungeordnete Verhältnisse! Miss May, Sie könnten die besten Partien machen."
Aber ihr Schützling hatte die mächtige schwarze Frau bereits zärtlich umschlungen und walzte mit ihr durchs Zimmer.
„Wir machen uns einen schönen Tag und am Abend gehe ich auf den Ball!"
„Sie sind hoffnungslos in diesen Kerl verliebt. Dauernd nehmen Sie ihn in Schutz!", kam der schwache Protest.
„Weißt du, Marsh, ich muss etwas herausfinden, über ihn, aber auch über mich!"

Tongue River; Montana Territorium
Januar 1877

„Foreman, wir ignorieren das Wetter! Das war sein ganzer Kommentar." Entrüstet schlug der Wagenmeister mit dem Handbeil die Kerbe in den Pappelstamm. „Nehmt sie ganz tief!", rief er den Soldaten zu. „Ich habe keine Lust, mich vom General wieder wegen Achsenbruchs anpfeifen zu lassen."
Ich wandte mich vom Treck ab. Mit Erleichterung sah ich die Umrisse der Scouts aus dem Nebel auftauchen. Curly trabte ihnen entgegen. Nach Handzeichen und einem kurzem Wortwechsel konnte ich Foreman beruhigen.
„Die Scouts sagen, die nächste Uferböschung sei flacher. Mehr als zwei oder drei Bäume sind nicht zu fällen."
Dumpf und unheilvoll rollten Schüsse durch das Tal. Die Pioniersoldaten waren vorgerückt, nahmen ihre Äxte und Sägen aber sofort wieder auf.
„Ziehen Sie Ihre Männer zurück", schrie ich Foreman zu.
Die Scouts kamen auf ihren Ponys herangewirbelt. Ihre Kampfeslust entlud sich in schrillen Schreien.
„Aufpassen, Leute, die Scouts!", pflanzte sich der Warnruf durch das eng geschnittene Tal fort. Die dick vermummten Infanteristen machten uns den Weg frei und gingen an den Uferböschungen in Stellung. Wir peitschten unsere Pferde in gestrecktem Galopp über das Eis, dass die Hufe hämmerten. Der Schecke von Half-Yellow-Face glitt aus und schlitterte ins Uferholz, wo sich der Crow nur durch den beherzten Griff ins Geäst vor dem sicheren Sturz retten konnte.
Wir drosselten das Tempo. Buffalo Horn tauchte neben mir auf. Tief hing der Bannock über dem Hals seines Mustangs.
Wir kamen an Miles und seinem Stab vorbei. Ich sah, wie Jim Burnett sein Maultier aus der Gruppe lenkte und sich an unsere Fersen heftete.
Über dem wilden Brüllen der Ochsenherde donnerte heftiges Gewehrfeuer. Deutlich hob sich das tiefe Dröhnen der Springfields vom hellen Knattern der Winchester Gewehre und Colts ab. Viehpeitschen klatschten. Im letzten Augenblick riss ich Sally zur Seite. In Panik stampfte ein Longhorn vorbei.
„Feuer einstellen!", brüllten die Offiziere und die Sergeants rannten umher und ließen die Männer sichern.

Ein regloses Stoffbündel lag ausgestreckt im Schnee, daneben lag ein Colt. Feine Blutspritzer zeigten an, dass auch der Angreifer verletzt worden war. Die Flanken unserer Ponys dampften. Die Crowspäher hatten mit einem Blick das Drama erfasst. Sie sprangen ab und hefteten sich wie die Wölfe an die Spur der Fliehenden.

Private Batty, C-Kompanie, war der erste Tote des Feldzugs. Captain Butler, sein Kompanieführer, ließ sich den Hergang von einem jungen Soldaten erzählen. Der Rekrut zitterte noch am ganzen Körper.

„Das Vieh wurde unruhig, Sir. Ein paar Stück brachen nach hinten aus. Ehe wir reagieren konnten, war Jack allein zurückgelaufen, um sie anzutreiben. Plötzlich fielen von allen Seiten Schüsse. Wir warfen uns hin. Ich sah noch, wie sich Jack krümmte und mit beiden Händen gegen den Bauch fasste. Dann war der Indianer mit einem wilden Schrei heran. Ich hörte den dumpfen Schlag. Die Pelzmütze flog ihm vom Kopf. Da hab ich abgedrückt, Sir ..." Der Soldat erbrach sich.

Major Tilton, der Regimentsarzt, beugte sich über den Toten. Bereits der Schuss in den Unterleib war tödlich gewesen. Die Keulenschläge hatten den Hinterkopf zertrümmert.

Batty war ein junger, kräftiger Mann gewesen. Klein und eingefallen war sein Gesicht nun. Sanft drückte ihm der Doktor die erschrocken aufgerissenen Augen zu.

Buffalo Horn war den anderen Scouts nicht gefolgt. Mit gespannter Aufmerksamkeit stand er da und sog die Luft ein. Seine Augen wurden schmal. Durch den beißenden Pulverdampf roch es würzig.

„Canshasha – Tabak!", sagte ich. Er winkte mich zu einem Dickicht. Gebückt standen wir in den Flussweiden. Hirsche hatten den knöcheltiefen Schnee weggescharrt. Stark hing der Geruch nach Indianertabak in der Luft. Der Kriegstrupp hatte uns vorüberziehen lassen. Als die Schwachstelle da war, schlug er zu.

Ihre Späher waren ständig um uns, mit jedem Tag nahm die Bedrohung zu. Als mich Miles bei der Befehlsausgabe nach Vorschlägen fragte, sagte ich nur:

„No stragglers! Keine Bummler und Nachzügler!"

Er gab scharfen Befehl, dass die Wachlinie oder die Kolonne nicht verlassen werden dürfe.

„Das sind Fehler, aus denen Skalpgürtel gemacht werden", hatte ich Jim gewarnt.

Vor zwei Tagen, an Neujahr, waren wir in die Nähe eines der Jagdlager gekommen. Wir befanden uns weit in der Vorhut und gerieten unter mörderischen Beschuss. Nur ihre schlechte Treffsicherheit und die eiskalten Nerven von Buffalo Horn retteten uns. Er umging den Gegner und konnte ihn fast allein aus den Stellungen vertreiben. Dann war die Hauptmacht heran. Gewehrfeuer flackerte wieder auf und verstummte schlagartig.

„Absaroka, Absaroka!", schreiend und heftig gestikulierend näherten sich in einer Linie vorsichtig die Scouts und deuteten auf ihre Armbinden. Long Horse reckte einen Skalp in die Luft.

Jim hatte die Befragung der Soldaten und Viehtreiber beendet und klappte sein Notizbuch zu. Die Taschen des Toten waren geleert worden. Der Leichnam wurde in eine Decke gehüllt. Da erreichte uns ein Kurier des Stabs. Auf Befehl von Miles mussten wir den Leichnam wieder vom Wagen heben.

Sie trugen den Toten auf einer Bahre das gesamte Regiment entlang zur Spitze. Es war Reverenz, aber auch Warnung und Abschreckung zugleich. Überall verstummten die Gespräche. Die Männer nahmen ihre Mützen ab. Miles salutierte, als sie anhielten. Während die Pioniere eine Gasse durch den Uferwald bahnten, grub man Private Batty oberhalb der Böschung in den Trail ein. Ein kurzes Gebet, die Axt schlug ein Kreuz in einen nahen Ulmenstamm und auf das Zeichen der Signaltrompete setzte sich das Kommando wieder in Bewegung. Als sie über sein Grab zogen, nahmen sie wieder ihre Kopfbedeckung ab. Dann war jede Spur ausgelöscht.

Langsam, aber unerbittlich, kroch die Streitmacht in das Herzstück des alten Indianerlandes. Heftige Stürme und unpassierbarer Schnee zwangen uns, der einzig möglichen Straße zu folgen, wir zogen über den Eispanzer des wie toll gewundenen Tongue River. Die Badlands waren immer näher an das Ufer herangerückt und hatten das Tal auf einen bewaldeten Canyon verengt. Kaum eine Meile, die nicht von Steilhängen und Terrassen beherrscht wurde. Bereits jetzt hatten wir den Fluss über vierzigmal überquert und ein Ende schien nicht abzusehen.

Bei besonders großen und engen Schleifen nahmen wir die Abkürzung durch den anstrengenden Tiefschnee.
Eine der spärlich gewordenen Büffelherden war vor uns durchgezogen. Ihr hatten sich die flüchtenden Indianer angeschlossen.
Miles rüstete seine Männer vorsorglich wie für einen Einsatz unter arktischen Bedingungen aus. Sechzig Meilen unterhalb von Fort Keogh war durch ein Vorauskommando ein Depot mit Futtergetreide angelegt worden. Unter schweren Planen verborgen und zur Tarnung innerhalb des Wagenzugs rollten zwei Kanonen mit.
Als wir am frühen Nachmittag auf das feste Winterlager der Indianer stießen, war es bereits seit zwei Tagen verlassen. Der Nebel hatte sich für einen Augenblick gelichtet. Von den Nordhängen begannen sich einzelne Kiefern abzuzeichnen.
Der Anblick war gespenstisch. Ein Krähenschwarm stieg aus der verlassenen Geisterstadt auf. Ihr raues Krächzen hing über uns in den Wolken, nur unterbrochen vom Marschtritt der langen Kolonnen und dem Knirschen der Räder auf dem Eis.
Nie zuvor hatte ich eine so große, von Prärieindianern errichtete Ansammlung roher Unterkünfte gesehen. Die Hütten waren aus Baumstämmen, Felsen und Rinde erbaut und teilweise in den Hang gegraben. Die Anlage zog sich eine Meile hin und lag gegenüber der Mündung des Otter Creek.
Ich führte General Miles, Captain Baldwin und Jim durch die Anlage und wies auf die Einstiche der Zeltnadeln hin.
„Es sind eindeutig Nord-Cheyenne, Sir. Ich habe nur zwanzig Zeltkreise von normaler Größe gefunden, alle anderen Tipis sind enger gesteckt. Was wir hier vor uns haben, sind die Notunterkünfte derselben Cheyenne, deren Lager Colonel Mackenzie vor zwei Monaten verbrannt hat. General, diese Indianer besitzen kaum eine warme Winterhaut für sich selbst, geschweige denn für ein Zelt."
Wir kamen an den Begräbnisplatz. Die Toten lagen halbnackt da. Viele wiesen schlecht verheilte Wunden aus den letzten Kämpfen auf. Was aber am meisten erschütterte, das waren die toten Kinder. Mehrere kleine Bündel lagen auf einer Plattform, darunter auch ein Neugeborenes.
Ich hob eine schäbige Lederpuppe auf und lehnte sie gegen einen der kleinen

Körper. Niemand sprach. Der General spielte mit der Reitgerte und machte eine heftige Bewegung, als wollte er etwas abstreifen.
„Sie sind am Ende, Sir. Sie leben bereits von Pferdefleisch."
Miles straffte sich.
„Ich will eine Entscheidung! Wenn ich jetzt hart bleibe, haben wir es im Frühjahr vielleicht geschafft."
Wir biwakierten im Uferwald. Ich wurde zur Lagebesprechung in das Zelt des Generals gerufen.
„Wir hängen zu weit auseinander, meine Herren!" bemängelte er. „Das ist kein Trauerzug. Die Kolonne muss dichter aufschließen."
Die Scouts hatten ein Sioux-Lager von 300 Zelten entlang des Otter Creek entdeckt. Insgesamt war von 2500 bis 2800 Indianern auszugehen, die sich in den warmen Tälern bis zum Hanging Woman Creek aufhielten, darunter 800 kampffähige Männer.
Miles bekräftigte seine Entschlossenheit.
„Wir werden den Druck noch verstärken. Denken Sie daran, der einzige Weg, es für die Truppe erträglich zu machen, heißt, es für die Indianer unerträglich zu machen."
Am anderen Tag hielt uns ein Schneesturm stundenlang auf. Mittags kamen wir durch mehrere erst kürzlich aufgegebene Lagerstätten. Knapp zwei Tagesmärsche zog das große Lager vor uns her und wir holten auf. Jede Stunde konnte den Schlagabtausch mit Crazy Horse bringen.
General Miles hielt die Karte des Feldzugs vor sich auf den Knien. Sie war mit Kalkulationen und taktischen Zeichen übersät. Er empfing Jim und mich während der Mittagsrast.
„Ich weiß, es ist ein waghalsiges Unternehmen. Aber die Indianer sind mit der erneuten Verlegung ihres Lagers so beschäftigt, dass der Zeitpunkt günstig ist.
Finden Sie heraus, Kelly, ob es am Rosebud nennenswerte feindliche Kräfte gibt."
Jim war mit seinem Maultier vorgetreten. Er strahlte.
„General, Old Cicero und ich sind bereit und dienstfähig!"
Miles sah ihn von seinem Feldstuhl aus amüsiert an.
„Sie sind mir lange genug in den Ohren gelegen, Burnett. Ihre Verlobte wird

mich verfluchen. Aber wenn Kelly keine Einwände hat ...?"
Ich schüttelte den Kopf.
„Kommen Sie in einem Stück wieder!", entließ uns der General.
„Hier, Mister, ihre Extramunition", war der grimmige Kommentar des Master-Sergeant der D-Kompanie, als er kopfschüttelnd die Patronen in Jims Hände stapelte.

Das Lachen der Männer schallte ausgelassen herauf. Sie trugen schwer an ihren Tornistern und Waffen, aber die Gewaltmärsche der letzten Wochen hatten sie abgehärtet. Das Ende eines anstrengenden Marschtages stand kurz bevor.
Unbemerkt von der Hauptmacht standen Jim, Curly und ich über dem Tal und warteten, bis die Kolonne durchmarschiert war.
Captain Caseys A-Kompanie hatte die Nachhut, aber längst waren das Knallen der Peitschen und das Brüllen der Ochsen verstummt.
Wir hörten den Wind durch die Bäume streichen. Ein weicher Ruf, wie von einem Nachtvogel, wehte von der anderen Talseite her.
Curly signalisierte:
„Wölfe! Feindliche Späher!"
Sie waren die wirkliche Nachhut.
Lautlos und geschmeidig kam es in Wildleder und Deckenmänteln über das Eis. Ihre bemalten Kriegsponys tänzelten an Strickhalftern hinterher. Metall glänzte aus den Gewehrhüllen. Nebelschwaden fielen ein und deckten alles zu.
In völliger Stille zogen wir eine steile Hangrinne hoch. Abwechselnd ritten und führten wir unsere Reittiere. Nach zwei Stunden hatten wir die Wasserscheide erreicht. Die Wolkenbänke lagen unter uns. Immer mehr Sterne begannen im kalten Licht zu strahlen. Beim Abstieg folgten wir der breiten Talau nach Norden.
Bei einer Rast verteilte ich, was Clint uns in die Satteltaschen gesteckt hatte. Den Tieren warfen wir etwas Mais vor.
Curly wachte. Seine weißen Zähne blitzten aus der Dunkelheit her. Er grinste und streifte sich dabei betont sorgfältig die Armbinde über.
Es war zu Zwischenfällen gekommen. Nervöse Vorposten hatten auf Crow-

Scouts gefeuert. Long Horse verweigerte empört den Dienst. Nach langem Palaver konnte ich die Scouts zum Anlegen roter Armbinden bewegen. Armeejacken lehnten sie ab.

„Auf welcher Seite steht Curly eigentlich?", wollte Jim von mir wissen.

„Immer auf der Crow-Seite. Sie verteidigen ihr Land gegen die eindringenden Sioux und Cheyenne, mit unserer Hilfe. Sicher, auch ihre traditionellen Feinde sind mittlerweile Vertriebene, aber für die Crow ist das die einzig mögliche Strategie, um zu überleben und ihre alte Heimat zu behalten."

Bei Sternenlicht machten wir unsere Eintragungen. Jim füllte mit seiner engen, flüssigen Schrift die Seiten seines Notizbuchs. Ich malte mit klammen Fingern einige mühsame Zeilen in das abgegriffene Heft. Dabei fiel Mays Bild heraus.

Er sah auf.

„Für meine Tochter ...", sagte ich. Rasch steckte ich das Schreibzeug weg.

„Ich habe es dir noch nicht gesagt, Kell, aber dein Brief ist seit zehn Tagen unterwegs."

Ich sah nach Norden. Vereinzelt schwebten Flocken herab.

May – Mawasaoh – Bluejay. Ein Bild, eine Erinnerung und eine Hoffnung.

Wir brachen auf.

Der Wind wehte uns den Geruch von Holzrauch entgegen. Längst hatte der Crow den Widerschein am Himmel bemerkt. Jim blieb bei den Pferden zurück. Curly führte mich unter die ausladenden Äste einer Kiefer. In Schussweite vor uns lagerte in einer Windung des Rosebud ein Jagdtrupp Sioux. Wir hielten die Gewehre entsichert und rutschten im Schatten einer Rinne vorwärts.

Sie waren auf Büffel gestoßen. Strahlenförmig liefen aus den Wäldern tiefe Schleifspuren zu ihrem Rastplatz. Der Feuerschein malte die Umrisse der Jäger auf die Satteldecken, die sie als Windbrecher gespannt hatten. Sie aßen und wärmten sich.

Die singende Stimme ihres Anführers mahnte zum Aufbruch. Sie rückten nach Norden ab.

Vorsichtig zogen wir uns zurück und setzten unsere Erkundung fort. Ich bestieg einen hohen Kiefernhügel und sah in das Tal hinab. Nirgends gab es Anzeichen für ein weiteres großes Lager.

Es sah alles nach Routine aus. Die Überraschung kam nach Mitternacht. Unsere kleine Patrouille nahm einen Hohlweg nach Süden. Curly war aus unerfindlichen Gründen zurückgeblieben.

Ich führte Sally am Zügel. Da hörte ich ihr leises Schnauben. Sie hatte die Ohren aufgestellt. Der Geruch nach ranzigem Büffelfett, Schweiß und Rauch stand in der Luft. In der nächsten Sekunde hielt ich einen überraschten Sioux mit dem Gewehr in Schach. Er stand gebückt in unserer alten Spur.

Heftig winkte ich Jim nach hinten ab. Ich schwang den Gewehrkolben. In vollem Lauf hörte ich das harte Schwirren. In der Kehle des Sioux steckte ein Pfeil. Der Ansatz seines Schreis endete in einem Gurgeln. Der zweite Pfeil durchschlug seine Brust. Dann sprang ihn Curly mit dem Messer an.

Jim und ich stürmten die Böschung hoch, aber wir waren allein. Der Sioux hatte nur einen Bogen mit Jagdpfeilen bei sich.

Wie selbstverständlich nahm ihm der Crow den Skalp. Dann war er dem Pferd nachgeeilt. Er führte sein Beutestück am langen Rohhautzügel mit. Die Leiche hatten wir unter eine Wächte gezerrt und diese losgetreten.

Unser Rückweg geriet zur Flucht. Ich verließ die alte Spur. In der Morgendämmerung erreichten wir die Tongue River Breaks. Vorsichtig stiegen wir durch eine Schlucht ab. Aus dem dichten Nebel ragten die Gipfelfelder der Big Horns und der Pryor Berge. Von Ferne hörten wir das Aufbruchssignal der Kolonne.

Flugschnee fegte über den Fluss. Wir rasteten an einer windgeschützten Stelle in der Morgensonne. Um uns wach zu halten, kauten wir Hardtack. Die Waffe zwischen den Knien, nickten wir trotz der Kälte ständig ein.

Wir hörten bereits Kommandorufe und das Quietschen von Wagenachsen, da splitterte es von einer Pappel weg. Ein Querschläger schwirrte vorbei. Der zweite Schuss traf das Sioux Pony. Wiehernd stieg es hoch und riss sich von der Halteleine.

Wir stoben auseinander.

Ich hechtete davon.

Jim sprang und landete in einer Schneewehe. Curly riss den Abzug seiner Winchester durch und feuerte. Der unsichtbare Gegner streckte sein Beutepferd nieder.

Steigbügel an Steigbügel traten vor uns Reiter aus dem Dunst. Da hielt es

den Crow nicht länger. Er sprang auf sein Pony und stürmte aufs Eis.
Er ritt einen engen Kreis, stieß seinen Kriegsschrei aus und deutete auf die Terrassen über dem Ostufer. Da hatten ihn die anderen Scouts bereits umringt und richteten ihr heftiges Abwehrfeuer nach oben. Das helle Angriffssignal ertönte. Laufend und schießend kamen Caseys Leute über das Eis.
„Auch schon auf, ihr zerzausten Snowbirds!", spotteten sie und gaben uns einen warmen Empfang. Captain Casey schickte einen Kurier zum Stab. Die Scouts nahmen wieder ihre Positionen ein und wir zogen langsam weiter.
Miles war mit dem Ergebnis sehr zufrieden.
„Kelly, sie hängen dick wie die Fliegen um uns. Ich wette, morgen greifen sie an."
Ich rieb Sally trocken und gab ihr zu fressen. Dann trabte sie am Halfter hinter Clints Messewagen her. Ich bestieg Red Path, mein Ersatzpferd.

In einer engen Flussschleife biwakierte das Kommando für die Nacht. Die Wache hatte einen Schutzring um das Lager gezogen.
Etwas lag in der Luft. Vom General bis zum Viehtreiber spürten wir, die Entscheidung stand kurz bevor. Kaum war es errichtet, hatte Crazy Horse das Lager am Hanging Woman Creek wieder aufgegeben.
Als die Sonne verschwand, fuhr ein eisiger Wind durchs Tal. Von Westen schoben sich schwere Schneewolken heran. Wir standen im Schutz einer riesigen Kiefer und beobachteten das Vorfeld. Vom Lager sah man nur den schwarzen Rauch der Kochfeuer aufsteigen. Eine etwa 25 Fuß hohe Mesa versperrte uns den Blick.
Ich hatte das Fernglas hervorgezogen und beobachtete die Flusswindungen. Da bemerkte ich die Indianer. Ich stieß Buffalo Horn an. Die Gruppe kam aus einer Rinne rechts von uns und zog ins Haupttal. Es waren Frauen und Kinder auf Packpferden mit schwer beladenen Travois. Unterhalb von uns hielten sie auf einer Lichtung an. Der schwarze Rauch über dem Fluss beunruhigte sie. Sie waren unschlüssig und blickten in ihrer Spur zurück.
Erst da sahen wir die zwei Männer am Boden. Sie hatten ein Stück Wild erlegt und waren dabei, es aufzubrechen.
Die Scouts duckten sich bereits flach über ihre Pferde. Ich dämpfte ihre Erregung und ermahnte sie, nur Gefangene zu machen. Das war Bear Coats Befehl.

Der Bannock zog die Winchester aus der Hülle, drückte seinem Pferd die Absätze in die Flanken und lenkte es bergab. Schnell schob er sich zwischen die beiden Krieger und die Frauen und Kinder. Das war das Zeichen für die Crow.

Offen ritten sie auf die kleine Gruppe zu und kreisten sie ein. Dabei machten sie Friedenszeichen, aber die Frauen schrien laut auf. Die Scouts ritten dicht an sie heran und berührten sie nur leicht mit der Reitgerte und nahmen so Coup.

Da peitschten Schüsse. Buffalo Horn versuchte, die beiden Männer aufzuhalten. Diese hatten ihre Pferde erreicht und rasten in halsbrecherischem Zickzack davon.

Es waren vier Frauen und vier Kinder. Zuerst rief ich sie auf Lakota an, aber sie klagten nur leise vor sich hin. Ihre Klagerufe wurden lauter, als Buffalo Horn einen Hirschbock am Rope hinter sich her schleifte. Clint konnte sich über die unerwartete Bereicherung des Küchenzettels freuen.

Curly war auf eine alte Frau zugeritten. Dick vermummt saß sie auf einem dürren Gaul. Sie schlug mit der Reitgerte nach ihm und nannte ihn auf Cheyenne einen Crow-Bastard. Der Scout war zurückgezuckt. Er lachte Tränen und hielt mir seine blutende Hand hin.

„Verflucht kleines Mädchen da! Beißen wie Hölle!"

Kind Nummer fünf machte mich neugierig. Nach einigen beschwichtigenden Gesten rief ich auf Cheyenne:

„Ihr habt nichts zu befürchten, hört ihr!" Ich schob das Deckenknäuel vor der Alten ein wenig auseinander. Zwei große Augen sahen mich an.

„Kleine Schwester, nichts wird dir geschehen! Du musst dich nicht fürchten." Lächelnd deckte ich das Kind wieder zu.

Mein Cheyenne löste Überraschung aus, aber auch Vertrauen.

General Miles rieb sich die Hände, als wir mit den Gefangenen kamen. In einem geräumigen Zelt wurden Feldbetten für sie aufgestellt und der Sibley-Ofen eingefeuert. Im Beisein von Miles lud ich mit den Scouts ihre Pferde ab. Sie führten ein komplettes Lederzelt mit. Wir sahen die Packen und Falttaschen nach Waffen durch und stellten einen Colt und mehrere Messer und Ahlen sicher. Soldaten brachten die Kleider und Decken ins Zelt. Die Gefangenen hatten ihre Roben abgelegt und kauerten sich um den Ofen.

Miles sprach einige Worte und ich übersetzte.

„Das ist Bear Coat, der Soldatenhäuptling. Er sagt, ihr steht unter seinem persönlichen Schutz. Wir gehen zum Fort der Soldaten. Ihr werdet gut zu essen haben und warme Kleider. Eure Verwandten werden kommen und euch besuchen. Das verspreche ich euch."

Der General verließ uns. Seine energische Stimme war vor dem Zelt zu hören. Bei schärfster Strafandrohung wies er die Wachen an, die Gefangenen vor jeder Zudringlichkeit zu schützen. Ich sprach mit den Cheyenne und beruhigte sie. Dann sagte ich ihnen, dass der Weißmanndoktor kommen würde, um nach ihren Kindern zu sehen.

Die Gefangenen stammten aus den Familien von prominenten Cheyenne Führern. Ein nicht zu unterschätzendes Faustpfand bei zukünftigen Verhandlungen. Da war die Frau von Little Chief und Twin Woman, die Witwe von Lame White Man, beide mit zwei Kindern. Dann eine junge Frau, Crooked Nose, und Old Sweet Woman, die das kleine Mädchen betreute, aber nicht ihre Verwandte war. Sie kamen aus einem Sioux Lager am Belle Fourche River. Heimweh nach ihren Cheyenne Verwandten hatte sie veranlasst, den weiten Weg über Land zu wagen

Ich berichtete dem General.

„Ihre Pferde sind in elendem Zustand. Wir fanden nichts Essbares bei ihnen. Einige Kinder haben leichte Erfrierungen. Sie geben unumwunden zu, dass Crazy Horse vor uns liegt. Das Lager dürfte einen guten Tagesmarsch weit im Süden liegen, keine zwanzig Meilen von hier. Ihre Haltung ist zuversichtlich. Sie trauen Crazy Horse einen weiteren Sieg und unsere Vernichtung zu."

Ich betrat das Zelt mit Major Tilton. Die Gefangenen waren erleichtert, mich zu sehen. Der Doktor stellte bei drei Kindern Erfrierungen an Händen und Füßen fest und legte Salbenverbände an. Aus Spaß tupfte er dem kleinen Mädchen etwas Salbe auf die Nase.

Das Kind zitterte vor Kälte. Ich schälte es aus seiner Decke und setzte es auf ein Feldbett am Ofen ab. Überrascht sah es zu Sweet Woman hin, aber die nickte ihm aufmunternd zu.

Das Mädchen war auffallend hübsch angezogen. Die reich bestickten Leggins waren an der Seite mit Pferdeglöckchen verziert. Ein Ledergürtel mit

kleinen, ziselierten Silberscheiben raffte das Hirschlederkleidchen. Zinngehänge und fein gearbeitete, blauweiße Zierornamente bedeckten sein capeartiges Oberteil.
Ich rieb ihm die Hände warm. Dann kniete ich mich hin und öffnete die pelzgefütterten Mokassins. Seine Füße waren kalt, aber nicht erfroren. Ich rieb den einen warm. Das kleine Mädchen zeigte ein bezauberndes Lächeln, sodass seine niedlichen Zahnlücken sichtbar wurden, und streckte mir den anderen Fuß hin.
Es mochte vier Jahre alt sein und besaß ein fein geschnittenes Gesicht. Die Ohren waren bereits durchbohrt. Frech wie Rattenschwänze standen die kleinen Zöpfe vom Kopf ab. Ich sah die Silbersträhne in der Stirnlocke und ein freudiger Schrecken durchzuckte mich.
„Koja, mein Herz!" sagte die alte Frau auf Lakota und schloss das Kind in die Arme. Ich war maßlos enttäuscht.
Miles witterte den bevorstehenden Kampf. Er ordnete Gefechtsbereitschaft an. Auch wir Scouts mussten im Lager bleiben.
Am späten Abend kam es zu einem kurzen Schusswechsel mit den Vorposten. Die Indianer hatten versucht, mit den Gefangenen Kontakt aufzunehmen. Rasch wurden im Camp die Lichter gelöscht. Es wurde wieder still.

Der klare Weckruf der Reveille erklang. Fröstelnd verließen wir die Zelte. Es war das erste Mal, dass die Scouts zusammen mit dem Regiment aufstanden. Bleigrau dämmerte der Tag herauf. Sturm kündigte sich an. Über Nacht war wieder Neuschnee gefallen.
Wir brachen das Lager ab. Ohne Hast verlegte Miles das Kommando aus dem Uferwald in die Flussaue. Die Männer kratzten den Schnee weg und kauerten sich, klamm vor Kälte, um die Frühstücksfeuer.
Längst warteten wir Scouts auf den Einsatzbefehl, doch er kam nicht.
Wir beobachteten, wie die Indianer die Höhen im Süden und Westen besetzten und ihre Zahl ständig zunahm. Erstmals zeigten sie sich auch im Norden über dem Fluss.
Crazy Horse nahm den Kampf an.
Kommandos hallten durch die Dämmerung. Die Sergeants zählten ihre Mannschaften. Offiziere bewegten sich mit den ersten Formationen in

Kampfposition.

Die gefangenen Cheyenne wurden in den Schutz der Wagen gebracht. Ich beruhigte sie noch einmal. An die Kinder verteilte ich Äpfel, die mir Clint mitgegeben hatte. Der Blick der kleinen Koja folgte mir bis vor das Zelt.

Miles hatte die Katze aus dem Sack gelassen. Auf der kleinen Mesa ließ er das Napoleongeschütz und die Rodman-Kanone auffahren.

Die indianischen Scouts bemalten sich gegenseitig und griffen verstohlen an ihre Amulette. Von ihren weißen Mitstreitern las manch einer noch schnell einen Wochen alten Brief aus dem Osten. Die alten Hasen rauchten und dösten vor dem Einsatz. Die Seelenlage der Männer schwankte zwischen dem innigen Wunsch, keinem Indianer zu begegnen, und der Hoffnung, die Sache auf einen Schlag zu erledigen.

Uns Scouts war es freigestellt, am Kampf teilzunehmen. Wir hatten dem Jäger das Wild gezeigt. Damit war unser Auftrag erfüllt.

Noch während die Soldaten frühstückten, kam es zu einem Duell der besonderen Art.

„Wie unter den Helden der Antike!", befand Jim Burnett, als ich ihm eine Auswahl des hämischen Spotts und der Schmähungen übersetzte, mit denen man uns überschüttete. Besonders ein Ogalala-Krieger tat sich lautstark hervor.

„Esst gut, ihr weißen Hunde! Das ist eure letzte Mahlzeit!"

Buffalo Horn und die Crow gaben Kontra. So dicht prasselten die eindeutigen Gesten des Bannock auf den Gegner herab, dass dieser johlend antwortete. Curly übernahm mehr den verbalen Teil des Wettstreites. Er brachte seine in den Soldatenlagern gesammelten Flüche und drastischen Kraftausdrücke an den Gegner. Miles bekam große Augen, als ich einige schwächere Passagen übersetzte:

„Ihr seid Weiber! Ihr habt nicht viel für den Kampf aufzubieten!"

Ein scharfer Befehl stoppte die Scouts.

Es war schwer zu erklären, aber für Curly waren das Mutworte, die ihn im Kampf beflügelten und beschützten. Sie haben ihm jedenfalls nie geschadet. Der Fetzen, den ich an die dünne Stange band, war irgendwann einmal weiß gewesen. Captain Baldwin machte Miles auf mich aufmerksam.

„Sollen wir mit dem Tuch wedeln, Sir?"

„Verdammt, Kelly, Sie wollen doch nicht vorgehen?", fuhr mich der General an. „Diese Indianer haben Custer vernichtet! Die wollen den Kampf und sind obendrein noch sicher, dass sie uns das gleiche Schicksal bereiten können. Ja, ich weiß, ich habe es Ihnen versprochen", lenkte er ein. Mürrisch befahl er den Geschützführern Gefechtsbereitschaft und schickte einen Kurier vor. „Feuerschutz für Kelly!"
Curly schüttelte den Kopf. Ich musste ihm das Gewehr fast in die Hand pressen. Ich grüßte und trieb Sally über die Böschung hinab in die Arena.
„Brüder!", rief ich laut. „Das Haar der Ponys ist lang. Es ist jetzt keine gute Zeit, um zu reisen oder um zu kämpfen! Lasst uns über den Frieden sprechen!"
Aber heute war kein Tag für den Frieden.
Die Kugeln wühlten sich vor Sallys Hufe in den Schnee. Ich parierte das Pferd und musste einen Kreis reiten. Erneut ging ich vor.
Ein Schuss riss das Tuch weg. Unter Hohngelächter ging es flatternd zu Boden. Ich wollte das Pferd herumreißen, aber die nächsten Schüsse trafen Sally tödlich. Ein Blutschwall schoss aus ihrem Hals. Im Fallen versuchte ich abzuspringen, aber das Tier legte sich stöhnend auf die Seite und begrub mich unter sich.
Die Geschütze begannen zu feuern. Die Scouts gingen entschlossen vor und richteten ihr Dauerfeuer auf den Gegner. Und während seine Nerven flatterten, betete Curly die ganze Litanei an Mutworten herunter. Nie war sie meinen Ohren willkommener! Er zog mich unter dem Pferd hervor, im Feuerschutz der anderen hetzten wir wie die Hasen zum Befehlsstand. Dort begrüßte man mich überschwänglich und war voller Lob über die Scouts.
„Sie bleiben jetzt hier", knurrte Miles halbversöhnt.

Jenseits des Flusses, im Norden, tauchten Reiter auf und feuerten. Miles verlegte Teile des Fünften Regiments und zwei Kompanien der 22. Infanterie in den Uferwald. Die Indianer verstärkten den Druck im Norden weiter, um dann nach Osten einzuschwenken. Teile unserer Truppen stießen über den Tongue River, besetzten eine strategisch wichtige Höhe und gruben sich dort ein. Dieser Vorstoß verhinderte die von den Indianern beabsichtigte Einkreisung des Kommandos.

Der General stand bei den Geschützen. Mit energischen Gesten dirigierte er den Kampfeinsatz. Mit lautem Kreischen verschoss die stählerne Rodman ihre Ladung. Zusammen mit dem Napoleon-12-Pfünder ließ er den Uferwald und die Steilhänge abstreuen. Bäume wurden zerrissen und zerschossene Wipfel kamen herab.

Der Gefechtsstand befand sich nur hundert Yard von einer spitzen Flusswindung entfernt. Geschosse durchschwirrten den Pulverrauch zwischen den Geschützen. Eine Radspeiche der Rodman splitterte. Die Crow brachten die feindlichen Gewehre zum Schweigen.

Längst war es hell geworden. Der Angriff der Indianer im Norden war stecken geblieben. Sie änderten ihre Taktik. Der Gefechtslärm ebbte ab. Sie zogen ihre Hauptmacht über den Fluss ab, um sich auf den Höhenzügen im Westen festzusetzen. Um diese Bewegung zu verschleiern, zog eine Gruppe im Uferwald weiter das Feuer auf sich.

Miles handelte sofort. Er befahl den Sturmangriff.

Der Hornist, dicht beim General, war blass vor Aufregung.

„Trompeter, blas Luft und Spucke!"

Unter dem Donner der Geschütze setzten sich die langen Reihen der Infanterie in Bewegung.

„Werft sie raus!", rief der General den abrückenden Offizieren nach.

Es war wieder wie bei Chancellorsville unter Fighting Joe Hooker, als es gegen Lee und Stonewall Jackson und gegen die gesamte Armee von Nordvirginia ging.

Der Kampflinie im Westen vorgelagert, erhob sich eine pyramidenförmige, kahle Spitze. Battle Butte sollte sie nach diesem Tag fortan genannt werden. Um diese Höhe setzte ein erbitterter Wettlauf ein.

Miles befahl Captain Butler und seiner C-Kompanie die Eroberung und Besetzung. Gleichzeitig attackierte Captain Caseys A-Kompanie die linke Flanke. Dort standen die Cheyenne. McDonald und der D-Trupp konzentrierten ihren Angriff auf die Steilhänge rechts davon bis zum Fluss. Die Indianer verstärkten in diesem Abschnitt ständig ihre Streitmacht. Sie waren abgesessen und benutzten ihre Ponys nur für kurze Stellungswechsel. Dabei verständigten sie sich mit ihren Knochenpfeifen.

Trotz der Konzentration der Indianer gelang die Eroberung der Schlüsselstellung. Bei einem verzweifelten Gegenangriff kamen sich die Kampflinien bis auf fünfzig Yard nahe. Unter gellenden Kriegsschreien gingen Pfeilschauer auf die anstürmenden Soldaten nieder. Doch die schweren Büffelmäntel schützten sie.

Das Wetter verschlechterte sich. Scharf trieb der Wind die Flocken ins Gesicht. Behindert durch die dicken Winteruniformen, bahnten sich die Soldaten ihren Weg durch den Tiefschnee. Heiser und abgehackt kamen die Befehle der Offiziere, wenn die Männer anhielten und ihr Feuer gegen den verschanzten Gegner richteten.

Trotz des immer dichter einfallenden Nebels feuerten Miles' Kanonen unbeirrt weiter. Im Gefechtsstand stapelten sich Granaten, Zünder und leere Kartuschen. Gaben die Rauchwolken die Sicht frei, hatte der General bereits mit der Reitgerte das nächste Ziel angegeben oder drehte selbst an der Richtschraube.

Das Kreischen und Krachen der Kugeln zwang die Indianer zu Boden und rettete manchem Soldaten das Leben.

Der General war damit einverstanden, dass ich meinen Sattel barg. Längst schon war der Angriff über die Stelle gerollt, an der Sally lag. Jim und Curly gaben mir bei dieser Aktion Feuerschutz. Ich sattelte Red Path und sah kurz nach den Gefangenen.

Die Stimmung war gedrückt. Mit Erleichterung bemerkte ich, wie gefasst Sweet Woman die Situation hinnahm. Zärtlich ordnete sie die Haare des kleinen Mädchens mit einem Haarteilerstäbchen. Die Augen des Kindes leuchteten voller Vertrauen. Koja nahm die Zuckerstange, die mir Clint mitgegeben hatte, mit einem bezaubernden Lächeln entgegen und zeigte sie der alten Frau.

„Sie soll sie nicht kauen, sondern lutschen!", warnte ich.

Sweet Woman kämmte die Haare der Kleinen mit einer Bürste aus Stachelschweinborsten. Sie sah mein besonderes Interesse für dieses Kind und gab bereitwillig Auskunft.

„Koja", sagte sie, „lebte bei den Ogalala, bei ihrer Sioux-Großmutter. Aber Große Frau starb vor kurzem. Koja liebte sie sehr. Sie will zu ihrer Mutter", flüsterte sie, „aber wir glauben nicht, dass sie noch lebt. Nun werden wir sie zu ihren Verwandten bringen." Sie flocht kleine Zöpfe und band an den

Enden rote Stoffstreifen ein.

Ich schwieg betroffen. Vor dem Zelt überlagerten Schreie den Gefechtslärm. „Großmutter", sagte ich, „erzähl mir heute Abend mehr davon. Auch ich habe dir etwas zu sagen." Ich strich Koja kurz über den Kopf und ließ die alte Frau mit einem fragenden Blick zurück.

Private McCann, F-Kompanie, 22. Infanterie, lag schwer verwundet im Uferwald. Unter dem Feuerschutz der Scouts konnten wir ihn zu den Wagen bringen, wo sich der Doktor seiner annahm.

Das Hauptgewicht des Kampfes verlagerte sich auf die linke Flanke, zu den Cheyenne. Captain Frank Baldwin, den Adjutanten von Miles, hielt es nicht mehr länger im Befehlsstand. Er schnappte sich eine Munitionskiste und zog sie vor sich in den Sattel. Unterwegs verlor er den Halt. Er verstreute viele Patronen in den Schnee, aber er erreichte die erschöpften Männer in der Feuerlinie. Den Hut schwenkend, mit Bravour und durchdringendem Gebrüll, führte er sie in den Angriff. Die Berggipfel spuckten förmlich Kugeln aus. Die Indianer feuerten unregelmäßig bergab, aber ihre Schüsse saßen meist zu hoch. Ihre Munitionsvorräte schienen zur Neige zu gehen.

An den vereisten Bergflanken lösten sich die geschlossenen Formationen in kleine Kampfgruppen auf.

Der Soldat vor mir taumelte und fiel der Länge nach hin. Corporal Rathman, A-Kompanie, war sofort tot. Wir konnten ein reiterloses Pferd einfangen. Zwei der Crow nahmen den Leichnam mit zurück zum Gefechtsstand.

Während einer Attacke auf die letzten Widerstandsnester wurde das Pferd unter Captain Butler zusammengeschossen. Er selbst blieb unverletzt.

Crow Butte war der beherrschende Außenposten der Kampflinie im Westen. Unterhalb der Kuppe bot sich ein Aufsehen erregendes Schauspiel. Big Crow, einer der prominenten Kriegsführer der Cheyenne, ging singend und tanzend auf und ab. Er schoss aus seiner Winchester. Mit wehender Kriegshaube, ganz in eine rote Decke gehüllt, vertraute er auf seine Unverwundbarkeit. Seine auffällige Erscheinung zog ein rasendes Feuer auf sich. Eine zeitlang schien es tatsächlich so, als sei er kugelsicher.

Da lösten sich zwei Soldaten aus ihrer Gruppe und nahmen ihn von einem Felsblock aus unter Beschuss. Mit gezieltem Dauerfeuer streckten sie Big Crow nieder. Drei Indianer zogen ihn in Deckung. Minuten später räumten

sie die unhaltbar gewordene Stellung und nahmen ihn mit.
Die Soldaten rannten geduckt über eisbedeckte Felsen. Die Hetzjagd führte über drei Höhenrippen. Die noch kämpfenden Gegner gerieten in das Kreuzfeuer der Infanterie. Längst waren die gellenden Kriegsrufe und der schneidende Ton der Knochenpfeifen verstummt. Am frühen Nachmittag brach ein Schneesturm los. Der Kampf endete abrupt. Das Hornsignal rief zum Sammeln.
Die Indianer waren geschlagen, wichen aber geordnet nach Süden durch das Tal des Tongue River zurück.
Bei Einbruch der Dunkelheit ging das Schneetreiben in Regen über. General Miles hatte das Lager neben der Artilleriestellung aufschlagen lassen. Um die Feuer gab es reichlich zu essen. Ochsen waren geschlachtet worden. Die Stimmung war gelöst. Die Truppe wusste, dass sie zur Basis zurückkehren würde.
Ich ging zu den Gefangenen. Koja schlief. Sweet Woman nickte mir freundlich zu. Ich fragte sie, wie die Kleine in der Sprache der Tsistsistas heiße. Sie gab mir den Namen in Cheyenne und auf Lakota und ich sagte ihr, dass die Vécho diesen Vogel Bluejay nennen.
Lange Zeit konnte ich nicht sprechen. Ich streichelte nur den Kopf des Kindes. Dann griff ich in meinen Wolfsfellparka und holte die Haarnadel von Mawasaoh hervor. Die alte Frau erstarrte und sah mich mit seltsamem Blick an.
„Mawasaoh, die Mutter dieses Kindes, war meine Frau", begann ich leise, um die Kleine nicht aufzuwecken.
Die Alte war betroffen. Bis jetzt hatte sie angenommen, Mawasaoh sei damals mit Old Crane und den anderen getötet worden. Ich sprach davon, dass Mawasaoh ihr Leben für mich hingegeben hatte und dass ihr letzter Gedanke bei ihrer Tochter gewesen sei. Sie würde frei sein, sobald ich sie gefunden hätte. Das hat mir Bear Coat versprochen."
„Wolf High, wir glauben dir. Bluejay wird einen guten Vater bekommen."
Sweet Woman strich mir durchs Haar. Ich ließ die Hornadel bei ihr zurück. Dann ging ich zum Feuer der Scouts. Curly riss die Augen auf, als ich ihm den Colt samt Halfter in die Hand drückte.
„Mein Freund, ich bin sehr glücklich. Das war gute Arbeit. Wir haben das

Mädchen!" Dankbar klopfte ich ihm auf den Rücken.
Er strahlte und übersetzte die gute Nachricht für die anderen Scouts.
Die Nacht war überraschend mild. Der General saß mit seinen Offizieren unter dem Vordach seines Zeltes. Ich war mit Curly bei der Nachhut gewesen und berichtete. Er war in bester Stimmung und nickte zufrieden.
„Wir haben sie hart getroffen. Was glauben Sie, Kelly?"
„General, es war klar, dass Crazy Horse uns niemals auch nur in die Nähe seines Lagers lassen würde. Aber seit heute wissen sie, dass es für kein Winterlager mehr Sicherheit gibt, auch für ein Crazy Horse Camp nicht."
„Sherman, Terry – ich habe es unserem Hauptquartier bewiesen. Gut ausgerüstete Truppen, die bei jeder Witterung kämpfen, das ist der Schlüssel!", sagte der General voller Genugtuung.
General Miles hatte auf den Montana-Winter als Verbündeten gesetzt und auf der ganzen Linie Recht behalten. Es war eine Illusion zu glauben, die Indianer könnten mit einem großen Winterlager weite Entfernungen überbrücken und sich mit ihren geschwächten Ponys rechtzeitig absetzen. Nach diesem Gefecht ging nur noch von wenigen umherstreifenden Gruppen Widerstand aus.
„General, ich habe meine eigene Tochter gefangen genommen. Ich habe es eben erst erfahren. Es ist das kleine Mädchen, das meinen Scout in die Hand gebissen hat."
Meine Eröffnung löste große Heiterkeit aus. Die Männer bestürmten mich mit Fragen und beglückwünschten mich. Auch Miles freute sich.
„Ich stehe zu meinem Wort." Er wies auf die Mappe, die er auf den Knien hielt.
„Das ist wohl mehr etwas für Ihr Metier, Burnett, und kein Fall für das Kriegstagebuch. Die junge Dame ist frei, Kelly."
„Nun, General, eine wilde Vermutung sagt mir, dass der Unternehmungsgeist dieser jungen Dame die Dienste der Wache auch in Zukunft unentbehrlich macht."
Alles lachte und überhäufte mich mit guten Ratschlägen.
Bevor ich schlafen ging, sah ich ein letztes Mal nach Bluejay. Sie schlief tief in den Armen von Sweet Woman. Voller Rührung sah ich, dass das Kind die Haarnadel fest an sich gepresst hielt. Bluejay hatte die Nadel sofort erkannt

und nach ihrer Mutter verlangt. Dann hatte sie sich in den Schlaf geweint, die Hornnadel aber nicht mehr losgelassen.

Der Regen hatte aufgehört. Ich hörte noch, wie General Miles Baldwin den Text für ein Telegramm an General Terry in St. Paul diktierte: „... unsere Verluste betragen drei Tote und acht Verwundete. Sir, die unzureichende Transportkapazität und das Fehlen ausreichender Futterreserven für meine Zugtiere zwingen mich, diesen insgesamt erfolgreichen Feldzug vorläufig abzubrechen. Als eine nicht zu unterschätzende Folge der bisherigen Kampfhandlungen dürften Prestige und Stärke von Sitting Bull und Crazy Horse gebrochen worden sein ..."

Am nächsten Morgen wusste das ganze Regiment, dass ich Vater geworden war. Auf dem Rückmarsch führten wir die Gefangenen in einem Wagen mit. Wir bewachten sie streng, aber sie wurden gut behandelt.

Die Frauen hatten den schweren Teil übernommen und der Kleinen einfühlsam erklärt, dass ihre Mutter nicht mehr am Leben war und dass dieser Vécho, der da so oft vorbei ritt, ihr Vater sei. Verstohlen sah sie herüber und immer häufiger trafen sich unsere Blicke.

Am dritten Tag streckte ich die Arme nach ihr aus und zog sie aus dem Wagen zu mir aufs Pferd. Sie kuschelte sich vor mir in ihre kleine Decke. Immer wieder, wie wenn sie sich vergewissern wollte, sah sie schräg zu mir auf. Sie besaß die hoch angesetzten Wangenknochen ihrer Mutter und ihre leuchtenden, ein wenig schräg gestellten Augen. Sweet Woman hatte ihr den Scheitel mit Zinnober gefärbt.

„Ich kenne einen kleinen, lebhaften Vogel", ich tat, als redete ich nur so vor mich hin. „Der ist immer fröhlich und neckt seine Verwandten. Er hat schöne blaue und weiße Federn und einen lustigen Schopf ..."

Sie hing an meinen Lippen.

„... und er macht immer jay, jay, jay, jay, jay!"

„Ich heiße auch so!", platzte sie heraus.

Wir lagen uns in den Armen.

Ich deutete auf mich.

„Nihijo – Vater!"

„Nihijo, mein Vater!" Immer wieder sagte sie dieses Wort und sang es dann

nach Art der Kinder leise vor sich hin.
Ich erzählte ihr, dass ich ihre Mutter sehr geliebt hatte, wie Mann und Frau sich lieben. Nach einer Weile merkte ich, dass sie in meinen Armen eingeschlafen war.
„Onkel Clint", sollte eins ihrer ersten Vécho-Worte werden, die sie von jetzt an eifrig aufschnappte.
Sergeant Clintock, sonst eher ein Mann mit einem Charme, so rau, dass man ein Zündholz daran hätte anreißen können, packte sie weich ein, als ob sie zerbrechlich wäre, und hob sie zu sich auf den Kutschbock. Er wusste kein einziges Wort mit ihr zu reden, aber das übernahm Bluejay. Schon bald hörten wir ihr fröhliches Geplapper. Ab und zu, aber nicht zu oft, gab er ihr mit einem weichen Brummen zu verstehen, dass er ihr zuhörte. Clint hatte sie ins Herz geschlossen.
Als wir am 18. Januar Fort Keogh erreicht hatten und vor dem Hauptquartier Aufstellung nahmen, führte ich mein Pferd am Zügel vor. Bluejay saß auf dem Rücken von Red Path und hielt sich am Sattelknauf fest. Mein kleines Mädchen sah diese neue Welt mit großen, staunenden Augen. Als mich ihr Blick traf, war er voller Zuversicht und Vertrauen.

Ende Januar gingen die Crow zurück zu ihrer Agentur. Auch „Onkel Jim" verließ uns. So nannte die Kleine Burnett.
„Was wirst du anfangen, Kell?"
Ich betrachtete Bluejay auf meinem Arm.
„Sie hat alles verändert. Ich werde mich mit Clint zusammentun. Er hat nach vielen Jahren Armee das Strammstehen endgültig satt. Ende April läuft seine Dienstzeit ab. Miles muss sich dann nach einem neuen Koch umsehen. Er ist zehn Jahre älter als ich, sagt aber, dass es nie zu spät sei, etwas Neues auf die Beine zu stellen. Wir ziehen nach Big Sky."
„Wo liegt Big Sky?"
„Big Sky ist das wunderbarste Stück Land am Rosebud."
An der Militärstraße nach Osten nahmen wir Abschied. Jims Verlobte hatte ihm in einem geharnischten Brief ein Ultimatum gestellt. Außerdem wollte man ihn in Chicago nun endlich auf dem Sessel des Chefredakteurs sehen.
„Kurz gesagt, Kell, man hat mich eingekreist." Er lachte und es klang etwas

wehmütig, „Ich werde immer gern an diese Zeit zurückdenken."
Wir umarmten uns.
„Wir bleiben in Kontakt, alter Junge", sagte ich.
Die Patrouille nach Glendive Station nahm ihn mit.

OLD MAN MONTANA

Northern Cheyenne Agency; Montana
September 1890

Der Koffer schlug hart neben dem Gleisstrang auf. Die Northern Pacific rollte bereits wieder an. Temperamentvoll ballte der Reisende die Faust dem Zug hinterher, der unter Funken streuendem Getöse das Yellowstone Tal entlang weiterhastete.
Sein Blick wanderte prüfend zu einer Ansammlung windschiefer Bretterbuden. Die weitläufigen Viehkoppeln standen leer. Laderampen und Zählschleusen lagen verwaist.
Dann schien er die Entfernung zu der einzig auffälligen Konstruktion, dem Wasserturm, abzuschätzen. Er stopfte die Krawatte weg, rückte den Hut in den Nacken und nahm entschlossen sein Handgepäck auf.
„Howdy, Congressman!"
Überrascht drehte er sich um.
„Hallo, Cowboy!", er setzte sein Gepäck wieder ab und lachte breit.
Ich sprang von einem Stapel Brennholz.
„Ist das verwitterte Ding dein alter Kampfhut, Jim?"
„Deiner ist auch nicht übel."
Wir umarmten uns.
Dann griff ich nach dem sorgsam verschnürten Paket.
„Dieser verdammte Kofferträger!", schimpfte er. „Unser Geschenk für das junge Brautpaar, eine Tischstanduhr. Wenn ich mir vorstelle, ich hätte sie aus der Hand gegeben! Der Steward gab mir einen Stoß. Der Koffer flog hinterher. Ich konnte nur noch in das höhnische Gesicht des Bremsers starren."
Am Wasserturm stand das Gespann mit dem offenen Ranchwagen. Dankbar trank Jim den heißen Kaffee, den ich ihm in einer Blechtasse anbot. Vergnügt sah er mich dabei an.
„Was machen die Kinder, Kell? Sadie ist bei einer Freundin in Baltimore."
„Bluejay erwartet uns sehnlich mit einigen Dingen für ihren Hausstand und Rick gewöhnt sich daran, ein richtiger Satteltaschenarzt zu werden. Doc McColly ist mit ihm viel in den Distrikten unterwegs. Ende des Monats scheidet er aus dem Indianerdienst aus."
Ich baute das Dreibein ab, trat die Glut aus und brachte sein Gepäck im Wa-

genkasten unter.
Wir kletterten auf den Bock. Ich wickelte die Zügel vom Peitschengriff und trieb die Pferde an. Die beiden Braunen legten sich ins Geschirr. Ratternd überquerten wir die Gleise. Unter wildem Schwanken bog der Wagen auf die holprige Fahrspur ein.
Langohrhasen jagten vor uns weg.
Die Hügelwellen im Süden und Westen verschwammen bereits in der beginnenden Hitze. Jim hatte sich bequem zurückgelehnt und zog an einer dünnen Zigarre.
„Ich freue mich schon auf unsere Jagdausflüge. Endlich wieder einmal Wind atmen! Ich muss gestehen, ich bin ziemlich aus der Übung. Seit ich mich nicht mehr für den Kongress aufstellen ließ, hat mich die Zeitung mächtig im Clinch."
„Zeitungsmann, es kann sogar stürmisch werden."
„An der Strecke habe ich in Dakota viel Militär gesehen. Hier ist doch alles ruhig? Oder sollte ich sagen zu ruhig?"
Ich nickte heftig, dabei stemmte ich die Füße gegen das Bodenbrett und ließ die Peitsche über die Pferde sausen. Sie streckten die Köpfe vor und begannen zu laufen. Wir fegten durch die Prärie und zogen einen Staubschweif hinter uns her. Jim klammerte sich an den Sitz. Vor einer lang gezogenen Steigung zwang ich die Pferde in eine langsamere Gangart.
Er hatte mich nicht aus den Augen gelassen.
„Ehe du mich mit Fragen löcherst, es hat sich viel angestaut. Es herrscht Alarmstimmung. Die Texasherden ziehen nicht wie sonst durchs Land. Seit April steht die Armee hier. Und nicht nur in der Agentur. An der Nordgrenze steht eine Eingreiftruppe.
Hast du von der Geistertanzbewegung gehört? Sie ist die Antwort der Indianer auf ihre bedrückenden Lebensumstände. Ihre fanatischen Anhänger kommen aus den anderen Reservationen hierher. Die Armee versucht im Dauereinsatz, diese Besuche zu unterbinden.
Immer wieder kommt es zu Viehdiebstählen. Es gab einige Morde an Farmern, von denen keiner aufgeklärt wurde. Die örtliche Presse malt den Indianeraufstand bereits in grellen Farben an die Wand. Man will die Cheyenne loswerden. Washington hat den alten Agenten aus seinem Amt entlassen und

einen Special Indian Agent eingesetzt."

„Meine Zeitung", stellte Jim mit Genugtuung fest, „hat sich schon einmal für die Cheyenne eingesetzt. Damals, vor zwölf Jahren, bei ihrem legendären Exodus von Oklahoma nach Montana."

„Und wir könnten wieder etwas Öffentlichkeit gebrauchen", drängte ich ihn.

„Wenn morgen jemand die Geduld verliert, kann es zur Explosion kommen."

„Und wo?"

„In Lame Deer."

„Du siehst aber nicht besonders beunruhigt aus, Kell."

„Du vergisst, für die Cheyenne bin ich einer der ihren. Nicht immer zur Freude des Indianeragenten haben wir auf Big Sky stets auf ein gutes Verhältnis zu unseren indianischen Nachbarn gesetzt. Das bringt zwar einige Leute in Rage. Aber wir sind hier die Oldtimer, das hat sein Gewicht."

Ich merkte wie Jim gegen die Müdigkeit ankämpfte.

„Leg dich nach hinten und gewöhne dich schon mal an die Montana-Daunen."

Zwischen Stacheldrahtrollen, Salzsteinen, Planen und Säcken bereitete er sich seine Schlafmulde.

Während Jim schlief, folgte ich dem alten Indianertrail entlang des Rosebud nach Süden.

Mit der zweiten Dogwoodblüte war der Herbst gekommen, mit ersten Nachtfrösten und einem azurblauen Himmel bei Tag. Gestern Mittag hatte ich in Fort Keogh Zwischenstation gemacht, um alte Freunde unter Leutnant Caseys Cheyenne Scouts zu besuchen. Colonel Whistler gab mir die Militärpost für Lame Deer mit.

Auf halbem Weg zwischen Scout-Camp und Exerzierplatz hatte ich den Wagen plötzlich gestoppt. Der Baumstumpf ragte immer noch aus dem Boden. Hier hatten Bluejay und ich jeweils Abschied genommen, wenn ich für General Miles unterwegs war. Bei meiner Rückkehr stürmte sie mir dann immer jauchzend entgegen, kletterte über diesen Stumpf zu mir aufs Pferd und umhalste mich.

„Wenn du weg warst, Kell", erzählte Clint, „ist sie jeden Tag auf diesen Stamm geklettert und hat nach dir Ausschau gehalten."

Jetzt war Bluejay eine junge Frau und verheiratet. Übermächtig kam die Erinnerung zurück.

„Ich bin ein Häuptling, so wie meine Väter", sagte Little Chief vor der Versammlung. „Seit undenklichen Zeiten gehört uns dieses Land. Ich bin nicht mehr jung. Ich habe nie den Tod gefürchtet. Warum also sollte ich es jetzt tun? Aber Maheo flüsterte mir zu: Rette dein Volk!"
Ganz in Wildleder gekleidet, die rote Decke wie eine Toga um die Schultern gelegt, sprach hier ein Mann, dessen Züge vom lebenslangen Dienst an seinem Volk geprägt waren.
„Wir sind nur noch eine Handvoll", fuhr er fort. „Kraftlos weichen wir zurück wie der Morgennebel vor der erstarkenden Sonne; wie das verwundete Tier, das am Boden liegt und den Schritt des Jägers hört.
Der Weiße Mann ist der Eindringling. Wir stehen am Ende eines langen Pfades. Der Pesthauch verrotteter Büffel liegt über ihm. Es ist der Weg der gebrochenen Verträge, von Lüge und Verrat, von Krieg und immer wieder Krieg."
Während ich übersetzte, verspürte ich den Luftzug in meinem Rücken und hatte die leise Unruhe bemerkt. Das Raunen verstärkte sich. Ich stockte und griff in ein Haarbüschel. Etwas zupfte mich am Bein.
„Daddy!"
Mandelförmige Augen sahen mich bittend an. Sie war durch die offene Türe hereingeschlüpft. Sie hielt sich an meinem Bein fest. So stand sie die ganze Zeit neben mir, die Tochter des Kundschafters.
Längst war sie der Liebling der Fortbesatzung. Viele freundliche Augen wachten über sie.
Little Chief nahm die Bedingungen der Kapitulation an:
„Gott gab mir dieses Land. Wir sind schwach, verglichen mit eurer Stärke. Wir können auch keine Gewehre machen oder Messer. Ihr nehmt unser Land in Besitz und wir sind in eurer Gewalt. Eure Bedingungen sind hart und grausam, aber wir werden sie annehmen und uns unter eure Gnade stellen."
Es waren Worte der Weisheit und Weitsicht. Der Häuptling trat auf Bluejay zu. Sanft ließ er seine Hand auf ihrem Scheitel ruhen.
„Behandelt mein Volk gerecht. Habt Geduld und Langmut. Seht dieses Kind! Legt uns den Frieden wie eine warme Decke um."

Beifall brandete auf. General Miles war aufgestanden und drückte ihm spontan die Hand.

Bevor sie den Raum verließen, berührte jeder der Häuptlinge und Ältesten den Scheitel des Kindes. Die Zuneigung Bluejays zu mir war für sie wie ein Versprechen, wie ein Unterpfand ihres Vertrauens in die Zukunft.

Am 22. April 1877 ergaben sich 350 Cheyenne in Fort Keogh. Die anderen waren mit den Ogalala zur Red Cloud Agentur gezogen.

Die Armee wies ihnen eine Meile westlich des Forts einen Lagerplatz zu. Die Gefangenen, darunter die Familie von Little Chief, waren frei. An diesem Abend dröhnten die Trommeln. General Miles ließ es sich nicht nehmen und besuchte das Camp. Er stiftete mehrere Schlachtochsen.

„Heute komme ich als euer Freund", sagte er und warb um ihre Mitarbeit als Scouts. Diese Dienste für die Regierung würden sich sehr günstig für sie bei der Wahl eines Reservats auswirken. Er ließ jedem Zelt zwei Pferde für den Lagergebrauch. Sie könnten ihre Waffen behalten. Er vertraue ihnen.

Miles ließ mich nur ungern ziehen.

„Diese Nachricht kam eben durch." Er wies auf die Depesche in seiner Hand. „Sitting Bull hat bei Shallow Crossing die Grenze nach Kanada überschritten.

Ich brauche Sie, Kelly! Ich werde Crow- und Cheyenne-Regimenter aufstellen. Die Yellowstone-Linie muss unter allen Umständen gehalten werden."

Ich schüttelte den Kopf.

Er trat mit mir auf die Veranda hinaus und winkte Clint und Bluejay zu, die schon auf dem Wagen warteten.

Leutnant Doane von der Zweiten Kavallerie führte die Abteilung. Ich schwang mich auf Red Path und grüßte. Miles selbst gab das Kommando zum Aufbruch.

Kelly´s Point war zu Anfang nicht mehr als ein nüchterner Vermerk auf einer Militärkarte, ein Anlaufpunkt für die Patrouillen zwischen Fort Keogh und Fort Custer.

Unser oft belächelter Optimismus war grenzenlos, doch wir überstanden den ersten Winter besser, als irgendjemand geglaubt hatte.

„Die Leute von Big Sky bleiben, das ist ein zäher Schlag!", hieß es im Frühjahr und damit stand der Name für unser Heim fest.

Längst hatte alles Provisorische einem festen Blockhaus, einem Wagenschuppen und einer Koppel Platz gemacht.

Ich war mir keineswegs sicher, ob ich ein guter Vater sei, aber mein kleines Mädchen heilte mich gründlich von allen Selbstzweifeln. Sie blühte auf und war ein Sonnenschein für jedermann.

Begonnen hatte alles mit einem Tipi und einem Armeezelt, die wir auf den fetten Flusswiesen zwischen den beiden Armen des Rosebud aufschlugen. Hier lag ideales Weideland. Geschützt vor den Nordstürmen, lag unsere neue Heimat im Talboden und bot einen weiten Blick nach Westen auf die schneebedeckten Wälle der Big Horns und der Pryors. Silbern leuchtete die Salbeiprärie von den Mesas, deren zerfurchtes Geäder die Wasser des Rosebud sammelte. Das Gras wogte in Wellen vor dem Wind.

Die Kleine tat, was wir beide fühlten. Sie schrie bei diesem Anblick vor Glück und Freude auf und tollte ausgelassen über die Wiesen voller Wildblumen.

Einer der ersten Treibherden, die auf dem Weg nach Norden über Fort Keogh zogen, konnte ich 200 Longhorns und drei Pferde abhandeln. Ich bezahlte mit dem Kopfgeld, das mir der Zahlmeister in Fort Keogh für die Ergreifung der beiden Killer und Waffenschieber ausgehändigt hatte. Ich hatte es Bluejays wegen angenommen.

Zwei Cheyenne-Scouts halfen mir beim Treiben, und so weidete bereits im ersten Sommer der Grundstock unseres Viehbestandes auf unserem Land. Damit begann meine Karriere als Linienreiter, wie Clint spaßhaft feststellte. Nach jedem Orkan suchte ich unsere Rinder zusammen oder bahnte ihnen den Weg aus Schneeverwehungen. Wir verloren lediglich ein Tier. Es starb an Entkräftung und die Wölfe holten sich ihren Teil.

Auch sonst waren erstaunliche Dinge geschehen. Der Flussdampfer hatte die bestellten Waren und die Ausrüstung herangeschafft, darunter auch eine riesige Kiste mit Clints Privatsachen.

Bereits im ersten Winter besuchten uns die Cheyenne von Fort Keogh. Dreißig von ihnen hatten erfolgreich im Nez Percé-Feldzug für Miles gearbeitet. Der General vertraute ihnen und gestattete immer einigen die Winterjagd zwischen Tongue River und Rosebud. Damals gab es noch viel Wild. Selbst

Büffel standen noch auf unserem Land.
Höflich hatten uns die Cheyenne gefragt. Unser Büffelhautzelt, das neben dem Blockhaus stand und in dem wir in der Zeit der größten Kälte schliefen, hatte sie ermutigt. Unweit des Hauses schlugen sie in einem Gehölz ihr Lager auf. Daraus sollte für lange Jahre eine Tradition werden.
Ich selbst jagte in diesem Winter viele Wölfe, aber auch Büffel, und wir präparierten die Felle. Ich hielt die Cheyenne an, den Crow keine Pferde zu stehlen, sonst würde Bear Coat sehr zornig. Sie fragten uns, ob sie im Sommer wiederkommen könnten, um in den Hügeln zu beten und zu fasten. Wir waren einverstanden.
In späteren Jahren erregte dies das Missfallen des Indianeragenten. Die alte Religion galt als Störfaktor bei der Umerziehung. Sie wurde von den Weißen unterdrückt und schlecht gemacht.
Ein weiterer Dorn im Auge des Indianeragenten war die Tatsache, dass die Cheyenne auf Big Sky-Gebiet Halt machten, wenn sie ihre Verwandten in der Wind River Reservation in Wyoming besuchten. Bluejay spielte dann bei ihnen und wir wussten sie wohlbehütet. Zogen sie dann weiter, hing meist ein Körbchen mit Beeren, ein Spielzeug oder ein Präriehuhn im Baum.
Unsere einzige Sorge galt den Piegan und Blackfoot aus dem Norden, die in das Land der Crow und später auch auf Cheyennegebiet drangen, um Pferde zu rauben, die aber auch auf Skalps aus waren.
Als echtes Kind der Wildnis kannte Bluejay die Gefahr, die von offenem Feuer in Haus und Zelt ausgehen konnte. Vor dieser anderen Bedrohung warnte ich sie eindringlich und mit Schärfe.
Ich ging mit ihr zu einer versteckten Höhle am Steilufer des Rosebud. Dort sollte sie sich bei Gefahr wie das Küken eines Präriehuhns ducken, bis Onkel Clint oder ich nach ihr riefen und sie zurückholten.
So ausgelassen sie auch spielen mochte, rief ich „Piegan!", unterbrach sie es sofort. Sie nahm ihre kleine Decke auf und ihre geliebte Puppe und schlich unter unseren strengen Blicken zum Fluss. Nach einer Weile, wusste sie, würde ich mich anschleichen und sie würde mich voll Wasser spritzen. Daddy brachte sie dann auf seinem Arm zurück ins Haus.
Sie sah mich in mein Heft schreiben. Vorsichtig fasste sie mit einem Finger in die Tinte. Ich schrieb ihren Namen. Scheu ließ sie sich ihre kleine Hand führen.

„Möchtest du gerne hören, was diese Zeichen sagen?"
So gerne sie auch Märchen und Geschichten vor dem Einschlafen mochte, ab jetzt musste ich immer berichten, was die Zeichen zu mir sprachen. Sie lauschte hingerissen.
Sie kannte den zerlesenen Almanach. Wir besaßen einen Versandhauskatalog und einen für Saatgut. Sie kannte auch die schwere Familienbibel, in der Clint während des langen Winters las. Aber das abgegriffene Heft wurde ihr Lieblingsbuch.
Ich spürte, wie sie die Erinnerung an ihre Mutter traurig stimmte, und doch wollte sie in ihrer Sehnsucht mehr über ihre Herkunft erfahren. Zu meiner Überraschung begann sie selbst zu erzählen. Sie schmückte ihre Geschichten richtig aus. Das war für uns beide sehr tröstlich.
Sie schüttelte sich vor Lachen, wenn sie mein Cheyenne verbessern musste. Tagsüber sprachen wir Englisch mit Onkel Clint. Waren wir jedoch allein, wenn ich sie ins Bett brachte oder wenn sie etwas bedrängte, dann war Cheyenne unsere Sprache und unser gemeinsames Geheimnis.
Hatte Clint morgens unsere kostbaren Hühner versorgt, kam ich von den Pferden. Wir frühstückten. Dann ritt ich unser Gebiet ab und sah nach den Rindern. Später ging es an den Hausbau. Wenn wir von unserer Arbeit aufsahen, nickten wir uns zufrieden zu. Es war eine glückliche Zeit. Bereits in der Anfangszeit pflanzten wir etwas Mais und Kartoffeln und versuchsweise Gemüse.
Meistens spielte die Kleine dicht beim Haus mit Boomer, dem mächtigen Hirtenhund. War das Essen fertig, hämmerte sie auf die Triangel, um mich herbeizuholen. Oder sie badete und planschte mit Boomer im Wasser. Der Duft von wilden Rosen lag über dem Land. In Massen wucherten sie unter den Pappeln und Weiden am Ufer.

Steele, Tibbetts, McKavett-Ranch, Nachbar Elmer Wallingford ... Überall herrschte Belagerungszustand und mehr als ein schwer bewaffneter Weidereiter sah uns nach. Unser Auftauchen löste Überraschung und Besorgnis aus, als man hörte, wir wären zur Agentur unterwegs.
Gestohlene Schafe, die Kadaver von geschlachteten Ochsen und im Mai wurde die Leiche von Ferguson, einem Rancharbeiter, gefunden. All dies

geschah auf dem Land der Crow, doch die Spuren wiesen zu den Cheyenne. Aus Mangel an Beweisen hatte der Richter von Custer County das Verfahren gegen die Beschuldigten eingestellt. Die Forderung der Farmer lautete jedoch, dass die Cheyenne weg müssten. Bedrückt waren wir weitergefahren.

Ich hatte die Wagenbremse festgekurbelt. Die Zugtiere waren ausgeschirrt und trotteten zur Tränke an den Fluss. Später legte ich ihnen Fußfesseln für die Nacht an. Während wir auf unseren Bettrollen saßen und aßen, nahm ich den Gesprächsfaden wieder auf. Jim lauschte schweigend.

„Doc McColly und mein Schwiegersohn hatten die Leiche von Hugh Boyle bereits untersucht. Ein tödlicher Einschuss im Rücken von einem 45-70 Karabiner. Das zweite Geschoß hat ihm die Schädeldecke weggerissen.

Old Man Gaffney war in der Agentur vorstellig geworden, weil er seinen Neffen vermisste. Seine Ranch liegt nur wenige Meilen südlich davon. Am Abend waren die Milchkühe alleine von der Weide zurückgekehrt. Als am anderen Morgen das Pferd des jungen Mannes verstört und mit verrutschtem Sattel dastand, deutete alles auf ein Verbrechen hin.

Suchmannschaften, gebildet aus Cheyenne-Polizei und Soldaten, fanden den Tatort in der Nähe des American Horse Camp. Sie drohten dem Häuptling mit der Verhaftung. Damit gerieten auch die anderen Camps in Panik, aus Furcht man könnte sie angreifen."

Längst machte sich Jim Notizen.

„Kannst du mir sagen, wie ich meinen Bericht zur Telegrafenstation bringe?", fragte er.

„Wir werden Johnny Night Horse oder einen anderen der alten Scouts in der Agentur antreffen. Die übernehmen das gern", versprach ich. Dann berichtete ich weiter.

„Sie bargen den Toten aus einer flachen Mulde in den Schieferfelsen. Um die Mittagszeit war American Horse erschienen und hatte Agent Cooper die traurige Nachricht überbracht.

Head Chief, ein junger Mann, der seiner Tochter Goa den Hof machte, hatte das Verbrechen gestanden. Er sei bereit, die Tat zu sühnen, wenn auf seine Bedingungen eingegangen werde.

,Geh hinunter zur Agentur', wies er American Horse an. ,Sag ihnen, dass

ich es war. Am Tag, an dem sie die Rationen verteilen, werde ich da sein. Ich werde schießen und mit den Soldaten ein Spiel spielen. Niemals werden sie mich hängen! Ich will sterben wie ein Mann. Onkel, ich will nicht, dass die Frauen und Kinder meinetwegen leiden. Sag ihnen das. Ich werde kommen!'"
Jim pfiff durch die Zähne.
„Und morgen ist Ration Day?"
Ich nickte.
„Nach Cheyenneauffassung verhindert das Seil des Henkers den Austritt der Seele mit dem letzten Atemzug. Head Chief will als Selbstmordkrieger sterben."
„Warum schreiten die Behörden nicht ein?"
„Keine Chance! Obwohl die Cheyenne den Mord verdammen, werden sie ihren Mann bis zu seinem Tod nicht ausliefern. Sie wollen, dass es auf ihre Art geschieht. Das Militär hat eingewilligt. Cooper hat den Sheriff von Miles City wieder heimgeschickt. Ein Funken kann morgen zum Flächenbrand werden.
Dieser Head Chief gilt auch beim Stamm als Unruhestifter. Erst war es wohl der Hunger, der ihn die Kuh töten ließ. Als dann der weiße Junge auftauchte, wollte er einen Coup landen. Die alten Krieger werfen den Jungen oft vor, sie seien wie Kinder, weil sie nie im Kampf waren. Und so ist das wohl das Hauptmotiv für die Tat, zu beweisen, ein Mann zu sein."

Wir begegneten Miss Ratcliff, als wir aus dem Store traten. Irgendwie ahnten wir beide, ihr Auftauchen würde Veränderungen in unser Leben bringen. Gillmore, der Post Trader, hielt uns die Tür auf. Wir waren mit Päckchen und Tüten beladen. Bluejay trippelte vor mir her.
Die große, knochige Frau trat uns in den Weg.
„Sie also sind dieser Rancher und da ist ja auch das kleine Mädchen!", dröhnte ihre männliche Stimme. Doch schwang in ihr auch Gefühl und Gutherzigkeit mit, die uns für sie einnahmen.
Der graue Kattunrock streifte den Staub. Die fein gemusterte Bluse war zugeknöpft und hochgeschlossen. In ihrem Ledergürtel klemmte ein riesiges Taschentuch. Das straffe, blonde Haar endete in einem Knoten. Der Son-

nenhut war keck in die Stirn gezogen. Ihre Augen leuchteten, als sie sich zu Bluejay herabbeugte.

„Sie spricht ja ein wunderbares Englisch. Ich bin Lehrerin."

Mir steckte auf einmal ein Kloß im Hals. Jetzt konnte ich die Indianer gut verstehen, die ihre Kinder nicht zur Schule schicken wollten. Ich hatte Angst, mein kleines Mädchen zu verlieren.

„Madame, Sie sehen so aus, als ob wir zusammen einen heben sollten!"

Etwas an meinem Angebot schien sie herauszufordern. Sie legte den Kopf schief, verzog den Mund und nickte. Kichernd folgte sie uns in den Laden zurück. Ed Gillmore kam uns erstaunt entgegen.

„Zwei Whisky, Ed!"

Sie protestierte.

„Nein? Also einen Likör für die Lady und den Whisky für mich!"

Ich hob Bluejay auf die Ladentheke. Sie bekam ein Glas Zitronenzuckerbrause.

„Ich bin nur die Vorhut", erklärte Miss Ratcliff.

Sie kam von einer Crow-Agency und sollte den Unterricht für die Kinder der Crow-Scouts organisieren, die unterhalb des Forts am Big Horn lagerten.

„Wenigstens für die Zeit, in der sie beim Fort lagern. Wie lange wird das sein, Mr. Kelly?"

„Nun, so kurz nach der Sommerjagd sind sie mit den erbeuteten Häuten beschäftigt. Jetzt ist die Zeit des Zeltkreises. Mitte September werden sie zur großen Herbstjagd aufbrechen, dann ist das Fleisch der Büffel am wohlschmeckendsten."

Sie nickte bekümmert.

„Es ist lebensnotwendig für sie, Miss. Washington rechnet immer noch mit ihrer Selbstversorgung und gibt nur für vier Monate Rationen aus", erklärte ich, „aber wie wollen Sie den Unterricht alleine schaffen?"

Ich erfuhr, dass sie eine Hilfslehrerin hatte – Amy Shooting Star, eine Crow und Carlisle-Schülerin – die fließend Englisch sprach.

„Meine Kleine ist aber eine Cheyenne."

Gerade diese Tatsache, so hoffe sie, werde ein Ansporn für die Crow sein, die ziemlich hochmütig seien. Ich bewunderte ihre Hartnäckigkeit. Neben der Schule würde sie auch Sonntagsschule für die Kinder im Fort halten

und Orgel spielen. Ihr Gehalt sei zwar klein, doch sei sie geschickt mit der Nadel. Mit etwas Putzmacherei, Nähen und Sticken käme sie schon über die Runden. Sie strahlte, als ich ihr fünfzig Dollar bot, wenn sie Bluejay als Schülerin aufnahm.
„Du singst sicher gerne. Ich habe ein Harmonium."
Ich staunte, wie schnell sie das Vertrauen von Bluejay gewann. Ganz aufgekratzt über diese Anmeldung hatte sie nichts gegen ein zweites Glas Likör einzuwenden.
„Aber wird das nicht meine Autorität untergraben?" Mit sichtlich geröteten Wangen gestand sie mir, dass sie der Episkopalkirche angehöre.
Ich schüttelte den Kopf.
„Wir sind in der Vorhut, Miss! Ganz im Gegenteil. Wenn sich das herumspricht, und das wird es, dann wird die Episkopalkirche bald viele neue, glühende Anhänger haben."
Sie lachte herzlich mit.
„Gib deiner Lehrerin die Hand", sagte ich beim Abschied, „in einer Woche sind wir wieder da, Madame."
„Machen Sie sich keine Sorgen, Mr. Kelly", rief sie mir nach, „die Kleine kann bei mir wohnen. Wenn ihr etwas fehlen sollte, sieht der Doktor nach ihr."
Nachdenklich machte ich mich mit Bluejay auf den Heimweg. Ich würde sie jetzt viel seltener um mich haben. Aber es war gut, wenn sich eine Frau um ihre Erziehung annahm, außerdem tat ihr auch der Umgang mit anderen Kindern gut.
„Daddy, wie lang ist eine Woche?", fragte sie und stützte ihr Kinn mit den Händen auf.
Bluejay, mit der Aussicht auf ihren zukünftigen Schulbesuch, war von uns allen am gelassensten. Selbst Boomer spürte etwas von Abschiedsschmerz und strich noch dichter um sie als sonst. Clint stand sehr schweigsam mit der Schürze am Herd und kochte der Reihe nach alle ihre Lieblingsgerichte, und als sie von ihm Abschied nehmen musste, hielt sie auf dem Kutschbock eine riesige Blechdose mit einem Apfelkuchen umklammert. Alle drei Wochen holten wir sie auf ein paar Tage zu uns.
Sie liebte ihre Schule. Miss Ratcliff hatte sich über ihre Hilfslehrerin an die

Squaws herangemacht und tatsächlich eine Horde Jungen und Mädchen zusammenbekommen. Der erste Unterricht fand unter freiem Himmel statt, in einer Sonnenlaube. Bei schlechtem Wetter stand ein Armeezelt bereit. Mit Takt und Einfühlungsvermögen verstand es die Lehrerin, ihren Unterricht so aufzulockern, dass ihre Schüler immer seltener fernblieben, ja, dass die Schule zur Prestigesache wurde. Sie spielte und sang mit den Kindern.
Fort Custer wurde nun mit Hochdruck zum Kavalleriestützpunkt ausgebaut. Die Armee war mehr denn je auf die eingeborenen Scouts angewiesen. Im Westen hatten sich die Bannock erhoben. Immer häufiger kam es zu Zwischenfällen mit den Sioux, die aus Sitting Bulls Exil in Kanada über die Grenze kamen.
Es war Anfang August, als Leutnant Doane einige Wagen nach Fort Keogh eskortierte. Sie kamen über Big Sky und hatten zu unserer Freude Bluejay mit dabei.
Fröhlich rannte sie über die Wiesen und schien die ganze Welt umarmen zu wollen.
„Daddy, ich weiß alles!", rief sie schon von weitem. „Ich weiß, wie es geht." Sie fiel mir um den Hals und brachte vor Aufregung kein Wort mehr heraus.
„Was weißt du, Liebling?", fragte ich besorgt.
„Die Zeichen, ich kann jetzt auch hören, was sie sagen!"
„Du kannst lesen?"
Sie nickte heftig und umarmte Clint.
„Sie kann lesen!", sagte Doane zu seinem Sergeant und ein Raunen ging durch die ganze Kolonne. „Die Kleine von Big Sky kann lesen!"
Brave Wolf übersetzte die Nachricht den Scouts White Horse und Elk Nation und auf ihren dunklen Gesichtern zeigte sich tiefe Genugtuung darüber, dass eine Tsistsista die Zeichen der Vécho verstehen konnte.
An diesem Abend betrachtete Bluejay mein Tagebuch mit neu erwachtem Interesse. Dann legte sie es verwirrt, aber auch ein wenig enttäuscht weg.
„Daddy, du schreibst aber komisch!"
Ich saß vor einem riesigen Holzstoß und brach Schindeln. Das Grassodendach war undicht. Rechtzeitig vor dem Winter wollten wir das Haus neu decken. Mittlerweile besaß unser Haus auch drei Glasfenster. Der Boden bestand aus Holzplanken. Mit der Reparatur des Daches sollte auch das Ofen-

rohr neu gesetzt werden.
Im Herd prasselte das Feuer. Clint rollte Sauerteig im Mehl aus. Bluejay hantierte mit dem Kaffeetopf.
„Daddy, wie heiße ich?"
Ich zuckte zusammen. Auch Clint sah überrascht auf.
„Bluejay, mein Herz."
„Nein, richtig!", beharrte sie.
Ich horchte auf.
„So wie ich, Liebling. Du heißt Kelly."
Sie schien erleichtert.
„Aber warum fragst du? Wollte die Miss das wissen?"
Da platzte sie mit der zweiten, großen Neuigkeit heraus.
„Ach Dad, wir haben eine neue Lehrerin, die ist ja so lieb und schön, und wie die gut riecht."
Miss Ratcliff, erfuhren wir, war so unglücklich von einem durchgegangenen Kavalleriepferd gestreift worden, dass sie vom Garnisonsarzt für zwei Wochen mit schweren Prellungen ins Bett geschickt worden war.
„Und dann hat die Miss alle Kinder nach ihrem Namen gefragt."
„Wie heißt deine neue Miss?"
„Tona", kam es zögernd.
„Tona?", Ich konnte mir keinen Reim darauf machen.
„Aber das ist kein Spitzname, oder?"
Miss Ratcliff schnaufte immer so beim Schlafen und die Kleine nannte sie manchmal, bei aller Wertschätzung, Büffelkuh. Immerhin sagte sie Miss Büffelkuh, und auch das nur auf Cheyenne.
Nach dem Abendessen rückten wir den Tisch vor das Haus. Clint hatte sich die Pfeife in den Mund geschoben und holte sich aus dem Wagenkasten Werkzeug. Er reparierte die Deichsel.
Bluejay saß am Tisch, übte mit Hingabe Schreiben und malte auf braunes Packpapier. Es entstanden Blätter mit so erbaulichen Leitsätzen wie „Reichtum trügt", „Erst wägen, dann wagen" oder „Ein rollender Stein setzt kein Moos an". Zusammen mit einer wenig schmeichelhaften Zeichnung von Miss Ratcliff schmückten sie die sonst recht kahlen Wände unserer Behausung.

Während ich über den Schindeln saß, kam vom Tisch her Gekicher. Verstohlene Seitenblicke trafen mich. Boomer wurde es zu bunt. Er zog gelangweilt ab.
Erwartungsvoll sah sie herüber. Ich war aufgestanden und betrachtete ihre Zeichnung. Trotz des kindlichen Gestrichels – die Wespentaille, der ellenlange, flatternde Rock, der Sonnenschirm – nahm man alles zusammen, dann sah diese Lady kein bisschen nach Episkopalkirche aus!
„In der Mitte bricht sie auseinander, aber oben hast du sie nicht so flach gemacht wie Miss Ratcliff."
Daraufhin prustete sie vor Lachen. Clint war neugierig hinzugekommen.
„Was sagst du? Eine höhere Tochter, vielleicht sogar vom Kommandeur? Oder eine Offiziersbraut? Du kannst das herausfinden, denn morgen bist du an der Reihe, die Kleine zur Schule zu bringen. Schau dir das Wunder an!"
Ich holte Gewehr und Sattel für meinen Abendritt.
Scharf zeichneten sich die Grate und Pfeiler der Berge gegen den Himmel ab. Leuchtkäfer glühten über dem Gras auf. In den Bachgründen standen Weißwedelhirsche. Die purpurnen Wolkenbänke erloschen mit der hereinbrechenden Dunkelheit.
Von den Abbrüchen im Süden trug der Nachtwind seltsam klagend ein Lied heran. Seit zwei Tagen betete und fastete der Medizinmann auf unserem Land. Morgen würde ich bei meinem Ausritt nach ihm sehen.
Am anderen Tag stand Bluejay vor mir auf ihrem Stuhl in Leggins, Mokassins und dem Wollpullover, den ihr die Lehrerin gestrickt hatte. Ich bürstete ihr Haar und flocht ihr die Zöpfe. Dann setzte sie sich ihren kleinen Strohhut auf und gab mir einen dicken Kuss.
Und wieder erwähnte sie den wunderbaren Duft, in den diese Lady getaucht war.
„Sie kann schön singen und Harmonium spielen und sie hat keinen Mann." Etwas Schwärmerisches trat in ihre Augen. Sie bekam ihren Verschwörerblick.
Als Clint von Fort Custer kam, war er ziemlich einsilbig. Eigentlich wollte ich ihn über diese Lady ausfragen, aber er mied das Thema und da ließ ich es auch fallen.
„Sag mal, weißt du, wo mein Tagebuch ist?", fragte ich ihn.

Er wurde hellhörig. Ich sah, wie er in Bluejays Spielkiste kramte.
„Warte, Kell, sie sagte, dass sie einen Gegenstand oder ein kleines Tier mitnehmen sollten, etwas, das sie am liebsten hätten. Erst wollte sie schon Boomer mitnehmen." Clint kratzte sich am Kopf. „Ich fürchte, unser kleines Mädchen hat ihr Lieblingsbuch mitgenommen, dein Tagebuch, aus dem du ihr immer vorliest."
Ich musste mich setzen.
„Dieses Biest, dieses kleine Biest!"
„Kell!" Clint räusperte sich und tat sich sichtlich schwer. „Diese Lady, ich meine, ich habe sie gesehen und kurz gesprochen. Sie kam vor einer Woche mit der ‚Josephine' an. Das ist eine verflucht feine Lady und eine tolle Frau." Dabei sah er seltsam entrückt aus, als ob ich nicht neben ihm stünde. Nachdenklich rauchte er seine Pfeife. Mehr war aus ihm nicht herauszubekommen.

Eine unbehagliche Spannung lag über dem Tal, das vom Lame Deer Creek durchflossen wurde. Tipis beherrschten das Bild. Über Nacht war um die Agentur eine Zeltstadt entstanden.
Cheyenne aus allen Distrikten lagerten auf den ihnen zugewiesenen Plätzen. Die Scabby Bande zeltete am Alderson Creek. Es schlossen sich die Shy People vom oberen Tongue River an. Da waren die Leute von Ashland, die Ree Bande vom Rosebud, Little Wolfs Anhänger vom Muddy Creek, und wie immer dicht um die Agentur, die Black Lodges.
Doch etwas war anders als sonst.
Herolde ritten umher und forderten die Leute auf, Ruhe zu bewahren. Die Elkhorn-Rasseln am Handgelenk wiesen sie als Angehörige des Elk Soldier Bundes aus, der für diesen Tag mit Billigung von Special U.S. Indian Agent Cooper die Polizeigewalt übernommen hatte.
Das Schlachthaus und die Magazine waren dicht umlagert, doch die meisten hatten ihre Rationen bereits bezogen. Die Frauen breiteten das Fleisch zum Trocknen aus oder kochten. Die Kinder tollten mit den Hunden herum. Die Männer lagen im Schatten unter den Wagen, spielten Monte oder rauchten. Noch vor einem Jahr hatten sie ihre Schlachtochsen wie Büffel nach einer wilden Verfolgungsjagd abgeschossen. Es hagelte Knochenbrüche und

Schussverletzungen. Das Indianerbüro sah darin einen Anschlag auf seine zivilisatorischen Bemühungen und hatte dem barbarischen Treiben ein Ende gesetzt.

Eine dichte Postenkette aus Infanteriesoldaten lag um den weitläufigen Komplex mit seinen Werkstätten, Vorratsspeichern und Wohnzeilen. Vor dem stattlichen Agenturgebäude hing in der Mittagshitze schlaff die Fahne vom Mast.

Ich hatte den Postsack geschultert, als ich mit Jim die Treppe zur Veranda hochkam. Indianerpolizei, den Karabiner gezückt, hielt das Gebäude umstellt. Die schwarzen Uniformen standen in merkwürdigem Gegensatz zu ihren bestickten Mokassins und dem langen, fettglänzenden Haar unter den Schlapphüten. Ihr Captain gab uns den Weg frei.

Indian Agent Cooper, ein hagerer, asketisch wirkender Mann, unterbrach sein nervöses Auf- und Abgehen. Ungeachtet der drückenden Schwüle im Raum war er in einen schwarzen Gehrock gezwängt und unterstrich die Autorität seines Amtes durch gestärkten Kragen und Windsorknoten.

„Ich hoffe, Sir, Sie bringen gute Nachrichten?" Seine ablehnende Zurückhaltung war einer, wenn auch steifen Höflichkeit gewichen. Er hatte den Postsack an sich genommen, wie ein Ertrinkender den rettenden Strohhalm. Fieberhaft ordnete er den Inhalt zu kleinen Stößen. Dann riss er ein großes Kuvert auf.

Außer Long Knife, dem Dolmetscher, war da noch ein langer, knochiger Kavallerist, der uns wachsam musterte.

Seine Uniformjacke stand offen. Um den Kragen hatte er ein weißes Halstuch geschlungen. Er trug Buckskinhosen mit Silbernieten an den Seiten. Hoch am Gürtel steckte der Armeecolt im offenen Holster.

Jim, der wie ein Easterner gekleidet war, schien er nicht recht einschätzen zu können. Ich stellte ihn kurz vor.

Das verschlossene Gesicht von First Lieutenant Robertson hellte sich auf. Erleichterung zeichnete sich darauf ab. Mit einem Seitenblick auf Cooper, der ganz in ein Schreiben vertieft schien, meinte er:

„Sir, kann ich von Ihnen erfahren, was hier wirklich gespielt wird? Ich meine, werden sie kommen?"

Vor drei Tagen war Robertson von Camp Crook aufgebrochen. Auf Major

Carrolls Weisung sollten seine Männer das Leben des Agenten und das Regierungseigentum schützen.

Von ihm erfuhr ich, dass Young Mule, ein anderer junger Mann, beschlossen hatte, Head Chief in den Tod zu folgen. Das hätte verhindert werden können, wenn er vor ein paar Tagen gleich verhaftet worden wäre. In provozierender Weise sei Head Chief singend und in vollem Kriegsschmuck auf Schussweite am Militärlager vorüber geritten. Seither ließ er sich als Held feiern.

„Lieutenant, diese Männer haben ihr Leben weggeworfen. Sie werden kommen und sie werden verzweifelt angreifen!", warnte ich. „Seien Sie auf alles gefasst! Aber die Cheyenne sind ein Volk, das viel gelitten hat. Sie lieben dieses Land und wollen in Frieden leben. Es sind nur ein paar Heißsporne, die kämpfen wollen."

Er dankte mir.

„Ich glaube, Sir, das war es, was ich wissen wollte."

Die beiden Selbstmordkrieger hatten die Zeit bis Sonnenaufgang mit ihren Anhängern auf dem breiten Höhenrücken verbracht, der gegenüber der Agentur lag. Am Morgen bestanden die Häuptlinge und die Kriegerbünde darauf, dass alle jungen Männer den Hügel verließen.

„Es sind gute Nachrichten." Mit tonloser Stimme trat der Indianeragent zu uns. „General Miles hat geantwortet. In diesem Telegramm werden uns 25.000 Dollar bewilligt. Für zusätzliche Nahrungsmittel. Wir sollen Vieh kaufen und die Rancher entschädigen. Hoffentlich ist es nicht zu spät!" Vor Aufregung hatte Cooper den Gehrock abgelegt. Er trug an den Hemdsärmeln noch immer schwarze Armschützer.

General Miles, nun Befehlshaber des Militärdistriktes Pazifik, hatte vor über einer Woche in Fort Keogh Zwischenstation gemacht. Er war auf dem Weg nach Chicago, wo er George Crook als Kommandeur der Militärdivision Missouri ablöste. Seine alten Cheyenne-Scouts hatten ihm ihre Beschwerden vorgetragen.

Agent Cooper geriet in helle Aufregung als er hörte, Jim sei Zeitungsmann und ehemaliges Kongressmitglied.

„Ich bin nur zur Erholung da, Sir, zur Jagd und als Gast auf Big Sky", wiegelte Jim ab. Dabei grinste er mich höhnisch an.

Es entstand Unruhe vor der Tür. Bluejay trat ein. Sie umarmte uns stürmisch.

„Ich sah unseren Wagen vor der Tür stehen. Ricky ist mit Doc vom Piegan-Distrikt zurück."

„Hör mal, schöne, junge Frau!", sagte Jim, „Sadie und ich wünschen dem Brautpaar alles Glück. Ich habe unser Geschenk auf dem Wagen. Sei gnädig, wir haben lange genug überlegt, was ihr brauchen könntet."

„Du bist da, Onkel Jim, und das ist schön!"

„Das nenne ich einen Empfang!"

„Dad?", sie hatte meinen langen Blick gesehen.

„Es fällt mir nicht leicht, Kleines, aber ich bitte euch, bleibt weg. Heute treffen vielleicht zum letzten Mal die alten Büffeltage auf die neue Zeit. Niemand kann sagen, was geschehen wird."

Sie sah mich offen an und blies sich die silberne Haarlocke aus der Stirn.

„Ich weiß, Daddy, du würdest das nie leichthin sagen. Das alles ist so schrecklich!" Sie stand im traditionellen Hirschlederkleid ihrer Mutter da und hielt mit beiden Händen einen Weidenkorb vor sich.

„Ich war heute bei Old Lady Ridgewalker. Ich habe ihr zu essen gebracht und sie gab mir diese Heilpflanzen."

„Die Old Lady ist, soviel ich weiß, eine allseits geschätzte Hebamme."

Eine leichte Röte überflog ihr Gesicht. Verschmitzt legte sie den Finger auf ihre Lippen.

Jim und ich standen auf der Brücke über den Alderson Creek. Kavallerie und Infanterie hatten ihre Positionen um den Berg bezogen. Zwei Soldaten mit geschulterten Gewehren bewachten eine Ambulanz.

Robertson war auf die Straße getreten. Er zog den hellen Stetson schräg ins Gesicht und richtete seinen Feldstecher auf den Berg.

Der Steilhang nach Süden war verkarstet und von Rinnen zerfurcht. Rote Steinbänder traten durch das Gras. Nur der breite Gipfel war schütter von Kiefern gesäumt.

Er grüßte her und ging zu seinen Leuten. Die Sporenrädchen an seinen Stiefeln klirrten rhythmisch.

„Boots and Saddles" erklang. Es war drei Uhr nachmittags. Der E- und der G-Trupp der Ersten Kavallerie saßen auf und formierten sich. Auf ein Zeichen des Lieutenant trabten sie an.

Die meisten Indianer hatten das große Lager verlassen und mit ihren Kindern die umliegenden Hügel aufgesucht. Schweigend erwarteten sie die Tragödie. Als ich das Fernglas scharf gestellt hatte, konnte ich zwei sitzende Gestalten auf der Bergkuppe ausmachen.

„Einer der beiden ist sehr schmächtig. Er müsste auf die Missionsschule gegangen sein, er trägt das Haar kurz", berichtete ich Jim, der sich immer wieder Notizen machte. „Sie reiben sich mit Staub ein. Jetzt setzt der Ältere eine Federkrone auf."

„A-Yeh!"

Es war wie der Rebellenschrei.

Zwei lang gestreckte Schatten jagten quer über die Kuppe zum Westabfall. In halsbrecherischem Tempo kamen sie herab. Auf einem vorspringenden Felsband vollführten sie eine überraschende Wende und zogen dabei vom Tal aus ein mörderisches Feuer auf sich. Sie peitschten ihre Ponys wieder den steilen Kamm hoch. Head Chief voraus, der schmächtige Krieger hinterher. Das Pferd des Jungen wieherte schrill und bäumte sich auf. Er sprang ab und konnte es am Zügel hochzerren.

Kein Trillern stieg auf. Es herrschte beklommenes Schweigen. Männer ballten die Fäuste, Frauen verschlossen angstvoll mit der Hand den Mund.

Die zwei jungen Männer begannen von ihrer Warte aus die Soldaten zu beschießen. Die Infanterie hatte sich bis unter eine Felsenleiste vorgearbeitet. Lieutenant Robertson streckte energisch den Arm in die Höhe, die Abteilung entfaltete sich nach links und rechts zur Schwarmlinie. Seine Leute würden die Hauptlast tragen und den Frontalangriff abwehren.

Da schwang sich Head Chief auf sein Pferd und überquerte den Osthang. Er schoss das Gewehr ab und warf es weit von sich. Dann riss er das Pferd herum. Ein Säbel blitzte in der Sonne auf.

Für einen Moment hörte man den dumpfen Wirbel der Pferdehufe. Blitz- und Hagelmotive bedeckten die Flanken seines Ponys. Mit wehender Kriegshaube, ganz in Buckskin und rotem Lendentuch, jagte er herbei.

Er kam über eine kleine Erhebung und griff die wartende Feuerlinie an. Längst war er getroffen, am Arm und im Gesicht, aber er hielt sich aufrecht. Robertsons Männer waren teilweise abgesessen und schossen kniend oder vom Sattel aus. Heftig rollten und brachen sich die Echos.

Head Chief schien die Linie zu zerspalten. Hinter ihm schloss sie sich wieder. Nach 100 Yard fiel er vom Pferd. Er versuchte noch aufzustehen. Soldaten rannten herbei und gaben mehrere Schüsse mit dem Colt ab.
Ein Trillern stieg hinter der Linie der Soldaten auf. Es brach ab. Eine harsche Stimme brachte die junge Frau zum Schweigen. Goa trauerte um ihren Geliebten.
Zu unserer großen Überraschung kam Young Mule zu Fuß.
Klein und verloren hob sich seine Gestalt gegen den Berg ab. In voller Sicht, aber mit mörderischer Entschlossenheit, stürmte er hinab. Dicht schlugen die Kugeln um ihn ein.
Er rannte Zickzack. Mit schnellen Reflexen wich er aus. Ja, er kniete hin und schlug sein Gewehr an. Dann schlüpfte er in eine tiefe Trockenrinne. In ihrem Schutz erreichte er den Fuß des Berges. Vor den Soldaten gelang es ihm, über eine Böschung zum Alderson Creek hinabzuspringen. Er verschwand in der Uferwildnis.
Sein lebhaftes Feuer konnte die vorrückenden Truppen noch für zwanzig Minuten aufhalten. Die Männer vom G-Trupp fanden ihn tot. Ein Scharfschütze hatte ihn niedergestreckt.
Die kleine, verkrümmte Gestalt lag im eigenen Blut. Die Buscheschen um den Leichnam herum waren zerfetzt, der Boden von Geschossen zerfurcht.
Doc McColly hastete mit meinem Schwiegersohn Rick Calloway heran. Elk Soldiers traten ihnen in den Weg und hoben warnend die Hände.
Schwer atmend setzte der Doc seine Arzttasche ab. Wir begrüßten uns. Der junge Indianerarzt sah bekümmert in Richtung der Toten. Kaum waren die Schüsse verhallt, fluteten die Frauen vor und nahmen sich der Opfer an. Die Totenklage setzte ein.
„Rick, würden Doc und du als Vécho jetzt hingehen, sie würden glauben, ihr nähmt Coup. Heute ist kein guter Tag für den Doktor der Weißen, mein Sohn. Ihre Herzen sind in Aufruhr. Sie würden dir bestimmt nichts tun, denn sie wissen, dass du ihnen helfen willst, aber es würde deinen Einfluss auf sie in Zukunft schwächen."
„Danke, Sir!", sagte er traurig.
Sie brachten die Toten in das Camp von American Horse. An der Stelle, wo Head Chief fiel, lag eine Adlerfeder im Gras. Niemand hob sie auf.

Lieutenant Robertson sammelte seine Leute. Vorsichtig, ohne Hornsignal, zogen sie sich zur Agentur zurück. Er ließ seine Kolonne kurz vor uns anhalten.
„Seit zehn Jahren mache ich Dienst an der Grenze. Ich kenne meine Crow-Scouts vom L-Trupp in Fort Custer. Aber dieser Angriff schlägt alles." Staunen, vermischt mit Unverständnis und Ratlosigkeit, lag in seiner Stimme. „Leider wussten wir nicht, dass der zweite Mann noch fast ein Kind war."
„Lieutenant, es waren Cheyenne", sagte ich.
Es sollte sich später herausstellen, dass Head Chief sich vor seinem Tod damit gebrüstet hatte, zwei weitere Weiße getötet zu haben, ein Opfer 1884 zwischen Tongue River und Mizpah, das andere in den Sarpy Mountains. Beide Mordfälle waren nie aufgeklärt worden.

Man hatte ihr das Zimmer des stellvertretenden Kommandeurs angeboten. Schon seit dem frühen Morgen herrschte freudige Erwartung. Lampions und Girlanden wurden ein letztes Mal umgehängt. Die Garnisonskapelle übte Polka, schottische Tänze, Reel und Walzer. Nach ihrem Auftritt schloss sich der Offiziersball an.
Sie summte den „Tennessee Waltz", als sie das Ballkleid für den Abend zurechtlegte. Der Koch hatte vorgesprochen. In einer Stunde würde sie der Adjutant zur Tafel geleiten.
Ihr Kleid war schlicht und hochgeschlossen, aber jede Linie ihres schlanken Körpers würde zur Geltung kommen. Einige Offiziersfrauen, so wusste sie, würden keine Miene verziehen, sie aber dafür umso mehr hassen. Die jungen Frauen waren ihr unverhohlen neugierig begegnet. Sie hofften auf modische Anregung, auf ein Glanzlicht dieses ersten gesellschaftlichen Ereignisses seit der Gründung des Forts.
Diese Lehrerin war ganz anders. Sie hatten gleich ein gutes Verhältnis zueinander gefunden. Der Umgang mit den Indianern hatte sie aufgeschlossen für Menschen gemacht, die anders als der Durchschnitt lebten.
Es war ganz spontan geschehen, dass sie zu Myra sagte:
„Dann sehe ich nach den Kindern!"
Sie hatte mit ihnen gesungen und dazu auf dem Harmonium gespielt. Schon bei ihrem ersten Zusammentreffen mit der Klasse war ihr das kleine Mäd-

chen mit den frech abstehenden Zöpfen und den strahlenden Augen aufgefallen.

„Wie heißt du?", fragte sie das Kind.

Es war eine beeindruckende Sammlung von Namen, die sie zu hören bekam: „Bluejay, Zitkala, Cicila, Mitacante – mein Herz, Liebling, Pika, Koja ... Shorty Monster!"

Amy Shooting Star, die Hilfslehrerin, hatte ihr den Namen ins Ohr geflüstert und sie betrachtete das Kind mit neuem Interesse. Lächelnd hatte sie der Kleinen gedankt.

„Mr. Kelly lebt sehr zurückgezogen mit seinem Partner, Mr. Clintock, am Rosebud Creek. Dieses Kind ist sein Ein und Alles. Seit sie meinen Unterricht besucht, sieht man ihn häufiger im Fort. Das Mädchen ist eine Cheyenne, meine anderen Schüler sind Crow.

Die Geschichte, wie Mr. Kelly im letzten Winter während des Feldzugs gegen die Sioux seine eigene Adoptivtochter gefangen nahm, ist hier an der Grenze noch heute Gesprächsstoff", erzählte die Lehrerin.

Das kleine Mädchen hatte sie selbstvergessen angeschaut. Es wich ihr nicht von der Seite. Zutraulich hatte es sich an ihre Hand begeben und sie durch das ganze Fort geführt.

Dann waren sie zu Miss Ratcliff gegangen und die Kleine hatte stumm ihrem Gespräch gelauscht.

„Sie müssen mich unbedingt in San Francisco besuchen. Mein Agent war entsetzt, als ich nach Chicago auf diesen Abstecher bestand. Ich wurde überall sehr zuvorkommend behandelt. Obwohl der General in harte Kämpfe im Westen verwickelt ist, durfte ich mit dem Schiff reisen."

„Mein Daddy hat auch so ein Bild von einer Lady." Bluejay unterbrach sie und zeigte der schönen Miss die Abbildungen, die Miss Ratcliff zur Dekoration aus einem Modejournal ausgeschnitten hatte.

Die Kleine hatte sich zum Schlafen fertig gemacht und lag bereits unter der Decke, als sie der Lehrerin mit geheimnisvoller Miene ihr Lieblingsbuch zeigte. Sie hatte den abgegriffenen Deckel aufgeschlagen.

„Für meine Tochter. Wenn sie einmal alles verstehen wird ..."

Mays Hände zitterten.

„Mein Daddy liest mir immer daraus vor. Darin stehen viele Geschichten.

Am liebsten mag ich die, wie er mich gefunden hat."
„Sag, würdest du mir dein Buch geben, damit ich ein wenig darin lesen kann. Ich verspreche dir, gemeinsam bringen wir es deinem Daddy zurück."
„Sie dürfen das Buch haben. Stimmt es, dass Sie uns verlassen? Gehen Sie wirklich weg?"
„Darüber sprechen wir noch, wenn wir zu deinem Vater aufbrechen. Wir werden ihn überraschen."
Die Kleine gähnte.
„Ich weiß, er wird sich freuen, wenn Sie kommen. Boomer auch. Boomer ist mein Hund. Daddy gibt mir immer einen Gute Nacht Kuss!"
Die junge Frau beugte sich überrascht vor. Das kleine Mädchen hatte ihr die Arme um den Hals gelegt und ihr einen Kuss auf die Wange gedrückt. Jetzt spitzte es die Lippen, hielt die Augen geschlossen und wartete lächelnd.

„ ... ihre teilnahmsvolle Liebe, ihr mitfühlendes Herz erstaunen mich täglich aufs Neue und bereichern mein Leben in nicht gekanntem Maße. Bei unseren Abschieden versucht sie mit kleinen Gesten, Clint und mir stets das Gleiche zu sagen: Ich liebe euch. Trotz ihrer Jugend weiß sie, was erzwungene Trennung bedeutet."
Sie blätterte weiter.
„Meine Tochter ist das lebendige Band zu ihrer Mutter. Sie ist eine richtige Horse Woman mit viel Gefühl für die Pferde. Ich werde ihr ein Pony schenken."
Es kam der letzte Eintrag. Sie stutzte und kicherte.
„Mein kleines Mädchen gab uns wieder einmal ihren großen, umfassenden Bericht ab. An erster Stelle steht natürlich die geliebte Schule. Sie schwärmt von ihrer neuen Lehrerin. Das muss eine Mischung aus Weltwunder und Engel sein, wahrscheinlich von beidem etwas. Wenn man der Kleinen glauben darf, ist diese unverheiratet und viel jünger als Miss Myra, also der Wunder noch viel mehr! Clint geht morgen nach Fort Custer, um dieses Ausnahmewesen zu bestaunen ..."
Es klopfte.
Schnell schloss sie das Tagebuch ein und öffnete.
In Galauniform, mit Paradehelm, Goldepauletten, Schärpe und Regiments-

schnur stand der Lieutenant-Colonel in der Tür und bot ihr seinen Arm an.

„Head Chief war ein Killer", sagte ich nach langem, betroffenem Schweigen. „Den Tod sah er als seinen einzigen Ausweg an. Der andere Junge war eine Waise. Head Chief war sein Idol."
Ich hatte angehalten, um den Pferden eine Verschnaufpause zu gönnen.
„Dieser Robertson konnte es gar nicht fassen, dass sich zwei Mann mit seiner Kavallerie anlegen wollen", meinte Jim.
„Er hat einen kühlen Kopf behalten", warf ich ein, „er ist West Pointer, war auch in Frankreich, Kriegsschule Saumur. Heute bildet er die Crow-Scouts in Fort Custer aus."
Einige Meilen hinter Lame Deer schwenkten wir wieder in das Tal des Rosebud ein. Abendfalken zogen schreiend über den Himmel. Die schräg stehende Sonne brachte die Lava- und Sandsteinfelsen in den Kiefernhügeln zum Glühen.
Wo sonst für Meilen Tipis die Ufer des Rosebud sprenkelten, waren nur noch einige Alte und Kranke zurückgeblieben und die Wächter der Ponyherden, die in kleinen Gruppen verstreut in der Flussaue standen.
Nur selten durchzogen Bewässerungsgräben den schmalen Talboden. Die Dürre der letzten Jahre hatte die schwachen Versuche für Acker- und Gartenbau stets zunichte gemacht.
Bluejay hatte mit Jim den Platz getauscht und war zu mir auf den Kutschbock geklettert. Ich legte einen Arm um sie.
„Altes Privileg!", sagte ich nach hinten zu Rick, der mit Jim zwischen Kisten und Säcken hockte und sich angestrengt festklammerte. Sein Sattelpferd zockelte hinter dem Wagen her.
Sie legte meine Hand auf ihren Bauch, und als sie mir etwas ins Ohr flüsterte, da war sie wieder das kleine Mädchen. Ich sah verstohlen nach hinten. Sie schüttelte bloß den Kopf. Er weiß es noch nicht, aber Mom ahnt etwas.
Rick war in seinem Element.
„Ich habe diesen Medizinmann als Dolmetscher dabei. Er schaut mir auf die Finger, aber hinten herum erfuhr ich, dass er mich bereits kopiert. Doc gab mir diesen Rat. Ihm haben die alten Medizinmänner immer die hoffnungslosen Fälle überlassen. Klar, wenn beim Arzt der Weißen immer die Patienten

wegsterben, dann ist das schlechte Medizin.
Wir behandeln unentgeltlich, aber Doc sagt: ‚Knöpf' ihnen ruhig ein Honorar ab. Nimm ein Pferd, wenn die Familie reich ist. Dann hast du die Garantie, dass sie auch die bittere Medizin schlucken.' Das Wichtigste aber wäre ein kleines Hospital!"
Anfang Oktober würde er Doc's Posten übernehmen. Das bedeutete 1500 Quadratmeilen raues Land. Darauf lebten verstreut knapp 1000 Cheyenne. Die meiste Zeit des Jahres waren die Distrikte nur im Sattel zu erreichen. Die Kinder würden es schaffen! Ihr seid meine Augen und Ohren. Wir kommen euch immer besuchen, dachte ich. Ich brachte das Gespann zum Stehen.
„Wir bleiben hier für die Nacht, doch zuvor möchte ich euch etwas zeigen."
Ich war aufgestanden und deutete auf eine Stelle im Gras, kaum fünfzig Yard von unserer Fahrspur entfernt.
„Vor einer Woche traf ich hier ein junges Cheyenne-Paar. Sie kamen vom Muddy Creek Camp. Die beiden schienen sehr verlegen. Dann sah ich einen alten Mann im Gras sitzen und unverwandt diesen Punkt anstarren. Ich stieg vom Wagen und ging zu dem Alten hin. Ich machte Zeichen. Er winkte und ich setzte mich zu ihm. Eine halbe Stunde saßen wir so da. Ab und zu zwinkerte er mir zu und schien das Ganze für einen Riesenspaß zu halten. Dann sprach er mich mit meinem Cheyenne-Namen an.
‚Sieht der Wolf mit dem hohen Rücken diesen Pfahl? Der größte Teil ist durch Sturm und Witterung herabgebrochen und schon halb in den Boden eingesunken. Hier tanzte Tatanka Yotanka und sah in die Sonne. Soldaten fielen vom Himmel, mitten in unser Lager. Sie haben keine Ohren. Sie gehören euch! sagte eine Stimme. Damals waren wir stark. Wir schlugen Drei Sterne und Langhaar. Hilf mir auf, Sohn. Das Alter denkt gerne an die guten Zeiten zurück.'"
Neugierig waren die anderen vom Wagen gestiegen und gingen um den Pfahl. Jim fand das Fragment eines Büffelschädels. Das war alles, was vom großen Sonnentanzlager übrig geblieben war. Nur wenige Tage später war Custer hier mit seiner Siebten Kavallerie durchgezogen, auf dem Weg zum Little Big Horn.
Während ich die Pferde versorgte, bauten Jim und Rick das Armeezelt auf. Nach dem Essen hatten sich die Jungverheirateten verliebt bei den Händen

gefasst und spazierten in ein kleines Seitental.
Jim blieb mit mir am Feuer zurück. Die Nacht brach herein.
„Natürlich haben die Cheyenne damals das Land, das man ihnen überließ, mit den Augen von Jägern ausgesucht", nahm ich unser Gespräch wieder auf. „Ich glaube, es war in dem Jahr, in dem sie die Agentur der Crow in das Big-Horn-Tal verlegten, als die Büffel das erste Mal ausblieben. Die Jäger dachten, sie wären in Kanada und sie würden wie immer zurückkehren. Aber es war das Ende der großen Jagd. Die Verzweiflung der Indianer wuchs. Ihr Vater, ihre Mutter – der Büffel, hatte sie verlassen."
Aus einem fernen Waldstück drang eintöniger Gesang, auf und abschwellend, doch ohne Begleitung durch die Trommel.
„Geistertänzer!", erklärte ich. „Männer und Frauen tanzen im Kreis, bis sie in Trance fallen. In ihren Visionen berichten sie von der Wiederkehr der Büffel und ihrer Toten. Besucher von der Wind River Agentur in Wyoming, Schoschoni und Arapahoe, behaupten, sie hätten unterwegs Verwandte gesehen, die schon dreißig oder vierzig Jahre tot seien. Der Prophet der Bewegung ist Wowoka, ein Paiute aus Nevada."
Wind war aufgekommen. Am Horizont wetterleuchtete es.
„Während der Geistertanz bei uns vollkommen friedlich verläuft, hat er bei den Sioux eine kriegerische Note bekommen. Sie träumen von einer Welt ohne Weiße. Die Erfahrenen unter den Indianeragenten sagen, man solle sie tanzen lassen. Die anderen, darunter Royer von der Red Cloud Agentur, sehen darin die Vorboten einer Erhebung. Young Man Afraid Of Lakota schimpfen ihn die Indianer."
Die Kinder kamen zurück.
Rick stieß einen übermütigen Schrei aus. Dann wirbelte er seine junge Frau im Arm umher. Er hob sie hoch und küsste sie ab.
„Na, Doktor Calloway, haben Sie Ihre Diagnose gestellt?" spottete ich.
„Dad, ich bin überglücklich!" Er strahlte mich an.
„Das trifft es genau, Rick. Dad!"

Der Sommer ging zu Ende. Ein heftiger Höhensturm riss die Eiswolken auseinander. Der aufgewühlte Himmel schuf rasch wechselnde Lichteffekte. Er ließ den Salbei silbern aufleuchten und zeichnete immer neue und überraschende Schattierungen in die Hochprärie. Ein erster Frosthauch war in die Blattadern der ewig unruhigen Espen gefahren und hatte dem Land das Rot zurückgegeben.

Den ganzen Tag über hatte ich Löcher gegraben, Pfosten gesetzt und einige Gefahrenstellen für das Vieh durch Barrieren entschärft. Nur das Streichen des Windes und der lang gezogene Ruf der Wiesenlerche waren um mich.

Ich hatte den Falben mit Arbeitsgerät beladen. Mehr aus Gewohnheit löste ich das Fernglas vom Sattelhorn meines Reittieres. Unsere Herde stand fast vollzählig am South Fork. Ich sah hinüber zum Haus. Clint stand gebückt auf dem Dach und klopfte Schindeln fest. Die Samenbüschel der Pappeln trieben wie Silberhaar in der Luft und verursachten ein ständiges Flirren in der Sonne. Eine kleine Büffelherde zog gemächlich in die Abgeschiedenheit der Wolfsberge.

Die Patrouille kam über den North Fork Trail. Aus der Staubfahne lösten sich zwei Armeewagen. Dahinter trabte Kavallerie. Für einen Moment blitzten die Goldtressen des Offiziers aus der Vorhut.

Ich stieg in den Sattel und lenkte den schwarzen Wallach sorgfältig durch die Steilabbrüche der Mesa. Es war ein alter Bisonsprung. Von seinem Grund schleppte Bluejay ständig Feuersteinklingen und Pfeilspitzen an.

Ich führte das Packpferd am Zügel durch den flachen Bach und hielt auf die Soldaten zu.

Es war Doane. Sein Handzeichen brachte die Kolonne rasselnd zum Stehen. „Was machen die Bannock, Lieutenant?"

„Sie kommen über den Nez Percé Trail, Sir. Keine Sorge, Truppen von Fort Ellis haben sie gestellt. Miles selbst hatte vor ein paar Tagen ein Gefecht mit ihnen am Clarks Fork. Aber, Sir!" Er deutete mit dem Kinn zum Ende der Kolonne. Der Farbklecks auf dem ersten Wagen war Bluejay. Voller Sorge ließ ich das Packpferd stehen und ritt heran. Warum war sie nicht in der Schule? Und die andere Frau war nicht die Miss.

Alles verschwamm mir vor den Augen. Nein, Bluejay war gesund.

Entgegen ihrer sonstigen Gewohnheit war sie nicht vom Wagen gesprungen, hatte mich fast umgerannt oder hing schon halb auf meinem Pferd. Ganz gegen ihre Art saß sie brav und stumm da, in einem neuen Kleidchen. Ihre kleine Decke hatte sie sich wie einen Schal umgelegt. Ihre Augen strahlten

vor Glück und schienen zu sagen: Nun schau doch, Daddy, wen ich dir mitgebracht habe!
Die Frau hatte einen Arm um Bluejay gelegt.
„Frank Kelly!", rief sie und ihre Lippen zitterten. Die Stimme versagte ihr. Hilflos griff sie in ihr Halstuch.
Ich stellte mich in den Steigbügeln auf. Mein Kalispell flog in den Staub. Ihr weißer Sonnenhut mit dem roten Band rollte hinterher. Ich umfasste ihre schlanke Taille und zog sie herab. Dann lag sie in meinen Armen. Sie weinte und lachte zu gleicher Zeit und hämmerte in komischer Verzweiflung auf meine Brust ein.
Ich küsste sie. Sie reagierte zuerst sanft, dann schlang sie ihre Arme um meinen Nacken und küsste wild und voller Leidenschaft.
Atemlos ließen wir voneinander.
„Ich kann es nicht fassen, May! Du bist also Miss Tona, Miss Turner!"
Auf ihren fragenden Blick, erklärte ich ihr:
„So hat es mir Bluejay erzählt."
Ich griff nach unseren Hüten und nahm die Zügel des Packpferdes auf. Hingerissen hatte uns Bluejay beobachtet. Sie streckte sich vor und gab mir fast schüchtern einen kleinen Kuss. Der Gespannführer grinste und schwang die Zügel. Der Wagen ratterte durch die Furt.
Das Haus kam in Sicht. Clint winkte und stieg von der Leiter. Bedächtig kam er herbei und zog den Hut.
„Willkommen auf Big Sky, Madame!"
Herzlich ergriff May seine Hand.
„Lieber Mr. Clintock, ich danke Ihnen für alles!"
Überrascht sah ich ihn an.
„Du bist ja ein richtiger Verschwörer, Clint! Du hast es also bereits gewusst?"
Er zwinkerte mir zu. Galant half er May vom Kutschbock und griff sich das Gepäck.
„Dann werde ich mich mal an den Herd begeben. Kleines, komm du ruhig mit. Die zwei da haben sich bestimmt eine Menge zu erzählen." Clint nahm Bluejay an seine Hand.
Clint strahlte über Mays Lob. Es wurde ein Festmahl. Er servierte Antilopen-Steaks, frische Biskuits und Süßkartoffeln. Es gab Fleisch vom Büffelhöcker

und zum Kaffee Zimt-Doughnuts. Die Soldaten hatten Büffelfleisch bekommen. Zu unserer Überraschung kam eine Abordnung von ihnen vors Haus und revanchierte sich mit einem Ständchen. Sie sangen „Lorena". May suchte meine Hand.
Wir saßen draußen. Verliebt sah ich May an. Sie hatte sich einen Schal umgelegt.
„Dein kleines Mädchen ist süß und ich mag die Art, wie sie von dir spricht." Ich staunte selbst über Bluejay. Freiwillig hatte sie May ihren angestammten Platz bei Tisch überlassen.
„Kell", begann sie, „du sollst wissen, selbst wenn ich deinen Brief nicht erhalten hätte, wäre ich gekommen, um mir Klarheit zu verschaffen. Ich bekam viele Angebote. Verschiedene Männer warben um mich, aber heute bin ich froh, dass ich meinem Herzen gefolgt bin. Du verzeihst einer liebenden Frau, wenn sie in deinem Tagebuch gelesen hat. Manchmal war ich wütend, dann enttäuscht, manchmal auch neiderfüllt. Aber ich sehe dich und das Kind und ich weiß, ich möchte zu einem Mann gehören, der sich zu einer Frau bekennt. Ich sehne mich nach deiner Ruhe und Heiterkeit, so wie ich mich nach deiner Liebe sehne. Bleib dir treu! Das ist alles, was ich verlange. Willst du mich, Kell?" In ihre Augen war ein verwegenes Funkeln getreten. Das Herz über die Hürde werfen und ihm dann nach springen, das war May!
„Du fragst mich?" Ich konnte vor Bewegung nicht sprechen. Ihre warmen und starken Arme umschlossen mich.
Bluejay fand uns in einen Kuss versunken. Sie setzte sich unter den Tisch und spielte. May war überrascht.
„Sie zeigt uns, wie wohl sie sich fühlt. Glaubst du, sie akzeptiert mich als Mutter?"
„Mein kleines Mädchen liebt dich schon jetzt. Du bist ihr Vorbild! Kleines, gib deiner neuen Mutter einen Kuss!"
Scheu trat Bluejay zu May, die sie in ihre Arme schloss.
„Nakoa – meine Mutter?" Sie sah mich fast ängstlich an.
„Ja, deine Mutter!"
Sie wollte May nicht mehr loslassen.
Als ich vom Fluss kam, fand ich beide vor Mays großem Koffer. Aufgeregt flatterte Bluejay zwischen uns hin und her. Sie sah in den Spiegel, der an der

Innenseite des Deckels glänzte. Beide standen in Nachthemd und Pantöffelchen vor mir.

„Liebling, dein Daddy wird heute mit deiner Mom im Zelt schlafen. Die Stöcke! Du verstehst?"

Flink brachte sie die beiden geschnitzten Stöcke herbei.

„Was bedeutet das, Kell?", fragte May und lachte.

„Das ist Tipi-Etikette. Gekreuzt vor dem Eingang heißt das: Bitte nicht stören!"

Ich führte sie in unser Sommerzelt und zog sie an mich.

„Ich habe es mir überlegt. Die Kleine und ich werden mit dir nach Kalifornien gehen, so wie wir es immer vorhatten. Clint wird das verstehen."

„Willst du das wirklich, Kell?"

„Ja, das will ich."

„Für immer?"

„Für immer und einen Tag."

Sie lehnte sich an mich und als sie ihr Gesicht hob, ruhte ihr Blick voller Wärme auf mir. Vor dem Friedensrichter in Fort Custer gaben wir uns das Ja-Wort. Er war auf der Durchreise nach Helena, der neuen Hauptstadt des Territoriums. Clint und Miss Ratcliff waren die Trauzeugen.

Clint verhielt sich großartig.

„Ach, Kleines!", sagte er beim tränenreichen Abschied zu Bluejay, „Du wirst mich besuchen kommen und du wirst deinem Onkel Clint schreiben, hörst du?"

Ich brachte meine beiden Frauen nach Fort Keogh zum Flussdampfer. Als die „Far West" ablegte, rief mir May unter dem Dröhnen der Dampfpfeife zu:

„Liebling, ich bin wirklich froh, ein so kostbares Unterpfand zu haben!" Dabei drückte sie Bluejay fest an sich. „So kann ich sicher sein, dass ich dich dieses Mal nicht verliere."

Ich half Clint, die Ranch winterfest zu machen. Wir gingen nach Miles City zum Landbüro und regelten unsere Verhältnisse. Ich behielt meinen Anteil und beteiligte mich an den Kosten für einen zweiten Mann.

„Kell, ich stehe alleine", sagte er. „Ich bin eingefleischter Junggeselle. Unser

Mädchen soll einmal alles erben. Ohne dich hätte ich den Schritt aus der Armee nie so glücklich geschafft oder mich überhaupt in dieses Land gewagt. Ich bin zufrieden. Nein, mehr, ich liebe dieses Stück Land. Big Sky wird weiter existieren."

Wir trafen Chubby, einen Cheyenne-Cowboy, am Außengatter an. Gemeinsam luden wir den Stacheldraht neben einem Stapel Zaunpfosten ab. Wir waren auf Big Sky Gebiet.
Nur im Osten und Südosten gab es Viehzäune. Im Westen über den 107. Längengrad hinaus auf Crowland lag offene Weide.
Die schmale Aue verengte sich zu einem Canyon. Der Fluss machte einen scharfen Knick. Der Talboden öffnete sich. Im Dunst der Nachmittagshitze zeichneten sich kaum erkennbar die Schatten der Berge ab. Die Silhouette der Ranchgebäude wurde sichtbar.
Ich trieb die Pferde an. Wir polterten über den North Fork Steg. Die Hunde umtollten uns begeistert und übertönten mit ihrem Gebell das Hämmern aus der Schmiede. Der Vormann hatte seine Mannschaft am Koppelzaun versammelt. Die Männer grüßten her.
May stand neben Clint auf der Veranda und winkte.
„Wir hatten euch schon mittags erwartet", rief sie besorgt.
Ich gab ihr einen Begrüßungskuss. Dann hob ich sie auf den Kutschbock. Lachend begrüßte sie Jim und umarmte Rick und Bluejay.
Sie war noch immer eine Schönheit. Ihr fein geschnittenes Gesicht hatte seine endgültige Reife erhalten. Das Feuer in ihren Augen war nie erloschen. Noch immer konnten sie träumerisch werden und ihrer Besitzerin eine entzückende Abwesenheit verleihen.
Zu ihrer weißen Hemdbluse trug sie einen weit schwingenden Rock und Lederstiefel. Der mexikanische Gürtel war mit Silber beschlagen und mit Türkisen besetzt.
„Ihr werdet ausgehungert sein. Heute gehe ich selbst in die Küche!", verkündete Clint unter lautstarkem Jubel.
„Es wird ein gutes Jahr für die Ranch, Kell. Die Außenreiter sind vom Corral Creek zurück. Die Verkaufsherde ist fertig. Übermorgen treiben wir. Ich gehe nach Billings und werde Herfords kaufen und ein paar Pferde erstei-

gern. Da wäre noch etwas", verlegen kratzte er sich am Kopf. „Es geht um einen Erweiterungsbau."
„Heiratest du auch?"
Da verschloss mir May mit einem Kuss den Mund und Clint flüchtete erleichtert ins Haus.
„Er tut so geheimnisvoll. Erweiterungsbau?", ich schüttelte verwundert den Kopf.
Zwischen Sheridan und Miles gab es kein Anwesen, das so groß und komfortabel war wie Big Sky. Das Ranchhaus besaß Schlaf- und Gästezimmer. May hatte Clint bei der geschmackvollen Ausstattung der Räume geholfen. Außer Jagdtrophäen und Fellen schmückten zunehmend Bilder und Fotografien die Wände. Im Wohn- und Esszimmer lagen bunt gewebte Baumwollbrücken, Messingleuchter hingen von der Decke. Es machte Clint Spaß, Gäste zu haben und mit Freunden und Nachbarn Feste zu feiern. Unser altes Blockhaus benutzten die Cowboys jetzt als Bunkhaus.
Nach dem Essen hatten wir uns alle auf der Veranda eingefunden. Der junge Indianerarzt war vor Müdigkeit eingenickt. Jim rauchte und ergänzte seine Notizen.
„Ich bin froh, dass es in den Big Horns kein Gold gibt", sagte ich zu Jim. „Ich weiß einen guten Wapiti-Range. Vielleicht finden wir im Big Horn Becken Büffel. Wir nehmen Charly Medicine Bird mit, einen exzellenten Fährtensucher. Old Charly steckt voller Humor und weiß viele Geschichten. Du wirst begeistert sein."
„Und wenn ihr mit reicher Beute zurück seid, veranstalten wir ein gewaltiges Barbecue", schlug Clint vor.
Bluejay hatte ihrer Mutter einen indianischen Schal umgelegt. Auch mein Geschenk, eine bestickte Buckskinweste, musste ich anprobieren. Auf der Vorderseite zeigte sie zwei Fahnen: die „Stars and Stripes" und die Fahne von Montana.

May lächelte über ihre Männer, die Jagdausflüge planten und in Vorfreude über Angelpartien schwelgten. Kell saß neben ihr. Um die Berge lag ein feiner Dunst. Die Himmelsfarben begannen zu verglühen. Es roch nach Herbst. Sie sah sein klares, männliches Profil und dachte an die Zeit, da sein Anblick

zum ersten Mal ihre Fantasie bewegt hatte. Sie fühlte sich ihm enger verbunden als je zuvor. Sein Blick war nach Westen gerichtet.
Die Dinge mussten so geschehen, um zum wahren Glück zu reifen. Die Schärfe in seinem Gesicht war durch die guten Linien und die vielen Lachfältchen in seinen Augenwinkeln gemildert worden.
Sie fühlte einen geheimen Stolz.
Sie hatte akzeptiert, dass er im Anschluss an ihre Umsiedlung nach San Francisco im Sommer und Herbst Staatsgäste der Regierung auf Jagdexpeditionen begleitete, darunter auch den Präsidenten.
Ein Regierungsauftrag führte ihn drei Jahre lang nach Alaska. Sie stellten dort eine Polizeitruppe nach Art der Mounties auf. Als er zurückkam, merkte sie, er war zur Ruhe gekommen. Sie und die Kinder waren zum Mittelpunkt seines Lebens geworden.
Sie war stolz auf Bluejay. Ob im Ballkleid oder in der Wildledertracht ihres Volkes, sie machte eine gute Figur. Ricky hatte eine liebevolle, moderne Frau an seiner Seite.
Der junge Arzt praktizierte bereits, als er ein Auge auf sie geworfen hatte. Im Sommer gab die Regierung das Okay und Rick wurde in den Indianerdienst übernommen. Er kam nach Lame Deer. Die Kinder waren selig und schmiedeten Pläne. Im Sommer hatten sie geheiratet.
„Wenn er mein kleines Mädchen unglücklich macht, dann mache ich ihn fertig!", war Kells erste Reaktion gewesen.
Jetzt jedoch schwärmte er von seinem Schwiegersohn in den höchsten Tönen. Bei hitzigen Debatten hielten Rick und Bluejay wie Pech und Schwefel zusammen und zwangen ihn zur Kapitulation, die er lachend einräumte. So auch bei seiner Einwilligung zur Hochzeit.
Er mochte den jungen Calloway und er kannte den Dickkopf seiner Tochter. May hatte erkannt, warum er so an diesem Land und seinen Menschen hing. Sie waren stark, ursprünglich und gut. Hier, auf Big Sky, dem Indianeragenten zum Trotz, durfte das alte Herz Amerikas schlagen.
Wie selbstverständlich vertauschte Kelly den eleganten Anzug und das Seidenhemd mit der Levihose und der Buckskinweste und trug beides mit der gleichen lässigen Eleganz.
„Ich habe einen stattlichen Mann und eine gute Tochter."

Sie war froh über Kells Voraussicht, in der er seinen Anteil an Big Sky nicht nur behalten, sondern stetig aufgestockt hatte, durch gute Jahre hindurch, aber auch während des schlimmen Rindersterbens im Winter 1887.
Sie selbst würde ihren Besitz nun verkaufen. Ohne Reue. Es reichte für sie beide. Sie hatte schon mehrere Interessenten an der Hand.

May suchte meine Hand. Lange Zeit hatten wir schweigend nebeneinander gesessen.
„Weißt du eigentlich, Kell, dass ich keinen einzigen Tag bereut habe, seit ich dir damals nachgelaufen bin? Ja, lach nur, das bin ich wirklich. Ich vergesse es dir nie, dass ihr mir nach Kalifornien gefolgt seid, du und Bluejay. Damals hätte ich nicht hier leben können. Ich brauchte noch für eine Zeit die große Welt. Heute will ich mit dir gehen. Du brauchst dieses Land und ich will in der Nähe unserer Kinder und Enkelkinder sein. Liebling, mein Entschluss steht fest." Atemlos wie ein junges Mädchen hatte sie die letzten Worte hervorgestoßen und strahlte mich dabei an.
Zu Rick gewandt, sagte ich:
„Klug ist der Mann, der seiner Frau Recht gibt, wenn sie ihm auf so charmante Weise erklärt, es sei eigentlich seine Idee."
„Sie hätte aber wirklich von mir sein können", sagte ich zu May.
In dem warmen, ruhigen Lächeln, in dem sich unsere Augen trafen, lag die Verheißung guter Jahre.

Glossar

Akicita	Lagerpolizei (Lakota)
Absaroka	Krähenindianer (Crow)
Backrest	Rückenstütze
Barbecue	Grillparty im Freien
Buckskin	Hirschleder
Bunkhaus	Schlafhaus der Mannschaft auf einer Ranch
Canavasplane	Decke aus schwerem Segeltuch
Cicila	Käfer (Lakota)
Colt	schwerer sechsschüssiger Trommelrevolver
Commissioner Indian Affairs	Beauftragter für indianische Angelegenheiten
Concho	Muschelschalen, dienten der Verzierung von Gürteln, Kleidern und Taschen
Cookie, wörtlich: Plätzchen	humorvolle Bezeichnung für den Koch
Cornindianer	Halbnomadische Stämme wie Pawnee, Mandan, Hidatsa; traditionelle Feinde der Sioux
Coup	Stockhieb auf einen Feind, tot oder lebendig: Er trug Ehre ein und wurde oft auch mit der bloßen Hand oder mit der Waffe vollzogen
„die Feder berühren"	Vertragsabschluß mit dem „Weißen Mann"
Dog-Rope	Geflochtenes Seil. In den Boden fest gespießt, bekundete es die Absicht, dass sein Träger nur als Sieger von der Stelle weichen würde
„Drei Sterne"	General Crook
Easterner	Mann aus den Oststaaten
E-peva?e	Es ist gut! (Cheyenne)
Greasy Grass	Little Big Horn-Fluss

Hahou	Danke! (Cheyenne)
Hardtack-Cracker	Armeezwieback
„Hickies"	Knutschflecken
Hotamitaniu:	Hundesoldaten, Kriegerbund der Cheyenne
Iktomi	Legendärer, koboldartiger Trickgeist der Lakota-Mythologie; Held zahlloser Geschichten; ein Ränkeschmied, der oft selbst an seinen boshaften Streichen scheitert.
Indian Agent	Indianeragent, Verwalter einer Reservation, Staatsbeamter
Inikagapi	das Ritual des Schwitzzeltes (Lakota)
Jerkie	Dörrfleisch
Johnny Reb	Spitzname für den Südstaaten-Soldaten
Koja	Enkelkind (Lakota)
Kola	Freund (Lakota)
Land der Großmutter	Indianische Bezeichnung für Kanada, das Land der englischen Königin Viktoria
„Langhaar"	General Custer
Maheo	Gott (Cheyenne)
Medal of Honor	Auszeichnung für Tapferkeit vor dem Feind
Medicine Road	Indianische Bezeichnung für die kanadische Grenze
Minneconjou	Stammesgruppe der Teton-Sioux
Telegraf	Die überraschend schnelle Nachrichtenübermittlung in den menschenleeren Gebieten des Westens
Nakoa	meine Mutter (Cheyenne)
Na-na?so?enoho	Ich bin satt. (Cheyenne)
Nihijo	mein Vater (Cheyenne)
Parflêche	Tragetasche aus roher Haut
Pemmikan	Sonnengetrocknetes Büffelfleisch. Wird zerkleinert und mit Fett, Wurzeln, Beeren, wilden Kirschen, Heidelbeeren u. a. m.

	vermengt. In Lederbeuteln aufbewahrt, ist Pemmikan nahezu unbeschränkt haltbar, schmeckt aber schnell ranzig.
Pila mayaya	Danke! (Lakota)
Private	Gefreiter
Quillwork	Ornamentbesatz aus eingefärbten Stachelschweinborsten
Rotröcke	Soldaten der britischen Armee
Shyela	Cheyenne (Lakota)
Skewer	kleiner Holz- oder Knochenspieß
Snowbird	Deserteur
Sotka Yuha	Kriegerbund der Lanzenträger (Lakota)
Split-Toe-Pony	Pferd mit gespaltenem Huf
Tattoo	Zapfenstreich
Tokala-Bund	Kriegerbund der „Kitfox", der Präriefüchse (Lakota)
Top Notch	erstklassig
Tracks	Spuren, Gleise
Travois	Stangen- oder Trageschleife der Prärieindianer für Hunde und Pferde – die Indianer lernten das Rad erst durch die Weißen kennen, nutzten es aber lange nicht.
Trooper	Kavallerist
Tsistsistas	Cheyenne-Indianer (Cheyenne)
Tunkaschila	Großvater (Lakota)
Uasitschu	Weißer (Lakota)
Uiwanyak Uatschipi	Sonnentanz (Lakota)
Wakan Tanka	Gott, Großer Geist (Lakota)
Wani-Sapa	Bisontreibjagd (Lakota)
Whitetail Deer	Weißwedelhirsch
Wicasa Wakan	Medizinmann (Lakota)
Yanks	von Yankee, Nordstaatler
Zitkala	Vögelchen (Lakota)

INDIAN SUMMER EDITION:

Die Eleanore Hinman Interviews über das Leben und den Tod von Crazy Horse / ISBN: 978-3-947488-34-6

Kendall Old Elk:
Storys from the Heart oft he World / ISBN 978-3-947488-35-3
Geschichten vom Herzen der Welt / ISBN 978-3-947488-36-0

Peter Marsh & Veit Stone:
Pawnee – Das Tal der Wolfskrieger / ISBN 978-3-947488-19-3

Wolf G. Winning:
Mountain Sunrise / ISBN 978-3-947488-24-7
Roter Bruder Abel / ISBN 978-3-947488-25-4
Igmuntanka Wicasha – Der Puma–Mann / ISBN 978-3-947488-26-1
Wer weiß schon wann die Stunde schlägt / ISBN 978-3-947488-27-8

„Das Herz der Sioux" von Peter & Éeny Marsh:
1 - Reise zu den Ahnen / ISBN: 978-3-947488-00-1
2 - Land der vielen Zelte / ISBN: 978-3-947488-01-8
3 - Tränen des Adlers / ISBN: 978-3-947488-02-5
4 - An den Feuern der Santee / ISBN: 978-3-947488-03-2
5 - Wolkenschilde / ISBN: 978-3-947488-04-9
6 - Spur der Büffel / ISBN: 978-3-947488-05-6
7 - Die letzte Feder im Wind / ISBN: 978-3-947488-06-3
8 - Land der schwarzen Berge / ISBN: 978-3-947488-07-0

SE - Das Herz der Sioux 1 & 2 – Hoka / ISBN 978-3-947488-10-0
SE - Das Herz der Sioux 3 & 4– Tashunka / ISBN 978-3-947488-11-7
SE - Das Herz der Sioux 5 & 6 – Wanblee / ISBN 978-3-947488-15-5

(K)eine Weihnachtsgeschichte / ISBN 978-3-947488-15-5
(Not) a Christmas Story / ISBN / 978-3-947488-16-2
Appaloosa / ISBN 978-3-947488-17-9

Gerd Weyer:
Hakata –Roter weißer Mann / ISBN 978-3-947488-29-2
Cheyenne NAM Warrior - Spirit Son / ISBN 978-3-947488-30-8

Arkady Fiedler:
Buffalo Child (Englisch) / ISBN 978-3-947488-23-0
Buffalo Child (Deutsch) / ISBN 978-3-947488-22-3

Birgit Engl:
Montana, Liebe findet sich vielleicht / ISBN 978-3-947488-37-7
Schatten, die Frau des Fährtensuchers / ISBN 978-3-947488-38-4
Hawk – Der Mann aus Dakota / ISBN 978-3-947488-39-1
Shakespeare & Playbird / ISBN 978-3-947488-40-7
Catherine und der Zirkuscowboy / ISBN 978-3-947488-41-4
Singing Hawk und Young Eagle / ISBN 978-3-947488-42-1